新时代外国语言文学
新发展研究丛书

总主编　罗选民　庄智象

英语诗歌新发展研究

English Poetry Studies: New Perspectives and Development

罗良功 / 著

清华大学出版社
北京

内 容 简 介

英语诗歌研究不仅是一种学术探索和国际文化实践,也是知识体系和话语体系建构的实践。在中国高度重视自主知识体系和话语体系建构的新时代,全面考察世界影响巨大、在我国传播历史悠久的英语诗歌在我国的学术研究,尤其是 21 世纪的学术发展,不仅具有学术意义,也具有社会文化意义。本书以知识体系和话语体系建构为视角,以美国诗歌研究为个案,结合学术史、中外学术和文化交流史对中国新时代英语诗歌研究新发展进行系统、多维考察,从诗歌史研究和诗歌批评、理论方法创新、学术机制建设等方面总结并评价新时代英语诗歌研究的学术成就与时代特征,挖掘并探讨其在中国自主知识体系和话语体系建构中的贡献与意义。

本书可供从事诗歌研究、外国文学研究的学者和高校研究生学习和研究参考,也可为文学创作者提供借鉴。

版权所有,侵权必究。举报:010-62782989,beiqinquan@tup.tsinghua.edu.cn。

图书在版编目(CIP)数据

英语诗歌新发展研究 / 罗良功著. —— 北京:清华大学出版社,2024.12
(新时代外国语言文学新发展研究丛书)
ISBN 978-7-302-57437-8

Ⅰ.①英… Ⅱ.①罗… Ⅲ.①英语诗歌—诗歌研究 Ⅳ.①I106.2

中国版本图书馆 CIP 数据核字(2021)第 021774 号

策划编辑:郝建华
责任编辑:刘细珍
封面设计:黄华斌
责任校对:王荣静
责任印制:丛怀宇

出版发行:清华大学出版社
网　　址:https://www.tup.com.cn,https://www.wqxuetang.com
地　　址:北京清华大学学研大厦 A 座　　邮　编:100084
社 总 机:010-83470000　　邮　购:010-62786544
投稿与读者服务:010-62776969,c-service@tup.tsinghua.edu.cn
质量反馈:010-62772015,zhiliang@tup.tsinghua.edu.cn

印　装　者:大厂回族自治县彩虹印刷有限公司
装　订　者:三河市启晨纸制品加工有限公司
经　　销:全国新华书店
开　　本:155mm×230mm　　印　张:16.75　　字　数:253 千字
版　　次:2024 年 12 月第 1 版　　印　次:2024 年 12 月第 1 次印刷
定　　价:118.00 元

产品编号:088130-01

中国英汉语比较研究会
"新时代外国语言文学新发展研究丛书"
编委会名单

总主编

罗选民　庄智象

编　委

（按姓氏拼音排序）

蔡基刚	陈　桦	陈　琳	邓联健	董洪川
董燕萍	顾曰国	韩子满	何　伟	胡开宝
黄国文	黄忠廉	李清平	李正栓	梁茂成
林克难	刘建达	刘正光	卢卫中	穆　雷
牛保义	彭宣维	冉永平	尚　新	沈　园
束定芳	司显柱	孙有中	屠国元	王东风
王俊菊	王克非	王　蔷	王文斌	王　寅
文秋芳	文卫平	文　旭	辛　斌	严辰松
杨连瑞	杨文地	杨晓荣	俞理明	袁传有
查明建	张春柏	张　旭	张跃军	周领顺

总　　序

外国语言文学是我国人文社会科学的一个重要组成部分。自 1862 年同文馆始建，我国的外国语言文学学科已历经一百五十余年。一百多年来，外国语言文学学科一直伴随着国家的发展、社会的变迁而发展壮大，推动了社会的进步，促进了政治、经济、文化、教育、科技、外交等各项事业的发展，增强了与国际社会的交流、沟通与合作，每个发展阶段无不体现出时代的要求和特征。

20 世纪之前，中国语言研究的关注点主要在语文学和训诂学层面，由于"字"研究是核心，缺乏区分词类的语法标准，语法分析经常是拿孤立词的意义作为基本标准。1898 年诞生了中国第一部语法著作《马氏文通》，尽管"字"研究仍然占据主导地位，但该书宣告了语法作为独立学科的存在，预示着语言学这块待开垦的土地即将迎来生机盎然的新纪元。1919 年，反帝反封建的五四运动掀起了中国新文化运动的浪潮，语言文学研究（包括外国语言文学研究）得到蓬勃发展。中华人民共和国成立后，尤其是改革开放以来，外国语言文学学科的发展势头持续迅猛。至 20 世纪末，学术体系日臻完善，研究理念、方法、手段等日趋科学、先进，几乎达到与国际研究领先水平同频共振的程度，取得了令人瞩目的成绩，有力地推动和促进了人文社会科学的建设，并支持和服务于改革开放和各项事业的发展。

无独有偶，在处于转型时期的五四运动前后，翻译成为显学，成为了解外国文化、思想、教育、科技、政治和社会的重要途径和窗口，成为改造旧中国的利器。在那个时期，翻译家由边缘走向中国的学术中心，一批著名思想家、翻译家，通过对外国语言文学的文献和作品的译介塑造了中国现代性，其学术贡献彪炳史册，为中国学术培育做出了重大贡献。许多西方学术理论、学科都是经过翻译才得以为中国高校所熟悉和接受，如王国维翻译教育学和农学的基础读本、吴宓翻译哈佛大学白璧德的新人文主义美学作品等。这些翻译文本从一个侧面促成了中国高等教育学科体系的发展和完善，社会学、人类学、民俗学、美学、教育学等，几乎都是在这一时期得以创建和发展的。翻译服务对于文化交流交融和促进文明互鉴，功不可没，而翻译学也在经历了语文学、语言学、文化学等转向之后，日趋成熟，如今在让中国了解世界、让世界了解中国，尤其是"一带一路"建设、人类命运共同体构建，讲好中国故事、传递好中国声音等方面承担着重要使命与责任，任重而道远。

20世纪初，外国文学深刻地影响了中国现代文学的形成，犹如鲁迅所言，要学普罗米修斯，为中国的旧文学窃来"天国之火"，发出中国文学革命的呐喊，在直面人生、救治心灵、改造社会方面起到不可替代的作用。大量的外国先进文化也因此传入中国，为塑造中国现代性发挥了重大作用。从清末开始，特别是五四运动以来，外国文学的引进和译介蔚然成风。经过几代翻译家和学者的持续努力，在翻译、评论、研究、教学等诸多方面成果累累。改革开放之后，外国文学研究更是进入繁荣时代，对外国作家及其作品的研究逐渐深化，在外国文学史的研究和著述方面越来越成熟，在文学理论与文学批评的译介和研究方面、在不断创新国外文学思想潮流中，基本上与欧美学术界同步进展。

外国文学翻译与研究的重大意义，在于展示了世界各国文学的优秀传统，在文学主题深化、表现形式多样化、题材类型丰富化、批评方法论的借鉴等方面显示出生机与活力，显著地启发了中国文学界不断形成新的文学观，使中国现当代文学创作获得了丰富的艺术资源，同时也有力地推动了高校相关领域学术研究的开展。

进入21世纪，中国的外国语言学研究得到了空前的发展，不仅及时引进了西方语言学研究的最新成果，还将这些理论运用到汉语研究的实践；不仅有介绍、评价，也有批评，更有审辨性的借鉴和吸收。英语、汉语比较研究得到空前重视，成绩卓著，"两张皮"现象得到很大改善。此外，在心理语言学、神经语言学和认知语言学等与当代科学技术联系紧密的学科领域，外国语言学学者充当了排头兵，与世界分享语言学研究的新成果和新发现。一些外语教学的先进理念和语言政策的研究成果为国家制定外语教育政策和发展战略也做出了积极的贡献。

习近平总书记指出："要着力推进国际传播能力建设，创新对外宣传方式，加强话语体系建设，着力打造融通中外的新概念新范畴新表述，讲好中国故事，传播好中国声音，增强在国际上的话语权。"为贯彻这一要求，教育部近期提出要全面推进新工科、新医科、新农科、新文科等建设。新文科概念正式得到国家教育部门的认可，并被赋予新的内涵和定位，即以全球新技术革命、新经济发展、中国特色社会主义新时代为背景，突破传统的文科思维模式与文科建构体系，创建与新时代、新思想、新科技、新文化相呼应的新文科理论框架和研究范式。新文科具备传统文科和跨学科的特点，注重科学技术、战略创新和融合发展，立足中国，面向世界。

新文科建设理念对外国语言文学学科建设提出了新目标、新任务、新要求、新格局。具体而言，新文科旗帜下的外国语言文学学科的发展目标是：服务国家教育发展战略的知识体系框架，兼备迎接新科技革命的挑战能力，彰显人文学科与交叉学科的深度交融特点，夯实中外政治、文化、社会、历史等通识课程的建设，打通跨专业、跨领域的学习机制，确立多维立体互动教学模式。这些新文科要素将助推新文科精神、内涵、理念得以彻底贯彻落实到教育实践中，为国家培养出更多具有融合创新的专业能力，具有国际化视野，理解和通晓对象国人文、历史、地理、语言的人文社科领域外语人才。

进入新时代，我国外国语言文学的教育、教学和研究发生了巨大变化，无论是理论的探索和创新，方法的探讨和应用，还是具体的实验和实践，都成绩斐然。回顾、总结、梳理和提炼一个年代的学术发展，尤其是从理论、方法和实践等几个层面展开研究，更有其学科和学术价值及现实和深远意义。

鉴于上述理念和思考，我们策划、组织、编写了这套"新时代外国语言文学新发展研究丛书"，旨在分析和归纳近十年来我国外国语言文学学科重大理论的构建、研究领域的探索、核心议题的研讨、研究方法的探讨，以及各领域成果在我国的应用与实践，发现目前研究中存在的主要不足，为外国语言文学学科发展提出可资借鉴的建议。我们希望本丛书的出版，能够帮助该领域的研究者、学习者和爱好者了解和掌握学科前沿的最新发展成果，熟悉并了解现状，知晓存在的问题，探索发展趋势和路径，从而助力中国学者构建融通中外的话语体系，用学术成果来阐述中国故事，最终产生能屹立于世界学术之林的中国学派！

本丛书由中国英汉语比较研究会联合上海时代教育出版研究中心组织研发，由研究会下属29个二级分支机构协同创新、共同打造而成。罗选民和庄智象审阅了全部书稿提纲；研究会秘书处聘请了二十余位专家对书稿提纲逐一复审和批改；黄国文终审并批改了大部分书稿提纲。

英语诗歌 新发展研究

本丛书的作者大都是知名学者或中青年骨干，接受过严格的学术训练，有很好的学术造诣，并在各自的研究领域有丰硕的科研成果，他们所承担的著作也分别都是迄今该领域动员资源最多的科研项目之一。本丛书主要包括"外国语言学""外国文学""翻译学""比较文学与跨文化研究"和"国别和区域研究"五个领域，集中反映和展示各自领域的最新理论、方法和实践的研究成果，每部著作内容涵盖理论界定、研究范畴、研究视角、研究方法、研究范式，同时也提出存在的问题，指明发展的前景。总之，本丛书基于外国语言文学学科的五个主要方向，借助基础研究与应用研究的有机契合、共时研究与历时研究的相辅相成、定量研究与定性研究的有效融合，科学系统地概括、总结、梳理、提炼近十年外国语言文学学科的发展历程、研究现状以及未来的发展趋势，为我国外国语言文学学科高质量建设与发展呈现可视性极强的研究成果，以期在提升国家软实力、构建人类命运共同体过程中承担起更重要的使命和责任。

感谢清华大学出版社和上海时代教育出版研究中心的大力支持。我们希望在研究会与出版社及研究中心的共同努力下，打造一套外国语言文学研究学术精品，向伟大的中国共产党建党一百周年献上一份诚挚的厚礼！

罗选民　庄智象
2021 年 6 月

前　言

　　一个伟大的时代刚刚拉开序幕，不需要、也不可能写一部学术断代史。不过，中国进入新时代以来的十年，在美国诗歌研究领域取得了这一领域历史上最丰厚的成绩，对刚刚过去十年的学术成绩与发展做出及时的总结和梳理是必要的。正如"新时代外国语言文学新发展研究丛书"策划案所言，"回顾、总结、梳理、研究和提炼一个年代的学术发展，尤其从理论、方法、实践等几个层面展开研究更有其学科和学术价值及现实和深远的意义。研究和展示近十年各学科的新发展可帮助该领域的研究者了解和掌握学科和学术的最新发展成果，熟悉并了解现状，知晓存在的问题，探究发展趋势和路径。"本书作为丛书之一，旨在梳理、总结进入新时代十年来我国在英语诗歌研究方面的发展状况，提炼这一时期英语诗歌研究的特点与历史贡献，为评价和反思中国的英语诗歌研究提供一个历史维度，探讨新时代中国的英语诗歌研究在中国自主知识体系和话语体系建构方面的贡献，也为未来的中国学术发展与国际交流提供资鉴。

　　在这一意义上，本书不是对中国进入新时代以来十年的英语诗歌研究进行铺陈和描述，也不可能以此去逐一铺陈或评述，而是提炼这一时期英语诗歌研究的主要成就和特点，并给予适当的评价。为了准确反映新时代的学术特点，本书结合新时代中国学术建构中国自主知识体系和话语体系的时代任务，梳理、总结和评价新时代中国的英语诗歌研究在中国自主知识体系和话语体系构建中发挥的作用及其发展环境和历史价值。

　　从方法论角度来看，以知识体系和话语体系建构为视角对新时代中国的英语诗歌研究进行系统考察，不仅需要全面梳理新时代中国英语诗歌研究现状，而且需要在中国的英语诗歌研究学术史的语境以及中国与不同英语国家的文学和文化交流对话的维度中进行探讨。在新时代，英美诗歌仍然是中国学术研究的一个主要对象，而其他英语国家和地区的诗歌也进入中国学术关注视野，英语诗歌研究尽管不及小说等文类受到中国学界重视，但整体上达到了历史峰值，表现出强烈的时代性和学术共性。同时，英语诗歌本身是一个指向丰富的概念，不同英语国家诗歌在中国的译介与研究存在着学术史和学术现实的差异性，尤其是新时代中国学术界与不同英语国家在诗歌诗学领域的对话与交流上还存在着较为鲜明的个性化差异，因此，把新时代中国关于不同英语国家诗歌研究作为一个整体来考察，势必会使新时代英语诗歌研究在知识体系和话语体系建构方面的研究流于浅表化和扁平化，而忽视中国在不同英语国家诗歌研究方面的差异性以及英语诗歌研究所体现的新时代中外学术交流对话的维度。为了深入、准确展现新时代中国的英语诗歌研究的成就和特点，尤其是在中国知识体系和话语体系建构中的贡献和意义，本书重点以新时代中国的美国诗歌研究为例，通过从诗歌史研究、诗歌批评、理论方法创新、学术平台机制建设等多方面的梳理，揭示美国诗歌研究在中国知识创新与话语创新方面的价值，从而反映新时代中国英语诗歌研究的学术特点和时代意义。

  本书通过将新时代中国的美国诗歌研究置于学术史和文化交流史的语境，揭示出中国的美国诗歌研究从20世纪之初的译入与学习、到20世纪末期的模仿与成长、再到21世纪之初的对话与交流、逐渐转向新时代的自主创新与平行发展的成长过程，并从诗歌研究和诗歌诗学交流机制与实践等方面探讨了新时代中国的美国诗歌研究在中国自主知识体系和话语体系建构方面的贡献，从一个方面反映了新时代中国的英语诗歌研究、乃至中国的人文研究已经进入与世界学术界对话、合作、平行发展乃至引领的新阶段。

  本书所涉时间跨度不大，却文献繁多、线索纷杂，写作难度较大，幸得多方慷慨支持，得以完成。本书从选题到完稿得到了国内外诸多同仁学友的帮助。我在此衷心感谢丛书的总策划人庄智象教授高远的格局以及给予我的信任和鼓励，感谢清华大学出版社的家国情怀和学术初心，感谢该社外语分社郝建华社长和曹诗悦主任对本书成书交稿给予了最大程度的宽容和支持。我还要感谢王柏华、黎志敏、王卓等教授和挚友在百忙之中提供的有关学术组织和学术平台的宝贵信息；感谢刘东霞授权本书引述她关于美国诗歌史和表演诗歌的部分思想和文字；感谢本书所引用和参考的所有文献的作者，包括网上公开信息的作者和发布平台。

我也真诚感谢我的博士研究生倪小山、刘旎媛、邓琴、黄涛、张帆以及我校文学院本科生许楚宜同学，他们在文献查找、资料整理、文稿校对方面做了大量的工作。来自各方的帮助和支持一方面体现了中国当代英语诗歌研究的良好的学术环境和协作精神，另一方面也昭示着中国学术继往开来、未来可期。

罗良功

2024 年 9 月

目　　录

第1章　绪论 ································· 1
　1.1　英语诗歌在中国的译介与研究概述 ············· 1
　1.2　走向自主创新：以美国诗歌在中国的百年译介
　　　与研究为例 ································ 8
　1.3　本书的研究思路与结构 ······················ 20

**第2章　英语诗歌批评的中国知识话语建构：以美国诗歌
　　　　批评为例** ································ 23
　2.1　引言 ···································· 23
　2.2　美国诗歌在中国的译介与传播 ················ 23
　2.3　美国诗歌批评：中国自主知识话语建构 ········· 26
　　　2.3.1　美国诗歌批评对中国知识谱系的丰富与拓展 ····· 27
　　　2.3.2　美国诗歌批评对美国诗歌知识话语的深层建构 ··· 31
　　　2.3.3　美国诗歌的中国知识谱系建构 ················ 36
　2.4　诗歌批评理论与方法的创新 ·················· 38
　　　2.4.1　新时代诗歌批评理论方法创新的文化语境 ······· 38
　　　2.4.2　新时代中国的英语诗歌批评理论及其创新 ········ 41
　　　2.4.3　新时代中国的英语诗歌批评方法及其创新 ········ 48

**第3章　诗歌史研究与中国知识话语建构：以美国诗歌史
　　　　研究为例** ································ 53
　3.1　引言 ···································· 53
　3.2　改革开放以来美国诗歌史研究概况 ············· 53

3.3 新时代中国美国诗歌史研究的成就 ·············· 56
3.4 立足中国的美国诗歌史观 ····················· 61
 3.4.1 强调科学性 ···························· 62
 3.4.2 强调中国学术的自主性 ···················· 63
 3.4.3 强调中国立场 ·························· 66
3.5 美国诗歌史的中国知识和话语建构 ············· 66
 3.5.1 新时代中国的美国诗歌史知识建构 ············ 67
 3.5.2 美国诗歌的中美文化交汇史书写 ············· 68
 3.5.3 美国诗歌史的中国特色话语建构 ············· 70
 3.5.4 案例阐释 ····························· 73

第4章 诗歌本体研究理论方法创新与实践 ············· 81
4.1 引言 ······································ 81
4.2 英语诗歌研究的本体回归 ····················· 82
 4.2.1 集中于诗歌文字文本的研究 ················ 82
 4.2.2 集中于诗歌声音文本的研究 ················ 87
 4.2.3 集中于诗歌视觉文本的研究 ················ 90
4.3 诗歌多维文本理论创新 ······················· 92
 4.3.1 辨微阅读 ····························· 93
 4.3.2 诗歌多维文本理论概览 ··················· 99
 4.3.3 诗歌的声音文本 ······················· 106
 4.3.4 英语当代诗歌的视觉诗学 ················ 112
 4.3.5 英语当代诗歌的表演诗学 ················ 118
4.4 诗歌多维文本理论的批评实践 ················ 126
4.5 诗歌跨艺术研究理论建构与批评实践 ·········· 133
 4.5.1 新时代中国的跨艺术诗学理论探索 ·········· 134
 4.5.2 跨艺术研究的诗歌批评理论构架 ············ 137
 4.5.3 新时代英语诗歌研究的跨艺术批评实践 ······· 141

第 5 章　英语诗歌文化研究的创新与实践 ········ 145

5.1　引言 ······ 145
5.2　诗歌研究的族裔视角 ······ 145
5.3　诗歌研究的伦理视角 ······ 155
5.4　诗歌研究的中外互鉴视角 ······ 160
5.4.1　中国文化对美国诗歌的影响 ······ 160
5.4.2　美国诗歌对中国诗歌的影响 ······ 168
5.4.3　中美诗歌平行研究 ······ 170

第 6 章　英语诗歌研究的平台机制自主建设与发展 ········ 173

6.1　引言 ······ 173
6.2　国际诗歌研究与交流平台的自主建设与发展 ······ 173
6.2.1　中美诗歌诗学协会 ······ 174
6.2.2　北京师范大学国际写作中心 ······ 192
6.2.3　奇境译坊：复旦大学文学翻译工作坊 ······ 193
6.2.4　青海湖国际诗歌节 ······ 196
6.2.5　上海国际诗歌节 ······ 199
6.2.6　华中师范大学中外诗歌高层论坛 ······ 203
6.2.7　中国外国文学学会英语文学研究分会英语诗歌研究专业委员会 ······ 209
6.2.8　中国英汉语比较研究会诗歌研究专业委员会 ······ 213
6.2.9　浙江大学现代主义文学与东方文化系列学术活动 ······ 216
6.2.10　杭州师范大学跨艺术跨媒介研究系列学术会议 ······ 220
6.3　英语诗歌研究支持机制创新与发展 ······ 225

结语 ······ 237

参考文献 ······ 241

表 目 录

表 6-1　2012 年以来国家社会科学基金立项支持的英语诗歌研究项目 ·········· 226

表 6-2　2012 年以来有关英语诗歌研究的教育部人文社会科学研究项目（含后期资助项目）············· 231

第 1 章
绪　论

研究一个国家或民族的诗歌，绝不仅仅只是审美体验或艺术探寻，也是对该国家或民族及其心灵世界和社会经验的认知与探索，是自我审视与自我超越，这最终推动着研究者及其国家民族与研究对象国和民族之间的心灵相通、文化交流、文明互鉴。19 世纪以来，由于英美等主要英语国家在国际政治和世界交往中的独特地位，也由于其国内文学思想的空前繁荣和具有高度实验性和引领性的诗歌创作实践，英语诗歌已经成为世界诗歌的一种重要影响，在世界学术研究中的地位得到进一步凸显。在这一意义上，中国的英语诗歌研究不仅具有学术意义，也具有社会文化意义；因而，它不仅是学术探索和文化发现的实践，也是国家学术话语体系和知识体系建构的实践。在中国进入新时代十年之际，梳理、总结、提炼和反思新时代以来中国的英语诗歌研究，更有其时代意义。为了更好地总结和反思新时代中国的英语诗歌研究新发展，有必要对百余年来英语诗歌在中国的译介与研究进行简要梳理。

1.1　英语诗歌在中国的译介与研究概述

19 世纪末到 20 世纪初，随着西学东渐，英美等国的英语诗歌开始传入中国。百余年来，从单纯的英语诗歌译介到诗人学者互动再到学术研究推进，中国的英语诗歌研究以形式的多元演进、对象的规模化延展、主题的持续性更迭、功用的多维度彰显，不断走向繁荣和深入，成为中国人文研究的重要领域，促进了中国的诗歌变革和文化繁荣，同时对中国的知识体系和话语体系重构也起到了不可忽视的作用。

英语诗歌传入中国的形式主要是译介。最早的译介作品和诗人比较零散,而到20世纪初期,英语诗歌译介逐渐聚焦于浪漫主义诗歌。最早将英语诗歌传入中国的代表人物有严复、辜鸿铭、梁启超等。辜鸿铭不仅翻译了威廉·柯珀(William Cowper)的《痴汉骑马歌》("The Diverting History of John Gilpin")和柯勒律治(Samuel Coleridge)的《古舟子咏》("The Rime of the Ancient Mariner"),而且还在北京大学讲授英国诗歌,并在其翻译的儒家经典中以英国诗人莎士比亚(William Shakespeare)、阿诺德(Matthew Arnold)的文字作注,呈现中英文化的思想碰撞和对话。这一时期出现的"拜伦热潮"尤其引人注目。梁启超译过拜伦(George G. Byron)的诗作《哀希腊》("The Isles of Greece")片段,成为英诗传入中国的先声之一。到20世纪之初,苏曼殊、鲁迅等更多的中国文人加入到这一行列。苏曼殊翻译了不少英语诗歌,对以拜伦、雪莱(Percy Shelley)为代表的英国浪漫主义诗人给予高度评价;鲁迅则在其《摩罗诗力说》(1908)中以中外近代历史为背景,为中国知识界介绍了拜伦及其在欧洲形成的浪漫主义诗歌传统。

19世纪末到20世纪初期,英语诗歌译介主要关注的是其承载的西方思想文化,而不是其艺术性。随着中国思想文化变革力量的推动,中国社会逐渐对英语诗歌译介提出了思想性和艺术性方面的要求,以此推动中国的诗歌革命和文化革命,并由此产生了中国英语诗歌学术研究的萌芽。梁启超等人主张的"诗界革命"即反映出这一点。戊戌变法失败后,梁启超倾力于文学改良,主张将新名词与旧风格统一于"新意境",为创造"新意境"服务,认为莎士比亚、弥尔顿和拜伦等西方文豪的诗歌意境与风格是诗界革命的方向(梁启超,2017)。十年之后,留学日本的鲁迅写成了长篇论文《摩罗诗力说》,评介了拜伦、雪莱、普希金(Aleksandr Pushkin)、莱蒙托夫(Mikhail Lermontov)等八位欧洲浪漫派诗人,视之为中国文化革命的榜样,意在清除"宁蜷伏而恶进取"的"伪饰陋习",以此批判中国的旧传统、旧文化以及洋务派、维新派和复古派的文化主张。

在新文化运动和新文学运动的推动下,中国的英语诗歌译介得到迅猛发展。一方面,胡适、鲁迅、周作人、刘半农、沈尹默等海外留学归来的知识分子走上大学讲台或文化前台,推动了包括英语诗歌在内的外国文学译介与传播；另一方面，随着《新青年》（初名《青年杂志》）在1915年的创刊、少年中国学会等文学团体的创立，诗歌翻译的社会机制逐渐建立，形成了覆盖诗歌遴选、翻译、发表、研究与传播的体系。这一时期，英国诗歌、美国诗歌以及转译为英语的印度诗人泰戈尔（Rabindranath Tagore）的诗歌都开始被翻译成中文，不仅扩大了汉译英诗的体量，而且推动了中国诗歌观念、文化观念乃至社会思想的重建。

五四运动之后的十年见证了英语诗歌进入中国的第一个小高峰。这一时期不仅诗歌翻译成果丰硕，而且呈现出诗歌翻译与学术评价并行的局面。这一时期英语诗歌翻译的数量之大、范围之广，前所未有。就数量而言，仅《新青年》9卷54号就刊登了翻译诗歌91首，占所刊载翻译作品的63%，其中半数译自英语诗歌（文珊、王东风，2015：24-31）。就译介对象而言，一方面，作为这一时期主要翻译对象的英美浪漫主义诗歌不断扩容，除拜伦、惠特曼（Walt Whitman）等重要代表诗人之外，雪莱、济慈（John Keats）、彭斯（Robert Burns）、爱伦坡（Edgar Allan Poe）等众多诗人的作品也被翻译进来；另一方面，从文艺复兴时期到19世纪中后期和20世纪初，更多的英美浪漫主义诗人被译介进来，包括莎士比亚、托马斯·莫尔（Thomas More）、弥尔顿（John Milton）、丁尼生（Alfredlord Tennyson）、勃朗宁夫人（Elizabeth Browning）、罗塞蒂兄妹（Dante Gabriel Rossetti & Christina Rossetti）、朗费罗（Henry Longfellow）等英美诗人，同时代的英美诗人如哈代（Thomas Hardy）、叶芝（W. B. Yeats）、王尔德（Oscar Wilde）、艾米莉·狄金森（Emily Dickinson）、庞德（Ezra Pound）、艾略特（T. S. Eliot）也成为这一时期译介的对象。这一时期，中国学者在翻译英美诗人作品的同时也注重介绍和评价，对英国浪漫主义诗歌、美国新诗运动等流派和弥尔顿、布莱克、雪莱、惠特曼、庞德等英美代表诗人进行零散或较系统的评价，表现出较强的学术性。同时，这一时期的诗歌翻译也激发了中国知识分子关于诗歌翻译的探讨，如胡适、鲁迅、郭沫若、茅盾等都在这一时期就诗歌翻译进行了理论思考。总体而言，这一时期的英语诗歌译介催生了诗歌研究和翻译理论探讨的学术萌芽。从根本上看，这一时期的英语诗歌译介繁荣一方面得益于中国社会文化对英语诗歌的现实需求，另一方面，也得益于这一时期知识群体的活跃。在促进社会变革和文学革命的双重驱动下,以"文化研究会""少年中国""创造社""新月社""未名社""学衡派"等团体为牵引,大量知识分子参与进英语诗歌译介与传播之中,初步形成了涵盖英语诗歌遴选、翻译、评介、发表、反馈的系统机制,不仅促进了英语诗歌译介的繁荣,而且推动了中国诗歌观念和艺术的进步,引领了中国社会思想和文化观念的变革。

20 世纪 30—40 年代,英语诗歌在中国的译介得到进一步发展,学术研究渐成体系。这一时期英语诗歌译介在前期积累的基础上在数量和质量、范围和对象上不断拓展,英美主流社会之外的少数民族诗歌也开始被关注和译介。随着陈寅恪、闻一多、朱光潜、吴宓等海外留学归来知识分子数量的增加和中国与英语国家知识分子和诗人交往的频繁,同时代的英语诗人、诗歌与诗学观念被及时译介进来,中国英语诗歌的译介与研究表现出与国外诗歌诗学之间前所未有的共时互动性。美国非裔兰斯顿·休斯(Langston Hughes)、英国奥登(W. H. Auden)等诗人访问中国,激发中国文化界和学术界对这些诗人及其所代表的现代诗人群体的译介与研究。随着中国高等教育的发展,中国英语诗歌翻译与传播的形态也发生了深刻变化,形成了诗歌翻译、教学、研究、创作联动的文化机制。抗战期间的西南联大、武汉大学等都开设了较系统的英语诗歌课程,大大促进了英语诗歌及其理论在中国的译介、传播与学术研究,并激发了对英美诗歌理论的关切和探索。抗战期间英国诗歌批评家和理论家威廉·燕卜荪(William Empson)、I. A. 瑞恰慈(I. A. Richards)等人在中国高校任教,不仅使他们自己的诗歌理论得到传播和研究,也使中国知识分子开始系统考察英美文学理论。所有这些进一步推动了中国学界关于英美诗歌的学术研讨。例如,徐迟对意象主义诗歌和庞德的研究,梁实秋、陈勺水等对弗罗斯特(Robert Frost)的诗歌的批评,费鉴照、梁遇春、傅东华、余志通等人关于济慈诗歌的探讨,都具有较强的学术性和思考的系统性。朱光潜的《诗论》(1934)将英美和欧洲的诗论与中国诗论相互印证、相互阐释、相互比较,全面阐述新的诗歌美学理念,奠定了中国现代诗歌理论的基石,也标志着中国英语诗歌理论研究与化用的开端。

这一时期正值中国内战和抗战,复杂的社会文化背景将这一时期的英语诗歌译介与研究推向两个不同的方向。一方面,左翼文学和无产阶级文学强调文学艺术的社会服务功能，积极推动英美革命诗歌、反帝反法西斯诗歌的译介与传播，以服务于中国的社会变革；另一方面，也有相当一部分知识分子强调英语诗歌译介与研究对艺术性和文学革命的服务功能，积极译介具有艺术开拓性和学术性的英美诗歌及理论。这两条路线从不同维度引领了中国英语诗歌译介与研究的发展：不仅推动了无产阶级文学大发展，为20世纪中国无产阶级文学打下坚实基础，促进中国诗歌现代化；更值得注意的是，还奠定了20世纪中国英语诗歌研究的学术基础，为20世纪中国英语诗歌翻译与研究培养了一批具有世纪影响力的人才，例如，以穆旦、卞之琳等为代表的"西南联大诗人群"，许渊冲、穆旦、巫宁坤、袁可嘉等翻译家，以及王佐良、许国璋、周钰良等未来学术骨干。

中华人民共和国成立以后的十七年间，中国的英语诗歌翻译、教学与研究都有所发展。由于当时特定的国际政治环境和国内社会文化建设需要，这一时期对英语诗歌的译介、教学与研究延续了三四十年代左翼文学的传统，有着较明显的意识形态导向。就诗歌译介而言，译介对象得到了扩展，但主要集中在反抗主流意识形态和强权政治的英美革命诗歌、少数民族诗歌以及非洲等第三世界反对殖民主义和帝国主义的英语诗歌，而在政治上比较保守或刻意远离政治的诗歌作品被淡化或无视。例如，这一时期加强了对拜伦等"积极浪漫主义"诗人的译介而忽略了对华兹华斯等所谓"消极浪漫主义"诗人的译介，重视对美国黑人诗歌的译介而忽略了对同期的新批评诗人的译介。这一现象也表现在英语诗歌教学之中。就学术研究而言，这一时期在研究对象的选择上有一定的宽广度，但在具体研究方法上主要采取社会历史批评方法、服务于中国的政治需要。例如，这一时期的英美现代主义诗歌研究主要是运用马克思主义文艺观和中国政治立场来审视和批判。意识形态主导的英语诗歌译介在"文革"期间表现得更加激进，而在这一时期的学术研究基本上被政治批判所代替。

改革开放以来至20世纪末期，是我国英语诗歌翻译与研究复苏并为21世纪的学术繁荣奠定基础的关键二十年。这一时期的诗歌译介与研究逐渐摒弃前一阶段意识形态主导的模式，译介和研究的对象范围呈现出补偿性扩张，英国中世纪和文艺复兴时期的诗歌以及玄学派、新古典主义、消极浪漫主义、现代主义诗歌，美国新批评派、自白派、后现代主义诗歌等迅速成为译介与研究的热点。这一时期的诗歌译介表现出两个特点，即相对系统化，如彭斯、拜伦、莎士比亚、惠特曼、狄金森等个体诗人的诗集翻译以及能够反映现代主义、意象派、垮掉的一代等特定流派或诗人群基本面貌的诗歌选集翻译；学术性翻译，如卞之琳、王佐良等人的诗歌翻译通过学术性前言、注释等副文本来表达译者对诗歌及其翻译理论的认知和思考。这一时期诗歌研究的一个重要内容是诗歌史的编写，如董衡巽在《美国文学简史》（人民文学出版社，1978）中对美国诗歌的梳理、王佐良的《英国诗史》（译林出版社，1993）、《英国浪漫主义诗歌史》（人民文学出版社，1991）、张子清的《20世纪美国诗歌史》（吉林教育出版社，1995）等。诗歌史的编写体现了中国学者整体把握英美诗歌的学术意图以及他们以中国视角描述英美诗歌史的学术尝试。在诗歌研究方面，大量西方批评理论方法的涌入丰富了诗歌研究的视角、主题和话语，从改革开放之初单一的政治视角与意识形态化的话语模式逐渐转向了 20 世纪末期基于丰富的学术视角和纷繁的理论方法而开展规范化的学术研究。尽管这一时期的学术研究过于倚靠外来理论方法和学术话语，但这种"学术临摹"促进了中国英语诗歌研究的规范化和国际化，也为 21 世纪的学术调整、完善和中国自主知识体系和话语体系的建设提供了学术资源和改革基础。

21 世纪初，中国的英语诗歌研究得到了进一步发展。英语诗歌译介成果丰硕，为学术研究提供了良好的基础。诗歌翻译对象进一步扩大，学者们除此前中国学界关注的经典诗人外，英美边缘诗人群体、当代诗人以及澳大利亚、加拿大等英语国家的诗歌开始被关注和译介。英语诗歌研究呈现出一派繁荣的景象。这一时期的中国学术视野更加开阔，没有局限于过去关注的浪漫主义、现代主义诗歌，而是延展到英国中世纪和近代诗歌、英美当代诗歌、其他英语国家诗歌以及诗学理论与批评方法，并对英语诗歌开始进行较具系统性的整体研究（陈晞，2011：18-25）。就研究理论方法而言，中国学界更加成熟地运用外来的批评理论方法开展英语诗歌研究，文化研究、生态批评、新历史主义研究、后殖民理论、不断衍化的女性主义等外来理论方法为中国学界提供了更加丰富的研究问题和多元的研究方法，并使其开始尝试从跨文化、跨学科的方法开展研究（梁晓冬，2005：36-42）。多元化的批评理论方法的介入不仅使这一时期的诗歌研究超越了意象、音韵、语言等诗歌形式问题的探讨，极大地丰富了研究主题，而且增强了诗歌研究的理论性和思想深度，显示出中国诗歌研究走向学术成熟，并为国际学术交流对话奠定了基础。

不过，这一时期中国学界在大力引进并运用外国理论和话语的同时，也开始对包括英语诗歌研究在内的中国外国文学研究进行反思，认识到外国文学研究整体面临一个问题，即曹顺庆等学者所说的中国学术失语。也就是说，这一时期中国学界在大量运用外来理论方法和知识话语进行诗歌研究时，本土观照、本土理论生产、本土话语和知识生产的意识和成果不足，从而导致英语诗歌研究与中国文化传统和社会需要对接不牢。尽管这一时期区鉷、蒋洪新等学者从中国文化的视角对英语诗歌开展研究并取得了不俗的成果，但不是这一时期中国英语诗歌研究的大势所在，因而如何在吸收外来理论方法的基础上构建中国自主的诗歌研究理论方法、形成中国自主知识体系和话语体系就成为一个时代命题。正如刘雪岚（2010：8-12）在展望"十二五"期间中国外国文学研究时所说，包括英语诗歌在内的外国文学研究应该朝个性化方向发展、产出更多有独创性和主体意识的学术成果。

这一时代使命在"十二五"开局以来（尤其是中国进入新时代以来）的英语诗歌研究实践中得到了回应。这一时期，中国的英语诗歌研究蓬勃发展，诗歌翻译与研究空前繁荣。就翻译而言，这一时期呈现出几个显著特点。一是均衡性，即这一时期的诗歌翻译实践促进了国别区域、时代流派、主流边缘英语诗歌的平衡推进；二是系统性，对重要诗歌流派、诗人（群体）或特定主题的诗歌作品翻译选目完整；三是学术性，在新译或重译英语诗歌中强调基于学术研究和尊重原创的诗歌翻译，同时也强调基于理论引领和学术目标驱动的诗歌翻译；四是同步性，诗歌翻译与英语国家诗歌创作进展和学术动态同步，也与中国学术发展和社会需要同步。这些特点在一定程度上体现了新时代中国英语诗歌翻译的高质量保障、高度的文化自信、开阔的国际视野，为英语诗歌研究创造了良好的条件。

就诗歌研究而言，新时代英语诗歌研究成果在数量和质量上都是空前的，不过更值得关注的是表现出来的丰富性、原创性和对话性。此处的丰富性是指新时代英语诗歌研究在研究对象、主题、方法、视角、成果形式等诸要素上的多样共生性。例如，浪漫主义、现代主义诗歌等传统学术研究领域并没有因为大量新的领域而淡出中国学术界，而是在新时代的国际国内文化语境和理论语境中被赋予了新的研究主题和不同的理论方法。就原创性而言，新时代的英语诗歌研究在理论方法、话语体系、研究问题等方面都具有鲜明的原创性。例如，中国学者将诗歌叙事学、文学伦理学批评等中国原创理论方法运用于英语诗歌研究（如马弦运用文学伦理学批评方法系统研究亚历山大·蒲柏 [Alexander Pope] 的诗歌），以中国传统学术话语和当代文化话语或学者自创话语进行英语诗歌的阐释（如黎志敏关于英美现代主义诗歌的阐释），根据中国社会文化传统和时代需要提取诗歌研究问题、服务于社会和时代（如蒋洪新等学者关于庞德诗歌诗学与中国的研究）。对话性则是指新时代中国英语诗歌研究所呈现出的多维对话。一是与国外学术界在理论方法和观念思维上的对话。例如，中国学者在吸收当代美国的"反吸收"诗歌理论和"跨艺术"批评方法而形成具有中国原创性和国内外对话性的理论方法。二是与中国既有的学术传统进行对话。例如，吴笛关于特德·休斯诗歌与诗学中的萨满特性的探讨与此前国内外学术界专注的生态问题形成对话和超越。三是与国外诗歌界和学术界的现实对话。新时代国内外诗歌与诗学研究交流空前密切，中国和英语国家的诗人和诗歌学者、学术团体通过个人往来、学术会议、网络平台、甚至合作组建的学术组织和定期举办的诗歌活动而互动频繁，前所未有。中国的青海国际诗歌节、中美学者联合成立的国际性学术组织中美诗歌诗学协会等大大增强了中外诗歌界和学术界的交流互动，而新时代的中国学者在交流中表现出更突出的独立思考的品质。这些特征反映了新时代中国英语诗歌研究所具有的鲜明个性、开放性和时代性。

1.2　走向自主创新：以美国诗歌在中国的百年译介与研究为例

中国英语诗歌研究的发展历程见证了中国学术不断摸索、走向自主

第1章 绪论

创新的道路,在倡导建构中国自主知识体系和话语体系的新时代,有必要重新梳理这一历史进程。鉴于英语国家的多样化和不同国家诗歌在中国译介与研究的差异性,此处以美国诗歌研究为例来揭示中国的英语诗歌研究走向自主创新的发展之路。

美国诗歌在中国的译介、传播与研究经历了五个阶段,即五四运动时期、中国诗歌现代化时期(20世纪20—40年代)、社会主义革命时期(1949—1979)、改革开放时期(1980—2012)、新时代发展时期(2012年以来)。

1864年,不懂英语的清朝总理衙门大臣董恂与时任英国公使的威妥玛合作翻译了美国诗人朗费罗的诗歌《人生颂》("A Psalm of Life"),这首被钱钟书先生称为"汉语第一首英语诗"(连真然,2009:380)的汉译诗作成为美国诗歌进入中国文化视野的开端。此后百余年间,美国诗歌在中国译介、传播、研究,逐渐从静默无声走向波澜壮阔。这不仅是由于这一时期的中国与美国在文化交往上日益活跃,也是由于美国国内文学思想的空前繁荣和具有高度实验性和引领性的诗歌创作实践,以及英美等主要英语国家在国际政治和世界交往中的独特地位。可以说,美国诗歌已经对世界诗歌产生重要影响,这也使其在世界学术研究中的地位得到进一步凸显,在这一背景下,美国诗歌在中国国内译介与研究的日渐繁荣既是必然,也意义非凡。

美国诗歌在中国的传播始于五四运动时期。随着新文化运动者把革新的目光投向西方,美国文学,尤其是美国诗歌吸引了一大批有识之士的关注,越来越多的美国诗歌开始进入中国人的视野。五四运动时期的美国诗歌译介媒介主要有《新青年》《小说月报》《诗》和《东方杂志》。这些期刊介绍美国诗人、作品,登载美国诗歌译文,积极推动了中国新诗的发展。五四运动时期主要被译介的美国诗人是沃特·惠特曼。1919年7月,田汉在《少年中国》创刊号上发表的长文《平民诗人惠特曼的百年祭》首次介绍了惠特曼和《草叶集》("Leaves of Grass"),从此拉开了惠特曼在中国的传播历程。郭沫若在日本发现了惠特曼,他翻译了惠特曼的一些诗歌并模仿其进行诗歌创作,成为中国新诗运动的一股力量。五四运动时期,惠特曼译介的热度仅次于印度诗人泰戈尔和英国诗人拜伦,其诗中的民主、自由精神,以及自由诗体对新诗的创作,对中国诗歌产生了深远的影响。

20世纪20—40年代是中国诗歌观念与创作现代化转型时期。在这一时期，大量重要的美国诗人被译介到中国，中国的诗人和学者也开始对美国诗歌及其诗学观念进行反思和借鉴。从历史角度来看，正是在这一时期，中国开始广泛接触、了解、反思、吸收包括美国在内的欧美诗歌，对中国诗歌发展和中国的诗歌研究具有奠基性意义。从译介实践来看，这一时期译介的重点是同时代美国诗坛活跃的诗人和诗歌，美国19世纪的女诗人艾米丽·狄金森、20世纪以庞德、艾略特、威廉·卡洛斯·威廉斯（William Carlos Williams）、罗伯特·弗罗斯特等为代表的现代主义诗人，以及以兰斯顿·休斯为代表的美国少数族裔诗人均首次被译介到中国。狄金森于1926年被郑振铎（1998：348）首次介绍到中国。他在连载于《小说月报》的《文学大纲》中说，"狄金生以富于想像而奇异的人生的默想诗著名，如《禁果》《我为美而死》之类"。1929年，叶公超撰文推荐康拉德·艾肯的《美国诗抄，1671—1928》（*American Poetry, 1671—1928*），认为其中收录的狄金森是美国诗歌的分界线。1934年，邵洵美（2018：156）在《现代》杂志的"现代美国文学专号"上发表了《现代美国诗坛概观》，评价狄金森"生前没有被人发现；到了最近，竟使一切诗人惊异她的力量，而感受她的影响"。不过，直到20世纪70年代末期首部狄金森诗集才由江枫翻译并出版。

庞德是这一时期被译介到中国的最重要的美国诗人之一。刘延陵于1922年2月在《诗》杂志发表了《美国的新诗运动》一文，略述了从惠特曼到意象派这一时期的美国新诗运动史，认为庞德是美国新诗运动的领袖，并列举了意象派六个信条，总结了新诗特点。这应该是庞德被首次作为新诗运动中的重磅人物介绍到中国（蒋洪新、郑燕虹，2011：122-134）。施蛰存最早翻译并在《现代》杂志"现代美国文学专号"（1934年10月）发表了庞德的《默想》（"Meditatio"）、《一个少女》（"A Girl"）和《黑拖鞋·裴洛谛小景》（"Black Slippers: Bellotti"）。1934年，徐迟在《现代》发表了《意象派的七个诗人》《哀兹拉·邦德及其同人》。徐迟的《意象派的七个诗人》在中国的意象派研究及庞德研究上具有划时代的意义，确立了以庞德为意象派中心的地位，而不同于闻一多、刘延陵、郁达夫等人以罗伯特·洛威尔（Robert Lowell）为

第 1 章　绪论

中心来描述意象派的做法,界定了意象派的核心概念"意象",提出了庞德与中国古典诗歌的关系,简要探讨了庞德的诗歌创作和诗学(蒋洪新、郑燕虹,2011:122-134)。钱锺书在文章中也几次提及庞德。抗战期间对意象派和庞德的译介与评论较少。

弗罗斯特于 1924 年被首次译介到中国。1924 年,毕树棠在《学生杂志》上发表了《现代美国九大文学家述略》一文,首次介绍了弗罗斯特及其诗集《一个男孩的意愿》(A Boy's Will)、《波士顿以北》(North of Boston)和《山间集》(Mountain Interval)。梁实秋、陈勺水都发表文章评介弗罗斯特的诗歌。1932 年,施蛰存在《现代》杂志发表了他翻译的 3 首弗罗斯特诗歌:《我的十一月来客》("My November Guest")、《刈草》("Mowing")、《树木的声音》("The Sound of The Trees"),成为国内第一位弗罗斯特诗歌译者(焦鹏帅,2015)。此外,《东方杂志》[1]翻译了弗罗斯特的诗歌《未选择的路》("The Road Not Taken")、《雪夜林边小驻》("Stopping by Woods on a Snowy Evening")。T. S. 艾略特的诗歌最早由赵萝蕤翻译发表。1935 年,戴望舒致函请她翻译艾略特的《荒原》("The Waste Land"),赵萝蕤以自由诗体译成,于 1937 年 6 月收入"新诗社丛书"出版。此后,艾略特被更多的中国学者和诗人译介,并被纳入西南联大的教学内容。另外,威廉·卡洛斯·威廉斯由《现代》杂志在 1932 年首次介绍到中国,被视为英美新兴诗派的成员。徐迟、邵洵美、薛惠等人在《现代》杂志上对威廉斯作了进一步的评介,后来 1944 年 1 月《文学集刊》第 2 辑、《东方杂志》刊登了《冬树》("Winter Trees")、《红色手推车》("The Red Wheelbarrow")等诗歌的汉译。

这一时期,美国非裔诗歌也得以在中国译介。1933 年 7 月,兰斯顿·休斯访问中国上海,出席了由中国左翼作家联盟安排、上海《文学》《现代》两家杂志出面组织的作家座谈会。《文学》杂志主编傅东华随后以伍实为笔名,在《文学》第 1 卷第 2 号上发表了《休士在中国》,对休斯的文学生涯、文学观点与风格等作了简要评介,并摘录了休斯与中国作家交流的要点。这是国内最早介绍休斯的文章之一。随后,《文学》

---

[1] 《东方杂志》(1904 年 3 月—1948 年 12 月),由商务印书馆创办,历经清末、辛亥革命、五四运动、抗日战争、解放战争等重大历史时期,是名人发表作品的园地。

《现代》等杂志发表了休斯的诗歌和散文译作,《文学》第 2 卷第 5 号刊载了谷风翻译的一组美国黑人创作的诗歌《黑的花环》,其中收录了休斯的三首诗和康提·卡伦(Countee Cullen)等黑人诗人的诗歌;《文艺月报》(1933 年 1 卷 3 号)、《诗歌月报》(1934 年 2 卷 1 期)、《译文》(1936 年 1 卷 1、3 期)等也零星刊发了休斯的诗歌和散文译文;上海黎明书店出版了杨任选译的《黑人诗选》(1937),其中收录休斯诗歌 21 首(罗良功,2010:93–99)。休斯以及其他美国非裔诗人作品在中国的翻译发表具有多重意义:不仅向中国展示了美国诗歌的多样性,弥补了中国只关注美国经典和现代主义诗歌的不足,而且更新了中国知识界关于美国国家民族的文化观念,开启了美国少数族裔诗歌/文学在中国的译介、传播和研究。

抗战时期至 1949 年,美国诗歌译介不多。偶有惠特曼、狄金森、弗罗斯特等人作品的新译发表,如楚图南翻译的惠特曼诗歌《大路之歌》(1939)由重庆读书出版社出版,徐迟、方平偶有零星翻译的惠特曼和弗罗斯特诗歌发表。新引介的诗人主要有卡尔·桑德堡(Carl Sandberg)、华莱士·史蒂文斯(Wallace Stevens)、詹姆斯·纽加斯(James Neugass)等。被誉为"人民的诗人"的桑德堡在抗战时期被译介到中国,呼应了中国抗日救亡的时代主题。1946 年,邹荻帆翻译出版了《卡尔·桑德堡诗选》,这是国内出版的第一部有关桑德堡的诗选集。袁水拍翻译发表了反法西斯诗人纽加斯的诗歌(徐惊奇,2009:112–115)。赵景深翻译出版了史蒂文斯的诗集《儿童的诗园》(*A Child's Garden of Verses*)(陈青生,1997:120–130)。简企之翻译出版了《朗费罗诗选》(上海晨光出版公司,1949),这是国内第一本朗费罗诗集的中译本。

总体而言,这一时期中国对美国诗歌的译介与评价主要聚焦在三个板块,即美国传统经典诗歌、美国现代主义诗歌、美国少数族裔诗歌,反映了四个意图:了解美国诗歌,借鉴美国诗歌经验、促进中国诗歌改革创新,服务中国抗战需要,建构中国左翼文学。在客观上,这一时期的美国诗歌译介与研究无疑具有服务中国社会和文化建设的务实意图,同时也促进了中国诗歌观念和创作艺术的现代化,并推动了中国革命文学的发展。

第1章　绪论

中华人民共和国成立到改革开放的三十年，是中国政治重建、社会重建、文化重建的时期，这一时期特殊的国家任务决定了意识形态主导的美国诗歌研究范式。这一时期可以分为两个阶段，即从解放初期到"文化大革命"爆发的"十七年"和"文化大革命"至改革开放的十三年。

在前"十七年"阶段，由于国内政治环境的变化和对外文化交流的限制，美国诗歌的翻译和传播活动较少。受到1949年后文艺思想的影响，当时的翻译界主要秉持了现实主义原则，侧重于对美国现实主义小说和左翼作家作品的译介（哈旭娴，2013：111-114），这一时期的美国诗歌翻译或评论主要涉及艾略特、弗罗斯特、威廉斯等重要诗人，庞德很少被谈及。1963年，袁可嘉《略论英美"现代派"诗歌》一文对现代派大体持批评态度：现代派"并不是什么反映现实的明镜，而只是歪曲生活的哈哈镜，它反映了五十年来西方资本主义社会所经历的深刻的精神危机和艺术危机。"（袁可嘉，1963：64-85）该文也提及威廉斯，视其为庞德等人领导的"意象派变种"。对于狄金森而言，在1949年之后的三十年里，中国学者也并没有对狄金森进行深入的研究与著作的引入。在这一阶段，美国非裔文学被视为揭露和批判美国帝国主义、种族主义和资本主义的无产阶级同盟力量，得到了中国学术界的重视。例如，施咸荣先生在20世纪50年代翻译和出版了两本非裔文学选集，具有代表性：《黑人短篇小说选》（上海新文艺出版社，1957），包括休斯的3篇短篇小说；《黑人诗选》（人民文学出版社，1957），收录了休斯的5首诗歌：《铜痰盂》("Brass Spittoons")、《替一个黑人姑娘作的歌》("Song for a Dark Girl")、《让美国重新成为美国》("Let America Be America Again")、《黑人谈河流》("The Negro Speaks of Rivers")、《我也歌唱美国》("I, Too, Sing America")。其中，前两首反映了下层黑人民众的悲苦生活，后两首表现了民族自豪感和自由民主理想。《让美国重新成为美国》则是休斯在20世纪30年代受苏联社会主义影响而创作的一首十分激进的政治抒情诗（罗良功，2010：93-99）。

"文革"期间中国学者在外国文学研究领域并非毫无建树，一些翻译家和学者在条件许可的情况下仍然坚持翻译和研究、产出成果。德国、英国等国家的诗歌被翻译出版，但鲜有美国诗歌的译介。谢天振曾梳理"文革"时期美国文学作品的译介，当代美国文学作品有6部，但均为小说，美国诗歌译介与研究仍是空白。

改革开放以后，外国文学研究领域取得了长足发展，美国诗歌译介与研究迎来了一个繁盛时期。20世纪最后两个年代为21世纪的美国诗歌研究奠定了良好的基础，主要呈现出以下特点：

首先，美国诗歌译介复苏并逐渐系统化。比较活跃的翻译家有赵毅衡、裘小龙、江枫、汤永宽、陈桂容、郑敏、江冰华等。20世纪80—90年代出版了多种美国现代派诗歌选集。赵毅衡编译的《美国现代诗选》（上、下册）（外国文学出版社，1985）是这一时期最具代表性的、并成为一时经典的汉译诗集。该书上册包括罗宾逊（Edwin Arlington Robinson）、弗罗斯特、庞德、H. D.（Hilda Doolittle）、艾米·洛厄尔（Amy Lowell）、弗莱彻（John Gould Fletcher）、威廉斯、桑德堡、艾略特、卡明斯（E. E. Cummings）、麦克利什（Archibald Macleish）、克劳德·麦凯（Claude McKay）、康提·卡伦、休斯、沃伦（Robert Penn Warren）、毕晓普（Elizabeth Bishop）、艾伦·金斯堡（Allen Ginsberg）等26位现代派诗人的265首诗的汉译；下册则提供了意象派、黑山派、新批评派、重农派、新超现实主义派等不同流派诗歌的汉译，全书较完整地呈现出美国现代派诗歌的基本风貌。此后，赵毅衡又翻译出版了《桑德堡诗选》（人民文学出版社，1987），这可能是当时国内最全面的卡尔·桑德堡诗歌汉译本。同一时期，1986年，裘小龙翻译出版了彼德·琼斯编著的《意象派诗选》（漓江出版社，1986），其中包含了理查德·阿尔丁顿（Richard Aldington）、H. D.、庞德、威廉斯等英美意象派诗人的简介和代表诗作。申奥编译了《美国现代六诗人选集》（湖南人民出版社，1985），在国内首次将非裔诗人休斯的作品与庞德、弗罗斯特、桑德堡、卡明斯、威廉斯等现代派诗人相并列。20世纪上半叶引介过的美国诗人再一次进入中国的文化和学术视野。例如，20世纪80—90年代先后就出版了4部狄金森诗集汉译本：江枫翻译的《狄金森诗选》（湖南人民出版社，1984）和《狄金森抒情诗选》（湖南文艺出版社，1992）、张芸翻译的《狄金森诗钞》（四川文艺出版社，1986）、关天晞翻译的《青春诗篇》（花城出版社，1986）。

其次，20世纪80—90年代对美国诗歌的译介催生了美国诗歌的批评与研究。例如，这一时期在大量译介意象派诗歌时，也产生了丰富的

第 1 章　绪论

研究成果。杨熙龄、赵毅衡、丰华瞻、冯国忠、袁若娟、黄正平、张子清、李伟民等学者都探讨了意象派诗歌运动的纲领、特征、影响及其中国文化渊源。这一时期，袁可嘉不仅翻译威廉斯的诗歌，而且还发表了《从艾略特到威廉斯——略谈战后美国新诗学》（1982）、《威廉斯与战后美国新诗风》（1983）等一系列论文，探讨威廉斯的诗学思想及其与美国现代诗歌传统的关系。总体来讲，这一时期中国学者研究的重点主要是惠特曼、狄金森、以及 20 世纪美国现代主义诗歌。值得关注的是，这一时期的中国学者们还开始将学术目光透射到美国当代诗歌研究，如涂寿鹏的《源流与新蕾：当代美国诗歌综述》（1990）、曹国臣的《略论美国当代诗歌》（1992）、涂寿鹏的《威廉斯、奥尔森与美国当代诗歌的发展》（1986）等论文都反映了中国学者对同时代美国诗歌发展的关注。

第三，20 世纪末期也见证了中国在美国诗歌史研究与编撰方面的突破。董衡巽等人编著的《美国文学简史》上册（1978）和下册（1986）在美国文学的架构下较系统地介绍了美国历史上的重要诗人和诗歌发展进程。特别可贵的是，该著以开放的史学观在美国文学史框架内辟专节介绍美国非裔诗人，如休斯、麦凯、卡伦等，体现出独立的中国立场。20 世纪 90 年代，常耀信等学者也编写出版了美国文学史研究著作，介绍了美国诗歌史和主要诗人。张子清还出版了 90 余万字的《20 世纪美国诗歌史》，这一著作较全面、系统地介绍了 20 世纪美国主要诗人和流派，梳理了 20 世纪美国诗歌发展的源流与特征，是中国学者在美国诗歌史研究方面的具有开创性和里程碑意义的著作。

20 世纪末期以来的美国诗歌译介与研究促进了 21 世纪之初美国诗歌的学术繁荣。21 世纪初，一方面，中国学界继续推进美国诗歌翻译，在翻译对象方面强调诗人的代表性和诗人作品的代表性。例如，河北教育出版社出版了"20 世纪世界诗歌译丛"，共计 50 本，其中包括狄兰·托马斯（Dylan Thomas）、伊丽莎白·毕晓普、约翰·阿什贝利（John Ashbery）、W. S. 默温（W. S. Merwin）以及美国当代先锋诗人的作品，对此前的美国诗歌翻译形成有益的补充。另一方面，更加丰富的译介极大地拓展了美国诗歌研究的对象。除了继续深化此前已经着力研究的重要诗人（如狄金森、惠特曼、弗洛斯特、庞德、威廉斯、金斯堡）外，中国学者进一步拓展对美国自白派诗歌、后自白派诗歌、后垮掉派诗歌、纽约派诗歌、语言派诗歌、新形式主义诗歌等诗歌流派的探讨。例如，彭予在美国自白诗的研究方面成果显著，出版了一本论著《美国自白诗探索》（2004）并发表数篇论文；聂珍钊、罗良功、周昕等人发表了关于语言派诗歌的研究文章；陈许、袁宪军、刘生、脱剑鸣发表论文探讨新形式主义诗歌。此外，美国少数族裔诗歌正式进入中国的学术视域之中，印第安诗歌研究论文开始出现，非裔诗歌研究逐渐成为热点，研究的诗人从先前仅受关注的兰斯顿·休斯逐渐拓展到格温多琳·布鲁克斯（Gwendolyn Brooks）、丽塔·达夫（Rita Dove）、索尼娅·桑切斯（Sonia Sanchez）、阿米力·巴拉卡（Amiri Baraka）等。

21世纪之初，中国在美国诗歌史研究方面进一步突破美国和中国既有的美国文学史观。刘海平、王守仁主编的四卷本《新编美国文学史》（上海外语教育出版社，2000）将殖民地时期前的印第安文学/诗歌作为美国文学/诗歌的最早源流之一，拓展了美国诗歌历史的时间纵深，突破了关于美国和美国文学史的固有观念，对21世纪美国诗歌和文学研究具有深远影响。

在这一时期，中国的美国诗歌研究理论方法更加多元，学者们更加自觉地运用欧美文学批评理论方法开展诗歌批评。生态批评、精神分析、神话原型批评、新历史主义、后殖民批评、女性主义、酷儿理论等欧美主要理论方法几乎都应用于中国的美国诗歌研究，这一方面增加了美国诗歌研究的丰富性，另一方面也暴露出一定的局限性，即刘雪岚在总结"十五"期间美国文学研究时所说的，"国内美国诗歌研究存在的问题还在于缺乏批评意识和本土视角"（刘雪岚、丁晓君、肖静，2005：11-21）。

不过，这一情形在21世纪第一个十年的后期有了较明显的改观。中国学者在美国诗歌研究中的两种意识开始觉醒。一是中国意识。中国学者开始自觉地从中国视角考察美国诗歌。蒋洪新对庞德与湖湘文化关系的探究，区鉌等学者探讨中国传统文化对美国诗歌的影响，都反映出这一时期中国学术界开始自觉探讨美国诗歌中的中国文化元素以及中美诗歌文化交汇问题。二是时代意识。中国学者在探讨美国传统诗歌、经典诗人的同时，也开始关注同时期的美国诗歌发展。例如，陶洁的论文《论20世纪晚期的美国诗歌》（2004）梳理了20世纪60年代以来美国诗歌的发展及其影响；聂珍钊、罗良功、彭予等学者与同时代美国重要诗人开展互动，在文化和学术的时代前沿开展对话和研究。这一时期，中国学者跟踪美国诗歌最新动态、积极推动中美诗人和诗歌学者实时交流，是时代进步在中国的美国诗歌研究领域的体现。这一趋势虽然总体上暂不明显，但为新时代开辟了一个充满自信的学术路线。

进入新时代以来的十年间，中国的美国诗歌研究成绩斐然，特色鲜明。新时期中国的美国诗歌研究已经形成一个较完整的生态，在诗歌与诗学论著译介、诗歌研究、中美诗人和学者交流、学术组织和平台建设方面齐头并进，形成了良好的学术生态，促进了美国诗歌研究的发展与创新。

这一时期诗歌译介和诗学论著译介成果不菲。中国学者和诗人不仅重译或补译了此前已有译介的重要诗人，如惠特曼、狄金森、庞德、艾略特、威廉斯、弗罗斯特的作品，翻译出版了一些诗人的诗歌全集，包括布罗茨基（Joseph Brodsky）、玛丽安·摩尔（Marianne Moore）等；而且还翻译出版了一批此前没有译介到中国的重要诗人的诗歌作品，如弗兰克·奥哈拉（Frank O'Hara）、纳博科夫（Vladimir Nabokov）、罗伯特·哈斯（Robert Hass）等。与此同时，中国还翻译出版了露易丝·格吕克（Louise Glück）、丽塔·达夫（Rita Dove）等诸多与中国新时代同时期的重要诗人的诗歌作品，从而保证了中国对美国诗歌关注的同步性，并形成了中美诗歌诗学交流的新基础。

美国诗歌研究全面覆盖了诗歌批评、诗歌史研究、理论方法研究的多个研究层面。在诗歌批评方面，诗歌批评的对象有了新拓展，除惠特曼、爱默生、狄金森、庞德、弗罗斯特等传统经典诗人及其作品之外，新时代中国学者对美国当代诗人、少数族裔诗人、流散诗人及其作品给予了更多关注。诺贝尔文学奖获得者格吕克、普利策诗歌奖获得者乔伊·哈乔（Joy Harjo）等美国获奖诗人与此前的获奖诗人一样受到了中国学者和翻译者的青睐，美国少数族裔诗人和流散诗人也是中国学术热点之一。西班牙裔诗歌与非裔诗歌、印第安诗歌、华裔诗歌一同成为中国学术的新宠，而德里克·沃尔科特（Derek Walcott）、切斯瓦夫·米沃什（Czesław Miłosz）、约瑟夫·布罗茨基等流散诗人也受到中国学界的关切，产出了一批高水平、有新意的研究成果。这一时期的另一个学术热点是与中国有文化思想关联的诗人诗作。加里·斯奈德(Gary Snyder)等深受中国文化影响的美国诗人,陈美玲(Marilyn Chen)等具有中华文化血脉的美国华裔诗人以及与中国交往较多的美国诗人成为很多中国学者的研究对象,产生了不少学术成果。在这一时期,中国的美国诗歌研究涉及的论题丰富多样,其中,美国诗歌的伦理、族裔问题以及中美诗歌/文化交汇是这一时期中国学术研究聚焦的主题。

作为国家文学史的一部分,新时代中国学者对美国诗歌史给予了高度重视,产出了丰硕的成果,体现了中国学界关于美国诗歌和文化历史的新认知。这一时期,中国学者重新修订此前的美国诗歌史和包含有美国诗歌史的美国文学史著作,进一步强化了美国诗歌(文学)史以殖民地时期之前美洲印第安文学为源头的史学观念,同时将美国诗歌史叙述一致延展到当下,形成了美国诗歌通史时间架构的创新拓展和完整描述。同时,中国学者加强了断代诗歌史研究,对美国文艺复兴至20世纪中后期的"主流"诗歌传统流变、20世纪现代主义诗歌史发表了较多的论文和著作,并围绕特定主题产生了专题性诗歌史论著。此外,在新时代十年,中国学者特别关注美国少数族裔诗歌史研究,发表了关于美国非裔、华裔、印第安裔和犹太诗歌历史的专著或相关论文,成为这一时期美国诗歌史研究的一大特色。

在理论建设方面,新时期中国学者不仅重视研究和引进美国诗学理论方法和诗歌批评论著,翻译出版了关于美国现代主义诗歌、当代诗歌的理论著作,推动了中国在诗歌批评和诗歌理论方面的研究,而且在开展诗歌批评实践和诗学理论研究的过程中,开始自觉吸收消化并进行本土化改造,结合中国传统文化和当下话语进行理论创新。例如,学者们将中国本土生长的文学伦理学批评加以拓展运用于美国诗歌批评,不仅丰富了文学伦理学批评理论和方法,而且促进了诗歌研究理论方法的创新和多元化;利用欧美后殖民理论和文化批评理论方法,形成了具有中国特色的族裔诗歌批评理论方法;通过化用美国诗歌理论家玛乔瑞·帕洛夫(Marjorie Perloff)的"辨微阅读"(differential reading)理论,逐渐形成中国特色的诗歌多维文本批评理论;中国学者还开始独立建立"诗歌叙事学",尝试结合叙事学理论方法开创性地进行诗歌研究。新时代中国的诗歌研究理论方法的创新与实践在很大程度上标志着美国诗歌研究领域的中国学术自信。

新时代中国在推进美国诗歌研究的同时，还以不同形式开展中美诗人学者交流，形成双向互动。进入新时代以来，中美诗人学者之间的线下往来和以信息技术为平台的线上交流日益频繁，以零散式或组团式两种形式进行，包括学术研讨或报告、诗歌朗诵和创作分享、创作或翻译工作坊、著作（译著）发布会等。例如，美国普利策诗歌奖获得者莎朗·奥兹（Sharon Olds）于2016年参加上海书展，出席其中文版诗集《重建伊甸园——莎朗·奥兹诗选》（远洋译，江苏凤凰文艺出版社，2016）发布会；2017年3月美国全国图书奖获得者、诗人丹尼尔·博祖斯基（Daniel Borzutzky），普利策诗歌奖获得者、美国非裔诗人格里高利·帕德罗（Gregory Pardlo）应北京师范大学国际写作中心之邀访问中国；2018年，美国非裔诗人、普利策诗歌奖获得者泰辛巴·杰斯（Tyehimba Jess）参加在武汉举办的第七届中美诗歌诗学国际研讨会，与鲁迅文学奖得主张执浩对谈诗歌创作与诗学观念，向国内外学者介绍自己的诗歌创作思想，向中国学生学者朗读自己的诗作并分享自己的实验诗歌理念，与中外诗人同台表演诗歌；2016年底，鲁迅文学奖获奖诗人李元胜应邀访问洛杉矶，与美国诗人和诗歌学者交流、分享诗歌创作理念，指导中美学者翻译他的诗歌。这类交流以生动鲜活而又丰富直观的方式促进了中美诗人和学者的相互了解，推进了中美诗歌研究同步的节奏。

中美之间诗人学者的交流日盛推动了常态化的交流平台建设，包括与美国诗歌相关的研究组织、学术会议平台、工作坊等。进入新时代以来的十年间，中国新建或优化了多个由中国发起或主导的具有较大影响力和学术价值的美国诗歌相关学术组织和其他类型的交流平台，如中美诗歌诗学学会、中美诗歌诗学系列国际性学术研讨会、中国英汉语比较研究会诗歌研究专业委员会、中国外国文学学会英语文学研究分会英语诗歌研究专业委员会、北京师范大学国际写作中心、奇境译坊·复旦文学翻译工作坊、华中师范大学中外诗歌高层论坛、中国青海湖国际诗歌节、上海国际诗歌节、杭州师范大学跨艺术跨媒介研究系列学术活动等。这些交流平台一方面活跃和深化了中美学者、翻译家、诗人之间的交流，促进了中美诗歌界与学术界交流机制的常态化；另一方面，常态化的交流机制及相关活动促进了中国在美国诗歌研究领域的学术繁荣与成果产出，也促进了中国与美国在诗歌创作及研究领域的同步发展。

进入新时代以来，中国的美国诗歌研究坚持中国立场、中国视角，坚持中美诗歌诗学对话推动，坚持学术创新引领，深入开展美国诗歌研究，形成了新时代突出的学术风格。

通过梳理中国的美国诗歌百年译介与研究不难发现，美国诗歌在中国的译介与研究经历了从 20 世纪上半叶的译介与学习、20 世纪末期的模仿与成长，再到 21 世纪之初的借鉴与对话、新时代的中美并行与自主创新的成长之路。这从一个方面反映出中国的美国诗歌研究与整个外国文学研究一样，始终与中国的社会文化需要相契合、与中国的诗歌艺术发展方向相适应，也反映出中国新时代的美国文学文化研究开始进入与世界学术界对话、合作借鉴、自主创新的新阶段。因此，站在新时代的历史节点，对美国诗歌在中国百年历史的译介与研究及其得失进行回溯和评价，不仅反映了新时代中国学术自我审视和学术史建设的需要，而且有助于中国当下建构自主知识体系和话语体系、为未来的中国学术发展与国际交流提供资鉴，具有深远的学术和文化意义。

1.3　本书的研究思路与结构

新时代是一个伟大的时代，这一点也表现在中国的英语诗歌研究方面。因此，对新时代中国的英语诗歌研究进行系统的研究无疑是必要的，不仅有利于系统考察这一时期的学术发展情况，而且有利于促进国家的文化建设和国际交流。不过，进入新时代以来十余年的时间纵深不足以支撑一部新时代中国英语诗歌学术史，而仅对这一时期的学术成就和主要特征进行梳理和概括又显得学术价值和应用价值不足，但是从学术史的维度、站在新时代的高度、结合新时代中国发展需要来考察这一时期英语诗歌研究的学术成就与时代特征，则具有高度的时代价值和学术价值。鉴于此，本书以中国自主知识体系和话语体系建构的时代任务为切入点，在学术史、中外学术和文化交流史的视野中考察新时代英语诗歌研究，这正是本书写作的目的所在。

第1章 绪论

作为本书的研究对象，英语诗歌是指用英语创作的诗歌这一文类，其指向十分明确，但鉴于英语所涉及的国家、区域、民族的丰富多样性，也鉴于中国学界研究的"英语诗歌"涉及众多国家、区域、民族，这一概念又十分复杂。尤其是本书旨在以英语诗歌研究知识体系和话语体系建构为切入点来探讨新时代英语诗歌研究，又必然会涉及中国的英语诗歌学术史和中国学界与英语国家文化交流史等维度，而在这两个维度上不同英语国家又各有个性和差异。尽管新时代中国对不同英语国家的诗歌研究的基本特征相似，但由于各自在学术史和文化交流史上的差异，难以将不同英语国家的诗歌研究放在一起笼统讨论。因此，本书拟以美国诗歌研究为个案，剖析新时代英语诗歌研究的学术成就与时代特征，挖掘其在中国知识话语与学术话语中的贡献与意义。

为了全面、准确展现新时代中国英语诗歌研究的成就和特点，本书紧扣美国诗歌研究的知识创新与话语创新，从以下几个方面开展研究。首先，从中国知识话语建构的视角对新时代美国诗歌批评进行总体描述，分别梳理新时代美国诗歌批评的基本情况、美国诗歌在中国的译介与传播，全面考察这一时期中国的美国诗歌批评及其知识和话语创建，并对这一时期中国的英语诗歌批评理论和方法（尤其是具有较强中国原创性的理论方法）进行了尝试性的梳理和评述。其次，聚焦于新时代中国学界对美国诗歌史的研究，剖析了新时代中国的美国诗歌史研究所采用的中国视角，并揭示了美国诗歌史研究在知识和话语构建方面的贡献。第三，聚焦于新时代中国对美国诗歌本体研究，通过梳理这一时期美国诗歌本体研究的基本面貌，尝试从诗歌批评实践和中国自觉的理论方法创新中提炼和描述具有中国特色的英语诗歌本体批评理论，并专题阐述了"诗歌多维文本理论""诗歌跨艺术研究"的理论建构与批评实践，从中揭示中国的英语诗歌本体批评理论方法方面的创新及其知识话语创新价值。第四，聚焦于中国学界对美国诗歌的文化研究成就，特别提出并剖析了美国诗歌批评实践中三个具有中国特色和时代精神的文化视角，即族裔视角、伦理视角、中美互鉴视角，由此分析这一时期美国诗歌文化批评实践对中国知识话语创新的贡献。第五，对新时代中国的英语诗歌研究机制与平台进行梳理和总结，对这一时期兴起并持续发挥作用的重要学术组织、学术会议平台及其主办的相关诗歌交流与学术研讨活动等进行梳理，对中国在英语诗歌研究方面的学术机制、国家资助机制及立项项目等进行梳理，一方面展现出新时代中国的英语诗歌研究环境与条件，另一方面也折射出新时代中国在英语诗歌研究领域逐渐开始主导国际学术话语。结语部分将基于对英语诗歌研究的考察，揭示新时代中国英语诗歌研究在知识体系和话语体系建设方面的意义和价值。

第 2 章
英语诗歌批评的中国知识话语建构：以美国诗歌批评为例

2.1 引言

进入新时代以来的十年间，中国的英语诗歌研究取得了重要进展。大量重要诗人的诗歌作品、诗歌理论和批评著作等被译介到中国，英语诗歌批评在广度和深度上都得到拓展，英语诗歌理论和诗歌史的研究进一步得到深化，诗歌批评理论与方法不断创新，这些不仅反映了新时代中国在英语诗歌研究方面所取得的巨大成就，也反映了新时代中国对英语诗歌和英语国家文化乃至国家形象的新理解，推动了中国关于英语诗歌及其研究的知识与话语建构，为中国在这一领域的自主知识体系和话语体系建设和完善奠定了良好的基础。为便于深入剖析英语诗歌批评对中国自主知识和话语体系建构的作用，本章以美国诗歌批评为例展开研讨。

2.2 美国诗歌在中国的译介与传播

诗歌译介既是诗歌批评的基础，也是诗歌批评的一种特殊形式。进入新时代以来，美国诗歌在中国的翻译和出版传播再现繁荣。这一阶段的译介繁荣绝不仅仅是数量的增加，而且呈现出以下特点：翻译作品的范围更广、分布更加合理；翻译作品更成体系、系列翻译项目增加；翻译质量更好，更加重视学术研究对翻译的介入。这为新时代中国学界建构关于美国诗歌的知识话语体系打下了坚实的基础。

就美国诗歌翻译的范围而言，新时代中国学界翻译或重译了大量美国诗歌作品，涉及各个重要历史时期和主要诗歌流派的代表诗人，如王柏华等译者出版的多个狄金森诗歌译本；20世纪现代主义诗人除庞德、艾略特诗歌的诸多译本外，还有威廉姆斯的《威廉·卡洛斯·威廉斯诗选》（傅浩译，2015）；自白派诗人罗伯特·洛威尔的诗集《生活研究》（胡桑译，2019）、《臭鼬的时光》（程佳译，2020）、《海豚：手稿对照本，1972—1973》（程佳译，2020），普拉斯（Sylvia Plath）的诗集《精灵》（陈黎、张芬龄译，2015）、《西尔维亚·普拉斯诗歌批评本》（曾巍译，2021），塞克斯顿（Anne Sexton）的诗集《所有我亲爱的人》（张逸旻译，2018），约翰·贝里曼（John Berryman）的《梦歌77首：贝里曼诗集》（范静哗译，2022）等；纽约派诗歌作品包括《纽约派诗选》（刘立平译，2017），弗兰克·奥哈拉的《紧急中的冥想：奥哈拉诗精选》（李晖译，2021）、《紧急中的冥想》（许舜达译，2019）；新正统派诗歌如《A.R.阿蒙斯诗歌精译》（王改华译，2019），罗伯特·哈斯的《亚当的苹果园》（远洋译，2014），哈斯与布兰达·希尔曼（Brenda Hillman）的诗歌合集《当代美国诗双璧——罗伯特·哈斯/布兰达·希尔曼诗选》（陈黎、张芬龄译，2016）；重要诗人如露易丝·格丽克的《月光的合金》（柳向阳译，2016）、《直到世界反映了灵魂最深层的需要》（柳向阳、范静哗译，2016），W·S·默温的《天狼星的阴影》（曾虹译，2017）、《迁徙》（伽禾译，2020），《玛丽安·摩尔诗全集》（陈东飚译，2020），罗伯特·勃莱（Robert Bly）的《罗伯特·勃莱诗选》（肖小军译，2008）、《勃莱诗选》（董继平译，2012），查尔斯·伯恩斯坦的《查尔斯·伯恩斯坦诗选》（聂珍钊、罗良功等译，2011），艾伦·金斯堡的《金斯堡诗全集》（惠明译，2017）等。此外，美国少数族裔诗人的作品也被大量翻译出版，如丽塔·达夫的《骑马穿过发光的树》（宋子江译，2019）、《她把怜悯带回大街上——丽塔·达夫诗选》（程佳译，2017）等。这一时期中国学者对美国的东欧和苏联移民诗人的诗歌作品表现出强烈兴趣，翻译出版了《米沃什诗选》（林洪亮、杨德友、赵刚译，2018）、《布罗茨基诗歌全集》（娄自良译，2021）、《纳博科夫诗集》（董博韬译，2022）等。韩新忠、闫文驰（2019）翻译的米沃什作品《乌尔罗地》被收入了"十二五"国家重点出版规划项目"蓝色东欧"译丛系列。一些之前常

第 2 章　英语诗歌批评的中国知识话语建构：以美国诗歌批评为例

常被忽视的美国诗人的作品也被译介到国内，如新超现实主义诗人唐纳德·霍尔（Donald Hall）的《赶牛车的人》（匡咏梅译，2016）、马克·斯特兰德（Mark Strand）的《我们生活的故事》（桑婪译，2018）、查尔斯·西密克（Charles Simic）的《严酷地带》（杨子译，2019）等。

系统性是这一时期美国诗歌翻译的一大特色。首先，更多译者或翻译项目重视对美国重要诗人的系列作品或综合选集甚至诗歌全集的翻译。例如，已出版的《庞德诗歌精译》（王宏印、杨森、荣立宇译，2022）、《布罗茨基诗歌全集》《玛丽安·摩尔诗全集》《威廉·卡洛斯·威廉斯诗选》《纳博科夫诗集》等都是精选诗人的代表性作品或以全部诗歌为对象进行的系统翻译。其次，出版社或文化和学术机构纷纷策划并推动美国诗歌的系统翻译。例如，上海译文出版社、南京译林出版社、北方文艺出版社等联合学术界各自推出了外国诗歌或美国诗歌译著系列，按照各自的学术标准和翻译标准整理诗人诗作清单，组织翻译出版。除此之外，新时代的中国学者和翻译家初步形成了较明显的学术自觉，根据自己对美国诗歌及其中国价值的学术判断，结合中国已经形成的美国诗歌译介现状，进行美国诗歌翻译的补缺和完善，从而总体呈现出较突出的体系性，较完整地呈现出美国诗歌的综合面貌，反映出中国在美国诗歌译介方面走向成熟。总体而言，新时代中国译介美国诗歌的系统性是新时代中国学术界和翻译界对美国诗歌的总体把握和对中国关于美国诗歌的知识结构的较为系统的展现。

新时代中国的美国诗歌翻译更加重视学术性，译文更加忠实地反映出原作的诗学观念和文学价值。例如，傅浩翻译的《威廉·卡洛斯·威廉斯诗选》（2015）以长达 54 页的序对威廉斯的文学生涯、诗歌成就、诗学思想、文学传统、历史地位进行了阐述和评价，并对选编的学术依据、翻译的意图策略等作了说明，译著还附有诗歌作品的注释、威廉斯访谈录、生平年表等。译者在翻译诗歌时力图基于严格的文本理解、诗学评价，以与原作相当的艺术表达策略和形式进行文本重建。正如他自己所说，在这本译著中"有不少在汉语中没有先例的新措辞和新形势，但这是在一面遵循原文，一面与之较劲的过程中创造出来的"（傅浩，2015：52）。这部翻译诗集体现出译者集学者、诗人、译者于一身的身份定位。复旦大学王柏华教授领衔与华东师范大学出版社联合策划的"十九首世界诗歌批评本丛书"计划翻译出版约30部世界著名诗人的诗集，包括狄金森、威廉斯、普拉斯、德里克·沃尔科特、W. H. 奥登等美国诗人或旅居美国诗人的作品。该系列的特色之一就是希望通过文本精读、专家导读和权威诗论汇编，将一系列已被中文读者认可的经典诗人从装饰的门槛带向理解的殿堂。该系列诗集对编译者、编译标准与编写结构都提出了学术性要求：编译者要求是相关语种诗歌的长期研究者，对该诗人有多年的学术积累；丛书各分册通常以一个诗人为对象，由文本、导读和诗论三部分核心内容构成。该系列译丛的基本体例是：（1）绪论：诗人生平和创作概述；（2）精读代表作19首：双语对照+注释+解说（译本和注释需具有权威性和可读性；解说需对诗意的生发、诗体风格的运用和铺展做深入分析和解读，并适当描述和分析中文翻译策略等）；（3）诗作选读：在19首之外，再精选有代表性诗歌的汉译30~50首，需提供必要的注释；（4）诗论（撰写综合性、专题性诗论，介绍和评述学界研究视角和动态）；（5）文献书目及导引（提供较详细的分类研究文献目录，并介绍要点和参考价值，比如对重要诗人的评传和研究著作的介绍等）。该系列译丛显然将学术性置于了前所未有的高度。由此可见，新时代中国学术界和文化界对美国诗歌翻译有更高的期待，力求通过严谨的学术标准和充分的学术资源，保证诗歌翻译将美国诗歌的艺术与思想忠实地呈现给中国读者。这一方面反映出中国学术界努力建构关于美国诗歌的真实、完整知识体系的文化自信和开放、独立的学术格局，另一方面也反映出中国的美国和外国诗歌翻译与传播已经达到了一个新高度，中国社会从学者、译者到读者皆对美国诗歌（乃至外国诗歌）译介、传播与接受有更高的要求。

可以说，新时代中国对美国诗歌的译介和传播达到了一个新高度，同时也助力了中国学界和社会对美国诗歌更开阔、更深刻的体验和认知，促进中国的美国诗歌知识与话语的成长。

2.3 美国诗歌批评：中国自主知识话语建构

新时代中国的美国诗歌批评进入一个新的阶段。这一时期的研究成

第 2 章　英语诗歌批评的中国知识话语建构：以美国诗歌批评为例

果丰硕，不但弥补了此前中国在美国诗歌批评方面存在的不足，校正和丰富了已有的研究思想和观点，而且与同时代美国诗歌发展基本保持同步，为中国提供了关于美国诗歌的更加完善和深刻、更加具有时代意义的知识体系，也为中国关于美国诗歌和文学艺术的自主话语建构起到了推动作用。

2.3.1　美国诗歌批评对中国知识谱系的丰富与拓展

新时代的美国诗歌批评涉及美国诗歌史上各个时期的主要流派和重要诗人，涵盖美国各主要族群的诗歌。就历史时期而言，新时期的美国诗歌批评一方面加强了 20 世纪以来的美国诗歌研究，另一方面拓展了美国诗歌批评的时间范围。具体而言，新时代中国学界持续关注殖民地时期以来至 19 世纪末期的美国诗歌，如黄宗英等学者仍然坚持研究爱默生等 19 世纪美国文艺复兴时期的诗人和作品且多有新论，王柏华等学者坚持狄金森研究且推出不少具有创建性的译著和论文，但总体而言中国学术的重心转移到了 20 世纪以来的美国诗歌批评，深化了关于 20 世纪美国诗歌的研究，也由此拓展了关于 20 世纪美国文化的深层知识。

20 世纪上半叶的美国现代主义诗歌始终是中国学术热点，蒋洪新、董洪川、张跃军、黄晓燕、何庆机、殷书林等学者在庞德、艾略特、威廉斯、弗罗斯特、史蒂文斯、玛丽安·摩尔等现代主义代表诗人及其诗歌研究方面取得了重要成果，而埃德娜·米莱（Edna St. Vincent Millay）等此前中国学界关注不够充分的现代主义诗人也有专题研究。

20 世纪中期的重要诗歌流派（如黑山派、垮掉派、自白派、纽约派）得到了较先前更多的中国学术关注。国内学者对查尔斯·奥尔森（Charles Olson）、罗伯特·克里利（Robert Creeley）、丹妮丝·莱弗托夫（Denise Levertov）等黑山派诗人作了大量研究：黄晓燕（2020）研究了黑山派诗歌如何通过诗歌内容、诗歌形式及诗歌情感实现对学院派诗歌的反叛与创新；黄宗英探讨了奥尔森的诗歌及其投射诗诗学；李佩仑、虞又铭、刘朝晖等人对罗伯特·克里利作了多方位的研究。垮掉派诗歌在新时代仍然是中国学术的关注点之一，中国学者除了继续对这一流派的主要代表人物金斯堡进行学术梳理之外，在研究范围上作了显著的拓展。张剑、谭琼林、耿纪永等学者加强了其他垮掉派诗人，如加里·斯奈德（Gary Snyder）的研究，张子清、罗良功、周昕等人对后垮掉派诗歌以及安·瓦尔德曼（Anne Waldman）等代表诗人进行了研究；蔺玉清、罗良功、刘晓燕、曾艳钰等学者将垮掉派诗人研究扩展到白人诗人圈之外的非裔垮掉派诗人（如伊什梅尔·里德[Ishmael Reed]、阿米力·巴拉卡/勒罗伊·琼斯）的研究。自白派诗歌的研究得到了进一步拓展。20世纪末期至21世纪之初，彭予等中国学者对自白派诗歌进行了总体研究，个体诗人研究主要针对西尔维亚·普拉斯，偶尔涉及安妮·塞克斯顿，但21世纪以来其他代表诗人也得到了中国学界的关注，罗伯特·洛威尔、约翰·贝里曼等诗人研究也取得了较丰富的成果，彭予、郑燕虹、曾巍、张逸旻、范静哗等学者在这一领域做了大量工作，王金娥、肖小军、张冬颖等还将目光投向了查尔斯·赖特（Charles Wright）、莎朗·奥兹（Sharon Olds）等后自白派诗人。纽约派诗歌是这一时期的学术热点之一，学者们对纽约派诗歌以及弗兰克·奥哈拉、约翰·阿什贝利与詹姆斯·斯凯勒（James Schuyler）等重要代表人物作了较深入的研究，出版了专著《纽约派诗歌研究》（刘立平，南开大学出版社，2014）、《弗兰克·奥哈拉城市诗学研究》（汪小玲，上海外语教育出版社，2014）。汪小玲对奥哈拉进行了较为系统、深入的研究，发表了一系列论文，如《弗兰克·奥哈拉城市诗歌中的后现代道德》（2015）、《奥哈拉城市诗歌中的"一人主义"诗学》（2014）、《弗兰克·奥哈拉城市诗学的多维空间探索》（2014）、《论奥哈拉早期诗歌中的超现实主义诗学》（2014）、《论弗兰克·奥哈拉诗歌的后现代诗学风格》（2013）、《颠覆与发扬：论弗兰克·奥哈拉的另类颂诗》（2013）、《论弗兰克·奥哈拉城市诗歌中的纽约大众文化》（2013）等。

新时代中国学者对20世纪下半叶的重要诗歌流派和诗人群体表现出前所未有的兴趣。除"后垮掉派""后自白派"等20世纪中期诗歌流派的延续与发展之外，中国学者对20世纪下半叶的"新超现实主义""深层意象派""新形式主义""语言派"等流派给予了多方面的探讨。W. S. 默温作为"新超现实主义"诗歌的代表人物，得到了中国学界较大的关注，出版了多部默温诗集的中译本、1部专著《默温诗之欲

第2章 英语诗歌批评的中国知识话语建构：以美国诗歌批评为例

望与无限性》（冯冬，上海外语教育出版社，2017），李佩伦、桑翠林、耿纪永、邹雯虹、邓小艳等学者发表了相关研究论文。关于深层意象派诗歌的研究主要聚焦于罗伯特·勃莱与詹姆斯·赖特（James Wright）等诗人。肖小军的研究最为系统和深入，继21世纪之初出版译著《罗伯特·勃莱诗选》（2012）和专著《深入内在世界：罗伯特·勃莱深层意象诗歌研究》（中山大学出版社，2010）之后，发表了一系列查尔斯·赖特的研究论文；黄丽娜、耿纪永、唐旭、杨艳菲、刘明录等也发表了关于勃莱和詹姆斯·赖特的研究论文。陈元、王丽亚等学者对"新形式主义诗歌"的内涵进行了细致的阐释并在《中国比较文学》《外国文学》等重要期刊上发表了论文。"语言派"是20世纪后期最具有实验性和革命性的美国诗歌流派，在21世纪以来得到了中国学界的高度关注，相关诗歌在中国翻译出版，中国举办的"中美诗歌诗学国际学术研讨会"等多次学术会议还设立了语言诗专题讨论，罗良功、张子清、周昕、黎志敏、冯溢、魏啸飞、聂珍钊、尚婷、刘富丽等学者发表了相关学术论文。殷晓芳、殷书林、顾悦、焦优平等学者对张子清先生所称的"新正统派"诗人罗伯特·哈斯作了不同角度的分析。

新时代中国学者加大了20世纪以来的美国女性诗人诗歌研究力度。例如，20世纪初期的女诗人格特鲁德·斯泰因（Gertrude Stein）、萨拉·蒂斯代尔（Sara Teasdale）、埃德娜·米莱、埃莉诺·怀利（Elinor Wylie）、露易丝·波根（Louise Bogan）等得到了更多关注。武娜、李维屏、顾发良、顾晓辉等学者分别探讨了斯泰因的诗学观念与艺术实践，孙红艳、孙然颖分别完成了关于斯泰因研究的博士学位论文。朱荣华、却俊等对米莱等现代女诗人进行了研究。20世纪下半叶的女性诗人引发了中国学者更热烈的讨论。除上述已经提及的女诗人外，艾德里安娜·里奇（Andriena Rich）是得到中国学者更多关注的一位女诗人。许庆红出版了专著《走向性别诗学：艾德里安娜·里奇的文学批评与实践》（苏州大学出版社，2014），并发表了多篇相关研究论文。

新时代中国学者在美国诗歌研究方面的一个特点就是关注同时代美国诗歌，并积极推动中美诗人互动。聂珍钊、罗良功、张跃军、黎志敏、王卓、王柏华等学者一方面积极组织和推动中美诗歌交流，同时倾心开展当代诗人研究，对当代活跃在美国诗坛的重要诗人查尔斯·伯恩斯坦、苏珊·斯图尔特（Susan Stewart）、安·瓦尔德曼、华裔诗人姚强（John Yao），以及普利策诗歌奖得主特蕾茜·史密斯（Tracy Smith）、娜塔莎·特雷瑟维（Natasha Trethewey）等展开深度解析并发表了大量研究成果。近年来获得普利策诗歌奖、诺贝尔文学奖等美国国内外文学大奖的美国诗人进一步激发了中国学界同步研究的热情。如露易丝·格吕克在中国的译介和研究始于21世纪初，但随着她2020年获得诺贝尔文学奖而得到更加密集的学术关注。除了已经面世的两部格吕克中文版诗集，殷书林、殷晓芳、曾巍、熊辉、孙立恒、梅丽、但汉松、郑春晓、包慧怡、胡铁生、松风等学者发表了一系列论文。

新时代中国学者在考察同时代美国诗歌发展的同时，也将美国诗歌研究对象扩大到殖民地时期之前的北美印第安文学。张冲、张琼、邹惠玲等学者对印第安诗歌的传统进行了探源和研究；此基础上，王卓、刘文等更多学者对詹姆斯·韦尔奇（James Welch）、路易丝·厄德里克（Louise Erdrich）、2019年普利策诗歌奖得主乔伊·哈乔（Joy Harjo）等现当代印第安诗人进行研究，发表了一系列学术论文。由此，中国学界在新时代将美国诗歌批评的时间疆界延展到从美国印第安文学源头到21世纪中国新时代的同期。

从上面提及的诸多少数族裔诗人也可以看到，新时代中国学术界特别重视美国族裔诗歌研究。事实上，族裔诗歌研究堪称中国新时代美国诗歌研究的一大特色。在这一时期，中国学者不仅进一步加强和深化了非裔诗歌、华裔诗歌等历来被中国学界重视的领域，如罗良功、王卓、朱小琳、史丽玲、蒲若茜、张跃军、董晓烨、李卉芳等学者将美国黑人艺术运动诗人和当代重要诗人以及李立扬（Li-Young Lee）、施家彰（Arthur Sze）、陈美玲（Marilyn Chin）、白萱华（Mei-mei Berssenbrugg）、宋凯西（Cathy Song）等华裔诗人都纳入研究对象，而且将墨西哥裔、拉美裔诗人和来自东欧和苏联的移民诗人作为美国诗歌的重要组成部分加以研究，取得了很大进步。李保杰、石平萍等学者在美国拉美裔、加勒比裔和中南美洲的西班牙语裔诗人诗作研究方面做出了具有开创性的贡献。这一时期，中国学界进一步加强了东欧和苏联移居美国或加入美国国籍的诗人诗作研究。目前国内研究较多的是切斯瓦夫·米沃什和约瑟夫·布罗茨基两位诗人和诺贝尔文学奖得主。一方面，

第 2 章　英语诗歌批评的中国知识话语建构：以美国诗歌批评为例

中国学界翻译并出版他们的诗集，如韩新忠、闫文驰翻译出版的米沃什诗集《乌尔罗地》（花城出版社，2019）。另一方面，中国学者对这类诗人及其作品进行了具体研究，如张丹、刘朝谦、梅申友、熊辉、卢贝贝、邵波等学者对米沃什的诗歌作品及其在中国的译介与传播进行了探讨；李永毅、刘文飞、张艺、杨晓笛、李春雨等学者在布罗茨基的诗歌研究方面取得了较丰富的成果。

由此可见，新时代中国的美国诗歌研究不仅覆盖了其诗歌史的时间全程，还覆盖了美国诗歌各大主要流派，较完整地呈现出美国诗歌的知识体系，也为进一步深入、全面地研究美国诗歌奠定了基础。

2.3.2　美国诗歌批评对美国诗歌知识话语的深层建构

新时代中国的美国诗歌批评可大体分为五个方面，即美国诗歌主题研究、诗学思想与实践研究、诗人研究、诗歌史研究、美国诗歌的中国文化元素研究。这几个方面的研究通过学术聚焦，极大地促进了美国诗歌的深度研究，推动了中国知识话语的深度拓展。本书将就这几个方面进行探讨。由于美国诗歌史研究和美国诗歌的中国文化元素研究在中国知识话语建构中具有特别意义，本书将分别设专章和专节讨论。

主题思想研究是美国诗歌研究的一个传统领域，也是新时代美国诗歌批评的重要方面，涉及社会、文化、生态、哲学等多个维度。就社会主题而言，中国学者延续了中华人民共和国成立以来的意识形态批评传统，但已经完全摆脱了此前纯粹的意识形态批评模式，同时结合文化批评等新的理论方法，探讨美国诗歌中的政治权力问题，并将种族、性别、阶级甚至伦理道德问题融合起来开展批评。例如，史丽玲的专著《空间叙事与国家认同：格温朵琳·布鲁克斯诗歌研究》（2023）"将布鲁克斯诗歌中不同历史时期的'黑人空间'置于公民社会之中，将美国国家身份与国家意识放置于政治国家系统中，全面探讨了黑人的公民身份诉求与美国国家体系中公民身份的排斥和吸纳之间的互动与协商，并在全球语境下审视了布鲁克斯建构跨越国界的世界非裔命运共同体的理想。在很大程度上，这些论述不仅丰富了布鲁克斯文化思想的研究成果，也为这一领域的研究提供了新的路径和理据"。[1] 王卓的《论丽塔·达夫的美国黑人民权运动书写》(2019)、许庆红的《"作为修正的写作"——里奇女性主义诗歌的政治与美学》(2014)等论文从不同侧面探讨了美国诗歌中的种族政治、性别政治问题。当然,单独就性别问题或种族问题的探讨仍然是美国诗歌批评的主流,如许庆红在专著《走向性别诗学:艾德里安娜·里奇的文学批评与实践》和论文《激进主义与乌托邦——艾德里安娜·里奇的女同性恋女性主义思想评析》(2013)中专门探讨里奇诗歌的性别政治问题。伦理道德也是新时代美国诗歌研究的一个主要问题,这在一定程度上回应了新时代中国社会道德建设的需要。例如,何庆机的《玛丽安·摩尔形式创新的伦理维度》(2017)一文创造性地解剖诗歌艺术形式的伦理意义;汪小玲在研究弗兰克·奥哈拉诗歌的系列论文中,探讨了其城市诗歌中的后现代道德问题。中国学者对美国诗歌中社区建设、共同体、生存方式等表现出较强烈的兴趣。如史丽玲(2016:101–115)在论文《格温朵琳·布鲁克斯的黑人大都市书写与美国城市的种族空间生产》中探讨了布鲁克斯的黑人大都市书写,揭示出都市环境中的种族聚居状态对黑人的共同体意识的强调以及黑人平民对于以公民身份作为媒介参与到国家共同体的公共领域中的期待。

  文化是新时代中国的美国诗歌批评的一个十分突出的主题。中国学者从不同视角探讨美国诗歌的文化主题。许多学者对美国诗歌中的文化思想与文化形态进行挖掘和反思,探寻诗歌的文化观念和思想的社会价值及历史意义。例如,黄宗英在专著《美国诗歌史论》(中国社会科学出版社,2020)中探索了不同时期代表性诗人的文化思想及其相互之间的因袭传承和对美国文化思想发展流变的影响;许庆红在其论文《个人、历史与政治意识:里奇对惠特曼诗学观的继承与拓展》(2022)中对比了19世纪的惠特曼与20世纪的里奇之间的文化诗学传统的承续与发展。中国学者非常注重美国诗歌所反映的精英文化与大众文化之间的关系,包括世界语境之中的精英文化与大众文化关系思考。这不仅反映在对惠特曼、庞德等早期现代主义诗人的论述中,尤其反映在对当代诗人的研究中。例如,汪小玲的论文《论弗兰克·奥哈拉城市诗歌中的纽约

---

[1] 罗良功.2023.序.空间叙事与国家认同:格温朵琳·布鲁克斯诗歌研究.史丽玲,著.北京:中国社会科学出版社.

第 2 章　英语诗歌批评的中国知识话语建构：以美国诗歌批评为例

大众文化》（2013）、罗良功的论文《论阿米力·巴拉卡的大众文化诗学》（2017）等都论及大众文化对精英文化的消解与反思。罗良功的《美国当代犹太诗歌的个人方言书写》（2021）、《兰斯顿·休斯与埃兹拉·庞德的文化对话》（2019）等论文揭示了现当代美国大众文化对精英文化的消解与反写，以及美国的大众文化诗学与欧美精英文化诗学的对话与对抗。21世纪以来，美国作为多民族国家的观念在中国学术中得到了高度认同，而在新时代，中国学者已经不满足于在单一族群的语境下进行诗歌批评，开始将目光投向族群之间的文化关系。王卓的专著《多元文化视野中的美国族裔诗歌研究》（中国社会科学出版社，2015）不仅在美国华裔、非裔、印第安裔三个族群框架之下对其各自与美国主流社会的文化对话进行论述，而且深度剖析了族群之间的文化对话与协作。这正反映了新时代中国的美国诗歌批评的一大特色。

在新时代，中国的生态意识进一步增强。随着以建设"美丽中国"为标志的中国生态文明建设大幕的拉开，中国学者的眼光也更加集中在美国诗歌的生态主题。众多学者从生态视角审视和解读惠特曼、狄金森、弗罗斯特、摩尔、伊丽莎白·毕晓普等诗人诗作，也将生态与性别、阶级、族裔、后殖民等视角叠加，探讨美国诗歌更深层更复杂的思想意义。例如，作为深受中国文化影响的美国垮掉派诗歌的代表人物之一，斯奈德的生态观多年来一直是中国学者关注的一个主要话题。进入新时代之前，区鉷、陈小红等中国学者对斯奈德的生态思想进行了考察；进入新时代以来，李顺春、罗坚、谭琼林、马特等学者继续探析斯奈德诗歌中的生态思想，不过他们和其他更多学者同时也强调从中国文化中挖掘其生态思想的源流。例如，耿纪永的《生态诗歌与文化融合：加里·斯奈德生态诗歌研究》（同济大学出版社，2012）、霍红宇的《加里·斯奈德诗歌历程中的佛学思想研究》（上海交通大学出版社，2013）、毛明的《野径与禅道：生态美学视域下美国诗人斯奈德的禅学因缘》（中国社会科学出版社，2014）、洪娜的《社会·文明·自然：加里·斯奈德的生态思想研究》（中央民族大学出版社，2015）、谭燕保的《斯奈德寒山诗英译与诗歌创作的互文性研究》（武汉大学出版社，2017）等专著分别以大量篇幅探讨斯奈德诗歌中的生态思想及其与中国文化的渊源关系，从而使生态主题也成为一个探究美国诗歌与世界（中国）文化交流的重要平台。

哲学主题也是新时代中国的美国诗歌批评的一个重要主题。新时代中国学者探讨了美国诗歌中的时间与空间、存在与意义、语言的符号性与物质性等诸多重要哲学主题。例如，隋晓荻（2012：53-60）辨析了艾略特诗歌中反康德先验哲学的时间观念；张春敏（2016：93-98）也探讨了美国华裔诗人宋凯西作品中的时间主题。杨晓笛则发表多篇文章讨论布罗茨基诗歌对存在的思考。他在《存在的恐惧与荒诞——论约瑟夫·布罗茨基的长诗〈戈尔布诺夫与戈尔恰科夫〉》（2016：38-45）一文中对诗歌中的背叛和死亡主题进行了探索；在《"在物与虚无之间"——约瑟夫·布罗茨基诗歌中的"雕像"诗组研究》中，杨晓笛（2022：73-84）分析了布罗茨基"雕像"诗组中的"物与虚无"间的辩证关系。胡铁生（2021：175-183）也探讨了诺贝尔文学奖得主格吕克诗歌中的生命哲学美学价值论。诗歌中的语言观也是令中国学者着迷的一个话题。例如，刘朝晖（2012：25-29）在《罗伯特·克里利"自足的存在"语言观之系谱初探》一文中探讨存在及其与语言之间的关系问题，并且审视了其语言观的因承关系，揭示了克里利的语言观，即克里利认为语言首先不应指称它物、而应自足地存在。克里利的语言观传承了庞德、威廉斯、朱可夫斯基等前辈对语言自身物理特征的观点，但他摈除了通过意象来表达意义的做法，使语言脱离实物而指向自身。克里利的语言观对后来的语言派诗人产生了重要的影响。语言派诗人在理论方面继承了克里利"语言即事物"的观点，在实践中也沿用了克里利的许多手法。但语言派诗人在发掘语言的自足性方面，比克里利更为极端，他们试图切断语言和现实的联系，他们的诗歌也因此更加自足，更加晦涩难懂。同样，桑翠林（2011：33）在《祖科夫斯基："气态"时代诗歌语言的物质性》一文中探讨了祖科夫斯基具有开创性的语言观：语言具有物质性，由此可分为固态、液态和气态三种语言；罗良功在《论美国非裔诗歌的声音诗学》（2015）、《美国当代诗歌的视觉诗学》（2023）等文章中阐述了美国现当代诗歌所揭示的语言物质性观点。新时代中国学界对美国诗歌哲学主题的探索部分地回应了新时代世界科技发展所触发的关于时空、存在等根本问题的探寻，也进一步回应了20世纪哲学研究的语言学转向所触发的关于语言本质与功用的思考。在一定意义上，中国学界对美国诗歌哲学主题的探讨也拓展了关于诗歌或文学本体的认知。

第 2 章　英语诗歌批评的中国知识话语建构：以美国诗歌批评为例

诗学思想与艺术实践研究是诗歌批评的一个传统课题，新时代中国的美国诗歌批评也是如此。不过，这一时期，中国学界关于美国诗歌的诗学思想与艺术实践研究有其时代特点。首先，学者们更倾向于从文化批评视角探讨诗学思想与艺术实践。例如，殷晓芳（2016：36-43）的《哈斯诗歌：语言的还乡与审美的政治》，汪小玲、郑茗元（2014：191-195）的《弗兰克·奥哈拉城市诗学的多维空间探索》等论文都从文化或政治视角来呈现诗人的诗学观点及其艺术实践。其次，中国学者更倾向于探究具有革命性或独创性的诗学思想及在此影响下的诗歌艺术形式，尤其是 20 世纪以来的具有艺术开创性的诗学思想与实践。例如，张逸旻在《论弗兰克·奥哈拉诗歌的后现代诗学风格》（2013）、《论奥哈拉早期诗歌中的超现实主义诗学》（2014）等多篇论文中讨论了诗歌的自传性、展演性、诗性真实等诗学问题；郑春晓的论文《露易丝·格丽克的莫比乌斯环式诗学叙事》（2023）、殷晓芳的论文《体验形式论：哈斯的抒情诗学方案》（2021）讨论了两位 20 世纪诗人在不同领域的开创性诗学观念。尚婷（2017：15-20）在《查尔斯·伯恩斯坦：语言哗变与诗学重构》一文中挖掘其语言诗学背后的文化与政治意蕴，认为查尔斯·伯恩斯坦主要致力于反体系、反秩序的诗学建构，力图以诗学与诗歌的互渗实验来挣脱"外在逻格斯"的束缚，真正清除"内在逻格斯"的栖身之所，重建事物之间的差异性联系；在创作实践中，他主动切断语意联系和逻辑关联，让语词在悬浮状态下自由碰撞，持续推进意义的增殖和诗性空间的扩展。许多看似晦涩难解、不堪卒读的文本，实则包含了语言诗人深刻而宏远的诗学理想，那就是在语词的嬉戏追逐中，解构暗合于逻格斯秩序的语法规范，恢复诗歌之于存在的命名权利，实现语言、诗歌与生命的统一。第三，新时代的中国学术界高度关注美国诗歌中的跨媒介、跨艺术诗学与实践。例如，何庆机的多篇论文从摩尔的画诗、激进的形式、非绘画抽象特征、现代主义真诚几个方面评析了摩尔的诗歌；钱兆明揭示了摩尔等诗人在吸收中国绘画艺术元素的基础上对现代主义诗歌创作的新突破；王金娥探讨了查尔斯·赖特风景诗中的视觉艺术。

新时代中国学界关于美国诗人研究成果也颇为丰硕，不少成果是中国学者首次完成的关于美国诗人的专论，也有很多成果是新时代中国学者在吸收和反思国内外已有专论基础上的力作。例如，在这一时期，王卓关于丽塔·达夫、殷书林和倪小山关于格吕克、张冬颖关于莎朗·奥兹、冯冬关于默温、黄丽娜关于詹姆斯·赖特、朱翠凤关于温德尔·贝里（Wendell Berry）、许庆红关于艾德里安娜·里奇等专论均为对相关诗人的首个系统性研究成果，这些成果连同其他的美国诗人研究专论，进一步拓展并深化了中国关于美国诗人的研究。还有众多学者从不同视角对同一诗人展开研究，如耿纪永、霍红宇、毛明、洪娜、谭燕保、罗坚等从不同角度对斯奈德进行研究并发表专著，这类研究成果丰富了中国学界关于重要诗人研究的维度。此外，还有少量优秀学者基于对相关诗人的经年研究和对现有成果的重新考证，推出具有反思性和创新性的时代力作。例如蒋洪新的专著《T. S. 艾略特文学思想研究》（人民文学出版社，2021）是国内外第一部全方位对20世纪现代派旗帜性诗人、批评家艾略特的文学思想进行整体系统研究的著作，摆脱了国内外普遍存在的碎片化、单一化的研究模式，基于实地考察、文献考据和史料挖掘，提出了不少全新的学术观点，推动了中国艾略特研究的深化。在一定程度上，这类专著代表着中国的美国诗歌研究在新时代的新高度。

2.3.3 美国诗歌的中国知识谱系建构

美国诗歌与中国的关系构成了中国关于美国诗歌的独特的知识谱系。作为中国学术的一部分，新时代中国的美国诗歌研究也自然延展到美国诗歌与中国的关系。在中国文化自信日益彰显的新时代，中国学者更加自信地以平等、开放的姿态来平视美国诗歌、挖掘美国诗歌的中美文化交汇。中国学者不仅更加关注美国诗歌在中国的译介、传播与影响研究，而且在中国文化对美国诗歌的渗透和影响方面表现出前所未有的学术热情。

在中国文化对美国诗歌的影响研究方面，新时代中国学者不仅只是关注美国诗歌中的中国元素或中国形象，而且更加注重挖掘中国文化在美国诗人的思想、诗歌创作理念、诗学观念和艺术创新方面的作用和贡献。当段国重、顾明栋（2022：157–166）等学者对爱默生、梭罗和惠

第 2 章　英语诗歌批评的中国知识话语建构：以美国诗歌批评为例

特曼超验主义主体思想与儒家角色伦理学思想进行类同比较时，钱兆明等学者则开始系统探讨中国文化对美国 20 世纪以来现代主义诗歌的直接影响。钱兆明、卢巧丹、欧荣、陈礼珍等在《庞德〈第 49 诗章〉背后的"相关文化圈内人"》（2017）、《史蒂文斯早期诗歌中的禅宗意识》《〈勃鲁戈尔诗画集〉——从回归非人格化"立体短诗"看威廉斯的唐诗缘源》（2014）、《"道"为西用：摩尔和施美美的合作尝试》（2013）、《从"眷留"理念看斯奈德的禅诗〈牧溪的柿子〉》（2021）、《还儒归孔——张君劢和庞德的分歧与暗合》（2015）、《缘起缘落：方志彤与庞德后期儒家经典翻译考》（2014）等论文中较为系统地论述了中国文化与传统诗学对庞德、威廉斯、摩尔、斯奈德等 20 世纪重要诗人和诗歌流派的影响。肖小军在论文《内圣外王：儒道思想在"深层意象"诗歌中的吸收与利用》（2017）、黄丽娜在博士论文《中国古典诗歌及文化精神对美国诗人詹姆斯·赖特诗歌创作影响研究》（2014）中深度论述了"深层意象派"诗歌及其代表人物詹姆斯·赖特对中国文化和传统诗学的接受。张剑等学者在《〈北京即兴〉、东方与抗议文化：解读艾伦·金斯堡的"中国作品"》（2014）等论文中论述了中国现当代社会文化对金斯堡诗歌创作题材与思想的影响；毛明、罗坚等学者则探讨了禅宗等中国传统文化对斯奈德的影响。罗良功等学者则将视野进一步投向美国少数族裔诗人。他在《中国与兰斯顿·休斯的政治想象》（"China and the Political Imagination in Langston Hughes's Poetry"，2012）、《兰斯顿·休斯的中国之行：史实与影响》（"Langston Hughes's Visit to China: Its Facts and Impacts"，2017）等论文中追溯了现代中国的政治思想与革命文化对美国非裔诗人休斯的影响；弗·邦达连科、李春雨（2014）则剖析了中国道家文化对于布罗茨基的影响。由此可见，新时代中国学者已经大体建构了一个中国对美国诗歌诗学影响的知识架构，凸显了中国对美国诗歌影响的系统性和深刻性，在一定意义上有助于重新书写美国诗歌流变史和中美文化交流史。

基于上述梳理不难看出，新时代中国学者以独立开放的胸怀、中国视角和世界格局建构了一个更加宏大、深厚、开阔而又具有中国特色的关于美国诗歌的知识架构，折射出中国对美国文化的新的认知和态度。

同时，值得注意的是，这一时期的美国诗歌研究也见证了中国关于美国诗歌和美国文学的话语建构。一方面，在美国诗歌本体研究方面，中国学者基于中国立场与独立思考形成的独特发现和观点，构成了中国关于美国诗歌的学术话语的重要内容。另一方面，中国学者运用中国的理论方法和思维模式、基于中国品味和中国关切的学术判断和话语结构，利用中国传统诗学话语和当代文化话语进行了关于美国诗歌的学术表达，不仅构建了中国关于美国诗歌的学术话语，而且在很大程度上构建了这一话语的内在结构和基本模式。可以说，新时代中国的美国诗歌研究基本建构起一套具有中国特色的话语表达和话语模式，以中国学术话语呈现出中国关于美国诗歌的知识架构，也彰显出中国学术对国际学界关于美国诗歌和文学研究的独特贡献。

2.4　诗歌批评理论与方法的创新

新时代中国的美国诗歌批评取得了丰硕的成果，这无疑得益于这一时期诗歌批评理论方法的发展；与此同时，诗歌批评理论方法的发展也无疑受益于诗歌批评的繁盛。两者相互成就、相互促进。新时代诗歌批评理论方法的繁盛不仅推动了这一时期的诗歌批评，而且也标志着新时代中国在英语诗歌研究领域的学术话语重塑和知识重构逐渐走向自主。

2.4.1　新时代诗歌批评理论方法创新的文化语境

一般而言，诗歌批评理论方法的创新有四种动力来源：除源自文学内在规律驱动（文学作为一种特别的编码系统和审美客体，需要被解码、体验和评价）之外，还源自外部理论驱动（既有的相关理论引导诗歌批评）、源自诗学观念驱动（诗人的诗学观念和艺术理想为诗歌批评提供内容和目标）以及源自现实需要的驱动（诗歌批评受到现实目的和功用的推动）。在一定意义上，文学规律、相关理论、诗学观念、现实需要

第2章 英语诗歌批评的中国知识话语建构：以美国诗歌批评为例

等反映了诗歌批评选择和运用理论方法的基本环境，由此可以窥探新时代中国的英语诗歌批评理论方法的文化语境。

20世纪欧美文学批评经历了从历史文化批评转向40—60年代的审美批评、再从20世纪后半叶的文化批评回归到21世纪之初的文本批评的剧烈转变；而20世纪英语国家的诗歌研究在19世纪后期文化主义和唯美主义交锋与对话的激发下，围绕审美性、文化性再到审美性与文化性兼容的主线，展开了更加激烈的学术论战。其中一个原因就是，每一个历史时期所创建的理论和方法体系都没有随着文学批评范式的转变而完全退出，而是不断叠加在新的时期，从而增加了新的历史时期文学批评的复杂性。在中国进入新时代之际，即便美国文学（诗歌）批评已经转向文本批评为主，但此前的各种理论方法与新兴理论方法相并置，美国诗歌批评面临着新、旧理论方法的双重加持与裹挟，使得这一时期的诗歌文本批评更加丰富复杂。20世纪以来兴起的现代主义、后现代主义、马克思主义、结构主义和解构主义、新批评、新历史主义、族裔主义、女性主义、精神分析、生态批评、后殖民理论、空间批评等各种文化思潮和批判理论方法一方面为诗歌批评提供了丰富的理论资源，同时也成为诗歌批评的一种掣肘。对于中国学者而言，随着更多学者外语水平的普遍提高，他们通过外语或汉语译本能够直接面对丰富多样的欧美理论方法，这既有利于中国学者选择和运用相关理论方法开展美国诗歌批评，同时又促使中国学者基于个人的独立思考、社会现实需要而对既有的欧美批评理论方法加以修正和重建。

同时，自美国独立以来，尤其是惠特曼以来，美国的诗学观念和艺术趣味不断变化，20世纪以来的美国诗歌实践反映出这种变革的节奏更快、程度更深、影响更广。在20世纪以来各种文化思潮和相关学科理论的冲击和影响下，美国诗歌在题材、主题、视角、语言、形态与结构、表现策略与手段、与世界和社会的关系乃至诗歌观念方面都呈现出丰富多样的特征，诗歌流派纷呈，诗学观念的叛逆与更新成为主流。这既为中国的美国诗歌批评提供了更加丰富的课题，同时也要求诗歌批评必须是基于相关诗学思想和艺术观念的更加深刻的理解。一方面，中国大多数美国诗歌学者都具有较强的英语能力，能够直接阅读、独立判断美国诗歌及其背后的诗学思想；另一方面，大量的美国诗歌理论著作在中国翻译出版，如上海外语教育出版社2013年出版的"美国艺术与科学院院士文学理论与批评经典"，该丛书共9部，而其中有4部是美国诗学理论著作，包括玛乔瑞·帕洛夫的《激进的艺术：媒体时代的诗歌创作》（聂珍钊等译）；查尔斯·伯恩斯坦的《语言派诗学》（罗良功译）；苏珊·斯图尔特的《诗与感觉的命运》（史惠风等译）；让－米歇尔·拉巴泰的《1913：现代主义的摇篮》（杨成虎等译）。这些论著在中国的翻译出版为中国学者的美国诗歌批评提供了便利。

　　就现实需要而言，新时代中国的美国诗歌研究面临着这一时期的社会文化需要。中华人民共和国成立以来的七十年发展以及改革开放四十年以来的建设与创新，不仅为新时代中国文化话语与中国诗歌研究理论建构创造了开放的文化环境和良好的学术基础，也提出了新的要求。中国的美国诗歌研究需要立足中国建设需要，立足于中国文化传统和特色，立足于独立且独特的中国理论话语建设。在新时代，中国发出了构建人类命运共同体的愿景，这要求中国基于文明互鉴文化交流的原则去看待美国诗歌；中国进一步推动中国文化"走出去"，这要求中国学者更多关注中国文化与美国诗歌的交汇与影响关系；中国大力弘扬中华民族优秀传统文化，这要求中国在美国诗歌批评领域也要合理开发中国优秀传统文化资源，并赋予中国优秀传统文化以时代活力和世界价值；中国明确提出构建中国自主知识体系和话语体系，这要求中国的美国诗歌研究要形成中国独特的观点和认知、独特的学术话语、独特的理论方法；中国建设创新型国家，这要求中国的美国诗歌批评从理论方法到思想观点到话语体系都具有独立性和独特性。总体而言，中国的美国诗歌研究必须将西方的理论方法中国化，必须创建自己的理论方法，必须充分利用中国传统的理论方法，来建构中国自主的理论方法体系，以促进中国关于美国诗歌的自主知识体系和话语体系，服务于中国的战略需要。改革开放以来，中国在文学批评理论方法方面表现出明显的"失语症"：一方面，外国的文学批评理论方法为中国学者推崇并直接"拿来"运用；另一方面，中国抛弃了自己的文学批评传统而又没有创建新的文学批评理论和模式。因而，新时代中国学术的任务在于消除中国"失语症"，建构自己的理论方法和知识话语体系，服务中国社会文化建设，这正是新时代中国在美国诗歌批评的理论方法建设中需要重点达成的目标。在

第2章　英语诗歌批评的中国知识话语建构：以美国诗歌批评为例

这一背景下，新时代见证了中国的美国诗歌研究从借用外来理论方法转向自觉、自主的理论方法建构的新局面，中国特色的英语诗歌研究理论开始显现。

2.4.2　新时代中国的英语诗歌批评理论及其创新

新时代中国的英语诗歌批评有着丰富的理论资源和理论选择。一方面，20世纪以来外国文学批评的多次转型发展催生了各式各样的批评理论，这些理论通过共存、互渗、对话形成理论叠加和迭代，为新时代中国的英语诗歌批评提供了丰富的理论选择。中国学者根据个人的学术趣味、问题发现和现实需要，大量运用欧美文学理论、诗歌理论和其他学科理论开展研究，包括形式主义批评、新批评、神话原型批评、精神分析、生态批评、新历史主义批评、女性主义、空间批评、后殖民理论等不同时期的批评理论，体现出从文本研究到文化研究再到接受与传播研究等多维度的多元共存。欧美文学批评理论的丰富无疑有助于中国学术视野的拓展、观点的迸发，同时也为中国批评理论的创新发展提供了借鉴和鞭策。

另一方面，在英语诗歌研究领域广泛运用和借鉴外国理论的同时，中国学界基于中国文化传统和社会现实，通过矫正和改造外来批评理论、自主创建新的理论，推动了中国本土批评理论的创新发展。新时代中国的理论原创意识比较明显，原创理论也有一定规模，与诗歌批评相关或可以应用于诗歌批评的理论主要有以下几种。

1. 诗歌多维文本理论

诗歌多维文本理论认为诗歌不仅仅是语言的艺术，诗歌文本是由语言、声音、视觉三个次文本构成的文本。这一理论在强调考察诗歌文本内部结构及其意义建构机制的同时，也强调对诗歌文本与文本之外的社会文化以及大千世界之间的关系进行考察。因而，诗歌多维文本理论在一定程度上与欧美文化批评、新批评形成了双重对话。这一理论借鉴了西方学术界关于文学文本的相关理论和文本批评理论，特别是美国诗歌理论家玛乔瑞·帕洛夫院士的"辨微阅读"理论。"辨微阅读"主张诗歌批评要将审美性和文化性结合起来,以实现对英美新批评理论及其另一极端"文化批评"的反拨与调和。聂珍钊、罗良功、何辉斌、张鑫等国内学者对"辨微阅读"作了评介和研究,以张鑫等著的《玛乔瑞·帕洛夫诗学批评研究》(商务印书馆,2015)为代表。"诗歌多维文本理论"也根植于中国传统的诗歌阐释传统,并以罗良功的《英诗概论》(武汉大学出版社,2002)、聂珍钊的《英语诗歌形式导论》(中国社会科学出版社,2007)等21世纪之初中国学者对英语诗歌本体基本理论的梳理为基础,整合我国传统诗论和20世纪90年代以来中国学者关于诗歌语言偏离、图像诗歌等的零星散论,逐渐发展成型,在当下中国的(美国)诗歌批评中得到了较广泛的应用。本书第4章将辟专节论述,故此处不再赘述。

2. 族裔研究

族裔研究作为一种诗歌批评理论是基于中国学者对欧美流散理论、后殖民理论、文化批评等理论在美国诗歌研究中的应用实践而形成,聚焦于族裔诗歌研究和诗歌的族裔视角研究,强调在世界、跨国、国家、族群之间等语境之下考察族裔性的艺术价值、文化内涵、政治意义。中国的英语诗歌研究中的族裔研究强调基于文本的审美与文化融合研究,由此拓展和丰富西方后殖民理论等理论的文化研究路径。这一理论较集中地反映在王卓的专著《多元文化视野中的美国族裔诗歌研究》、罗良功的论文《作为世界非裔文学研究新坐标的跨国文学社区》(2022)、姚本标的论文《跨太平洋诗学:美国诗学研究新视角》(2012)等论著中。本书第5章将设专节探讨这一问题,故此处不再赘述。

3. 文学伦理学批评

该理论由聂珍钊教授2004年首创,在新时代随着聂珍钊的专著《文学伦理学批评导论》(北京大学出版社,2014)以及国家社会科学基金重大项目"文学伦理学批评:理论建构与批评实践研究"成果《文学伦理学批评研究》(5卷本)的出版,已经发展成为具有较大国际学术影

第2章　英语诗歌批评的中国知识话语建构：以美国诗歌批评为例

响的中国原创文学批评理论。根据聂珍钊（2014）的定义，"文学伦理学批评是中国学者在借鉴西方伦理批评和中国道德批评的基础上创建的文学批评方法，它是一种从伦理视角阅读、分析、阐释和评价文学的批评方法。文学伦理学批评把伦理选择作为理论基础，认为伦理选择是在人类完成自然选择之后必须经历的过程。伦理选择的途径是教诲，而教诲的基本手段则是文学。文学伦理学批评从起源上把文学看成道德的产物，认为文学是特定历史阶段社会伦理的表达形式，文学在本质上是关于伦理的艺术。文学的任务就是描写这种伦理秩序的变化及其变化所引发的问题和导致的结果，为人类文明进步提供经验和教诲。文学伦理学批评以文学文本为批评的对象，从伦理的视角解释文学中描写的不同生活现象，挖掘其中蕴藏的道德教诲价值。同众多的批评方法相比，文学伦理学批评有一个显著的特点，就是从伦理的视角解释文学中描写的不同生活现象及其存在的伦理原因，并对其作出价值判断。文学伦理学批评作为方法论，强调文学及其批评的社会责任，强调文学的教诲功能，强调回到历史的伦理现场，站在当时的伦理立场上解读和阐释文学作品，分析作品中导致社会事件和影响人物命运的伦理因素，用伦理的观点阐释和评价各类人物伦理选择的途径、过程与结果，从中获取伦理选择在历史上和现实中所给予我们的道德教诲和警示，探讨对于我们今天的意义"。

2012年以来，文学伦理学批评逐渐进入诗歌批评领域，代表作品有董洪川的论文《文学伦理学批评与英美现代主义诗歌研究》（2014）等。文学伦理学批评运用于诗歌研究不仅涉及主题，更涉及形式。诗歌的文体、结构、语言、视觉与听觉要素莫不具有伦理解读的必要和解读的空间。从文学伦理学批评的视角来看，诗歌与其他文学样式一样依赖由文字构成的文本实现伦理表达，但是作为一种特殊的语言艺术，诗歌的伦理表达比其他叙事性文学体裁更多地借助超越文字文本的艺术形式，包括文字文本的内部建构策略与技巧、以及文字文本的外部形塑媒介与机制（如声音、视像等）。对于以激进的艺术实验和形式创新为特征的20世纪美国诗歌而言，诗歌形式被自觉或不自觉地赋予了更加丰富的意义内涵和意义建构功能。诗歌形式不仅仅是诗歌语言的编码形态和意义的承载方式，而且也是一种与文字文本相呼应的形式语言，参与了整个诗歌文本的意义建构，与诗歌文字承载的意义形成对话或补充。因而，20世纪美国诗歌的艺术形式具有丰富的伦理内涵和巨大的解读空间，是全面、准确地解读诗歌意义（包括诗歌伦理意义）的不可忽略的重要方面。诗歌艺术形式既与文字文本密切关联，通过两者之间的契合、距离或对峙张力来表达诗歌作品的真实伦理意图和思想；又与其他文学（诗歌）文本构成伦理对话，将作品的伦理意图与思想置于文学传统和文化传统的语境之下，从而赋予该作品以更深广的伦理意义。20世纪美国现代派、垮掉派、自白派、语言派诗歌以及女性诗歌和族裔诗歌等都提供了诗歌形式作为伦理表达的典型案例。

　　罗兰·巴特（Roland Barthes）认为，文本是一个由引文组成的结构，作为文本重要内容的诗歌形式也始终存在于与其他诗歌形式和文本的关系之中。具体的诗歌形式不仅仅是一种体现了创作主体的美学追求和创造能力的艺术创造，而且反映出创作主体对其他创作主体和阅读主体以及与后两者所凝聚的美学、文化、政治、道德等价值体系的回应和关切，因而具有不可忽视的伦理意义。一个文本不仅呈现出该文本与其他文本的互文关系，而且反映出该文本构建主体与其他主体的关系、该文本建构的文化语境与其他文化语境的关系。一个文本的建构离不开特定的伦理环境，且意味着与不同伦理环境之间的关系。一个文本的建构不可避免地反映了文本建构主题的伦理关切，不可避免地与其他文本建构主体的伦理关切和观念发生联系。美国非裔诗歌由于其特殊的历史文化语境，诗歌形式具有民族表达和生存意义上的策略功能，诗人往往借助于休斯顿·A·贝克（Houston A. Baker, Jr., 1987）所说的"形式的掌控"与"掌控的变形"来呼应其对种族内部和种族之间、主体之间与主体自身的文化和政治关切，因而被赋予了具有浓厚的政治文化特质的伦理意义。在这一意义上，文学文本的建构也是一个重要的问题，关注文学文本建构的动机、过程、策略、形式有助于将文学阐释和研究引向对语言之外的文本形式的意义的探寻。

　　文学伦理学批评在英语诗歌批评领域的延展和运用既有利于这一理论运用范围的拓展，又是基于中国本土文学批评理论的本土化诗歌理论建构，也是对美国诗歌乃至世界诗歌研究的中国理论贡献。

第 2 章　英语诗歌批评的中国知识话语建构：以美国诗歌批评为例

4. 诗歌叙事学理论与批评探索

21 世纪之初，中国学者也开始将叙事学理论引入英语诗歌研究，如谭君强关于诗歌叙事学的相关论文、谢艳明的专著《诗歌的叙述模式与程式》（上海外语教育出版社，2008）等，初步形成诗歌叙事学理论雏形。21 世纪以来，国内和国际叙事学研究发展迅猛，特别是 2010 年以来，叙事学研究不仅延展到人类学、医学等诸多学科领域，而且也向诗歌等不同文学艺术门类渗透和蔓延。国内学界开始探讨并尝试建构诗歌叙事学。李孝弟（2017：135-145）发表论文《叙述学发展的诗歌向度及其基点——关于构建诗歌叙述学的思考》，认为叙述学理论与批评已经拓展至不同学科、不同媒介与不同文体，有必要建构诗歌叙述学。他还认为，诗歌叙述学要以诗歌文本特征为基础，借鉴保留叙述学理论与方法中适合于诗歌叙述分析的成分，取消抒情与叙事的二分对立，重新界定内容与形式所指，注重诗歌的隐喻思维特征。

叙事学研究专家谭君强在 2013 年首次正式提出创建"诗歌叙事学"的观点。他先后发表了一系列文章，如《论抒情诗的叙事学研究：诗歌叙事学》（2013）、《诗歌叙事学：跨文类研究》（2015）、《再论抒情诗的叙事学研究：诗歌叙事学》（2016）等，较为系统地阐述其诗歌叙事学的理念，并特别强调诗歌叙事学关注的重心应该在于抒情性诗歌。谭君强（2013：122）认为，后经典叙事学打破了传统叙事学研究不包含叙事要素的抒情诗歌的成规，叙事学理论和方法可以运用于抒情诗歌的分析与阐释；不仅具有某些叙事因素的抒情诗歌可作叙事学研究，即便不具备明显叙事因素的抒情诗歌，也可在叙事学的视阈下进行探讨。他在《诗歌叙事学：跨文类研究》一文中呼吁，当代叙事学研究应该打破文类分隔、开展跨文类研究，叙事学理论和方法进入诗歌研究是一个值得探究的新领域，而诗歌的叙事学研究尤其要重视抒情类作品。在他看来，作为跨文类研究的诗歌叙事学旨在促进一种新的研究在理论与作品实践相结合的基础上有效地开展（谭君强，2015：113-118）。2016 年，他再次发表文章，特别强调诗歌叙事学应以抒情诗为主要对象，在以抒情诗为主的前提下，从"诗歌"这一文类角度展开相关的叙事学研究，这样有利于彰显其独特的理论视角，并从一个新的角度展开富于成效的研究（谭君强，2016：99）。

在上述理论探讨中，诗歌叙事学的研究对象是诗歌，尤其是抒情性诗歌。就具体研究内容而言，则需要关注诗歌（特别是抒情性诗歌）的独特性。一方面，抒情诗与其他文学文类具有诸多共性，可以借助于叙事学的一般理论去加以阐释和分析。另一方面，抒情诗虽然常常并不具备叙事性文体所存在的一般叙事性要素，如故事、故事叙事者、时间顺序等，但还存在其他具有叙事学研究价值的要素值得运用叙事学理论和方法进行分析。谭君强认为，抒情诗中"无限丰富的情—事逻辑发展过程与时间变化过程"足可以用于叙事学视角下的考察。他说，"抒情诗歌中无限丰富的情—事逻辑发展过程与时间变化过程，无疑可以为探讨抒情人丰富多样的内在情感以及抒情诗歌本身独特的技巧与形式提供不同的视角，有可能让人打开一扇未曾被开启的门"（谭君强，2013：124）。当然，面对不同于一般叙事文学的研究对象，诗歌叙事学理论也应该随机应变："叙事理论是用以对丰富的叙事作品进行阐释与分析的，当分析与阐释的对象有所变化时，原有的理论阐释系统自然也不可能一成不变，必须在原有的基础上作某些调试，以对新的研究对象作有效的阐释，这一过程恰恰是促使理论研究本身不断得以深化、并使其更为锐利有效的途径"（谭君强，2013：124）。就中国学界目前的研究而言，诗歌叙事学目前还只是思想萌发和倡议阶段，在理论完善和方法创新方面还有很长的路要走。

尽管如此，诗歌叙事学作为中国学者在新时代倡导的理论方法创新和实践探索，仍然有其学术引领意义。一方面，尽管谭君强教授及其团队并没有聚焦于美国诗歌研究，但是他们秉持一种理论自觉、尝试着运用诗歌叙事学的观念和视角开展了一系列诗歌批评实践，具有创新性和启示性。如谭君强与其团队成员运用诗歌叙事学的基本立场和学术视角开展英语诗歌批评，合作发表了《安德鲁·马弗尔〈致他娇羞的情人〉的结构与空间叙事》（2017）、《莎士比亚十四行诗第107首——抒情诗的叙事学分析》（2016）、《叶芝的〈第二次降临〉：抒情诗的叙事学分析》（2018）、《菲利普·拉金与托马斯·胡德的〈我记得，我记得〉抒情叙事学分析》（2018）等论文，为诗歌叙事学理论建构提供了批评素材，同时也为诗歌叙事学的批评实践提供了案例。

第 2 章　英语诗歌批评的中国知识话语建构：以美国诗歌批评为例

另一方面，诗歌叙事学理论构想为国内学术提供了新的方向，便于聚合中国学者力量，共同推进诗歌叙事学的理论建设与实践，推动中国原创理论发展和学术话语创新。近年来，国内诸多学者在诗歌研究方面也开始关注叙事问题，尽管并非都使用了诗歌叙事学相关术语，但客观上为诗歌叙事学的理论建构与发展提供了实践支撑，可以推动诗歌叙事学在中国学术实践中的成长。

21世纪以来，中国学者在叙事学理论范式的框架下开始关注美国诗歌的叙事风格、叙事声音等叙事要素的研究。以诗歌叙事的文体风格为例，黄潇（2020：140-141）在《论布劳提根诗歌叙事的小说化特征》中，借助美国垮掉派诗人布劳提根（Richard Brautigan）"诗人—小说家"的双重身份，指出布劳提根的诗歌具有明显的小说化特征。文章认为，作品中的诗人主要通过作为小说结构性特征的戏仿和题材混合两种方式，完成了对长篇小说的时代性、未完成性特征的借鉴与改造，发展了诗歌叙事的小说性力量。诗歌叙事模式小说化的更新不仅制造了陌生化的诗学效果，能够复活读者对语词原初情态的感受，达成对惯性日常的超越，更为那个时代的社会文化心理拓开一个窗口，成为引领读者体认20世纪50年代末美国反文化运动酝酿时期年轻一代与主流文化的隔膜、对峙，以及70年代中期美国反文化运动尾声时期年轻一代朝向自我和内心的重要转向的方式。

叙事声音也是诗歌研究中开始被关注的一个话题。例如，诺贝尔文学奖获得者格吕克诗歌中的多重叙事声音得到了国内学者的关注。在《论格吕克诗歌中的面具声音》中，孙立恒从神话人物面具之声、自然花语面具之声、现世凡人面具之声三种面具声音切入，考察了格吕克抒情叙事模式中异质性、对话性的面具声音。孙立恒进一步强调，面具声音为格吕克的叙事建构提供了一种他者视角，能够赋予抒情主体在现实中并不存在的认知特权，零距离地触摸个体生命的内部，并同时修正着单一主体叙事的自我中心主义倾向，有效规避了传统抒情诗的自恋或自我暴露的危险，从而使对自我和世界的审视变得更加客观和锐利。从这一角度而言，格吕克的面具之诗强化了主体间性的流动性，在美学维度上创造了一个共享文化及其历史的崭新视野（孙立恒，2021：80）。如果说孙立恒在宏观视域下对格吕克诗歌中的面具声音做出了概括性评析,包慧怡的《格丽克诗歌中的多声部"花园"叙事》则缩小叙事空间,并将其定位至"花园"的探索。作为多部诗集中作为言语行为的发生地而反复出现的意象,"花园"对格吕克的诗歌而言具有独特的意义。通过评析在"花园"中活动的花朵、人类园丁和神三类抒情叙事者,包慧怡指出,多声部的叙事形式以多样的第一人称打破了失语和沉默,在同一个花园里诉说着不同版本的自我叙事,而这些彼此质疑、问询、相互竞争的声音共同汇成一种巴赫金式的复调抒情,使得诗人园丁精心培育的这座人间花园成了一座言语的竞技场:花园是催生言语的温床,又是言语对峙的剧场。由此,"花园"中上演的多声部言语行为,超越了文本系统的自我指涉性,成为多重话语之间共存、碰撞的叙事方式,更是格吕克不断探索、获得和解放潜藏的诗性声音的诗学思考(包慧怡,2021:56)。

总体而言,尽管诗歌叙事学还处于萌生、成长阶段,但无疑体现了我国新时代理论创新和话语创新的学术努力,并且有助于整合国内学术力量,开辟一个新的学术研究领域,引领中国的诗歌研究多元化。正如谭君强(2013:119)所说,诗歌叙事学作为叙事学的又一分支正在逐步形成之中,它为抒情诗歌的研究以及叙事学理论本身的发展开辟了一条新的道路。

2.4.3 新时代中国的英语诗歌批评方法及其创新

新时代中国的英语诗歌批评方法灵活多样,有效促进了这一时期英语诗歌研究的中国特色和自主话语建设。这一时期的英语诗歌批评大体呈现三种范式,即:文学理论驱动的诗歌批评,旨在运用后殖民理论、新历史主义批评、生态批评、女性主义批评、叙事学理论、文学伦理学批评等理论探讨诗歌的主题思想并给予评价;诗歌观念驱动的诗歌批评,旨在探讨并评价英语诗歌中具有革命性和代表性的诗学观念及其艺术实践;现实需要驱动的诗歌批评,旨在根据社会文化现实需要去探索和解决英语诗歌的特定问题。在这三种批评范式中,研究者都会根据自

第2章　英语诗歌批评的中国知识话语建构：以美国诗歌批评为例

己的研究对象、研究目标、研究理论和路径需要选择不同的研究方法。总体而言，这一时期最具有代表性的英语诗歌批评方法有三大特征，即基于文本的研究、基于中国立场的研究、跨学科研究。

1. 基于文本的诗歌批评

新时代中国的美国诗歌批评乃至整个英语诗歌批评强调以文本为基础，这是国际文学批评界在21世纪之初从文化研究回归文本的具体响应，同时也是中国诗歌批评传统回归的体现。一方面，这一时期的英语诗歌批评，在延续前期对文化、社会问题学术关切的同时，越来越多的研究强调基于文本研究和审美阐释；另一方面，早前关于英语诗歌本体的基本理论认知也从单纯的本体描述延伸到了社会文化维度。也就是说，新时代基于文本的英语诗歌批评本质上是对欧美新批评传统和文化批评传统的一种调和，是对审美性与文化性的融合，因而文本在诗歌批评中的地位和价值得到凸显。新时代的部分中国学者倾向于将诗歌文本视为意义建构的机制、意义展演的方式和意义自身，而不只是意义的载体；或将文本视为审美与文化相遇的开放舞台，而不是一个封闭的自足体。例如，倪志娟（2016：45-50）在探讨摩尔诗歌中的"性别伦理"时也是基于其诗歌文本，包括诗歌的写作技法、声音节奏、副文本；张琼（2019：130-139）通过剖析美国当代本土裔诗人维兹诺的诗歌文本，包括其诗歌语言和形式特征，揭示诗人对土地和传统的思考与情感；罗良功（2021：115-126）通过剖析美国非裔诗人兰斯顿·休斯的诗歌《立方块》（"Cubes"）文本，包括其语言表达、视觉呈现、声音形态，揭示殖民主义政治与现代主义文化相勾连的文化帝国主义本质，以及诗人对精英现代主义进行批判的态度。在这些案例中，诗歌文本不再仅仅只是语言文字所构建出来的文本，只需要关注其修辞手段、意象和语言策略，而且还是由语言的物质要素和非语言物质要素所建构的文本，还需要关注构成诗歌文本的声音和视觉因素以及诗歌文本的语言文字、视觉元素与声音元素之间的关系。由此可见，新时代中国学界关于诗歌文本的内涵发生了根本性变化，因而，基于文本的诗歌批评呈现出了更宽广的学术空间。

2. 基于中国立场的研究

新时代中国的英语诗歌批评的一大特色就是基于中国立场开展批评。在中国文化自信、中国文化"走出去"、建立中国学术气派的国家意志激发之下，中国立场渐成中国的英语诗歌研究的基本立场，研究者由此去发现中国与英语国家的文学／文化关系、寻找服务中国建设的研究课题、确立中国独特的具有前沿性的学术话语。首先，学者们基于中外文化关联开展英语诗歌研究，例如探讨金斯堡在访问中国期间的文化体验及其与中国诗人的交流、意象主义如何从中国文化吸收养分而最终再向中国的回流与影响、惠特曼与狄金森如何对中国现代诗歌产生深远影响等等。其次，学者们基于中国社会需要开展英语诗歌批评，例如通过分析美国诗歌揭示的种族主义日常生活化来廓清中国关于美国民主的观念、通过剖析美国诗歌关于中国形象的书写来服务于中国的对外文化宣传与国际传播。第三，学者们基于中国文化"走出去"的需要开展英语诗歌批评，例如探讨斯奈德生态思想的中国源流、玛丽安·摩尔诗歌创新与中国绘画艺术的渊源、兰斯顿·休斯的革命隐喻与中国红色文化之间的关系等等，去挖掘美国诗歌对中国文化的接受、对中国的书写、与中国文化的互动，由此为中国文化"走出去"提供决策参考和路线图。在本质上，基于中国立场的英语诗歌批评旨在服务于中国社会文化建设和中国学术话语和知识体系的建构，因而，中国立场也就意味着中国学者在研究方法、研究题材和目标上实行联动，共同服务于中国的社会文化建设。

3. 跨学科研究

文学作为人学、作为语言艺术，其自身具有不可否认的跨学科性，因而其研究方法的跨学科性也是不言而喻的。新时代英语诗歌批评在一定意义上见证了文学批评的跨学科性从隐性转向显性、从传统学科的"跨"转向现代学科的"跨"。这一方面是由于 20 世纪后半叶作为欧美主流的文化批评日益繁荣，淡化了文学批评的学科边界而将所有可能的学科都纳入文学批评的疆域，而且比较文学的美国流派在世界影响日盛，将文学的跨学科比较研究推向前台。另一方面，这是由于 21 世纪

第2章　英语诗歌批评的中国知识话语建构：以美国诗歌批评为例

以来，特别是中国进入新时代以来，世界的学科观念发生了重大变化，跨学科成为人类知识生产和技术创新的主流，中国以国家名义正式提出"新文科"概念并发表《新文科建设宣言》，"交叉学科"也被列入国家第十四大学科门类。可以说，新时代中国的英语诗歌的跨学科研究是对新时代学科发展新方向以及文学批评传统的回应。因而，跨学科研究成为新时代英语诗歌研究的方法自觉。新时代的诗歌批评除了承续此前的语言学、生态学、伦理学、民族学、社会学等学科的理论方法和视角之外，进一步与数字人文科学、新媒体技术、传播学、心理学等具有鲜明时代性的学科领域相结合。以上三个方面的转变，契合了诗歌作为独特文学形式的内在特质，符合中国研究英语诗歌的社会需求，呼应了因人类知识发展而导致诗歌研究学术环境的变化。例如，欧荣、钱兆明、李小洁等学者提出以"跨媒介""跨艺术"的研究方法探讨艺格符换诗。王立言从心理学视域下冥想的思维机制出发，剖析贯穿于狄金森联觉诗歌中的"冥想过程的三个部分——回忆、理解和决议，"认为"狄金森的文学联觉并不是她的生理联觉，而是冥想式联觉。（当且仅当）她进入冥想状态时，才会产生这种冥想式联觉"，因而"我们不能把她的文学修辞当做她的神经和心理的真实产物"，而是应当以一种冥想想象力的方式进入狄金森的诗歌研究之中（王立言，2014：214）。郭一（2017）等学者将美国诗歌置于病患体验之中探索诗人的诗学观念以及诗歌创作。

总体而言，新时代英语诗歌批评方法的丰富多样反映了新时代中国在外国文学批评领域的学术繁荣，同时，这一时期批评理论方法的三大特征也反映出鲜明的时代性和中国特色。批评方法的发展既拓展了中国在英语诗歌/文学批评领域的知识，也促进了中国学术话语的建设并走向成熟。

第 3 章
诗歌史研究与中国知识话语建构：以美国诗歌史研究为例

3.1 引言

国别文学史研究是以国别文学研究为基础，又构成国别文学研究的重要分支。中国的英语诗歌史研究是英语文学研究和诗歌研究走向成熟的必然要求，也是中国的外国文学史研究向前推进的一个新阶段、新领域。在这一意义上，中国的美国诗歌史研究具有鲜明的代表性。自从1978年董衡巽编写的《美国文学简史》（上）作为中国改革开放以来第一部美国文学史出版以来，中国学者在美国文学史研究以及美国诗歌研究领域不断拓展，美国诗歌史研究和编撰也得到了显著的发展，在新时代取得了较为丰硕的成果，彰显出成熟、深刻、独到的特征。本章聚焦于新时代中国学界对美国诗歌史的研究，总结新时代美国诗歌史研究的学术成就和特点，并以此揭示中国的英语诗歌史研究新发展及其对中国知识和话语构建的贡献。

3.2 改革开放以来美国诗歌史研究概况

文学史研究成果表现为理论研究成果和文学史编撰成果。文学史的理论研究既是对国内外文学史观和学术思想的思考和拓展，也服务于文学史的编撰；文学史编撰既得益于文学史理论研究成果的转化和思想指导，又进一步推动文学史的理论研究和文学思想的探索。1978年以来，中国的美国诗歌史理论探索与编撰实践相互激发，在新时代形成一个小高潮。

1978年出版的《美国文学简史》(上)[1]标志着中国学者撰写"自己"的美国文学史努力的开始。这尽管不是美国诗歌专史，但是在美国文学史的框架下展现了美国诗歌发展的基本脉络，甚至开辟专章阐述美国诗歌史。特别值得关注的是，该书将兰斯顿·休斯、克劳德·麦凯（Claude McKay）、吉恩·图默（Jean Toomer）等美国非裔诗人置于哈莱姆文艺复兴专章之下介绍，为此后中国编撰的美国文学史、美国诗歌史开辟了一个不曾涉及的领域。此前，美国国内极具影响力的美国文学史著作之一《哥伦比亚美国文学史》（Elliott，1988）在20世纪下半叶首次将族裔文学纳入美国文学版图。20世纪90年代，美国文学史编撰出现了第一个高潮，较重要的著作有：张锦的《当代美国文学史纲》（1993），常耀信的《美国文学史》（上册）（1998），金莉、秦亚青的《美国文学》（1999），杨仁敬的《20世纪美国文学史》（1999），这些通史或断代史都专门介绍了美国诗歌脉络或重要诗人；王长荣的《现代美国小说史》（1992）、汪义群的《当代美国戏剧》（1992）、郭继德的《美国戏剧史》（1994）张子清的《二十世纪美国诗歌史》（1995）、周维培的《当代美国戏剧史》（1999）等文类史著作，这些标志着中国的美国文学史研究开始朝纵深发展。张子清的《二十世纪美国诗歌史》是国内美国诗歌史研究的集大成者，内容丰富，规模宏大，近90万字，覆盖了20世纪之初至90年代初期的美国诗歌全景。该书既按照庞德和艾略特两个传统对美国"主流"诗歌进行了历史梳理，也将美国边缘诗人和群体进行介绍，较全面地反映了多民族美国的多样化诗歌历史。

20世纪90年代的国内美国文学史编撰是对美国文学研究的深入，也为今后美国文学史、美国诗歌史研究的进一步拓展奠定了坚实的基础。这一阶段的文学史编撰既激发了中国学界对美国文学史理论研究的兴趣，同时也推动了中国学界对包括美国诗歌史在内的外国文学史编撰的热情。随后经过十余年的沉淀与反思，21世纪的第二个十年迎来了美国诗歌史研究的又一波小高潮，中国的美国诗歌研究进入新时代。

---

1 下册于1986年出版

第 3 章　诗歌史研究与中国知识话语建构：以美国诗歌史研究为例

新时代的中国学界更加关注对美国文学史的理论反思，并取得了较丰硕的理论成果。首先，中国学者开始系统反思美国本土的文学史编撰理念和话语体系。王玉括的两篇论文《中国学人对美国文学史编写的思考》《"美国文学史"研究在中国》聚焦于以 20 世纪以来美国出版的五套代表性美国文学史著作，即威廉·特伦特（William Peterfield Trent）主编的四卷本《剑桥美国文学史》（1917—1921）、罗伯特·斯皮勒（Robert Spiller）主编的《美利坚合众国文学史》（1948）、艾默瑞·埃利奥特（Emory Elliott）主编的《哥伦比亚美利坚合众国文学史》（1988）、萨克万·伯科维奇（Sacvan Bercovitch）主编的八卷本新《剑桥美国文学史》（1994—2005）、格瑞尔·马库斯（Greil Marcus）与维纳·索勒斯（Werner Sollors）主编的《新美国文学史》（2009），梳理了百年来美国文学史编撰思想和话语体系的发展流变，探析了不同时代美国主流思潮对文学史编写的影响以及编撰者对美国文学、美国文化及美国历史的认识，并评析了改革开放以来中国学人对美国学界编写美国文学史的反思和批判，探讨中国学界在批判地吸收、借鉴基础上编撰中国的"美国文学史"的路径和启示（王玉括，2021a：80-87；2021b：85-91）。李松（2016：208）也剖析了马库斯和索勒斯的《新美国文学史》中的后现代主义文学史观。他认为，向文化研究泛化的文学史学科有必要反思自身的学科边界：文学史书写的性质是什么；文学史研究可以、能够、应该做什么；《新美国文学史》对于重新反思文学史理论与实践的启示价值表现在改变观照对象的角度，重新理解文学、历史以及文学与历史的关系，对各种书写思路与方法保持开放的、宽容的态度。罗良功（2013a：8-13）在《中心的解构者：美国文学语境中的美国非裔文学》一文中，质疑国内外美国文学史编撰忽略非裔文学的历史作用和文学地位的观念和实践，通过剖析美国非裔文学与美国文学——特别是美国主流文学——之间的关系，认为美国非裔文学的发展促进了美国文学独立，美国非裔文学的差异性存在促进了美国文学的去中心化、多样性和差异性融合，理所当然应该在美国文学史中彰显其文学地位和文化贡献。杨明晨（2020：112-119）也从"国家"叙述的视角探讨了美国华裔文学批评与美国国家文学史书写，认为美国华裔文学在不断协商"多元"与"一统"的美国整体国家话语结构中，始终难逃传统主流话语的宰制，其在国家叙述中实则面临着成为他者的命运。这些理论思考都对中国的美国文学史和诗歌专史编撰提供了理论指导。

其次，中国学者对中国编写的美国文学史进行理论反思。例如，韩加明（2012：70-76）、金衡山（2013：54-61）对改革开放时期至20世纪90年代的美国文学史著作的得失、特色、贡献、创新等进行了盘点和历史评价，为新时代的文学史编撰和研究提供了历史咨鉴。金衡山在文章中不仅对相关美国文学史专著逐一点评，而且还梳理了王佐良、盛宁等国内学者自改革开放以来发表的关于美国文学史编撰的观点。王祖友（2022：124-128）则对杨仁敬主编的《20世纪美国文学史》（修订版）进行了评点，探究了该著作对美国文学史编撰和研究的启示。此外，虞建华（2019：155-158）、姚君伟（2019：165-170）、王光林（2020：162-165）等学者还就张子清的《20世纪美国诗歌史》（修订版）进行了评介，归纳了该著所体现出来的文学史观和编撰理路与经验，高度肯定了该著基于中国视角和个人经历与学术体验建构中国的美国诗歌史的学术立场与文学史观，以及强调多民族美国、将少数族裔诗歌和华裔诗歌纳入美国诗歌史架构的史学视角。

3.3　新时代中国美国诗歌史研究的成就

中国的新时代也见证了中国美国诗歌史编撰的丰硕成就。这一时期的美国诗歌史成果主要表现为三种形式。一是美国文学史架构中的诗歌史；二是美国诗歌专题史；三是美国诗歌专门史。

1. 美国文学史架构中的诗歌史

这一时期出版的四卷本《新编美国文学史》（2019）由刘海平和王守仁担任主编，分别由张冲、朱刚、杨金才、王守仁负责撰写，在美国文学史的框架下书写美国诗歌史，将诗歌史嵌入美国文学的发展之中，也挖掘了不同历史时期诗人的诗学观与文学批评流派之间的关系。该书将美国文学史追溯到殖民地时期之前的印第安部落文学，并对印第安诗歌作了系统梳理，在中国的美国文学史研究和美国文化研究方面具有十

第3章 诗歌史研究与中国知识话语建构：以美国诗歌史研究为例

分突出的开拓性和学术价值。由静心苑、张郭丽主编的《文化交融与碰撞视阈下的 20 世纪英美文学创作研究》(2019)一书从文化交流的视角探讨了 20 世纪英美文学及其与文化的关系，揭示了一些 20 世纪美国重要诗人诗学思想的形成与流变。

2. 美国诗歌专题史

这类诗歌专题史是指中国学者以专题论文或关于具体诗人、诗类、流派的专著所呈现的美国诗歌史。例如，潘小松于 2011 年出版的《书国漫游》将目光投向 20 世纪 70 年代的诗歌，彼时政治与审美激进主义丰富了美国诗歌的多元书写，大众文化影响下的美国诗歌与大众之间的距离缩小。朱新福的《美国经典作家的生态视域和自然思想》(2015)对美国文学史上具有生态主义思想的诗人进行了梳理与论述。蒋岩(2019b: 192–202)在《论诗歌声音与表演的录制档案——以"宾大之声"在线诗歌档案为例》一文中，以宾夕法尼亚大学 PennSound 数字化诗歌档案库为例，梳理了 20 世纪中期以来美国诗歌声音档案和诗歌表演音像录制的历史，从一个侧面展示出 20 世纪兴起的美国表演诗歌和有声诗歌的发展进程。赵小琪、周秀勤的论文《20 世纪美国诗歌建构中国形象的方式论》(2021: 16–25)讨论了 20 世纪美国诗歌建构中国形象的方式论，提出了 20 世纪美国诗人再造中国器物表征与再造中国化视觉空间，旨在通过"发现"中国来言说自我的观点。罗良功的论文《美国当代诗歌的视觉诗学》(2023: 80–86)在英语文学史的语境下考察美国当代诗歌视觉诗学的历史源流、外在特征、美学价值和文化意义。

还有学者以诗人或诗派研究来书写美国诗歌专题史。例如，刘立平的《纽约派诗歌研究》(南开大学出版社，2014)较为系统地梳理了纽约派诗歌运动发展史，并对相关问题进行了较有深度的研究。该书共分 8 章，详细探讨诗人与自然、诗人与城市、诗人与绘画的关系，将纽约派诗人与整个纽约的城市文化结合起来，以此从不同的角度审视纽约派的发展进程。梁晶的《现象学视阈下威廉斯诗歌美学研究》(上海交通大学出版社，2015)以现象学的理论为基础研究威廉斯诗歌中的美学思想，从"想象"的内涵源起和演变、诗性或内在哲性以及历史、教育、政治经济等层面考察威廉斯的想象诗学。柳士军的《世界文学视阈下的朗费罗诗歌研究》（新华出版社，2017）在世界文学语境中考察朗费罗的诗歌，包括朗费罗诗学中的世界文学观、欧洲文学对朗费罗诗歌影响、美国文学朗费罗诗歌的传承、朗费罗在现当代中国的译介、中国文学与朗费罗的双向形塑。殷晓芳的《浪漫派视域中的美国现代诗歌审美的实用主义》（厦门大学出版社，2019）以美国现代诗歌审美与实用主义哲学的关系为主题展开论述，认为发轫于美国历史经验的现代诗歌与实用主义哲学之间具有内在的动态关联，前者从后者那里获得了审美性情、思维模式、意义结构和哲学底色，同时也为后者提供了思想品味、理论灵感、诗学范式和诗性气质。黄宗英的《爱默生与美国诗歌传统研究》（高等教育出版社，2018）采用文学批评和文化批评相结合的方法，揭示了爱默生思想和文学特征对美国其他诗人（包括惠特曼、弗罗斯特、威廉斯等诗人）和诗歌传统的影响。

3. 美国诗歌专门史

与20世纪90年代中国的美国文学史编撰开始走向专门化、从综合史走向文类史和断代史相比较，新时代中国的美国诗歌史编撰则显示出一个相似的变化，即美国诗歌史编撰从整体诗歌通史或断代史走向更加专业、更加深入的诗歌专门史撰写。黄宗英的《美国诗歌史论》（中国社会科学出版社，2020）贯通殖民地时期以来的美国诗歌史，虽然其重心并非在于美国诗歌历史叙述，却创造性地展现了美国主流诗歌传统流变的基本脉络。该书以美国诗歌历史上20余位重要诗人及其诗歌为观测点，通过考察代表性诗人的个性风格、诗学理论、诗歌创作特征及其在历史维度的承续流变，勾勒美国诗歌发展的总体脉络，总结了不同时期、不同流派、不同文化背景的诗学理论和诗歌创作特点。该书分为早期美国清教诗歌、19世纪美国浪漫主义诗歌、20世纪美国现代诗歌和20世纪美国后现代诗歌等四个篇章，集中细读了从17、18世纪美国殖民地时期的清教诗歌到20世纪70年代后现代时期美国黑山派诗歌的代表性诗歌作品，其中包括安妮·布拉得斯特里特（Anne Bradstreet）、爱德华·泰勒（Edward Taylor）、拉尔夫·沃尔多·爱默生（Ralph Waldo Emerson）、沃尔特·惠特曼、罗伯特·弗罗斯特、托·斯·艾略特、威

第 3 章　诗歌史研究与中国知识话语建构：以美国诗歌史研究为例

廉·卡洛斯·威廉斯、查尔斯·奥尔森等代表性诗人及其代表诗作。

张子清的三卷本《二十世纪美国诗歌史》（修订版，2019）堪称美国诗歌综合性断代史巨著。该著作以 20 世纪为主体，上溯到 19 世纪末期、下及 21 世纪之初，对美国诗歌进行了全方位的综合述评。著作第一卷主要探讨美国现代派诗歌逐渐从欧洲主流发展成为独具美国特色的诗歌潮流，梳理了艾略特—兰瑟姆—艾伦·退特与庞德—威廉斯—H. D.（杜立特尔）两条诗歌道路，论述了这一时期的主要现代派诗歌流派和代表性诗人。第二卷主要探讨美国后现代时期多元化的诗歌流派和运动，包括从现代派到后现代派过渡的中间代美国诗人、后现代时期的主要诗歌流派和运动及其代表诗人，如纽约派、黑山派、莫纳诺克新田园诗、西海岸的威尼斯西派和新南方诗歌、自白派和后自白派、垮掉派和后垮掉派、语言诗和后形式主义诗歌等，勾画出后现代时期美国诗歌逐渐转向多元特色的发展轨迹。第三卷则重点书写美国少数种族/族裔诗歌创作，包括非裔诗歌、印第安诗歌、墨西哥裔诗歌、华裔诗歌，还特别来自苏联或东欧国家的移民诗人、东方禅宗对美国诗歌的影响等进行单独的历史叙述。

新时代见证了中国的美国诗歌史编撰逐渐从国家诗歌综合史走向民族诗歌史编撰，这是美国诗歌史研究不断深化和精细化的标志，既与国内学界越来越强烈地以美国作为多元民族国家观念重新审视和修正中国学术的努力相关，也与中国的美国文学研究自 20 世纪末期开始逐渐冲出所谓"主流文学"窠臼、更加关注美国族裔文学的趋势有关。在新时代，中国学者除了编撰美国诗歌综合史以外，开始编写少数族裔诗歌史，包括美国非裔、印第安裔、犹太裔、华裔诗歌史。王卓的《多元文化视野中的美国族裔诗歌研究》即是一部代表性著作。尽管作者声称本书并非"美国族裔诗歌史的研究"，但是该书以洋洋 90 余万字的篇幅，对美国族裔诗歌进行了总体梳理，并在美国多元文化（而非多元文化主义）的视野下分别考察了 20 世纪 60 年代以来最具代表性的美国少数族裔诗歌，即印第安诗歌、犹太诗歌、非裔诗歌，为了保证研究的完整性，该专著也涉及部分 19 世纪和 20 世纪上半叶的族裔诗人论述，因而，在总体上较完整地呈现出美国族裔诗歌的历史样态。该专著不仅对包括印第安裔、犹太裔、非裔、亚裔、拉丁裔在内的美国族裔诗歌的基本面貌作了全面梳理，而且选择从原始与现代的对话、边缘文化与中心诗学的对话、政治与诗学对话的视角分别切入美国三大主要少数族群诗歌，"从多元文化视角对美国族裔诗歌的文化多元性进行考察，并特别关注了美国族裔诗歌与美国社会政治、文化和历史的内在关系"（王卓，2016：10），巧妙而深刻地勾勒出相关族群诗歌成长与发展的独特性，展现了族群诗歌整体之中的多样性和复杂性。可以说，该著作是迄今最全面（或许也是最深入的）关于美国族裔诗歌史的专著。

在美国非裔诗歌史研究方面，除王卓的上述专著外，谭惠娟、罗良功等著的《美国非裔作家论》（上海外语教育出版社，2016）、罗良功即将出版的《20世纪美国非裔诗歌史论》（中国社会科学出版社）以及罗良功的论文《美国非裔文学：2000—2016》基本构建了一个较完整的非裔诗歌史体系。《美国非裔作家论》以90万字的篇幅，对美国历史上重要的非裔作家进行了历史考察，涉及近20位诗人，半数诗人是中国学界首次介绍和论及的对象，形成了美国非裔诗歌史的基本骨架。罗良功的《20世纪美国非裔诗歌史》以20世纪美国非裔诗歌为主要研究对象，对美国非裔诗歌源头以来的诗歌史进行了回溯，对21世纪非裔诗歌进行了介绍。该书基于艺术与政治两个维度系统考察20世纪美国非裔诗歌的发展流变，梳理不同阶段美国非裔诗歌在政治表达和艺术实践方面的成就与特点，剖析非裔诗歌的政治与艺术之间的互动关系。具体而言，该书揭示了20世纪之初至哈莱姆文艺复兴时期黑人诗歌美学的确立、30年代非裔诗歌的激进政治与艺术探索、40—60年代民权运动时期非裔诗歌的现代主义浪潮、黑人艺术运动时期非裔诗歌对激进民权运动的艺术回应、黑人艺术运动之后到20世纪末期美国非裔诗歌在艺术与政治两极之间的多元化诗歌探索、世纪之交美国非裔诗歌的传承与创新。总体而言，该书通过考察20世纪美国非裔诗歌基于艺术与政治互动的诗学传统的形成、发展与嬗变，探讨了不同历史阶段的诗歌通过回应时代和传统而对美国非裔诗歌传统形成的推动作用，展现了美国非裔诗歌史的基本面貌。罗良功（2017c：168-176）在《美国非裔文学：2000—2016》一文中对21世纪之初的美国非裔文学（包括非裔诗歌）进行了全面考察，认为新世纪之初美国非裔文学（诗歌）在延续非裔文学关怀现实的社会责任与文学艺术传统的同时，随着非裔跨国文学社区

第 3 章　诗歌史研究与中国知识话语建构：以美国诗歌史研究为例

的形成，表现出更加丰富多元的文化身份，更加凸显个性的族裔书写风格，融合黑人性、美国性、世界性和当下性的更强大的艺术自信。

张琼的《生存抵抗之歌：当代美国本土裔（印第安）诗研究》（华东师范大学出版社，2021）是国内系统研究当代美国本土裔（印第安）诗歌的专著。该书以美国当代本土裔诗歌文学整体发展为框架，通过梳理当代美国本土裔诗歌文学的源与流，重点研究了莫马迪（Navarre Scott Momaday）、维兹诺（Gerald Vizenor）、奥蒂茨（Simon J. Ortiz）、霍根（Linda Hogan）、罗斯（Wendy Rose）、贝尔（Young Bear）、哈乔（Joy Harjo）、厄德里克（Louis Erdrich）、阿莱克西（Sherman Alexie）九位代表性诗人及其诗作，考察这些诗人和作品在整个当代美国文学发展中的地位，较全面地呈现了当代美国本土裔诗歌的发展，并反映出美国印第安诗歌艺术的历史传承与发展。

宋阳的《华裔美国英语诗歌研究——比较诗学视域中的语言表征》（中国财政经济出版社，2018）虽然不是华裔诗歌史的专著，却梳理了美国华裔诗歌史的基本脉络，并聚焦于华裔诗歌的语言表征，反映了华裔诗歌语言艺术的历史流变。

此外，李保杰的《美国西语裔文学史》（山东大学出版社，2020）作为中国第一部专门研究美国西班牙语裔文学史的专著，将西语裔诗歌融入整个历史框架，尽管不尽完善和系统，但提供了一扇管窥西语裔诗歌史的窗口。

由上述论著可以看出，新时代中国的美国诗歌史研究已经进入了一个新的阶段，研究选题更具体、更精细、更有深度，是在此前研究基础上的一次跨越，当然还有很多基础性的重大课题有待突破。

3.4　立足中国的美国诗歌史观

中国的美国诗歌史研究，顺应改革开放以来的学术大势，逐渐摆脱政治单一话语模式而形成科学与政治互渗模式，强调中西互鉴与中国自主相结合，在新时代初步形成较成熟的美国诗歌历史编纂观，也折射出新时代中国学界在英语诗歌史观甚至外国文学史观日趋成熟。

3.4.1 强调科学性

新时代美国文学史和诗歌史研究十分注重文学史编撰的客观性和全面性。刘海平、王守仁在 2019 年修订版《新编美国文学史》中坚持 20 年前第一版的政治史原则，他们在"总序"中写道："文学史是关于文学发生、发展和嬗变的历史叙事，它以文学创作实践为基础。但一个国家的文学史不只是单纯的文学叙事，还是一种国家叙事：一方面勾勒这个国家文学发展和演变的轨迹，总结其文学成就与经验，另一方面也描绘这个国家的整体文学形象。"他们明确提出《新编美国文学史》的主导思想，是力求"完整表现美国文学的历史全貌，深入研究不同时期主要的流派、作家与作品，总结美国文学走向世界，成为一种独立的、具有强大生命力的民族文学的成功经验"（刘海平、王守仁，2019：1）。中国学者始终坚持美国文学作为国家叙事的定位，力求"完整表现美国文学的历史全貌"，完整地回答了关于美国文学史的两个基本问题：什么是美国？什么是美国文学/诗歌？在中国学者看来，美国并不只是"白皮肤—盎格鲁-撒克逊—清教徒"（WASP）构成的单一民族国家，而是多民族国家，因而，印第安文学、非裔等少数族裔文学都应该包含进美国文学/美国诗歌的框架中来。正如施咸荣（1988：153）所说，"美国文学的丰富性与复杂性是多种文化冲突、混合的结果"。董衡巽延续了中国自 20 世纪 30 年代左翼文学以来所坚持的观念，即美国黑人文学也是美国文学的一部分，他在《美国文学简史》（1978）中辟专节介绍兰斯顿·休斯、克劳德·麦凯等非裔诗人。这一观点在新时代进一步得到发扬光大。一方面，学者们撰写美国非裔、华裔等少数族裔诗歌专门史；另一方面张冲、张琼等学者撰写美国印第安诗歌史，以此将美国诗歌史和美国文学史追溯至美洲殖民地时期之前的印第安时代。中国学界所坚持的这一"美国"文学史观相较于伯科维奇（Sacvan Bercovitch）主编的八卷本新《剑桥美国文学史》（1994—2005）把美国文学的开始定为 1590 年、索勒斯（Werner Sollors）主编的《新美国文学史》（2009）把美国文学的开始定为 1507 年（这是"'美国'这个名字开始出现在地图上"的时候）的做法，更具有颠覆性、也更早（王玉括，2021b：85-91）。

第3章　诗歌史研究与中国知识话语建构：以美国诗歌史研究为例

中国学者也坚持美国文学史/诗歌史研究的科学性和客观性，强调客观、中肯地把握美国文学史/诗歌史的核心问题。例如，罗良功在其国家社科基金后期资助项目成果、即将出版的《20世纪美国非裔诗歌史论》中紧扣艺术与政治互动这一主题，抓住了美国非裔诗歌历史发展流变的本质问题。他认为，20世纪美国非裔诗歌确立并发展了黑人美学，其实质是艺术与政治二维互动；黑人美学贯穿20世纪非裔诗歌历史，因时势与环境变化而表征不同。他以此为基础考察20世纪美国非裔诗歌史，发现其政治关切总体呈现出从集体到个体再到国家与人类、从身体与精神存在到社会体制再到语言、文体、艺术形式本身等作为意识形态的符号系统的转变，从而从本质上展现了20世纪美国非裔诗歌的发展与演变。王卓在《多元文化视野中的美国族裔诗歌研究》中，敏锐地抓住族裔诗歌与美国多元文化语境之中的文化关系这一本质问题，从美国族裔诗歌与美国主流文化之间的对话性关系、族裔诗歌与包括其他族群在内的美国文化之间的互动性关系入手，论述了美国族裔诗歌在文化对话与互动中的发展与演变历史。

3.4.2　强调中国学术的自主性

新时代中国学者越来越重视美国文学史/诗歌史研究中的学术独立和个性彰显。近年来，在国家倡导建构中国自主学科体系、知识体系、话语体系的背景下，中国学者更加强调美国文学史/诗歌史研究的中国独立个性。王玉括（2021a：81）在2021年重新审视了20世纪90年代中国出版的具有代表性的美国文学史著作，发现中国学者一方面秉持平等的对话姿态，立足"拿来主义"立场，力求凸显为我所用的文化策略；同时又在全面介绍、阐释美国学界学术成就的同时，追随其知识谱系，不自觉地复制着美国主流意识形态话语，使得他们的民族"故事"成为我们的"知识"补给。王玉括的反思反映了两个观点，他既肯定中国学术在平等对话的基础上对外国学术思想和成就进行的吸收借鉴，同时也批判了中国的美国文学史研究中不加以批判地吸收和运用的错误文学史观。由此可见，新时代的中国学者更加注重美国文学史/诗歌史研究的开放性，即加强国际学术对话和平等互鉴，同时也强调中国学术的独立性。这一点在杨仁敬的《20世纪美国文学史》一书的编撰与修订中得到呼应。王祖友（2022：125）在评价该著作时指出，《20世纪美国文学史》的编撰体现了中国学者的科研自主性和文化自觉性，一方面借鉴了国内美国文学史的体例，参阅了大量美国权威文献，注意吸取中美两国学者的研究成果，充分尊重美国的主流评价，另一方面又结合中国外国文学教学的目标和读者实际需求，注重史、论、著三者的结合。

新时代中国的美国文学史/诗歌史研究与其他领域的科学研究一样，始终坚持学术与政治统一的文学史观。中国学术强调科学标准与意识形态标准高度统一，也就保证了中国的美国文学史/诗歌史编撰和研究在对外开放时的自主性和独立性。这一文学史观延续并超越了中华人民共和国成立以来注重政治性的传统，使文学史编撰在改革开放以来不断从单一政治标准和政治话语逐渐转向新时代的学术与政治相统一，成为当下文学史研究的核心原则。

中国学者就如何保证文学史研究的独立性提出了诸多方法和路径，其中一点在新时代具有特别的意义，那就是坚持从文学文本出发进行文学史研究。在一定意义上，这一文学史观延续了中国文学治史传统和改革开放以来中国学者不断摸索出来的外国文学史研究经验。20世纪后期，王佐良先生坚持认为，中国学者编写外国文学史，"要着重作品本身，通过研究作品来讨论问题。因此要描述作品本身的内容和写法，要从中引用若干段落加以翻译阐释，使读者能多少接触到一点原作风貌"（王玉括，2021b：90）。虽然王佐良先生强调外国文学作品对于文学史撰写的重要性主要是为了确保中国读者对作品风貌的直观体验和理解，但新时代中国学者编撰美国文学时承续了重视作品的观点，同时也丰富了作品在文学史研究中的作用和意义，即通过文学作品的分析和研读提炼出文学史的事实和观点。例如，黄宗英（2020）在编写《美国诗歌史论》时，试图"通过释读美国诗歌史上具有里程碑意义的代表性诗人的代表性诗歌作品，以历史唯物主义为指导，采用文学批评和文化批评相结合的方法，夹叙夹议，既勾勒美国诗歌发展的总体脉络，又总结不同时期、不同流派、不同文化背景的诗学理论和诗歌创作特点，同时窥见并揭示

第3章　诗歌史研究与中国知识话语建构：以美国诗歌史研究为例

代表性诗人的个性风格及其在诗学理论和诗歌创作方面的区别性特征"。他还举例说明自己如何从诗歌文本释读中发现美国文学诗学传统的传承与演变：

> 爱默生在《美国学者》一文中说："这个世界主要的辉煌壮举就是造就了一个人……因为一个人包含着所有人的性格特征"；在《草叶集》中，惠特曼不仅"歌唱一个人的自我"，而且"也唱出'民主'这个词，'全体'这个词"；在《帕特森》中，威廉斯写道："这座城市/这个人，一种认同。"可见，爱默生笔下这个"包含着所有人的性格特征"的"一个人"在惠特曼笔下变成了一个包含"自我"和"全体"的人，而在威廉斯笔下，这"一个人"又进一步与一座"城市"相互"认同"。第十三和十四章围绕"一个人本身就是一座城市"这一主题，深入揭示威廉斯创作《帕特森》的心路历程，并且通过解读威廉斯《帕特森》中的代表性奇思妙喻，挖掘帕特森其人与其城之间的隐喻性关联，揭示现当代美国抒情史诗创作中戏剧性地让人与城相互捆绑和相互认同的一个艺术特征。（黄宗英，2020：2-3）

张子清在编写《20世纪美国诗歌史》时同样注重文学作品阐释的重要性。他的美国诗歌史不仅叙述自己发现诗人和诗歌的故事，而且重视依靠诗歌文本阐释来揭示作品的艺术风貌、诗人的艺术思想、诗学的传承演绎。

在新时代文化语境中，中国的美国诗歌史和外国文学史研究强调诗歌文本阐释，具有以下几个作用。首先，强调文本有助于直观展现诗人诗作的艺术风貌和思想观点及其在文学史上的流变与关系。其次，强调文本，实则是明确中国学者基于作品独立提取观点的史学立场，反映出中国学界坚持以作品为根本的文学史/诗歌史学术观。第三，在当下欧美理论至上的学术风气之下，中国学界坚持文学根本，体现了一种具有中国文化传统的文学史观和治史风格，与当下欧美理论主导的文学史话语建构模式形成互补。由此，新时代中国的美国文学史和英语诗歌史也展现出了有别于欧美的独特风格。

3.4.3 强调中国立场

新时代中国的美国诗歌史研究更加自觉地体现了中国立场，突出对中国关切、中国需要、中国传统的回应，因而十分强调运用中国视角进行美国文学史/诗歌史的认知、理解和话语建构。例如，刘海平、王守仁（2019）主编的《新编美国文学史》明确表示，该书的编写"力求从中国人视角对美国文学做出较为深刻的评述"。在此思想指导下，该书挖掘和论述了爱默生与儒家学说的关系、惠特曼对中国文学的影响、庞德对中国古典诗词的模仿和翻译、艾略特诗歌在中国的传播和对中国诗人的影响等等，并且对美国华裔文学的诞生、发展与演变的历史过程进行专门研究。虞建华（2019：155-158）在评张子清著的《20世纪美国诗歌史》时剖析了著作者的编写立场：中国人编写的美国文学史书，应该站在我们的立场，服务于我们的读者，考虑国内的关注和需求。在对浩如烟海的相关信息进行采编、选择中，在对诗人诗作取样阐释解析中，我们处处可以看到《诗歌史》编写者凸显的话语权力和"为我所用"的编撰意图。李维屏（2019）编写"美国文学专史系列研究"时，指出该系列不仅"以中国学者所持的独特目光来审视美国文学分支的历史概貌和价值体系，而且还客观反映了国内美国文学研究领域的新模式、新概念、新视角和新观点"。刘白（2018：110-112）在研究谭惠娟、罗良功等编著的《美国非裔作家论》时，肯定了著作坚持从作品出发的文学史观：该著作要求结合作家所处的历史背景和文学思潮，对其作品的研究状况进行梳理，挖掘其作品的文学思想及作家的独特贡献，进而形成自己的研究观点。总体而言，新时代美国文学史/诗歌史研究反映了中国学者自觉的中国立场，由此有助于建构有独立的中国认知体系、回应中国的世界关切、服务中国社会文化需要的中国自主的英语诗歌史知识体系和话语体系。

3.5 美国诗歌史的中国知识和话语建构

诗歌史的研究和编写是国别文学史的重要组成部分。改革开放以

第 3 章　诗歌史研究与中国知识话语建构：以美国诗歌史研究为例

来，中国学者对美国诗歌史进行了梳理和研究，美国文学教材和相关专著展现了较为丰富的成果，不过，总体而言，这些美国诗歌史的编撰大多遵循美国和西方的历史分期脉络和话语体系。21 世纪以来，中国学者越来越注重对美国诗歌史的研究与编写，成果更加丰富；同时，随着中国学界学术自信和中国立场意识日益增强，研究者开始基于中国学者的独立思考和中国社会文化的现实要求进行美国诗歌史的编写，逐渐形成中国的美国诗歌史话语体系和知识体系。

3.5.1　新时代中国的美国诗歌史知识建构

进入新时代以来，中国的美国诗歌史研究在批判吸收和借鉴欧美知识体系和话语体系的基础上，坚持立足中国自主探索，初步完成了较成体系的美国诗歌史知识建构。新时代中国的美国诗歌史知识建构体现在以下方面：

第一，确立了关于美国诗歌的重要概念，重构了美国诗歌史的时间线。1949 年以来中国学界虽然一直将美国黑人诗歌和其他族裔文学作为美国文学的一部分，但改革开放之后相当长的一段时间，中国学界受到西方学术知识体系和话语体系的影响，常常忽视少数族裔文学而强调以盎格鲁－撒克逊民族为主体的美国白人文学。不过，自 20 世纪末期，中国学术界开始摆脱这种话语的限制，在进入新时代之后，中国学界已经形成关于美国作为多元民族国家的共识，美国的印第安裔、犹太裔、非裔、华裔、西班牙裔等少数族裔所创作的诗歌作品都被作为美国诗歌的组成部分。正因为此，张琼和张冲等人将美国诗歌传统前溯到欧洲人到达北美洲之前的印第安文学，很大程度上强化了上述美国诗歌史／文学史的时间架构，使美国诗歌史／文学史源起于殖民时期之前的印第安文学成为被公认的文学史观念和新历史架构。这些成果不仅凸显了中国知识体系坚持美国诗歌多元性的传统观念，彰显了少数族裔诗歌作为美国诗歌的合法性，而且重构了美国诗歌的时空观念和历史观念，从而重塑了美国诗歌的文化和时空内涵。

第二，重构了美国传统意义上的"主流诗歌"。新时代中国的美国诗歌史不仅纳入了 21 世纪的美国诗歌发展，而且对传统意义上的"主流诗歌"进行了重构。一方面，传统主流的诗歌诗学被重新叙述和定义。例如，张子清将垮掉派诗歌、自白派诗歌各自加上"后垮掉派""后自白派"进行历史叙述；钱兆明将现代主义划分为"鼎盛期现代主义""后期现代主义""21 世纪现代主义"，对美国诗歌的艺术特征加以重新阐释。另一方面，许多在历史上没有得到重视或专门论述的美国"主流"诗歌在中国的美国诗歌史中得到关注。例如，张子清专门介绍了"莫纳诺克新田园诗""20 世纪中晚期中西部诗歌""威尼斯西垮掉派诗人"等诗人群体，指出这些诗人"在美国文学史中尚未见系统整理总结，甚至还没有得到整体上的关注"（虞建华，2019：157）。由此可以看出新时代的中国学者在美国诗歌史知识上的自主创新和独立发现。

第三，推动族裔诗歌史在美国诗歌史/文学史知识结构中得以完善和前景化。新时代见证了中国学界对美国族裔诗歌史研究的新发展，中国学者不仅合法地、明确地将族裔诗歌纳入美国诗歌史的知识架构中，而且进一步深化这一领域研究，先后出版关于美国印第安裔诗歌、犹太裔诗歌、非裔诗歌、华裔诗歌的专门史研究成果。例如，张子清的《20 世纪美国诗歌史》突出了美国诗歌的族裔维度，除了白人主流诗歌，展现了非裔、拉丁美裔、亚裔、印第安裔等不同族裔的诗歌，以及来自苏联与东欧的旅美诗人的边缘诗人的作品。新时代中国的美国族裔诗歌史知识体系得到了更加深入和丰富，并形成了与国际学界同步对话的格局。

第四，丰富了美国诗歌史研究的领域和主题。新时代中国的美国诗歌史研究除了书写并评价美国历史上重要诗人诗作及其艺术思想之间的关系外，诗歌史的研究主题得到了扩展和丰富。美国族裔诗歌之间的交流史，美国诗歌与世界诗歌交流对话史，美国诗歌在世界（中国）的译介与传播史，美国诗歌对世界（中国）文化的接受史，美国诗歌的生态思想、共同体思想、文类演变、跨艺术跨媒介诗学实践等各类专题史逐渐成为中国的美国诗歌史知识架构中的有机组成部分。

3.5.2 美国诗歌的中美文化交汇史书写

由于天然的民族情感和文化渊源，中国学者一直关注美国诗歌中与

第3章　诗歌史研究与中国知识话语建构：以美国诗歌史研究为例

中国相关的诗人、作品和事件，到新时代已经初步形成了关于美国诗歌的中美文化交汇史的建构，成为中国对美国诗歌史知识体系建构的独特贡献。

中美文化的撞击和融汇赋予美国华裔诗歌以灵魂和形体，美国华裔诗歌是体现中美文化交汇的典型领域，一直为中国学界所关注。尽管华裔诗人在整个美国文学中分量不重、影响也有限，直到20世纪末期仍然在主流美国文学中被忽视，但中国的美国诗歌史重视华裔诗歌，到新时代基本形成了较完整、多维度的美国华裔诗歌史知识构架，从中国视角赋予美国华裔诗歌重要地位。张子清的《20世纪美国诗歌史》"并不跟随文学所属国的呈现亦步亦趋，而让华裔诗人享受了'特殊待遇'。关于华裔诗歌的第三卷第六编第八章长达100余页，篇幅与他们的真实地位或许不成正比，但编写者一定充分考虑了国内的接受情况，希望满足国内的关注"（虞建华，2019：156）。张子清从19世纪末期天使岛诗歌开始，系统梳理并论述了美国华裔诗歌的发生、发展历程以及代表性诗人诗作。宋阳、蒲若茜等学者也从不同视角探讨了华裔诗歌史的相关问题。总体而言，当前中国的美国华裔诗歌史研究已经涵盖华裔诗歌发展史、主题和艺术史及其与美国主流文学的交流史、对中国文化的接受史、与中国诗人的交流史等领域。

美国诗歌在中国的传播与接受史是中国的美国诗歌史研究的重要组成部分。新时代见证了中国在这一领域的知识结构的初步形成，现有的研究成果主要涉及以下方面：美国诗歌对中国新诗、现代主义诗歌、左翼诗歌、当代诗歌的影响研究，朗费罗、惠特曼、狄金森、兰斯顿·休斯、庞德、艾略特、威廉斯、弗罗斯特、金斯堡等美国重要诗人和诗歌作品在中国的翻译与传播研究，美国浪漫主义、超验主义、意象主义、垮掉派、自白派等美国重要的诗歌流派及其诗学思想在中国的译介与传播研究，美国诗歌对中国诗人的影响研究等。

中国文化对美国诗歌的影响史是中国的美国诗歌史知识建构中十分重要、富有特色的内容。新时代中国学者取得了丰硕的成果，如曾繁健、魏琳的著作《英诗中国元素赏析》（2012）探讨了惠特曼、金斯伯格等美国诗人对中国元素的吸收，赵毅衡的《诗神远游：中国如何改变了美国现代诗》（修订版）（2013）进一步更新了中国诗歌影响美国诗歌的研究成果，周宁的《中外文学交流史·中国 – 美国卷》（2015）展现了美国诗人与中国当代诗坛的动态交流，钟玲的《史耐德与中国文化》（2019）阐释了诗人史耐德（又译斯奈德）对中国释道儒思想的接纳，张子清在《20 世纪美国诗歌史》（2019）中对美国禅诗作为中国文化影响而形成的文类进行了历史考证。这些成果与新时代其他相关成果一道，基本勾画了中国在新时代建构起来的关于中国对美国诗歌影响史的基本知识结构。这一结构总体包括中国传统文化、现当代文化对美国诗歌的影响、中国诗歌对美国诗歌的影响、中国社会思潮和意识形态对美国诗歌的影响、中国诗歌和诗学思想在美国的译介与传播、中美诗人交流与对话等。

总体而言，新时代中国学界坚持中国视角，挖掘并梳理美国诗歌领域被尘封或被忽视的中美文化交汇事实，不仅有利于还原历史真相，评价其在美国文学史和中美文化交流史上的价值和意义，服务中国文化建设和国际传播需要，同时也反映了中国学术在美国诗歌史研究中所秉持的唯物主义历史观以及独立自主、追求真理的学术精神和中国贡献。

3.5.3 美国诗歌史的中国特色话语建构

新时代见证了美国诗歌史研究中国特色话语的初步形成。这在一定程度上是由于中国在美国诗歌史研究方面采用的独特的中国视角和对中国元素的挖掘与呈现，更重要的是由于中国学者自觉或不自觉地运用中国特色话语，或者重构欧美话语，去叙述、解释和评价美国诗歌。当然，在强调中国自主知识体系和话语体系建构的新时代，中国学者在美国诗歌史研究的话语建构方面表现出了更明显的自觉意识。就新时代美国诗歌史研究成果而言，中国特色话语建构主要表现在以下三个方面。

第一，美国诗歌史研究的中国政治话语建构。中华人民共和国成立以来，外国文学研究始终都表现出较强烈的政治价值取向，这就不可避免地将中国的政治话语与话语模式带入其中。根据金衡山等人对改革开放以来中国编写出版的美国文学史著作的研究，美国文学史的话语体系和模式经历了从改革开放之初的政治话语主导到 20 世纪 90 年代至

第 3 章　诗歌史研究与中国知识话语建构：以美国诗歌史研究为例

21世纪之初的文化话语主导的转变（金衡山，2013：54-61；韩加明，2012：70-76）。就其实质而言，第二阶段的文化主导就是一种意识形态话语。进入新时代以来，中国学术界更加自觉地遵循意识形态标准与学术标准双重要求，强调学术服务于中国社会建设和文化建设的需要，因而中国的政治话语自然地进入美国诗歌史话语体系之中。一方面，中国当下的重要政治术语如"人类命运共同体""文化共同体"等进入美国诗歌史研究的话题和话语之中；另一方面，中国当下的政治逻辑和思维模式转化成美国诗歌史的深层话语结构，促进了关于美国诗歌史的中国特色话语累积。例如，中国文化"走出去"激发了大量美国诗歌史的中国元素的研究，中国文化自信、中国文化影响力等因素渗透进中国学者的美国诗歌史论著中，成为深层话语逻辑甚至显性的话语表达。

第二，美国诗歌史研究的中国传统文化话语建构。就新时代中国的美国诗歌史研究成果而言，美国诗歌史的中国传统文化话语建构主要表现在两个方面，即中国传统文化话语的显性运用、中国传统文化的深层化用。中国传统文化话语的显性运用与中国学界对美国诗歌中的中国元素挖掘相关。中国学界十分关注美国诗歌史上与中国传统文化相关的人物、作品、事件和思想，在文学史中对中国元素的描述无疑增强了话语的中国特色。中国文化话语的深层化用与中国学者对美国诗歌史相关问题、思想、特征、现象的解释和评价有关。例如，谭琼林、高奋、黄晓燕、钟玲等学者运用中国传统诗学对美国诗人的作品、艺术思想等进行解读和评价，中国传统诗学术语和思维方式渗透于话语深层和肌理。

第三，美国诗歌史研究的中国当代学术话语建构。新时代中国学者常常自觉地运用中国当代学术理论或批评话语、或基于独立思考和发现、或通过改造外来理论或术语来建构美国诗歌史的中国话语。首先，中国学者在新时代更加自觉地运用文学伦理学批评等中国当代原创的文学批评理论方法来对美国诗人诗作、艺术观念、社会思想和相互关系进行梳理、阐释、评价，从而将中国的文学批评话语植入美国诗歌史的话语体系之中。其次，中国学者通过独立思考形成创新观点，推进中国话语的建构。张子清的《20世纪美国诗歌史》是一个很好的案例。他在书中常常基于独立研究，提炼观点，并以不同于欧美学界的表达方式或命名方式进行诗歌史叙述和评价。例如，他在分析当代南方诗歌和诗学主张的时候，对当代南方诗歌与 20 世纪上半叶南方文学（特别是"南方逃亡者集团"诗歌）进行比较而形成自己独立的发现，并大胆地创造出具有强烈个人风格的术语"新南方诗歌"来描述当代南方诗歌。他在书中对"新南方诗歌"进行定义和特点描述，整理出该诗人群体的名单并对重要代表诗人给予历史性评价，从而呈现出关于这一诗人群体历史评述的中国话语。此外，张子清在叙述 20 世纪中期从现代派向后现代派过渡的美国诗人群体时也以个性化的"中间代"命名，同样体现了中国学者自主学术话语的特色。

此外，新时代中国学者十分擅长借用欧美诗歌理论和术语来重新定义和赋能，使其转化为中国学术话语。例如，钱兆明、欧荣等学者从欧美学术话语中引入"ekphrasis"，并不断重新定义和命名，使其从"艺格敷词""艺格转换""跨媒介艺术"逐渐定型为"艺格符换"，并以此对美国诗歌的艺术形式及其发展演变进行描述和评价。同样，他们从欧美学界引进"跨媒介"（inter-media）、"跨艺术"（inter-art）研究等批评方法，重新加以定义和拓展，并用来探讨中国绘画等形式的艺术与美国诗歌之间的相互关系，阐述跨媒介诗歌的艺术特征和历史价值。钱兆明还创造性地使用"相关文化圈内人"这一术语来揭示美国诗人与中国文化之间的接触与影响关系，并梳理了现代主义不同阶段的美国诗歌接受中国文化影响的事件、特点、内容等。他的《中华才俊与庞德》（2015）阐发了八位中华才俊所代表的中国因素对庞德诗歌创作所产生的直接影响，探讨庞德如何在同中国友人交往的过程中获益，并将他们的启发化入自己的诗歌创作之中。《中华才俊与庞德》在一定程度上厘清了庞德与中国友人间被遗忘的跨文化交流史，肯定了中华才俊在西方现代主义发展中所起的作用以及他们对东西方文化交流所做出的贡献，并对这一现象作出如实的描述和公正的评估。钱兆明（2023）在阐述《跨越与创新：西方现代主义的东方元素》一书的意图时指出，该书"试图在传承以往研究积极成果的同时拓展其跨越度，并将之纳入 21 世纪现代主义研究、跨艺术门类研究和文化研究最新理念的范畴，突出讲现当代优秀作品背后东西合作的故事，以期为构建外国文艺研究中的中国话语理论体系提供一个模式。"

新时代中国学者基于学术与政治互渗、中西互鉴与中国自主结合的

第 3 章 诗歌史研究与中国知识话语建构：以美国诗歌史研究为例

历史编纂观，在美国文学史框架下的诗歌史、诗歌专题史和诗歌专门史等方面研究取得了丰硕的成果，创建了富有中国特色的美国诗歌史知识和话语，为新时代中国自主知识创建提供了注脚和范式。在很大程度上，美国诗歌史研究反映了新时代中国学术界建构的关于英语诗歌史的知识体系和话语体系的独特性，折射出中国关于英语诗歌的学术知识和话语体系的中国特色和世界贡献。

3.5.4 案例阐释

为了进一步阐释新时代中国学术界在美国诗歌史研究中对中国自主知识架构和话语体系的建构，此处列举两例进行说明：罗良功化用欧美批评术语形成中国特色的英语诗歌史知识话语的案例，以及王卓在《多元文化视野中的美国族裔诗歌研究》以其学术独创性开展的中国特色话语建构。

第一个案例是罗良功以"集体方言""个体方言"为内核对美国诗歌史的话语建构。在其即将出版的专著《方言化言说：美国当代诗歌批评》中，他借用美国诗人兼批评家查尔斯·伯恩斯坦的"集体方言"和"个体方言"的概念并对它们重新定义，以此重新梳理美国诗歌历史进程，在欧美诗歌传统和美国社会文化的双重语境下对美国当代诗歌历史进行考察。他基于诗歌的审美性探讨当代诗歌如何以艺术形式来表现诗人个体与族群、文学传统与文学创新、艺术审美与政治文化的深层关系，描述美国诗歌文本结构演变历史，表现美国当代诗歌以艺术创新来回应关于国家、集体、个体的观念及其相互关系的时代特征，同时又赋予美国当代诗歌史研究一套具有中国内涵特征的话语。

该著作认为，美国历史上两大事件深刻而持久地影响着美国诗歌的肌理与灵魂。一是美国独立，一是美国自由诗兴起。一方面，美国独立必然地推动了美国诗歌走向整体上的融合以及整体框架下的差异化。美国的政治独立引领着包括诗歌在内的美国文学走向独立，在整体上与欧洲传统分道扬镳，这促进美国诗歌在观念、主题、视角、语言、艺术形式上走向融合。同时，作为多民族移民国家，美国以个体主义价值观为立国基础，使得美国诗歌不可避免地面临一个挑战，即美国诗歌如何在建立和保持整体性以便与欧洲传统诗歌相区别的同时，兼容并培育个体之间的诗学观念和意识形态上的差异性。整体融合性与内部差异性成为美国诗歌发展的动力之源，这在20世纪以来的现当代诗歌中表现得格外突出。

另一方面，美国自由诗歌的兴起彻底突破了欧美诗歌传统和基于人工格律的诗歌语言、观念、艺术形式，将诗歌从符号化的语言和现有的艺术形式中解放出来，从而使美国诗歌能够不受约束地自由探索和成长。美国诗歌在语言、节奏、声音、视觉形式上获得了更加宽广的建构空间和表达可能，在形态、质地、观念上更趋多元；即便是格律诗，在现当代诗歌创作中也获得了新的内涵和品质，如弗罗斯特的格律诗引入日常口语的声音节奏和语言风格，呈现出更强的现代性和生活感。更值得关注的是，这些诗歌艺术探索与国家、民族、群体、个体经验的主题、题材、视角、立场等多维地结合起来，形成了兼具社会文化指向和艺术指向的丰富多样的现当代诗学观念与诗学实践。

美国文学的独立是美国在1776年获得政治意义上的独立之后历经百余年的国家价值建设与文学艺术实践而取得的，是在民族主义和爱国主义引领、推动的本土化艺术实践基础上取得的。经由19世纪上半叶的华盛顿·欧文（Washington Irving）、爱默生到中后期的麦尔维尔（Herman Melville）、惠特曼、马克·吐温（Mark Twain），美国文学初步形成了基于美国白人本土文化实践的文学观念、文学形式、文学主题、美学标准，再到20世纪20年代哈莱姆文艺复兴代表的美国少数民族文学自觉参与国家文学建设的文学观念与实践，标志着美国文学真正走向独立（罗良功，2013a: 9）。这一过程中，以惠特曼、狄金森为代表的美国诗歌呼应并推动了美国文学走向独立，同时也以其高度美国本土化的诗歌艺术实践为后世诗歌发展奠定了基础。惠特曼开辟的自由诗传统从根本上就是以建设他所理想的美国诗歌为目标，其诗歌语言、意象、声音结构、主题与题材上的本土化构建起一个诗性的、独立的美国，彻底摆脱了欧洲诗歌传统束缚，也为美国诗歌进一步进行创新发展提供了灵感源。雷切尔·林赛、卡尔·桑德堡、埃兹拉·庞德、兰斯顿·休斯、以及以艾伦·金斯堡、安·瓦尔德曼为代表的垮掉派和后垮掉派诗人都

第 3 章　诗歌史研究与中国知识话语建构：以美国诗歌史研究为例

从中汲取营养，进行个性化的美国诗歌探索。狄金森以其玄奥前卫的诗歌强化了美国诗歌不同于欧洲传统的差异化路径，其语言观念、文本建构策略都成为格特鲁德·斯泰因等现代主义诗人和查尔斯·伯恩斯坦等后现代诗人进行个性化诗歌实验的权威来源。惠特曼等人代表的美国诗歌创新传统与 20 世纪以来的美国社会文化相遭遇，碰撞出五光十色的诗歌景观。从庞德、T. S. 艾略特、威廉·卡洛斯·威廉斯等人为代表的现代主义诗歌到 20 世纪中期的客观派、自白派、垮掉派、纽约派诗歌，再到超现实主义、新形式主义、语言派、后垮掉派、后自白派等当代诗歌，流派纷呈，表现出诗人在诗歌观念、技法、语言、节奏、主题等不同角度的艺术探索与创新。不过，从国家文化实践的视角来审视现当代诗歌艺术实践，美国现当代流派纷杂的诗歌创作可以概括为美国诗学实践和基于美国诗学的个性化实践，即查尔斯·伯恩斯坦所说的"集体方言诗歌"（dialect poetry）和"个人方言诗歌"（ideolectical poetry）（罗良功，2021：30-38）。

伯恩斯坦在《多元化美国的诗学》（"Poetics of the Americas"）一文中对 20 世纪以来的欧美诗歌进行了梳理，提出了"集体方言诗歌"和"个人方言诗歌"，用于描述现代主义时期以来的欧美诗学实践表现出的强烈的"去标准化"特征。在伯恩斯坦看来，这两者都是"去标准化"的语言实践："集体方言"（亦译为"地方方言诗歌"）即是"民族语言"，是对标准英语的去标准化语言实践；"个人方言"则是对业已成为特定民族或群体的"集体方言"或"民族语言"的去标准化（伯恩斯坦，2013：132）。根据《韦伯斯特新世界大学词典》（*Webster's New World College Dictionary, 5th Edition*），个人方言（ideolectical）一词有两种来源：一是源自"idiolect"，意指"个人方言"，即"相对于一种语言或方言的使用者而言具有独特性的语言形式"；一是源自"ideology"（"观念"或"意识形态"）与"dialect"（"语言的非标准化或去标准化"）的复合，意指"具有观念化或意识形态意义的非标准化语言运用"（罗良功，2021：30-38）。伯恩斯坦（2013）将上述两者结合起来，对诗歌语言实践进行学术定义与描述。他在论述 20 世纪后半叶欧美诗歌时指出：

> 现代主义时期的各种方言诗的影响现在让位于整体的方言诗，

现在的诗不再忠于标准英语,也不必将其主张依附于某个特定集体的言语。标准强加于表现行为,阻止诗歌成为更广阔思想的积极媒介,阻止诗歌游离于理性秩序系统之外。诗歌可以成为思考的过程而不是已经盖棺定论事物的报告;诗歌是对成形的调查过程,而不是理解之后事物的图像。我把这种具有意识形态意味的非标准化语言实践称为"观念方言化的"(ideolectical)实践。(伯恩斯坦,2013,130)

在这段话中,伯恩斯坦强调了"个人方言诗歌"的两个基本内涵。其一,个人方言诗歌是一种"非标准化的语言实践",即"个人方言"是对标准英语或"特定集体"言说方式的偏离和改造,以凸显个体性和差异性,而且此处所说的"非标准化语言实践"并非仅仅指狭义的"语言",而是基于语言的诗歌实践,包括言说方式、诗歌形式等。其二,个人方言诗歌具有"意识形态意味":他还特意采用"ideolect"的书写形式来体现"个人方言"与"ideology"之间的关联性,从而凸显"个人方言"作为一种语言实践背后的文化和意识形态意义。

根据伯恩斯坦的观察,美国诗歌经历了两次去标准化:第一次是美国诗歌以"集体方言诗歌"对欧美传统诗歌标准的背离;第二次是美国诗歌以"个体方言诗歌"对"集体方言诗歌"形成的新传统的背离。在"集体方言诗歌"阶段,美国现代主义诗人们通过直接对话以标准英语建立起来的英美诗歌标准而获得特定民族或族群的民族身份和现代身份。庞德、威廉姆斯、弗罗斯特等纷纷使用美国方言来建构不同于欧洲诗歌的差异性,庞德甚至还借用黑人方言、汉语等英语之外的其他语言和艺术思维建构自己想象之中的美国诗歌。20世纪上半叶的犹太诗人,如查尔斯·雷兹尼科夫(Charles Reznikoff)、路易·朱可夫斯基(Louis Zukofsky)、乔治·奥本等,在庞德、威廉姆斯等白人精英主义诗人的影响下并与他们对话的过程中成为美国集体方言诗歌的一部分。兰斯顿·休斯等哈莱姆文艺复兴作家们自觉地从非裔文化视角运用非裔文化和思维创作美国诗歌,也汇聚成为美国集体方言诗歌的一部分,同时也形成了美国非裔的集体方言诗歌。因而,这一阶段的集体方言诗歌有两个层面,即国家层面和族群层面。族群层面的集体方言诗歌既是美国国家集体方言诗歌的一部分,与欧美传统诗歌相区别,又是各族群诗歌标准的源头,

第3章　诗歌史研究与中国知识话语建构：以美国诗歌史研究为例

为后世诗歌提供了写作和评价的参照标准。

在"个人方言诗歌"中，诗人们则通过与基于"集体方言"的新的诗歌标准进行对话和改造而形成具有个性的诗歌言说方式，从而彰显其个体身份和当代性。个人方言诗歌往往涉及两个层面的去标准化，即国家层面的集体方言诗歌和族群层面的集体方言诗歌。美国非裔诗人自哈莱姆文艺复兴以来，通过自觉地运用黑人方言和口头艺术形式对基于标准英语的英美诗歌正统进行对话和改造，形成具有鲜明民族特色的集体言说，逐渐成为20世纪上半叶以来美国非裔诗歌的主体和标准。面对已然形成的具有民族话语基础的美国非裔诗歌标准，20世纪中期成长起来的新生代美国非裔诗人开始与民族诗歌传统协商和对话，表现出鲜明的个人方言书写特征。不过，美国犹太诗歌却不曾出现类似美国非裔集体方言诗歌的具有强烈的犹太民族语言风格的非标准化民族方言诗歌，而是始终与美国主流诗歌进行着个人化的对话与互动。

伯恩斯坦的"方言诗歌"视角较清晰准确地展现了美国现当代诗歌在集体方言诗歌与个体方言诗歌之间交叠转换的基本格局。不过，伯恩斯坦的"方言诗歌"概念聚焦于语言层面，虽然凸显了诗歌语言的文化性，但对诗歌（尤其是现当代诗歌）中各类语言扭曲、变形以及由其触发的或与其伴生的艺术策略、语言与其他媒介在诗歌文本中的跨界互动关注不够，因而没能深刻而全面地揭示美国当代诗歌艺术发展流变的整体精神以及诗歌艺术创新流变与社会文化之间的深层关系，不足以作为一种理论方法对基于语言观念与实践的诗歌艺术变革进行较全面的探讨。有鉴于此，罗良功在其著作中以伯恩斯坦关于"方言诗歌"概念为基础，将其所关注的"方言"书写扩展为"方言化"言说，以"方言化言说"为视角来考察诗歌所采用的各种自然方言和社会方言，各类语言扭曲变形和由此触发或与之伴生的诗歌艺术形式，语言与其他媒介在诗歌文本中的跨界互动等去标准化的差异性艺术要素，在美国现当代文学和社会文化的视角下探讨当代诗歌如何通过方言化言说与欧美诗歌传统和动态成型的国家、族群或团体诗歌标准进行对话与对抗，如何与社会文化体制和观念进行对话和对抗，从而揭示方言化言说作为美国当代诗歌的艺术策略和文化策略对诗学观念变革与实践创新的价值及其社会文化意义。

第二个案例是王卓的《多元文化视野中的美国族裔诗歌研究》一书。该书聚焦于美国族裔诗歌,却雄心勃勃地将族裔诗歌置于美国诗歌、美国文学、美国文化的大场域之中进行考察,试图揭示其与美国主流诗歌、主流文学/文化传统和主流社会之间的互动关系。鉴于中国学界的美国文学研究现状,这一学术勇气和壮举无疑值得称颂。关于美国族裔诗歌和族裔文学的研究,现阶段的中国学术存在着两个定位上的瑕疵:一是重视主流抑制边缘,一是聚焦边缘割裂整体。美国文学主流的影响力是一个不争的事实,而它与中国文学包括中国诗歌的互动使得中国学者长期以来对美国主流诗歌保持着浓厚的学术兴趣,因而在美国被边缘化的族裔文学和诗歌在中国学术界也遭受了边缘化和漠视,甚至在不少中国大学的美国文学教材中没有涵盖族裔文学的内容。与此相反,一些中国学者致力于美国族裔文学的研究,但一般都将它与美国整体文学割裂开来进行研究。这两者都漠视了一个事实,即美国族裔文学不仅是美国文学的一部分,而且正是在与美国主流文学的对话和互动中建构自身并重构美国文学。这一事实正在被越来越多的美国学者接受。例如,美国学者史蒂文·特雷西(Steven Tracy)的专著《热辣音乐、裂解、美国文学的布鲁斯化》(*Hot Music, Fragmentation, and Bluing American Literature*, 2015)从美国非裔音乐、文学等形式的文化对美国主流文学产生影响的角度重新探讨了美国文学的传统和源流,广受美国学界关注,这不仅突显了美国族裔文学与美国文学的互动和对话,而且彰显了这一领域研究的必要性和重要性。在这一意义上,正如王卓(2015:5-8)在该专著第一章所言,该书着力于揭示美国族裔诗歌与美国主流话语之间的两层关系,即对话关系和互动关系,既是基于文学事实,也是立足学术前沿,不仅有助于中国学界关于"美国"的概念和关于"美国诗歌"研究臻于完整,而且有助于重新书写美国诗歌乃至美国文学的历史。

从宏观上看,这一专著反映了中国学者在美国诗歌史乃至美国文学研究中的中国立场。一方面,该专著超脱于美国和西方学界关于美国后现代文化和社会的理论认知模式之外,抛弃了多元文化主义和世界主义等理论羁绊,以中国学者的独立思考选择"多元文化"这一视角对美国族裔诗歌进行考察。另一方面,该专著跳出了美国学界在族裔文学研究和价值判断上的"政治或美学"二元对立的思维模式,将两者有机地统

第 3 章　诗歌史研究与中国知识话语建构：以美国诗歌史研究为例

一起来。2014 年，美国著名诗歌批评家海伦·文德勒（Helen Vendler）与曾经担任美国桂冠诗人的非裔女诗人丽塔·达夫之间爆发的关于什么是美国诗歌经典的著名论争就反映了当下仍然困扰着美国关于族裔文学的"政治或美学"二元对立思维模式（罗良功，2017c：168-176）。文德勒发文批评达夫主编的《企鹅版 20 世纪美国诗歌选集》（2013）在诗人遴选上缺乏标准、缺乏审美立场，带有明显的"多元文化包容性"，收录了太多的黑人和其他族裔诗人且给了他们大量的篇幅，这势必会打破以世纪诗坛名流为中心的平衡格局，她甚至还列出了一大串白人诗人；达夫则发文回击，指责文德勒的批评带有种族偏见、超出了美学之争的范畴。两人交锋中各种修辞表达的背后其实就是肤色政治与艺术标准之争，这一相互对立的学术判断标准和思维模式在王卓的专著中却得到了很好的统一。她将诗歌的文本艺术与文化策略、诗人的诗学思想与社会观念有机地统一在客观的学理思辨之中，体现了中国学者独立的学术立场。

《多元文化视野中的美国族裔诗歌研究》也反映了中国学者建构中国学术话语的努力。该专著选取原始与现代对话、边缘文化与中心诗学对话、政治与诗学对话这三个角度来解剖美国族裔诗歌，站在中国立场认识和考察美国文学内部结构及其复杂关系，从而获得对美国诗歌和美国文学的独立阐释，体现了中国学者的独立个性与学术追求，在坚持以我为主的立场同时将西方的理论化为自己的话语，从而建构起具有鲜明个性的族裔诗歌话语。纵观中国学术史，这一专著反映了中国学者在美国族裔文学研究上的学术话语自我纠偏。中国知识界对美国族裔文学的关注始于 20 世纪 30 年代之初，美国非裔作家兰斯顿·休斯 1933 年访问上海，不仅引起鲁迅发出"黑人的诗也走出了'英国语'的圈子"的感慨（鲁迅，2006：215），而且触发了中国左翼知识分子对美国少数族裔文学的关注，在 30—40 年代形成了一个小小的译介高潮（罗良功，2017：28-43）。中华人民共和国成立之后的前三十年，美国少数族裔文学一直存在于中国的政治话语之中而没有进入学术话语体系。改革开放之后，随着西方文学思潮和文学理论的大肆涌入，美国族裔文学淡出中国学术视野十余年，在 90 年代中期逐渐回归，但多数研究都是以西方理论为指导、以西方学术话语来表述，缺乏中国立场和中国学术个性。

近年来，中国学者开始在美国族裔文学研究中有意识地运用中国立场、体现中国学术个性、建构中国的学术话语，而《多元文化视野中的美国族裔诗歌研究》以其宏大的体系和深刻而独到的言说堪称美国族裔文学研究学术话语中国化的里程碑。

就微观而言，该专著具有突出的学术价值，首先体现在对美国族裔诗歌的独到研究。该专著不仅对包括印第安裔、犹太裔、非裔、亚裔、拉丁裔在内的美国族裔诗歌的基本面貌作了全面梳理，而且选择从三种对话视角分别切入美国三大主要少数族群诗歌，即印第安诗歌、犹太诗歌、非裔诗歌，巧妙而深刻地勾勒出相关族群诗歌的独特性。在这一架构下，该专著不仅对上述三个族群诗歌进行了综合研究，还以主要诗人为个案进行了深度剖析，展现了族群诗歌整体之中的多样性和复杂性。其次，该专著的学术价值还在于它提出了众多富有前景的研究课题。第一，尽管全书已达90余万字，但仍限于篇幅，该专著只是以三个视角分别切入三个族裔诗歌，这已为各族群诗歌与主流诗歌的多方位对话研究提供了良好的基础。这三个视角既体现了相关族群诗歌的独特性，又具有典型性，在一定程度上折射出美国族裔诗歌在美国文化语境下的普遍特征，为研究不同族裔诗歌提供了参照。例如，印第安诗歌中的原始与现代对话也体现在美国非裔诗歌中；美国非裔诗歌的政治与诗学对话贯穿于每一个族群的诗歌中，美国各族群的诗歌既有关于本民族的利益诉求与抗争，也深度融入了美国社会的政治和文化生活之中，从各族群自身的独特文化现实与美国价值、美国民权运动、女性主义运动等进行互动。第二，该专著对不同族群诗歌的独立研究为进一步研究美国各族群诗歌之间的关系奠定了坚实的基础，也为重新进行美国诗歌的整体研究扫清了障碍。第三，尽管该专著的目的并不在于书写一部美国族裔诗歌史，但客观上为美国族裔诗歌史的书写做好了必要的准备，特别是为重新书写美国诗歌史创造了学理基础和研究条件。可以说，王卓专著的出版在一定意义上预示着美国族裔诗歌史乃至英语诗歌史的中国知识话语建构进入了一个新的阶段。

第 4 章
诗歌本体研究理论方法创新与实践

4.1 引言

21世纪以来,中国的英语诗歌研究逐渐从文化研究回归到诗歌本体研究,在新时代,这一趋势更加明显。这一转向有着丰富的文化和社会原因。首先,国际文学研究从20世纪后半叶以来流行的大文化研究逐渐回归文学本体,为中国的英语诗歌研究提供了新的理论导向。其次,英美诗歌创作界在20世纪以来高度重视文本实验,凸显了诗歌文本的主体地位,20世纪后期,以玛乔瑞·帕洛夫等为代表的美国新形式派学者更加关注诗歌文本,进一步凸显了诗歌文本在文学批评和理论探索中的突出地位。第三,中国文学批评界在经过20年追随西方主导的文化批评潮流之后开始对文学批评中文学迷失现象进行反思,甚至从中国传统的文本阐发诗论模式的视角来审察外国诗歌批评中的泛文化现象,从而推动了诗歌文本作为文学批评主体地位逐渐回归。第四,21世纪以互联网、人工智能为代表的新科技为诗歌文本的呈现、传播带来了全新的实践和无尽的可能,进一步凸显了诗歌本体的建构与呈现、传播与接受方式在文学批评与理论探索中的核心地位。在这一意义上,21世纪以来,中国在英语诗歌研究领域的本体回归不仅回应了国际文学研究的世纪转向,也体现了中国学界基于中国文化和时代精神的学术探索。新时代以来,中国学术界在英语诗歌研究的本体回归不仅取得了一大批富有创新价值的研究成果,也促进了中国自主诗歌批评理论方法的萌生和发展。

4.2 英语诗歌研究的本体回归

通过梳理 2012 年以来中国学界的英语诗歌研究文献可以发现,近十年来,国内的英语诗歌研究呈现出两大特点:一是国内学者主要通过诗歌细读的范式指导,探寻诗歌文本内部的复杂性和矛盾性;二是基于对诗歌文本的关注采取更加丰富多样的研究视角、路径和范式,且研究成果逐年递增。具体而言,国内学者在英语诗歌研究中逐渐开始聚焦于诗歌文本,尤其是文字文本、视觉文本、声音文本,探讨诗歌的主题思想,以及具体诗人、流派、文化圈层的个性化诗学理念及其创作实践。就美国诗歌而言,研究对象涵盖了从 19 世纪的意象派到纽约派、黑山派、自白派、语言诗派、客体派、垮掉派等现代、后现代异彩纷呈的诗歌流派,以及非裔、犹太裔等少数族裔群体的文化圈层。国内学界对诗歌艺术形式和文本的研究,不仅丰富了诗歌意义的解读,深化了读者的审美感性,同时也在一定程度上生发了诗歌研究路径的多样态。

4.2.1 集中于诗歌文字文本的研究

新时代中国英语诗歌研究显示出明显的回归文本趋势,这一回归首先体现在对诗歌语言文字维度的关注。这种基于诗歌语言文字文本的研究表现出对诗歌的形式结构、语言策略、文本生成机制、内在审美性等问题的浓厚兴趣,但已不再局限于新批评所强调的语言本身,而是广泛运用语言学、叙事学、社会历史研究、跨学科研究的方法。

新时代英语诗歌研究重新关注诗歌的形式结构及其艺术和文化意义。以美国诗歌研究为例,诗歌的节奏、格律、体式等技术性问题常常被置于诗歌研究的前景位,批评者经由文本细读,从诗歌整体的内在结构出发,旨在理解和评析诗歌语言及其张力结构。学者们基于新时代既有的文化和文学理论与方法对音步进行探讨,尤以威廉斯的可变音步实践为关注的焦点。在《论威廉斯诗歌的不确定内在性》中,武新玉(2013)从威廉斯实验性的诗学实践——"可变音步"出发,通过探讨"可变音步"对传统诗歌诗体模式的拒绝和超越,认为"可变音步""凸

第 4 章 诗歌本体研究理论方法创新与实践

显了诗歌语言的不确定内在性,有助于取得视听结合的动态效果"。武新玉进一步指出,威廉斯在形式和技巧方面所发展的高度的实验性和革命性,"虽然只是在语言领域展开,但其思想背景、艺术背景绝不囿于语言方面,由诗的心灵牵发的震荡也绝不仅仅限于语言领域",而是作为大写的人与艺术的内在性同构之处。不同于前者立足于音律本身思考"可变音步"的节拍韵律,梁晶(2020)通过文学与科学的跨学科性对话,指出威廉斯对"可变音步"的思考深受爱因斯坦的相对论理论影响。具体而言,相对论的两大思想"相对同时性的主体经验感知与相对时空观"在威廉斯"可变音步"的具体构建中,成为"美式口语节奏"与"诗行重塑"两大构建原则的重要参考。其中,"前者指向的是爱因斯坦相对同时性的主体经验感知,后者则是相对时空作用下的结果"。由此,威廉斯对爱因斯坦相对论的借鉴与演绎,形成了 20 世纪诗学与科学交融的亮丽风景,更"成为一种传统,持续回荡在美国当代诗人诸如麦克利什、凯莉·谢利、戴安·艾克曼的纷繁诗篇中"。梁晶的跨学科性探究,回应了不同学科之间寻求对话与协商的呼唤,触发了关于文学与其他学科之间如何在学科性的自反层面相互碰撞的思考。

国内研究者立足于文字文本的语言及其内在的审美性,探讨包括诗歌语言的碎片化、陌生化、习语化、个人方言等语言实验,呈现诗人迥异的诗学创作观念和文化艺术思想。例如,何庆机、冯溢分别从语言陌生化的视角分别就玛丽安·摩尔和查尔斯·伯恩斯坦的"隐蔽的原则"和"回音诗学"进行了解读和阐释,呈现了现代主义诗歌与后现代主义诗歌之间的共性与差异。在《隐蔽的原则:激进的形式与玛丽安·摩尔式的颠覆》中,何庆机(2021b:50)指出,现代主义诗人摩尔在诗作中呈现出"形式与内容相断裂、激进与保守相抵"的诗歌表征,"实则是未能挖掘出隐蔽的声音和遮蔽的他者而致的误读"。究其根本,这与摩尔的陌生化处理方式密切相关。一方面,摩尔"通过去符号化处理,(使得诗歌)进入一种解稳定性的言语行为,清除了附着于语言上的传统符号意义、联想意义、情感意义",另一方面,陌生化的诗歌实践打破了"表层意义和深层意义、所指和能指的等级关系",最终实现了颠覆传统思想的目的,呈现诗人客观性、游离性的诗学观念(2021b:58)。冯溢将陌生化的语言游戏性置于后现代语境下语言诗歌的生产之中，考察了伯恩斯坦的诗歌中漂浮的能指碎片，展现了语言派诗歌不同于现代主义诗歌的更具反叛性的面貌。冯溢（2018：55）强调，伯恩斯坦的语言陌生化诗学建立在维特根斯坦的语言哲学的基础之上，旨在从形式上剥离语言固有的语境束缚，以达成"从'见惯'到'不惯'，从'通常'到'诡异'，从'游戏'到'说服力'的震荡的诗性效果"。正是借助陌生化诗学的创造性，伯恩斯坦的"回音诗学"交织着"多种不同声音的组合、并置、糅合、和弦"，提升了诗歌的开放特质。在这里，"回音诗学"能够"打开语言中遮盖、隐藏、收蔽语言及其意思联系的阴暗处，重新审视语言，建构真实"，成为多元声音/意义/话语之间互相包容、寻求共鸣的回音室，深化了读者的审美感性。除了陌生化的语言实践外，吕爱晶在《凯·瑞安诗歌中的"老调新谈"》中借助游戏批评，将瑞安在诗歌创作中对习语的推崇置于研究的中心，认为取自感性经验中的习语创作体现了诗人作为当代知识分子的责任与担当。吕爱晶（2015：25-26）指出，习语的日常性消解了宏大叙事，使得"蕴含超常的惊人活力的日常生活回归视野中心"，有助于"从永恒轮回的日常生活深处发现历史的无穷希望与可能性，寻找人类的希望"，同时，习语的历史性在"当代艺术的碎片形式和传统艺术的语言形式"之间建立起一种深刻的延续性，表征"社会的历史真实性"。基于此，习语创作引发了对普遍性的思考，"折射出（诗人）构建诗歌主体的焦虑、担当和策略，凸显了当代知识分子在美国主流文化圈外寻求自己独特艺术话语的生存状态和心理特征"。同时，碎片化的语言风格是学界当前的另一关注点。在《异质的梦歌：隐语世界里的悲欢"碎片"》中，李佩仑评析了自白派诗人约翰·贝里曼的碎片化艺术风格，并强调，碎片化的语言风格以强烈的异质性在叩问"主体存在形式和存在意义"，塑造反抒情的多面"自我"的同时，创新了诗体风格的戏剧性和隐语性，"突出表现了强烈悲痛与反讽式幽默的戏剧性结合的异质效果"（李佩仑，2012：32-33）。由此，碎片化的诗学艺术成为"对更完整现实和更逼真世界的参悟方式和表达策略"，它塑造了全新的现代诗歌语言，更"极为准确地触摸和反映了那种难于把握的现代世界里的异质性诗意"（2012：37），为混乱化的现实感受提供了一处诗意的栖息地。此外，罗良功以金斯堡与惠特曼的大众现代主义、伯恩斯坦与庞德的现代主义之

第 4 章　诗歌本体研究理论方法创新与实践

间的诗学对话为例，探讨了美国当代犹太诗歌的个人方言书写。罗良功强调，"早期的犹太诗歌常常以标准英语建构起来的传统诗歌为对话和协商对象"，这一情况的出现源于犹太诗人"融入美国主流的书写意图"和"种族融合的幻想"。通过具体诗歌的细读实践，罗良功（2021：30–38）进一步指出，金斯堡的个人方言书写改造了惠特曼诗歌传统，"在形式上走向了日常生活和犹太文化；在意识形态上则回到了大众现代主义传统和美国民主理想，体现了美国犹太民族追求的恒久性"；相对而言，伯恩斯坦针对庞德诗歌表面断裂和碎片化背后的连贯性，通过个人方言的书写"解构语言、质疑现存的诗学观念，诗歌成为一个直观体验和建构的过程"。由此，美国当代犹太诗歌的个人方言书写"显示出犹太诗歌对美国文化的依附性和差异性并存的特征，为犹太民族在美国当代文化架构下赢得自由生长和展现的空间"，具有重要的现实意义。

　　诗歌文本生成机制是国内学者关注的另一焦点，尤以自动写作、梦幻、潜意识等超现实主义风格、新超现实主义风格为主。有些论文集中探讨了诗人安妮·塞克斯顿、约翰·阿什伯利、W. S. 默温、弗兰克·奥哈拉以及黑山派、垮掉派诗歌的整体性生成方式。例如，张逸旻、李佩仑和汪小玲分别就诗人塞克斯顿、阿什伯利和奥哈拉共同采取的自动写作原则进行探讨，呈现了诗人间共性与异质性共存的诗学观念。在《安妮·塞克斯顿主体书写的自反性》中，张逸旻（2022：122）将塞克斯顿的自动写作置于罗兰·巴特《作者之死》的观照下，指出前者借助"词语的内在结构与形式要素以及非理性的文字游戏"，促使"语言以其自身的张力与惯性造就了言说之物"。在这种情况下，"言说者'我'不过是这个言说框架内的记录员，一个记下符码、等待'奇迹'发生的誊写者"。由此，塞克斯顿消解了言说者并赋予语言以自发性地位，这与巴特对"作者一元论"的批评倾向的批判不谋而合，召唤了一种更为开放的自白话语模式和阐释路径。李佩仑（2022：137）将阿什伯利的自动写作置于即兴艺术的视域之中，强调在即兴的文体风格艺术影响下，自动化写作"在看似日常和表面化的随机中捕捉和塑造智性"，完成了自动化艺术的后现代提升。在李佩仑（2022：142）看来，与塞克斯顿不同，阿什伯利的"自动写作"与"即兴艺术"具有美国沉思传统的特质，它与"现代社会和现代心灵间不断加速重构、转换的双重（甚至是多维）现实"密切相关，成为对一种超智性诗学的探索。与前两位学者的关注焦点相同，汪小玲（2014：17）在《论奥哈拉早期诗歌中的超现实主义诗学》中，也探讨了奥哈拉的自动写作原则。她认为，这一原则"体现了奥哈拉关于诗歌是诗人在不受外部条件控制下视觉、思绪和情感自然涌流的理念。它使诗人意识深处的原始性语言自然呈现从而达到了一种超越任何障碍的纯质状态"。汪小玲（2014：21-22）进一步指出，作为超现实主义艺术手法的自动写作与以梦写实、集体游戏在奥哈拉的诗歌中相暗合，共同"突出了诗歌的戏剧性、跳跃性和游戏性，为诗歌更加贴近城市生活融入普通大众、走向平民化奠定了基础"。与上述研究对超现实写作风格的探讨不同，李佩仑（2020：109-119）指出，由于超现实主义者"依然无法避免语言与现实（包括超现实）的割裂"，W. S. 默温"基于后现代语境下的对特有的'超现实'的重新审视"，"有意识地以还原的方式形成对超现实信条的超越"，由此，默温在诗歌创作中纠偏了早期超现实主义中的"单纯语言革命和潜意识摸索"，既"避免了遁世，也缓和了现代性萌生期对现实的过于粗暴，从而使新超现实主义具有了诗学反思与建构的双重意义"。除了针对单一诗人的诗歌研究外，许淑芳和黄晓燕立足于宏观视域下诗歌的整体性解读，分别就垮掉派和黑山派的诗歌生成机制进行了探讨。许淑芳（2014：146）指出，垮掉派的自发式写作不仅是一种方法，"更是一种态度。它注重诗歌表达的直接性和当下性，超越了文学和人生的二元分立"。在《黑山派"投射诗"的反叛与创新》中，黄晓燕、张哲（2020：12-22）通过对比研究，探讨了黑山派流转诗形的力量。文章强调，不同于"讲究形式的工整划一，注重韵律的规则和诗节的完整"的学院派诗歌，黑山派代表诗人奥尔森"提倡打破传统诗歌形式，创建一种高能辐射的'投射诗'"，以期"将诗歌还原为动态开放、能传导并转化能量的自由场域"，促进了诗歌形式与内容的紧密联结，丰富了诗歌的释义空间。

国内学者不仅对文学文本的自足性和美学自律性等问题的探索，而且还在社会历史研究的指导下，将文学研究与政治、社会和文化问题和辩论联系起来，从特定的历史语境入手分析作品在怎样的文化形态里被书写和阅读。在"历史主义/语境主义"的研究路径中，具有强烈社会

第 4 章 诗歌本体研究理论方法创新与实践

历史性的族裔诗歌或"非"主流诗歌成为学界重点关注的研究对象，彰显了面向现实政治的人文研究愿景。在《诗歌实验的历史担当：论泰辛巴·杰斯的诗歌》一文中，罗良功（2019b：45）指出，非裔诗人泰辛巴·杰斯诗歌中以文体杂糅、多维文本、诗体创新为表征的诗学实验，"增强了诗歌文本建构的动态性和开放性，强化了文本意义的不确定性，突破了美国非裔文学传统和欧美文学传统的定式"。然而，杰斯的诗歌创新实验是在"致力于历史书写的诗歌理想支配下进行的"，换言之，正是历史书写的使命性与责任感促使杰斯发展了激进的诗歌建构策略。在历史与文本的动态互动中，杰斯"以激进的诗歌艺术突破历史尘封、唤醒'过去'、赋予'过去'以当下阐释的开放空间，同时提供了以当下的自由面向未来的历史书写范例"（罗良功，2019b：49），揭示了诗人基于现实却超越现实的政治理想。此外，鉴于语言诗与政治运动之间的内在联结性，罗良功（2013b：93-98）在《查尔斯·伯恩斯坦诗学简论》中提出，与那些认为"后现代主义"已经失去政治和美学概念意义的批评声音不同，对伯恩斯坦而言，现实政治提供了一个孕育着反叛性的创作语境。在这种情况下，诗人在诗歌创作中所彰显的反叛性"在宏观上是政治的，在微观上则是美学的，并且通过语言表现出来"。因而，其诗作本身便成为"政治意识与美学意识的融合产物"，彰显出诗歌文本的复杂性。

4.2.2 集中于诗歌声音文本的研究

21 世纪以来，诗歌研究已经不再只是关注诗歌声音的音乐性和对文字文本的辅助、修饰功能，而是逐渐突破关于诗歌声音与音乐性关联的局限、突破了声音作为诗歌重要载体和形式特征的传统观念。2012 年以来，中国学者越来越关注诗歌多形态的声音及其在诗歌文本建构和意义生成中的重要作用。这一方面呼应了西方当下的文学批评转向和语言学转向。苏珊·斯图尔特（Susan Stewart，1998：30）曾指出，"声音作为诗歌的物质表现形式很少得到重视"，这一思考与伯恩斯坦在谈及诗歌的声音时提出的"声音在后索绪尔逻辑之中被严重低估了"的观点遥相呼应（罗良功，2015：61）。事实上，声音形态在诗歌的文本和意识形态建设中起着至关重要的作用，而国内目前对声音模式的关注仍有待提高。另一方面，中国学者对诗歌声音的关注和审视也反映出当代中国学者在兼容并蓄的基础上进行的独立的理论思考。罗良功（2017b：62-69）在诗歌文本框架下提出了"声音文本"理论，在此基础上进一步将诗歌文本与声音的关系细化为"声音的文本化"与"文本的声音化"（罗良功，2015：61），前者重在强调作为文本要素和诗歌结构的声音构建，后者则以剧场理论为指导，探索诗歌表演的张力与限度。新时代以来中国学界对美国诗歌声音的研究大体可以从这两个方面进行梳理。

1. 声音的文本化研究

在对"声音的文本化"的研究中，研究成果之一在于罗良功对美国非裔诗歌声音模式的探讨。罗良功的《论非裔诗歌中的声音诗学》不仅建立起非裔诗歌研究的个例分析，同时也为声音诗学的解读提供了系统性的方案设计。罗良功（2015：62-68）在文章中指出，美国非裔诗歌文本蕴含着丰富的声音元素，"既包含了他们民族独特的生存体验，又有源于人类普遍的生存经历以及对自然和社会环境的体认"。因此，声音不仅构筑了诗歌文本本身，更作为一种文化策略，"服务于四大文化功能，即历史书写、民族认同、人性传达、民族文学建构"。可以说，美国非裔诗歌中的声音诗学有助于"凸显其与主流文学的对话性，消解了传统的欧洲文学和美国本土主流文学对美国非裔以及其他少数族裔文学的主导，形成了对美国长期存在的种族主义和帝国主义文化霸权持久的艺术抵抗"。与罗良功对作为文本要素的声音探究方式相通，冯溢（2021：55-58）在《别样的语言调性——查尔斯·伯恩斯坦诗歌中的声音美学》中，探讨了伯恩斯坦的诗歌中以文本要素的身份出现的三种声音模式。冯溢指出，伯恩斯坦通过"独特的断行和对单词的切割"制造了声音碎片的噪音美学，解构了传统诗歌的抒情性，同时，声音空白的参与"首先让声音静止消失，但同时想象力本身又填充了声音的空白"，在无声中调动了读者的参与，反映了先锋诗歌的创新性。具有特色的

第4章　诗歌本体研究理论方法创新与实践

是，该文还对伯恩斯坦的"谐音翻译"进行了重点探讨，旨在论证以声音重复为特点的回音诗学是翻译的诗学。谐音翻译的声音虽然重点放在了声音的重复，似乎是对原作的滑稽戏仿，但却绝非任意为之，也绝非乏味的重复，而是一种对"原诗的逻辑、意义和主题"的重构，一种可以创造出超越原诗的可能性和美学的崇高。除了对作为文本要素的声音的研究之外，林大江基于作为诗歌结构的声音模式，考察了翠茜·史密斯（Tracy K. Smith）的挽歌诗艺。林大江（2017: 29-30）指出，借助挽歌"通过抒情的'我'描述极其个人的悲伤体验"的体裁特性，史密斯从"多恩（John Donne）以降的英语挽歌传统以及非裔美国诗歌的挽歌书写"中汲取养分，定位了诗歌创作的个人视角。同时，史密斯将挽歌的诗歌结构推进了一步，她将魔灵等科幻元素纳入诗歌文本，有助于"将个人视角开放自如地运用于对公共历史的重审"，建立起其独特的诗艺理念。

2. 文本的声音化研究

诗歌声音文本研究中的另一重要路径在于"文本的声音化"研究，主要以下列两种实践方式展开。其一，如于雷、张逸旻两位学者就鲍勃·迪伦（Bob Dylan）和安妮·塞克斯顿的诗歌表演进行探讨，在音乐、剧场等理论的交叠与借鉴下，思考传统意义上的诗歌文本是如何散发出异彩纷呈的活力。其二，以蒋岩为例，通过考察多媒体与互联网时代对诗歌样态革新的推力，把握与探寻受众群体和诗歌体制的扩容趋势。在《鲍勃·迪伦、仪式性与口头文学》中，于雷（2017: 49）从仪式的角度切入，通过考察迪伦的文化身份、舞台表演以及民谣程式，提出"迪伦的音乐诗歌表演凭极其凸显的民谣吟唱仪式，成了现代艺术进程中口头文学传统赖以重现的'活化石'"的论断，强调读者应当在这场"文学事件"中思考文学观念转型与文学的边界性问题。与迪伦的音乐诗歌表演相似，塞克斯顿同样借助声音理论发展了诗歌表演的感染性。在《诗歌作为一种展演——论安妮·塞克斯顿对"新批评"的扬弃》中，张逸旻对塞克斯顿的诗歌表演模式进行了辩证性地探究。张逸旻（2020: 236-238）指出，塞克斯顿以"新批评"贫弱的舞台表现力为鉴，在摇滚乐的启示和"方法派"戏剧表演理论的指导下，不仅形成了"诗歌表演者—诗人—诗歌言说者的三位一体，赋予这些文学主题和审美话语以具体、鲜活的直观形象"，更有助于"激活并形塑受众感官体验与情感认同"，并使得"受众作为一股力量加入了上述诗人、言说者和表演者的身份循环之中，四者一齐参与，形成联动"，从而发展了诗歌朗诵/表演"作为一种公共媒介及舞台艺术在当时所承载的共情使命与文化塑形功能"。不同于上述研究的实践方式，蒋岩在《论互联网时代下诗歌的听者与观者——以纽约圣马可教堂诗歌项目为例》和《论诗歌声音与表演的录制档案——以"宾大之声"在线诗歌档案为例》两篇文章中，打破了将印刷文本作为诗歌创作与流通的唯一终端的固有观念，对媒体时代的诗歌艺术机制进行了扩容式思考。蒋岩（2019a：242-253）强调，在诗歌与技术的双向互动中，"诗歌项目不仅继续依存于实地空间，也进入了网络空间"。在新的技术环境下，"互联网上的观众通过对诗歌朗读、表演的转发、赞美、抨击、评论甚至剪辑、拼贴等再创造，亦成为另一层面的表演者和创造者"。由此，"新读者形态的培育，新诗歌形态的形成，都从坚固的新批评城墙上打开无数缺口，也照进许多新的可能"。

4.2.3　集中于诗歌视觉文本的研究

21世纪以来，中国学者在英语诗歌研究中越来越关注诗歌文本的视觉要素，特别是2012年以来，中国学者对美国诗歌研究所关注的视觉要素在概念上越来越清晰，在研究视角上越来越多元。总体而言，中国学者所关注的视觉要素有三类：诗歌文本的物理视觉形态、诗歌文本对其他视觉文本的诗性呈现、诗歌语言对视觉经验的暗示和符号化表达。这三者构成了罗良功（2017b：62-69）所言的"视觉文本"。新时代中国学界对英语诗歌视觉要素的关注和考察，揭示出中国学界的英语诗歌和文学研究正在走向新的深度。正如罗良功（2017b：66）曾指出，"视觉文本不仅改变了诗歌文本的基本结构和质地，而且为诗歌提供了语言之外的另一个释义系统，使得非语言元素和语言元素的非语言性呈

第 4 章　诗歌本体研究理论方法创新与实践

现成为诗歌阐释中不能回避也不能忽视的内容"。

就诗歌的物理视觉形态研究而言，学者们关注诗歌排版、书写形式等文本物理形状及其文化意义。例如，左金梅、周馨蕾（2019：78-89）聚焦于艾米莉·狄金森诗歌中的视觉美学，通过考察狄金森诗歌的语言视觉元素和物理视觉要素，认为诗歌中的视觉安排是诗人的精心设计，体现了狄金森跨越文字和音韵局限进行诗歌创作的先进性与独创性。

许多中国学者关注英语诗歌对其他视觉艺术的诗性呈现，他们既关注诗歌文本的视觉呈现与其他视觉艺术之间的视觉呼应与互动，也关注诗歌文本的语言层面与其他视觉艺术的互文关系。例如，王金娥（2017：118-126）以《奇克莫加》为例，聚焦于查尔斯·赖特风景诗中的视觉艺术，认为其风景诗中大量融入绘画元素和技巧，使其风景诗与绘画具有明显的一致性。其风景诗借意象、色彩、线条对自然景物进行白描式刻画，并偏重沉默、孤独与静思的视觉效应，而留白等绘画技巧转化为赖特诗歌中"以缺失凸显存在"的书写策略，并进而形成其"少即多"的创作原则，以此实现了诗歌意境的最大化延展。吴远林（2015：15-22）在探讨伊丽莎白·毕晓普诗歌视觉艺术时，分别从直视、透视、灵视三个视觉维度予以深度探讨，揭示毕晓普诗歌的视觉艺术是一个充满活力与生命力的创造性过程，继而认为，视觉艺术不只是一种创作方法，更是一种思维模式，并因此具备了超越性质和自由开放的形态。欧荣、李小洁等学者从艺格符换或跨艺术的视角对诗歌与不同视觉艺术之间的互动与互换进行了大量探讨。这一点将在后文专门探讨。

自 2012 年以来，国内学界对英语诗歌艺术形式和文本的研究历经了十余年的发展，在稳步发展中不断厘清诗歌诗学的概念，研究视角和成果均呈现出蓬勃发展的样态，但仍有问题尚未得到充分关注。

1）就研究对象而言，国内研究主要集中经典诗人和重要诗歌流派的代表性诗人，其他具有文学潜力的诗人及其作品，以及美国犹太裔、非裔等少数族裔的"非"主流诗人及其作品同样值得关注。

2）就研究问题而言，新技术和新媒体为诗歌文本的生成与传播提供了新的可能，也为诗歌文本与以新科技为特征的现代人类生存方式和表达方式之间提供了更加丰富的通道，因而具有更突出的时代价值，在诗歌研究中应该加强对诗歌文本新技术维度和要素的研究。

3）就研究范式而言，英语诗歌研究回归文本，但同时也强调诗歌文本的文本外指向，因而有必要重新配置文学研究的模式，使传统的"细读"与莫瑞蒂（Franco Moretti）的"远读"（Distant Reading）相契合。作为一种批评范式，"远读"关注整体现象和宏观趋势而非个别案例，避免了"细读"面对研究对象的体量问题时的局限性。如何在强调文本细读的基础上有效开展"远读"，从而对诗歌进行深度发掘，是诗歌研究应该重视的问题。

诺斯（Joseph North，2017：30）在《文学批评：一部简明政治史》（Literary Criticism: A Concise Political History）中提出，理想的文学研究样态应当是：

> 它密切地关注审美和形式；对感觉和情感体察入微，将其视为认知的方式，并把两者看作个体和集体的变化乃至历史变迁的重要决定因素；它牵涉面更广，像通常所做的那样，横跨不同的时期、地域和文化；它愿意将文学用作伦理（或政治的？）教育工具；它不单纯强调文学的诊断作用，也强调文学的治疗作用；它还以一种深刻、严谨，却仍十分直接的方式发挥公共职能。

如果以此作为诗歌研究的理想标准，那么，当批评者与诗歌文本相遇时，不应当将文学批评局限于文本本文的独立系统之内进行审美判断，也不应当顺应被当作规范性的怀疑式批评逻辑。在这一意义上，中国的美国诗歌研究创新还任重道远。

4.3 诗歌多维文本理论创新

21世纪以来，中国学者在英语诗歌研究领域的本体回归触发了对诗歌文本的重新审视，并在2012年以来逐渐形成诗歌多维文本理论和相应的批评范式。长期以来，学界内外已经形成了一个约定俗成的观念，即诗歌是语言的艺术。但是，诗歌仅仅是语言的艺术吗？诗歌的音乐性或非音乐性的声音如何与语言相关联？诗歌的书写、分行、断句等外部形式是否也是文本内容？现当代诗歌特别突出的视觉呈现形式、甚

第 4 章　诗歌本体研究理论方法创新与实践

至是视觉图像等非语言元素的引入是否具有释义价值？这些问题无疑涉及诗歌的一个本质问题：诗歌文本的质地是什么，即诗歌文本由什么构成？对于这些根本性问题，21 世纪以来的中国学者进行了大量探索和思考。例如，黎志敏（2022b：30-38）探讨了现代诗歌的"形式创作"意识，并对现代诗歌"形式——内容"融合趋势做出了学术判断；同时，他从诗歌形式的角度思考了传统诗学构建与现代艺术诉求之间的关系（2022a：181-188）。方汉文、何辉斌、罗良功、张鑫等学者也从不同角度对英语诗歌的文本形态与结构进行了探索，2012 年以来逐渐形成具有时代特色的诗歌多维文本理论。

诗歌多维文本理论认为，诗歌不仅仅是语言的艺术，诗歌文本并不仅仅由语言构成，构成诗歌文本的元素既有语言符号、语言的物质材料，也有非语言材料。在诗歌文本中，语言的物质材料常常并不遵循语言规则和语义逻辑，而是充分考虑非语言的视觉和听觉规律，由此形成了与语言文字共存的结构，并且具有了广阔的释义空间。因而，诗歌文本实际上由三个次文本构成，即文字文本、声音文本、视觉文本。文字文本是语言学意义上的文本，由语言符号构成；声音文本是由能够诉诸听觉或听觉想象的一切因素建构而成，视觉文本则是由能够诉诸视觉或视觉想象的因素建构而成，与文字文本并存，是诗歌文本不可缺少的内容。一方面，诗歌三重文本之间的对话、对抗或从属的关系形塑了诗歌的意义生成机制和美学机制。另一方面，上述三重文本各自或作为一个内在互动的整体与文本之外的社会文化文本相连通，因而具有了丰富的表意可能和广阔的释义空间。

诗歌多维文本理论主要见于罗良功的系列论文，而其理论源头则源自美国诗歌批评家和理论家玛乔瑞·帕洛夫的"辨微阅读"和当代美国语言派诗人的诗学观念。

4.3.1　辨微阅读

"辨微阅读"（differential reading）是美国当代著名的诗歌理论家、批评家玛乔瑞·帕洛夫提出的一种诗歌批评模式。"辨微阅读"经由何辉斌、张鑫、罗良功等中国学者结合中国语境重新阐释与实践运用，正在成为一种具有中国特色的诗歌批评范式。

20世纪以来，"文本"（text）作为文学研究的核心概念，其意义及其在文学研究中的地位和作用都发生了戏剧性变化。原指文学作品书写或印刷的形式（即文学作品的物理印刷品或制成品）的文本逐渐拥有了无所不包的广阔意义，被批评家用来指一切具有释义可能的符号链，而不管其是否由语言组成。在这一过程中，形式主义和新批评从语言修辞等技术层面将文学作品的文本固定在语言层面，后现代主义文论家将文本泛化到了作品物理呈现形式之外的符号结构。这种巨大的变化不仅反映了"文本"这一概念内涵的模糊性，而且反映了文学研究对象和研究疆界的不确定性，因而引发了文学研究界的担忧与反思。众多学者开始重新思考与文学文本相关的基本问题，如文学文本到底是什么、如何构成？它与语言和世界的关系如何？它在文学研究中的地位到底如何？美国当代著名诗歌理论家和批评家玛乔瑞·帕洛夫教授在她的《诗的破格》《辨微：诗歌、诗学、教学》等著作中对新批评和后现代时期的文化研究进行了公开批评。例如，她一方面批评新批评强调修辞手段和对诗歌音乐节奏进行科学化分析的做法将诗歌文本局限于语言层面、忽视了诗歌中鲜活的声音元素，另一方面批评后现代时期的文化批评抛弃了文学文本（Perloff & Craig，2009）。帕洛夫试图调和新批评对文本的关注与文化研究对社会文化的关注，既凸显诗歌文本在诗歌研究中的核心地位，也不忽视社会语境（罗良功，2014：140-144）。

帕洛夫的诗学谱系研究既是宏观的，也是微观的，或者更确切地说，是宏观历史思维和"辨微阅读"方式的有机结合。所谓"辨微阅读"就是既阅读文本，又阅读语境，是"活动于细节和更大的文化与历史的决定要素之间"的阅读行为，其本身就是把文本阅读和文化阅读相结合的开放式阅读（Perloff，2013）。"辨微阅读"对于拯救人文学科的危机、对重新评价现代派经典作品、对诠释当代的先锋实验诗歌均具有重要意义。事实上，从诗学谱系研究的角度来审视"辨微阅读"，其意义就更不可小觑。这种阅读方式对于发掘、定位和修正诗学谱系来说是最合适不过的了。正是通过"辨微阅读"，帕洛夫为语言派诗歌寻找到了厚重的诗学之源，为批评界接受这个曾经饱受争议的诗歌流派奠定了坚实的

第 4 章 诗歌本体研究理论方法创新与实践

基础。为语言诗寻找诗学谱系的努力开始于 20 世纪末,在 21 世纪逐渐酝酿成熟。在 2002 年出版的《21 世纪的现代主义》开篇,帕洛夫以清晰的思维、简洁的语言,为语言诗派画出了一幅家族谱系树形图。从两位"斯泰因"(Gertrude Stein, Ludwig Wittgenstein),到法国诗人纪尧姆·阿波利奈尔(Guillaume Apollinaire)和美国现代派诗人威廉斯,再到客体派诗人和纽约派诗人、爱尔兰戏剧家、诗人塞缪尔·贝克特(Samuel Beckett),法兰克福学派,直至法国后结构主义理论。在《诗歌、诗学和教学辨微》中,帕洛夫(2013:26)对伯恩斯坦、苏珊豪、西里曼(Ron Siliman)等语言派诗人的诗歌和诗学理念进行了细致入微的解读,继而总结出了语言派诗歌的四个特点,并在后结构主义的观照下,考察了语言诗派在语言的能指和所指的关系、诗歌和作者的关系、诗歌和现实的关系等方面的先锋性和艺术魅力。在论及艾略特的先锋性时,她从艾略特身上看到了伯恩斯坦的影子:伯恩斯坦的"反对吸收"理念与艾略特早期创作理念之间谱系传承关系远比与奥哈拉或者金斯堡之间的诗学传承密切和直接。在《诗学新解》中,帕洛夫(2013:13)又作出了更为详尽的阐释:艾略特在"玄学派诗人"中提出,多恩和他的小圈子"拥有一种能够吞没任何一种经验的敏感机制",伯恩斯坦的"反对吸收"与该说法一脉相承。至此,帕洛夫为语言诗派寻找到了一个庞大、丰富的学理之源,成功地为语言诗派挖掘出了盘根错节、深植沃土的谱系之根。

值得注意的是,尽管同为诗学谱系研究,帕洛夫和哈罗德·布鲁姆之间有着诸多不同。很多差别是外在的,显而易见的。比如布鲁姆(Bloom, 1997:5)在《影响的焦虑》的前言中开篇就表明他试图"通过描述诗学影响提供一种诗歌理论",说到底还是以理论建构为目的;帕洛夫则从未试图以任何方式建构诗歌理论;布鲁姆的诗学影响谱系是以后辈诗人对前辈诗人的"误读"为基础的,帕洛夫显然对这一理念没有兴趣。然而两位诗评大家之间最本质的区别却是潜在的、深层次的,具体表现为以下两个方面:其一,诗学谱系框架设定不同:布鲁姆的诗学谱系建立在他的"西方正典"封闭框架之内,帕洛夫的诗学谱系研究框架则是动态的、开放的,只具有相对稳定性。布鲁姆的诗学谱系设定了一个绝对中心,即西方文学中心——莎士比亚;又设定了一个相对中心,即美国诗歌中心——惠特曼。而帕洛夫的诗学谱系则是彻底"去中心"的。对帕洛夫来说,经典是一个不断扩大的版图和不断新陈代谢的有机生命体(Perloff,2013:53–54)。这正是布鲁姆与帕洛夫著名的学术冲突的真实原因。其二,诗学谱系建构方式不同。布鲁姆的诗学谱系建构是一场后辈诗人和前辈诗人的心理战,争论的焦点是诗歌的主题主旨。这也就意味着布鲁姆既拒绝文化批评,也绝不会在语言分析上恋战。这两点却恰恰是帕洛夫"辨微阅读"关注的焦点。截然不同的诗学谱系建构方式产生的结果也自然不同。帕洛夫积极推介的语言诗也许永远进入不了布鲁姆的"西方正典",而在布鲁姆的"西方正典"中失去了阵地的庞德则在帕洛夫的"个人经典"中找到了恰切的位置。

　　从以上的论述不难看出,帕洛夫的诗学谱系研究的确是她搭建的一条通往诗歌和诗学研究顶峰的天梯。维特根斯坦曾在《逻辑哲学论》(*Tractatus Logico-Phibsophicus*)命题七之前告诫读者:在爬上梯子之后就把它抛弃。那么,帕洛夫对待自己的这条天梯又是何种态度呢?帕洛夫以自己的行动告诉我们,她的梯子被她本人不断地"抛弃"。这就是她不断自我否定的精神。纵观她的诗学研究之路,我们发现帕洛夫经历了一次又一次的自我反思、自我修正,甚至是自我否定。例如,她论证现代主义和后现代主义诗学的关系问题就经历了这样一个过程。即便是对同一位诗人而言,这种不断修正的精神也贯穿始终,这在艾略特的研究中就充分体现出来。帕洛夫不断抛弃自己架起的梯子,彰显了一位严谨的学者尊重客观规律,不断自我突破,与时俱进的学术精神和学术境界。这是她自我前进的动力,也是她能够不断推进英语诗歌和诗学前进的原因。

　　帕洛夫与布鲁姆的对话过程反映了"辨微阅读"背后的诗学思想发展脉络。帕洛夫在2008年发表了谈话"(解)建构另一种传统",显示出帕洛夫对布鲁姆诗歌批评的态度转变,由此折射出她学术思想的变化与发展。帕洛夫坚持审美批评、反对文化批评的诗学立场,也与布鲁姆的诗歌批评思想达成共识。在女性主义、多元文化主义、文化唯物主义、新历史主义、非洲中心论等各种文化批评理论大行其道之际,布鲁姆力拒文学批评的意识形态化,强调知识与审美标准不可或缺,高扬其"审美自律性"的批评主张。1998年,帕洛夫在《波士顿评论》(1998年

第 4 章　诗歌本体研究理论方法创新与实践

夏季刊）发表了关于布鲁姆编辑的《优中之优：1988—1997 年美国诗选》（*Best of the Best American Poetry: 1988-1997*，1998）的书评，对布鲁姆反对文化批评、坚守美学立场的诗学原则给予肯定，但随后对布鲁姆提出了尖锐批评，认为他过于强调主题阅读而忽视诗歌的语言本体、强调西方传统的"正典"地位而忽视了当下的创作实践，表达出对布鲁姆的研究路径、方法和基础的强烈不满。但是，在十年之后的访谈中，帕洛夫（2013）则对布鲁姆及其主题阅读给予了更多的肯定："我的确比以前更喜欢布鲁姆的诗歌批评了，因为他毕竟关注的是文学性，而我们当前太多的学术批评基本上是凸显少数族裔、妇女、不同的民族等"。帕洛夫在 20 世纪后期和 21 世纪之初文化批评浪潮汹涌之时，对布鲁姆主题阅读表现出更积极的态度，反映了她更加坚定的审美批评立场。

　　然而，对于帕洛夫来说，布鲁姆主题阅读的局限在于他的批评理论在语言本体和现实关怀两个方面有所缺失。帕洛夫（1998）认为诗歌语言的物质性是审美批评的必由之路，而"处于布鲁姆诗歌批评核心的修辞心理学往往将我们带回到诗歌语言物质性之外的主题"。

　　帕洛夫对布鲁姆忽视语言主体和现实关怀的批评恰恰反映了她本人对这两点的长期重视。这与布鲁姆共同奉行的审美批评一起，构成了帕洛夫诗歌批评的三个基本点，反映了她的诗歌批评理论与实践的独特路径。布鲁姆将盛行于 20 世纪中期的新批评派对修辞与主题的关注引向文本之外，帕洛夫则在吸收新批评派强调文本研究的同时，将作品文本引向社会文化文本，将新批评的文本细读与文化批评结合，形成自己的诗歌批评方法，即"辨微阅读"。辨微阅读批判性地吸收了新批评和文化研究的优点，对 20 世纪以来美国最具影响力的两种文学批评路径进行了纠正，在文学研究领域具有里程碑意义。作为一种诗歌批评方法，辨微阅读很早就被帕洛夫运用于学术研究中，随后在成书于 20 世纪 80 年代的论文集《诗歌的破格特权》（1990）中得以完善。2004 年出版的专著《辨微：诗歌、诗学、教学》对辨微阅读给予了深入、系统的理论阐述，《诗学新解》一书则通过访谈形式提供了更丰富的动态阐释。

　　帕洛夫认为，语言是诗歌的核心，也是诗歌与散文的区别所在，诗歌语言的物质性是审美批评的必由之路。因而，帕洛夫的辨微阅读拒绝从张力、象征、主题等固有的概念出发，直接面对语言所构建的绚丽文本。帕洛夫的辨微阅读强调语言在诗歌文本构建和诗歌意义建构中的中心地位，并努力从语言的破格、语言的物质性呈现等方面去把握文本的文学性，探索语言产生的微妙的诗意。事实上，帕洛夫对于诗歌语言物质性的关注贯穿了她的整个学术生涯，在早期有关弗兰克·奥哈拉、罗伯特·洛威尔、约翰·阿什伯利等诗人的专题研究中，她都注重探讨诗歌的语言，包括声音和视觉等物质形态。此后，帕洛夫逐渐引入和借鉴维特根斯坦的语言哲学和解构主义语言理论，强调日常语言突破常规语法和语言限制所产生的诗性特征和诗性美，注重语言的声音、视觉等物质性元素，从诗歌与物质世界的互文关系来发掘诗歌意义。

帕洛夫的辨微阅读强调诗歌批评的现实关注和当下价值，认为诗歌文本与诗歌之外的社会文化文本之间有着天然联系，而诗歌批评的现实关怀须结合语言来实现。她在《诗歌的破格特权》（1990）中指出，诗歌的破格特权与诗歌的历史和时代是分不开的，诗歌创新的基础是语言的拓展，其必然的发源地是活跃的城市和技术文化。在《未来主义：先锋艺术及其断裂的语言》（1986）中，她系统讨论了先锋诗歌与语言之间的关系，以及先锋美学、极端政治、流行文化在语言上的交汇所形成的短暂而和谐的共融与渗透。她与伯恩斯坦谈到比利·柯林斯（Billy Collins）和戴娜·乔亚（Dana Gioia）所代表的时代诗人该如何对待复杂的文化指涉问题，认为伯恩斯坦的诗歌就是"一种优秀的新的现实主义"，并称他为我们所处文化中的"重要的编年史家"（Perloff, 2013）。这一论断肯定了伯恩斯坦以高度的诗歌语言实验回应社会文化所反映出来的时代精神。帕洛夫这一批评立场的理论基础来源于维特根斯坦的语言哲学和解构主义语言观，也被语言诗等先锋诗歌流派强调的语言能指功能的诗歌实践所证明。在她看来，诗意在于诗歌语言的多重指向性，而后者正是语言的能指功能得以唤醒的结果，因而诗歌不是用语言来复现世界或者象征世界，而是以不确定指向的、充满歧义和多种可能性的语言来建构世界。即便诗人运用生活素材，一旦以语言形式进入诗歌便获得一种"此在性"（thisness），其意义即变得开放。从这个角度上看，诗歌文本是暗示性的而非再现性或象征性的。帕洛夫没有像新批评派那样将诗歌文本视为自足的、封闭的、被现实规定的，而是视之为丰富的、开放的、不为现实左右的。因而，诗人不需要像艾略特那样使用注释，诗歌的阅读也不应局限于生活实际或读者的知识储备，因为现实会干扰诗歌的独立性，而且"读者不需要了解所有的指涉典故，[……]意义即可能较充分地显露出来。……这也是诗歌具有无穷的重读性的原因"（Perloff，2013）；诗歌阅读应该实现个人化的、现实的生活向艺术世界的转变，以此反观现实生活。换言之，帕洛夫的辨微阅读是与诗歌的互动，是伯恩斯坦所说的"跳舞，两者跳着探戈"（Perloff，2013），而不是两者的竞争，不是像新批评派那样操控文本，也不主张文化批评所奉行的意识形态介入。从根本上说，帕洛夫的辨微阅读反对意识形态主导或观念介入诗歌批评，而希望将诗歌阅读引向语言本身及其与现实的对话，以此捍卫诗歌批评的审美性。

帕洛夫的辨微阅读对新批评、文化批评等 20 世纪主流诗歌批评范式进行了回应和反拨，其目的并不在于批判或评价这些批评范式，而是在于回到诗歌批评的本体，探寻诗歌这一特殊的艺术形式与人类生存状态的对话关系。

4.3.2 诗歌多维文本理论概览

基于对帕洛夫、伯恩斯坦等学者的诗歌文本和诗学思想研究，罗良功等中国学者在 2012 年以来对诗歌文本进行了系统的理论思考，并发表了一系列学术论文，如《诗歌是语言的艺术吗？——英语诗歌文本初论》（2016）、《美国非裔诗歌中的声音诗学》（2017）、《美国当代诗歌的视觉诗学》（2023）。其中，罗良功的系列论文初步形成了较系统的诗歌多维文本理论，开创了诗歌批评实践的新范式和新视角。

诗歌多维文本理论认为，诗歌文本的确是以语言为基础来建构的，诗歌语言的语法结构、语义结构、修辞手段皆具有意义，新批评派所强调的语气与态度、主题、意象无不以语言为基础，语言所建构的文本成为新批评派乃至诗歌批评界长期以来的批评和阐释对象。不过，这类诗歌研究常常把语言作为符号来看待，很少关注诗人们对语言物质资源的开发。文学批评中对符号化文字的强调，不仅架空或遮蔽了文字自身的物质性（即文字的视觉和听觉物性）及其特殊的意义生成机制，而且压制了视觉、听觉等感官的参与。

事实上，在诗歌创作中，语言的物质性既是与生俱来的内在物性，也是许多诗人非常强调且自觉表现的文本特征。在世界上的大多数文化中，文字都具有音、形、义三维，而且音形义各自具有释义空间，这奠定了诗歌文本的物性基础。黄运特在《诗：中国诗歌的激进解读》(*SHI: A Radical Reading of Chinese Poetry*, 1997) 一书中将中国古典诗歌文本从文字和诗行的语义、文字的读音、书写形式结构等方面进行解读，指出文字的音形义在诗歌文本建构及其意义建构中的意义和价值，从而将诗歌文本的多维性从单一的语义维度中突显出来。庞德关于诗歌音象 (melopoeia)、形象 (phanopoeia)、义象 (logopoeia) 的阐述从理论上确定了语言的物质性在诗歌文本建构中的作用。根据庞德 (1954) 的论述，"音象"是赋予词语的表面意义之上或之外的音乐性特质，指示这一意义的方位或态势；"形象"将意象投射到视觉想象之中；"义象"则是"词语之间智力的舞蹈"。诗歌不仅利用词语的直接意义，而且在词语惯用法的特殊方式、词语的语境或伴生物、已知的被接受情形以及反讽的手法上都有其特别意义。值得注意的是，庞德所论是语言之三象："假如我们观察一下诗歌的真实情形，就会发现语言被不同的形式赋予了能量"(Pound, 1954: 15-40)。这一论断尽管不甚清晰，但无疑突显了除普遍关注的语言义象之外的两个物质维度及其在诗歌意义建构机制中的作用。

然而，庞德将上述三项局限于语言之内，似乎尚未完整反映出他在诗歌创作上的创新，也不尽符合英语诗歌，尤其是现当代英语诗歌的创作实践。就庞德的诗歌创作而言，语言之外的视觉和听觉元素早已进入其诗歌文本之中。一方面，庞德将视觉图案直接编织进自己的诗歌文本中。在庞德看来，汉字就是他所追求的诗性语言，所见即所得，因而他更注重汉字在视觉建构上的表意功能及其在诗歌意义建构中的作用，也就是说，他更倾向于将汉民族的文字视为图画而非语言的符号。庞德将语言之外的视觉图像元素融入诗歌文本之中。另一方面，庞德也直接将纯粹的视觉图像与文字构成的诗歌文本相并置，在视觉图像与文字文本之间建构起一种明示的互文关系，他在《诗章》(*The Cantos*, 1936) 扉页上引用的非洲史前岩画"跳跃的黑人"("Hopping Negro") 即是如此。

第 4 章　诗歌本体研究理论方法创新与实践

这正体现了庞德对图形表达的执着信念（Nielsen，2001：143-156）。在他的诗歌中，与文字文本并置的视觉图像通过互文关系引导着文字文本的意义走向，而这一视觉图像在不经意间进入到了诗歌的文本之中。因而，庞德的诗歌文本已经不是纯粹的语言文本了。庞德的这种诗学实践远非个案或孤例，反而既具有示范性，也具有代表性。就英语诗歌、特别是现当代诗歌而言，诗歌文本以语言为基础，既有对语义的基本依赖，也包含着对语言的物质性资源的开发，以及对语言之外的其他媒介的引入和利用。

就视觉而言，自乔治·赫伯特（George Herbert）的"祭坛诗"开始，视觉图像逐渐成为诗歌文本的一个显性因素，并逐渐从基于文字的视觉资源的文本建构演变为语言之外的视像介入。诗歌的排版形式变得更加丰富，书写形式更为多样，这些都为诗歌文本的视觉呈现增加了新的内容，并拓展了诗歌文本的解读空间。在威廉·卡洛斯·威廉斯的诗歌《红色的手推车》（"The Red Wheelbarrow"）中，视觉元素对意义建构发挥了重要作用。该诗实际由一个描写日常生活场景的语法意义完整的句子组成，但诗人通过将该句子切分成八段，分八行排列，形成四节，成功地将线性语言的话语转化成一种空间和视觉上的呈现，这种结构至少具有三重意义。第一，在每个诗节中，第一行长第二行短的排列，在视觉上指向手推车的形象，从而与诗中以语言表述的"手推车"形成具象化的呼应。第二，诗的每一节都由上长下短的两行组成，这一视觉结构具有强烈的动势，具有很大的不稳定感。多个相同结构的诗节使这一不稳定的视觉结构获得时间上的重复，重复赋予不稳定的视觉形式以稳定感，因而，这首诗将局部的不稳定与整体的稳定相结合，动中有静、静中有动，这种动与静形成的张力以及两者之间相互转换赋予诗歌所描述的场景以灵动和丰富，从而将表面单调沉闷的日常生活所掩盖的生机与变化彰显出来。第三，诗的每一行都是日常生活场景中的一个小片段，空间上的切分和分行排列延展了读者的观察时间，使关注点从一个细节移动到另一个细节，从而能够唤醒读者对一个近乎熟视无睹的普通生活场景进行再体验，最终帮助读者重新发现生活沉闷表象所遮掩的美。在这一意义上，诗歌的视觉形式已经成为这一文本的重要内容，具有诗歌文字无法表达也没有表达出来的意义。

威廉斯的这一诗学实践广泛存在于英美现当代诗歌中，如卡尔·夏皮罗（Karl Shapiro）、詹姆斯·梅里尔（James Merrill）、约翰·阿什伯利以及美国非裔诗人兰斯顿·休斯、丽塔·达夫都有类似的诗学表达。如果说威廉斯的视觉建构较明显地表现出对现有语言规范和观念的遵从，以卡明斯为代表的诗人则更为激进。他们反叛传统语言规则和观念，将语言的语义属性在诗歌文本中起到的作用降到最低，并将语言的物质性材料在诗歌文本中起到的作用放大到极致。例如，卡明斯在诗歌《一叶落》（"A Leave Falls"）中，仅仅使用了四个英语单词，便将它们的意义限定在最基本的意义层面："一叶落，孤寂"。诗人通过拆解单词解构了语言词汇的常规及其表意的权威性，通过对单词材料进行变形与重组突出了语言所携带的物质性资源在文本建构中的作用。视觉形态呈现出整体的分解与部分的孤立、以及一片树叶空中翻转的无助飘零，形成了对四个英文单词概念性意义的具象化表现。显然，在这首诗中，语言的物质材料按照非语法规则和非语义逻辑进行空间形式建构。这种立足于语言物质性的诗歌文本建构成为语言派等20世纪先锋诗歌中不容忽视的诗学特征。

不仅如此，还有不少诗人直接利用非语言的视觉材料来建构诗歌文本。如美国后垮掉派诗人安·瓦尔德曼的《在永不悲伤的房间》（In the Room of Never Grieve）、《丘比特》（Iovis）三部曲等诗集中的大量诗歌作品不仅以非语言的规则和语义逻辑建构视觉形式，而且将非语言的视像直接引入诗歌文本，如日月星辰、中国蘑菇、女性形象、几何图案等。苏格兰诗人伊安·汉密尔顿·芬利（Ian Hamilton Finlay）则常常将极简的语言嵌入实际生活的视觉场景之中，使文字之外的视觉图景成为诗歌文本的必然内容。在英语诗歌中，这类现象不一定涉及全诗，常常只是局部地反复出现，因而不一定能够像"具象诗"那样引起读者和批评家的关注，但它却为诗歌开辟了新的表意场域，必须引起关注。

英语诗歌的视觉建构尽管形式多样，却不囿于上述三种情形，常常兼而有之；也不一定见于整首诗，可能只存在于整体中的局部，但无疑视觉建构已经是诗歌重要的存在方式和场域，这其实就是英语诗歌文本中的一个次文本——视觉文本。视觉文本不仅改变了诗歌文本的基本结构和质地，而且为诗歌提供了语言之外的另一个释义系统，使得非语言元素和语言元素的非语言性呈现成为诗歌阐释中不能回避也不能忽视的内容。

第 4 章　诗歌本体研究理论方法创新与实践

语言的物质性还体现在声音上。诗歌与声音具有天然的姻缘，在世界上大多数文化中，诗歌都先于文字而出现，其原因就在于诗歌对于声音的倚重和依赖。就西方而言，14世纪印刷技术革命和近代以来学校教育的普及与水平提升，使得人们越来越关注文字，从而导致声音与文字逐渐疏离。但诗歌始终保持了对声音的基本要求，即悦耳、应情。悦耳，即强调诗歌的音韵节奏以便于诗歌以声音为媒介传播，实际上突显了诗歌声音表达的传统；应情，即强调诗歌在声音上能够呼应语言所表现的情感和情景，拜伦的《她在美中行》("She Walks in Beauty")一诗就是一例，诗人以一系列轻柔的辅音以及由此形成的头韵、开口度小的元音和滑音、抑扬格四音步的节奏，呼应了文字所表现的一个从容、恬静、充满阴柔之美的女性形象。因而，英语诗歌从一开始就拥有一个声音系统，它居于语言文字之外，却时刻服务于文字表现的需要。

但是，文字的声音并不总是服务于文字，并不总是顺从文字的意义指向，有时候甚至会与文字及其意义指向相背离。声音相同的两个文本各自呈现出完全不同的意义，这一极端的例子所反映的现象在英语诗歌中也很常见，这与语言中的同音异义、一音多义相关，也与读者/听者在不同的语境下对事物的观察点、认知角度不同有关。诗人们从个别词汇建构的双关到诗行乃至全诗的声音形态上都体现了对这一现象的关注，现当代诗人更加充分地利用这一现象进行诗学实践。美国当代诗歌理论家帕洛夫（2013）认为，所谓的"诗意"，就是能够将我们同时带到不同方向。这一观点反映了一个事实，即许多诗人正是借助于声音的多义指向来营造诗意。芬兰诗人利维·莱托（Leevi Lehto，2008）在2008年为中国四川大地震所作的一首英语诗中，刻意在每一节开头保留了一行非语言的纯声音诗句，其基本观点是：在一部专门为四川大地震而作的诗集中，这一串声音与地震形成意义呼应，但不同的读者仍然可以根据自己的生活体验和认知视野来建构这一串声音的不同意义。也就是说，莱托在这里以声音建构了一个开放的意义结构。这正是伯恩斯坦所推崇的诗歌语言的多重意义。伯恩斯坦作为美国当代语言派诗歌的代表人物和理论家，非常强调声音对语言意义的引导，也善于利用言语的声音将词语引向不同的意义。以他的《格特鲁德和路德维格的伪历险》("Gertrude and Ludwig's Bogus Adventure"，1999）为例。在诗中，伯恩斯坦使用了大量声音相同或相似的词语（从 moon 到 Moonies，从 grip 到 Grippe，从 picture 到 pitcher 再到 catcher、catch、clinch、clutch 等）(Bernstein, 1999: 109)，形成词语在声音上的跳跃和流动，在这一过程中词语本身的意义逐渐模糊和弱化，声音成为意义的指向，由此充分体现了语言派诗人的基本观点，即强调语言的能指而非所指、以语言的物质维度唤醒语言的能指功能。

诗歌的文本建构的基础并非仅仅是语言规则和语义逻辑，声音不只是文本建构的目的，也是手段。传统格律诗就是声音塑造诗歌文本的例子，只不过传统格律诗的声音规则集中在声音的形式而非内容上，而在现当代诗歌中，声音的内容与目标则得到彰显。伯恩斯坦的上述诗歌并非个例，一百年前的艾米莉·狄金森在很多诗作中都有类似实践，只是没有伯恩斯坦及其语言派诗人盟友们那么激进。狄金森的诗歌中常常有意运用声音来临摹视觉形象或抽象的概念。例如，在《一条渐远的小路》("A Route of Evanescence")一诗中，狄金森以众多需要双唇合围或半围发出的辅音（如 /m/、/b/、/r/）来强化"圆"的感觉，通过这些声音不断重复来摹写"圆的运动"，在某种意义上，将诗中"滚动的车轮"（revolving Wheel）这一视觉意象声音化了。由此可见，声音进入到诗歌文本之中，已经决定和影响着诗歌意象的选择、语言结构、分行排列等视觉呈现的形式，同时还直接参与到了意义建构之中，成为意义建构机制的一部分，为诗歌的阐释提供了新的场域。

总体而言，20 世纪以来的美国诗歌在摆脱格律束缚之后，文本建构形式和建构质料都发生了根本性改变，成为具有美国色彩、民族特质和个人气质的多向度言说。在庞德、卡明斯等人的推动下，诗歌文本的语言不再仅仅只是透明的符号，诗歌的排列不再仅是基于传统格律节奏，诗歌也不再仅是静态的物理呈现。美国当代诗人们继承了现代主义诗人的实践传统，在理论指导下自觉地进行诗歌文本改造实验，彻底颠覆了传统的诗歌文本观念、文本质地和结构，其诗歌创作呈现出以下几个特点。

首先，美国现当代诗歌语言的物质性得到了充分彰显，非语言的物质元素进入诗歌文本则进一步增强了诗歌文本的物质性。当代诗歌文本物质化的表征之一就是声音，其机制就是声音诗学，即诗人们基于特定

第 4 章　诗歌本体研究理论方法创新与实践

的观念或理论指导，自觉运用声音来建构文本、并使之成为诗歌意义生成机制的一部分。在诗歌中，声音不再只是表现为人工化节奏的格律形式，也不再只是具有音乐特征的节奏形式，它以更加丰富多变的结构和形式呈现于诗歌文本之中、诉诸读者的耳朵或听觉想象。诗歌的声音结构也不只是技术性或介质性存在，不仅具有美学意义，而且具有丰富的文化意义。

诗歌文本物质性的另一个维度在于视觉性，包括内在视觉呈现和外在视觉呈现。美国当代诗歌文本视觉性的最大变化在于诗歌文本的外在视觉呈现。从历史维度上看，美国现当代诗歌见证了英语诗歌的几个历史性转变，即诗歌排版从声音驱动向视觉驱动的转变，诗歌文字呈现从符号化向物质性转变，图像从外置向内化转变。这些特征都凸显了当代诗歌文本的外部视觉呈现，从一个方面反映了美国诗歌对当下精英文化向大众文化转型的回应。

美国当代诗歌文本的另一个特征是在于表演性。诗歌文本的表演性是诗歌文本的声音化特征，也是诗歌文本从单一维度的静态呈现走向动态、多维、跨界呈现的特征。从 1955 年 10 月艾伦·金斯堡手舞足蹈地朗诵《嚎叫》之始，经过安·瓦尔德曼、索妮亚·桑切斯、阿米力·巴拉卡等诗人，再到当下美国非裔诗歌界的"诗歌表演擂台赛"（poetry slams），美国当代表演诗歌已经硕果累累，成为时代性和美国性鲜明的诗歌景观。诗歌的表演性不仅是当代诗歌美学的重要属性，也折射出当代诗歌文本革命的文化意义和政治意义。

文类跨界与媒介超越是美国当代诗歌文本的另一特征。诗人们将不同文类、不同艺术媒介、不同时空的艺术形式进行杂糅、变形或嫁接，进行具有高度实验性和个性化的当代诗歌文本建构，以回应时代文化语境、表达思想观念、体现个性化认知与表达特色，从而偏离自现代主义以来的诗歌传统，具有强烈的时代性和艺术个性。

综合上述关于美国诗歌的分析可以发现，诗歌文本并不仅仅由语言构成，而是由文字文本、声音文本、视觉文本构成。在英语诗歌中，这三重文本始终存在，但是由于传统诗歌中的声音文本、视觉文本常常服从且服务于文字文本，而对文字文本的关注足以把握一首诗的基本内容，因而就导致诗歌文本没有声音文本或视觉文本或者这两者无足轻重的错觉,也导致诗歌批评中忽视、压制声音文本与视觉文本的偏颇。事实上,由于语言的重新发现、现代信息技术和传媒技术的兴起与流行、以及诗歌美学的现代转型,美国现当代诗人通过自觉的诗学观念指导,在诗歌创作中凸显了这三重文本的独立性和平等性,增强了三者互动的戏剧性,通过使三者或相互抵牾、或相互补充、或相互呼应,极大地增加了诗歌文本的意义不确定性,这与传统诗歌中声音文本和视觉文本常常从属于文字文本的情形截然不同。因此,三重文本各自的建构策略及其相互关系是把握现当代诗歌意义的必然要素,也是现当代诗歌美学的本质体现,反映了传统诗歌与现当代诗歌的美学分野。

在这一意义上,在21世纪重新审视诗歌文本、关切文字文本之外的声音文本和视觉文本,既是一种理论上的创新,也是研究诗歌的必然。同时,诗歌的三重文本也提供了一个重新考察文学史、重写文学史的视角。诗人对诗歌文本的建构方式不仅反映了他最深层的语言观和文学观,而且反映了他的文化观念、时代精神、认知视野。

4.3.3 诗歌的声音文本

我国进入新时代以来,傅修延等学者开始关注并研究文学中的声音,发表了一系列论著,其《论音景》等文章为文学中的声音研究提供了理论基础。在诗歌研究领域,谭琼林、黄晓燕、罗良功等学者表现出对诗歌声音的浓厚兴趣,对诗歌中的音景、声音的文本功能及其对诗歌意义建构等理论问题进行了富有创造性和建设性的探讨,并初步形成声音文本的理论架构。

根据罗良功(2015)的定义,诗歌声音(sound)不仅指诗歌的一种物理介质和形态,而且指诗歌文本中能够诉诸人的听觉或听觉想象的一切因素,即诗歌文本中能够引发人的听觉联想的各种潜能,包括文字的读音、书写符号对人类口头言语和各种人声的模拟以及对自然和社会环境之中各种声音的模拟、书写符号所暗含的各种语音要素及其具有音乐性或非音乐性的声音组合等。声音与诗歌文本的结合有两种模式,这也是诗歌文本演绎的两个阶段,即声音的文本化与文本的声音化。前者

第 4 章　诗歌本体研究理论方法创新与实践

指声音对文本建构的参与,是诗歌文本中与文字文本、视觉文本相互关联的声音文本;后者指文本的演绎及其形态,既是诗歌文本的声音载体,也是一种独立的、主导性的声音文本。

诗歌声音如何文本化? 罗良功(2015:63)在《论美国非裔诗歌中的声音诗学》中曾总结出三种类型。其一,声音作为诗歌文本要素。在这一情形下,诗歌文本中的声音元素相对分散,有较大的随机性和开放性。诗人以标准语言书写符号或以"发音改拼"等形式记录声音,或者以停顿、诗行长度来模拟声音,或者以大小写、斜体、黑体等来呈现声音的形态与变化,或者以声音意象或指涉来标识某种特定声音的进入,或者以声音元素的重复来建构某种个性化的或者固有的韵律节奏模式,由此将外在的声音嵌入诗歌文本之中,使诗歌文字文本的意义和形态延展至声音维度。其二,声音作为诗歌的结构。例如,美国非裔诗歌常常以民族音乐形式或口头表达传统形式等来建构诗歌,这实际上是将已有的声音结构引入到诗歌文本中,从而暗示或规定整个诗歌文本的声音形态。诗歌文本对已有的音乐和口头艺术结构的整体引入在声音层面上建立起诗歌与音乐和口头艺术之间的互文关系,从而能够将后者特定的表意策略、认知方式等植入诗歌文本之中。其三,声音作为诗歌的主导文本。这种模式意味着一首诗的文本建构基于声音而不是文字,并且在相当大的程度上以文本的声音化为旨归,而文字文本只是这种声音文本的伴生性存在或起着辅助性作用。学者们注意到美国黑人艺术运动代表人物阿米力·巴拉卡的"言说诗"(speaking poetry)、兰斯顿·休斯基于酒吧里情侣对话声与唱片歌曲的声音相互交织而形成的一个声音文本《猫与萨克斯:凌晨 2 点》("The Cat and the Saxophone: 2 am")都属于这类。

可以说,声音文本化是诗歌文本和意义建构的策略和方法,是一种自觉的诗学实践,同时又与诗歌文本之外广阔的社会文化相关联,具有丰富的美学阐释空间和社会文化价值。

首先,作为一个多民族国家,美国诗歌有其独特的声音特征,而且 20 世纪的美国诗歌呈现出一个突出的特点,即声音向诗歌的强势回归。声音不仅成为英美现代主义和后现代主义诗歌运动的动力和基石,更是北美自 20 世纪 50 年代以来诗歌传播的最重要场域之一。因而研究声音是研究美国诗歌的必经之道。其次，美国诗歌在声音与视像、声音与语言符号、声音与文本建构方面表现出很强的艺术实验性和创新性，且成就斐然，对声音诗学的研究可以为中国诗歌和诗学理论提供有价值的借鉴。第三，美国由于其文化多样性，不仅口头诗歌和书面诗歌并存，而且口头诗歌自身又经过了书面化和再次声音化的历史过程，诗歌的口头性与书面性相互作用，不同文化之间的诗歌艺术相互作用，并在20世纪上半叶开始共同与现代科技产生持久互动，为人类如何在当前全球化和现代信息技术主导的语境下通过不同介质、不同文化的互动、美学与科技融合而促进诗歌和艺术发展提供了丰富的正反案例。

在世界上大多数文化中，声音都是诗歌原初的载体和重要维度，但是随着印刷术的进步、绘画艺术等视觉艺术形式的贵族化以及美学观念的变化，声音逐渐与文字、与诗歌疏离。即便格律诗和部分自由诗也强调声音效果，但诗歌声音基本上被定位在节奏形式与效果以及声音对意义的辅助功能上。这一观念长期影响了包括中国和美国在内的诗歌创作实践和诗学观念。在美国，这一观念成为惠特曼发表于1855年的《草叶集》第一版招致主流社会一致声讨的一个重要原因，因为他的诗歌没有美国所谓"正统"诗歌的声音结构和形态。尽管在20世纪之初，随着自由诗的风靡，诗歌声音趋于多样化，但在诗歌创作和研究上对声音的期待主要集中在音乐性效果、特别是和谐的音响效果上，因而非裔诗人兰斯顿·休斯等创作的以突兀粗糙为特点的黑人方言诗和爵士诗等并没有赢得合法地位。直到二战前后，关于诗歌声音的观念发生了巨大转变：学者和诗人开始从单纯关注诗歌的音乐性声音转向多元的声音观念，声音的多元形态和结构模式、声音与文化和政治的关系、声音与语言以及语言的其他维度的关系、声音与技术的关系、声音的物质性与表意性等开始受到越来越多的重视。因而，垮掉派诗歌对爵士乐的接受、表演诗歌的兴起、声音介质的诗歌传播、自觉乃至激进的诗歌声音实验，成为20世纪下半叶美国诗歌的典型风景，同时也促进了美国诗歌研究向声音的转向。20世纪70年代以来，美国多所大学建立了庞大的诗歌音像存储库和电子数据库，如宾夕法尼亚大学的Pennsound和纽约州立大学布法罗分校的EPC，存储了大量的诗歌声音影像资料、诗人访谈等电子资源，并通过网络免费对外开放，供研究者和公众自由使

第4章 诗歌本体研究理论方法创新与实践

用,极大地推进了与诗歌声音相关的学术研究。同时,这一时期出版了大量研究诗歌声音的专著和论文,使诗歌声音成为美国学术的一个新的热点。

1. 声音与英语诗歌个性研究

作为一种物理形态,声音既是人类感知世界、认识自我的媒介,也是人类表达自我和思维活动的一种感性形式。它是语言的载体,也是文字的重要维度,但两者在意义上并不重叠,因而导致不同文化、不同诗歌观念之下创作的诗歌在声音形态和声音质感上不尽相同,以口头文化为主的社会可能强调声音,而以书面语言为主的社会则会弱化声音。就英语国家而言,不同民族的文化发展不平衡、来自同一国家或地区移民的文化观念也不相同,在声音认同与声音特征上各不相同。就诗歌而言,诗歌在声音形态、声音观念上极具差异性,因而诗歌的声音形态与文字形态之间、不同民族的诗歌之间既具有共时的差异性,又具有历时的对话性,这使得不同区域或民族的英语诗歌个性丰富而充满活力。

以美国诗歌为例,研究诗歌的声音形态及其历史演变、声音的性质及其与语言和其他媒介的互动、声音的功用及其在不同文化之间的互动,实现两个研究目标:一是历史地考察声音如何参与塑造英语诗歌,从而挖掘英语诗歌传统中的声音诗学;二是探讨英语诗歌声音诗学传统所形成的美学意义。

2. 诗歌声音与美国文学独立

声音是自我表达与族群内部交流的重要手段,一个民族的生存经历和生活体验会形成该民族共同的声音表达形式,并与其他民族区分开来。美利坚民族独特的生活体验和经历形成了民族内部的声音认同,不仅不可能用书面语言直观地完整记录,而且更不可能用与英国人相同的书面英语来与英国相区别,因而书面语言之外的声音呈现对于表现美国性就尤为必要。惠特曼与狄金森都以自己创造性的声音实践开创了与英国和欧洲诗歌传统分道扬镳的道路。惠特曼以自由诗体代替传统的格律诗体,在诗歌形式上叛逆了英国正统,而形式叛逆背后更重要的是声音诗学。惠特曼以诗行为单位建构波涛汹涌的节奏，正是19世纪中期美国社会走向繁荣所激发出来的美国人的心理节奏，惠特曼将物理声音改造成为情感外渗的通道，同时他又将这种声音与美国社会认同关联，赋予声音以突出的文化意义，从而成功地将新古典主义视为装饰的声音提升为诗歌意义机制的一部分，建构起一种全新的诗歌观念。狄金森的诗歌形式没有惠特曼激进，但是在声音上同样激进。在诗中，狄金森常常出于声音原因而改变用词和句法，或因为声音而改变英语常规拼写和排版，在这一声音物质化的过程中，声音不仅获得视觉印记，而且在语义和语法上都深深打上了烙印，从而反叛英国诗歌传统、改造英国英语。

3. 现代主义诗歌传统的声音视角

现代主义诗歌的另一个传统在于声音层面，当然不仅仅是庞德所主张的摆脱格律的"自由诗"声音模式，更在于声音的文本策略和功能。庞德主张自然节奏，为诗歌文本提供了一个更大的开放度，能够广泛接纳不同的声音，包括来自非洲、亚洲等不同肤色不同文化的口语，使诗歌文本成为一个以声音为介质的文化拼贴，便于文化重构，而诗歌中的声音在时间轴上的流动常常与空间轴上的视像或版式进行互动，凸显了文化之间的对话性。艾略特的诗歌常常精选出欧洲语言、西方文化经典中的语言、想象中的故国语言，并以非个人化手段进行精致的声音拼贴，从而表现出淹没在想象中的欧化声音世界里的个体的现代情绪。弗罗斯特在其看似传统的格律诗形式之内进行了声音改造，他的"意义声音"或"句子声音"理论为轻松自如的"说话声调"融入诗歌格律提供了依据，从而将格律诗歌严谨的声音形式进行生活化、戏剧化重塑，以声音为切入点进行诗歌文本变革。

4. 非裔诗歌的声音诗学

声音诗学是美国非裔诗歌的重要特征，声音诗学是美国非裔诗人自觉的艺术实践和社会实践的结果，既源于人类认知世界和自我表达的天性，又扎根于该民族的独特生存经历和文化土壤。声音诗学作为非裔诗人的民族文化选择和一种文化策略，主要服务于非裔民族的历史书写、民族认同、人性传达、民族文学建构。在美学层面上，声音诗学赋予美国非裔诗歌声音主导的文本品质和以直观性和感性为特性的审美体验。保罗·劳伦斯·邓巴（Paul Laurence Dunbar）、兰斯顿·休斯等诗人是美国非裔诗歌声音诗学的典型个案，两位诗人体现出 19 世纪末期到 20 世纪中期美国非裔诗歌的文化立场与声音诗学的关系。邓巴受困于使用标准英语写作还是黑人方言写作的两难选择，其诗反映了他对自己文化身份的不自信和关注声音文化意义的意识，因而他的诗歌中的声音形态是他的自觉选择，却充满扭曲感。休斯则运用民族语言的声音，讲究声音策略，诗人的语言现实主义和文化现实主义的态度表现出强烈的文化自信。

5. 表演诗歌的声音化文本

在惠特曼发表《草叶集》第一版（1855）整整一百年之后，艾伦·金斯堡朗诵《嚎叫》成为一个重要的文化事件，这不仅标志着惠特曼的美国声音和草根声音的回归，而且标志着自 19 世纪后期开始的诗人读诗传统已经发展为诗歌表演。金斯堡的诗歌常常以表演或声音化为旨归，但在创作过程中充分将声音化的各种可能性融入文本，将草根的、私密的、欧洲中心之外的言说声音加以文本化，与艾略特的精英主义声音诗学分庭抗礼。作为后垮掉派代表人物，安·瓦尔德曼不仅继承了金斯堡的表演传统，而且将纽约派的绘画诗学、意大利歌剧、佛教音乐等融汇一体，形成独特的诗歌表演风格和"耗散诗学"，并文本化为声音与视觉高度契合的印刷文本。非裔女诗人索尼娅·桑切斯是 20 世纪重要的表演诗人之一，她通过声音的自然化（使声音被所有人感知）与社会化（赋予声音文化意义）来丰富诗歌表演的感染力，并自觉地将这种表演性在诗歌的印刷文本中加以呈现。

6. 声音诗歌的激进实验

20 世纪下半叶，诗歌表演以及现代音像技术和信息技术进一步唤醒诗人对声音的认识和期待，并基于声音进行大胆的诗歌实验。大卫·安廷（David Antin）基于其用录音机在大街小巷随机录取的日常生活话语进行整理，在不同场合随意拼贴，即兴发挥，再以录音机记录下来，形成谈话诗。非裔诗人阿米力·巴拉卡坚信未来诗歌将走向口头表达，从70年代开始面向声音化创作其"言说诗"文本，以非裔民族的声音机制融合个性化的声音特征。伯恩斯坦在诗歌中以自己发明的语言呈现纯粹的声音，强调声音的物质性和能指功能。这些声音实验反映出诗人们正在逐渐将声音从对文字（甚至语言）的依附中独立出来，从而赋予声音更大的艺术责任。

7. 英语诗歌的声音美学

英语诗歌的声音实践逐渐形成了一种声音高度介入的诗歌美学，即声音除了发挥声音在诗歌中的传统功能外，还体现了三大功能。首先，声音不仅是文字和诗歌的一个物理维度，更是诗歌意义之所在，是诗歌意义生成机制的一个部分。其次，诗歌通过声音联通文本世界与文本之外的世界，联通作者与社会、此在与彼在、现实与历史/未来、个体与集体，从而赋予诗歌以更大的人性力量。第三，声音促成媒介互动。诗歌文字的声音与文字的视觉形态、与其他视觉文本形式之间产生互动，营造诗歌内部不同媒介形式之间的戏剧性效果，促进声音的视觉化与视觉的声音化，增强诗歌意义密度和质感，从而使诗歌进入一个更大的能量场域。这种声音美学的意义在于：一、声音以其直观性和感性，强化诗歌的体验性和过程性，意义存在于体验之中，过程即意义；二、声音的高度介入具有明显的意识形态意义，它将语言从权力的规约中解脱出来，使语言重新焕发能指活力。因而，只有通过"细听"（close listening）诗歌，才能全面解读现当代英语诗歌，才能重新发现语言、诗歌艺术本质和英语诗歌传统。

4.3.4　英语当代诗歌的视觉诗学

进入新时代以来，国内学界逐渐开始关注诗歌的视觉问题，罗良功、王改娣、赵宪章、倪静等学者分别发表论文，运用辨微阅读、多模

第4章 诗歌本体研究理论方法创新与实践

态话语理论等对诗歌进行解读,探讨诗歌中的视觉现象,逐渐形成了中国关于诗歌视觉文本的基本理论认知。中国学界已经形成的共识是:随着19世纪自由诗的兴起,诗歌形式得以从格律主导的单一声音结构中解放出来,视觉形式获得了充分释放和舒展的空间,诗人们对诗歌视觉形式有了新的认知,并在20世纪之初形成了诗歌视觉形式建构的自觉,主动开发视觉资源,并逐渐形成了当代诗歌视觉诗学。鉴于此,英语诗歌研究已经不能局限于语言层面,诗歌文本中的视觉形式逐渐成为诗歌文本的一部分、常常是诗歌意义建构机制的一部分;尤其是在现当代的美国诗歌实践中,视觉形式成为诗歌文本的重要内容,在诗歌意义建构机制中的作用更加凸显,成为当代诗歌研究必须面对的一个新的学术问题。

这里所说的"视觉形式"涉及诗歌文本中一切可以诉诸视觉或者能够激发视觉想象的因素,包括视觉意象、绘画技法、排版呈现、字体行距等。总体而言,诗歌的视觉形式可以分为两类,即内在视觉呈现、外在视觉呈现。

内在视觉呈现,即诗歌视觉形式的想象性呈现。具体而言,诗歌的内在视觉呈现是指视觉意象、视觉艺术技法等在诗歌文本中的内在显现,往往通过语言符号的意义系统来暗示而不是直接被人的视觉感官感知。例如,莎士比亚十四行诗中的"夏日"、雪莱诗歌中的"西风"等以语言符号承载的视觉意象,纽约派诗人弗兰克·奥哈拉诗歌中的绘画技法等,都是内化于语言符号系统之中、借助语言符号的意义系统来激发读者视觉想象而呈现的。在一定程度上,诗歌的内在视觉性是诗歌与生俱来的,是人类认知、体验与表达经验的基本反映,同时也有着深厚的文化渊源。这首先与传统的语言观念有关。在中西方传统观念中,语言与神性相通,因而具有神圣地位;语言拥有对世界的客观对应性,视觉经验通过语言呈现,将感性经验内化为理性或智性活动,从而赋予感性经验以神性和崇高性。也正因如此,精英阶层推崇以理性语言的表达来贬抑感性经验的直观呈现,这在一定层面上解释了为什么表演艺术长期以来处于社会文化的底层,而不是像语言文字那样高居文化高端。其次,诗歌的内在视觉性得益于印刷技术的推动。印刷技术的发展进一步扩大了书面文字与口头语言的距离,书面文字与社会精英所追求的知识特权之间的关系日趋密切，而与听觉和视觉等感性经验日趋脱离。最后，诗歌的内在视觉性与诗歌自身的形式有关。传统的诗歌受制于格律等先在的固有形式的束缚，诗行排列都是基于作为特定声音结构与形态的格律，几乎没有视觉形式的伸展空间，因而诗歌的外在视觉形式不被关注，视觉经验往往只能通过内在方式呈现。在这一意义上，惠特曼的自由诗对诗歌从格律束缚中获得解放具有决定性意义，赋予了诗歌的视觉形式以前所未有的功能和价值。

外部视觉呈现是指诗歌视觉形式的直观呈现，即诗歌的排版、文字的视觉形式、甚至一些非文字的视觉元素等构建了诗歌文本的直观形式，可以直接诉诸读者的视觉认知和体验。可以说，诗歌的外部视觉形式基于语言的物质系统和非语言物理要素，而不是像诗歌的内部视觉呈现主要基于语言符号系统。一般而言，诗歌外部的视觉呈现是随着书写文字的出现而形成的，并随着书写材料以及印刷术、电子技术等显示技术的发展而发展。

英语当代诗歌呈现出清晰的视觉转向，即英语当代诗人普遍关注诗歌文本的视觉维度，自觉进行视觉诗学探索和实践，凸显诗歌文本的外在视觉呈现。英语当代诗歌的视觉转向可以在英语诗歌历史演绎的语境下得到更加清晰的显现。总体而言，英语当代诗歌的视觉转向主要表现在三个方面，即版式安排、文字呈现、图像处理。

第一，在版式安排上，英语诗歌经历了从声音驱动到视觉驱动的转变。英语诗歌从一开始就表现出很强的格律性，格律对诗歌建行具有规定性，诗行的视觉呈现方式和诗歌的整体视觉效果只是按照格律建行排列的自然结果，而非诗人主动的追求目标，因而，诗歌视觉形式本身也就没有表达意义的空间，也就不被诗歌创作者和阅读者所关注。这一点在现存的《贝奥武夫》(*Beowulf*)和《坎特伯雷故事集》(*The Canterbury Tales*)等中古英语时期和中世纪时期经典诗歌的权威版本都可以得到引证。尽管乔治·赫伯特在诗歌创作中试图突破格律对诗歌视觉形式的束缚，尝试在兼顾格律形式的同时建立一种具有意义表现功能的视觉形式，但终究显得形单影只，没有产生广泛的影响力。究其原因，主要还是在于格律束缚不利于更广阔的视觉探索，同时也由于其观念上只是将视觉形式视为从属于或服务于文字文本的辅助手段，没有赋予视觉形式

第 4 章 诗歌本体研究理论方法创新与实践

更加独立的意义表现职能。不过,赫伯特在视觉形式上的尝试提供了关于诗歌视觉形式的新观念,诗歌的视觉形式同样可以在一定程度上表达意义。

事实上,诗歌视觉形式真正获得解放并被赋予意义表达的功能还是在自由诗出现之后,尤其是在现代主义诗歌兴起之后。现当代诗人越来越重视格律被打破之后诗歌声音形式和视觉形式的自由及其蕴含的艺术可能,逐渐形成现当代诗歌的视觉美学,在不受格律等声音形式约束的情况下,自觉且自由地以视觉观念来驱动诗歌文本建构,用视觉形式建构意义,呼应诗歌的文字和声音,甚至弥补语言文字所无法实现的意义建构机制上的缺憾。例如,威廉斯的诗歌《红色手推车》表现出强烈的视觉美学观。这首诗的排版体现出明显的设计感。这首诗将一个句子切分之后建行建节,体现出深邃的表意动机和现代审美观念。一个句子被切分,意味着一个完整的生活情景被分割为一个个小细节片段,通过分行、分节来放大细节、延长观察时间,从而凸显了诗人引导读者细致、从容观察生活情景的动机。读者在细察之下,可以发现司空见惯的日常生活场景中竟然是一幅色彩丰富(热烈的红色、纯洁的白色、雨滴的晶莹剔透与灵动)的美好情景。诗歌中不平衡的视觉结构在四个同样诗节的视觉形式重复中获得了一种动态平衡,从而打破了关于日常生活一成不变的刻板印象,还原了日常生活丰富多彩、动静相宜的美好。这正是诗人通过独特的版式安排引导读者去体验和发现的,其意图就是引导读者重新发现生活之美。现代诗歌利用视觉形式建构意义的功能开发在当代诗歌中得到了充分的展现,除图像诗外,当代诗歌也非常重视视觉形式的表意功用。如语言派诗人查尔斯·伯恩斯坦、后垮掉派诗人安·瓦尔德曼、非裔诗人凯文·杨(Kevin Young)等都将版式作为诗歌意义建构的重要机制。

第二,在文字呈现形式上,英语诗歌文字逐渐从符号化表达过渡到物质性呈现。所谓文字的符号化表达,指的是诗歌中的语言文字只是作为符号来表达意义;语言文字的物质性呈现,则是指诗歌语言文字的视觉形式被作为文本建构的物质资源加以排列和利用,从而语言文字不仅具有符号层面上的意义,而且其视觉呈现形式也参与到诗歌文本的意义建构之中。诗歌语言文字从符号化表达到物质性呈现的过渡,是语言观念转变的结果。长期以来，英语诗人将语言视为符号系统，没有意识到语言文字物质性的表意功能，语言的视觉呈现在意义建构方面的可能性自然没有得到关注，17世纪赫伯特的图像诗也只是初步尝试语言视觉建构的个案。不过，狄金森在诗歌创作中开拓性地运用语言文字的视觉元素等物质资源，成为20世纪现代主义诗歌实验的灵感来源之一，从卡明斯到伯恩斯坦等语言派诗人，都重视诗歌语言的物质性，运用语言文字的视觉元素进行意义建构。在伯恩斯坦看来，语言派诗歌就是要将诗歌语言从符号化、逻各斯中心主义中解放出来，通过强调语言的物质性来消解符号性、增强语言的体验感，从而彰显语言的能指功能。例如，在他的诗《收费员的生命》("The Lives of the Toll Takers")（Bernstein，1999：15）中，他将单词"joy"拆分成"j"和"oy"两个部分，有意在空间上分隔开来，分别置于不同的诗行。在这里，"joy"的分拆与排列显然是对这个单词的视觉材料进行的非常规呈现，其意义不可能等同于正常呈现的作为语言符号的"joy"。诗人通过对这一单词的视觉变形赋予其词义以更大的模糊性和更多的能指空间："欢乐"？"破碎的欢乐"？"时间和空间上持续的欢乐"？以伯恩斯坦为代表的语言派诗歌折射出当代美国诗歌艺术基于语言物质性和视觉资源的视觉诗学实践。

第三，在诗歌与图像的关系上，英语诗歌经历了图像从外置到内化的过程。诗歌的书面呈现常常与图案图像相关联。传统的英语诗歌在印刷出版中常常配有图案或图像，这些视觉元素只是以诗歌文本之外的互文本形式呈现，而不是诗歌文本的有机组成部分。其中一个原因是图案/图像的作者与诗歌作者并非同一人；即便是同一作者，图像也并非是作为诗歌文本的内在部分创作出来的，往往只是作为诗歌文本的装饰，与诗歌文本形成局部的互文关系。1478年版的《坎特伯雷故事集》提供了很多与诗歌中的人物相关的插画，它们并非出自乔叟（Geoffrey Chaucer）之手，而是其他艺术家用于阐述乔叟诗歌内容、为印刷文本提供装饰的。同样，威廉·布莱克（William Blake）的《天真之歌》（Songs of Innocence）虽然配有布莱克为自己的诗歌亲自配制的插画，但仅仅是为诗歌文本提供一定的视觉阐释或装饰，即便其插画中存在着一些文字文本所没有表达出来的意义。不过，布莱克本人和其他学者并没有将他的插画与诗歌文字文本一起视为一体化的作品。在这些案例中，

第4章　诗歌本体研究理论方法创新与实践

图像存在于诗歌文本之外，并且不具有独立表意的功能。到了20世纪之初，庞德开始在诗歌文本中引入具有图画特征的象形文字（对于不懂汉语的西方读者而言，无疑就是图画），甚至直接引入东非史前壁画"跳跃的黑人"进入其诗歌文本之中，图画内化为诗歌文本，为20世纪诗歌视觉诗学另辟蹊径。当代诗人继续推进现代主义视觉诗歌实验，在将图画／图像融入诗歌文本之中，使之成为诗歌文本表意机制的有机部分。

英语当代诗歌的图像文本化表现出以下特点。第一，图像／图画成为诗歌文本的一部分，改变了诗歌文本的质地：诗歌不再只是基于符号化语言的艺术，也是物质性语言的艺术、非语言的图像的艺术。第二，图像／图画与诗歌排版互动，文本化的非语言图像不再只是单向进入，而是常常与文字的视觉排列形式形成互动互渗，由此呈现出诗歌文字构图与视觉图像的有机融合。第三个特点是当代诗歌中图像的多维呈现：一方面，当代诗歌文本的视觉建构使诗歌中的视觉图像本身具有多维性。诗歌中文字自身的视觉建构成为诗歌文本的重要构成；同时，非语言的图像／图形与文字构图有机融合、相互呼应，以视觉的多维性奠定诗歌意义多维性的基础。另一方面，不同媒介的构图摆脱了传统的单一视角，读者已经不能单一地以一个视角和姿势去观察和体验诗歌视觉文本，而是需要不断调整自己的视角，从不同角度去审视才能完整体验整个视觉化的诗歌文本。立体化的诗歌文本甚至突破读者将诗歌视为平面视觉文本的单维度观看习惯。或者说，一个诗歌视觉文本常常被置于一个多维时空之中，由不同读者从不同视角、不同维度、以不同的姿态进行共时性观察或体验，或者由同一读者在不同的时空之中进行考察或体验。

由此可见，英语当代诗歌的视觉转向是英语诗歌内在性视觉呈现传统的外在延展。从声音驱动到视觉驱动的版式安排、从符号化表达到文字的物质性呈现、从装饰性图像到文本化图像，所有这些要素都指向了当代诗歌的一个显著文本特征，即外在视觉呈现。这一特征凸显了当代诗歌对感性经验和物性表达的强调，标志着当代诗歌对传统诗歌观念、范式、语言的突破，因而成为当代诗歌相较于此前诗歌的区别性特征之一。然而，这一特征并非自然形成的，而是当代诗人自觉的诗学探索和艺术实践的结果。当代诗人们通过自觉的视觉实验与探索，推动了当代诗歌文本建构的外在视觉化，促进了诗歌文本和诗学观念的变革。在这一意义上，当代诗人们的视觉实践实际上是一种基于理论自觉的视觉诗学实践。

英语当代诗歌的视觉诗学强调外在视觉形式的建构，从根本上改变了诗歌文本本质、诗歌观念和诗歌阅读经验。在视觉诗学的作用下，诗歌不再是单纯的语言艺术，语言也不再是诗歌文本的唯一载体，语言之外的物质元素和语言的物质维度促成了当代诗歌意义建构机制的丰富性和多样性，在诗歌文本建构中的价值和作用更加凸显。事实上，英语当代诗歌中的视觉实践催生了诗歌文本中的一个次文本——视觉文本。"视觉文本不仅改变了诗歌文本的基本结构和质地，而且为诗歌提供了语言之外的另一个释义系统，使得非语言元素和语言元素的非语言性呈现成为诗歌阐释中不能回避也不能忽视的内容"（罗良功，2017b：66）。

作为英语诗歌发展的当代表征，当代诗歌的视觉转向不仅源自当代诗人基于诗歌艺术传统的艺术变革，也源自诗人们回应当代文化与现实的诗学探索和实践。当代诗人们的视觉诗学实践将诗歌文本的外在视觉呈现作为意义建构机制和本质性特征，这不仅改变了诗歌的文本质地与观念，颠覆了传统诗学观和语言观，突破了既有的诗歌艺术模式，具备了显著的艺术创新性和美学意义；而且对当代文化转向和新的社会现实作出了及时、精准的回应与反思，具有强烈的时代性和文化批判性。从历史视角看，当代诗歌的视觉诗学不仅超越了英语诗歌传统，形成了与时代文化精神同频共振的艺术观念和表达范式，也为未来英语诗歌乃至人类文学的发展、人类未来表达方式的拓展与演变展示了新的可能。

4.3.5　英语当代诗歌的表演诗学

21世纪以来，罗良功、张逸旻、刘东霞、杨静、蒋岩等中国学者纷纷关注诗歌的表演性以及诗歌与表演之间的关系，均将诗歌表演和表演诗歌视为诗歌文本的演绎和延展。中国学者们梳理了英美诗人关于诗歌表演的观点：美国诗人郭尔斯基（Hedwig Gorski）等人侧重于强调

第 4 章　诗歌本体研究理论方法创新与实践

其表演性，认为它是专门为在受众面前表演而创作或者在表演期间创作的诗歌，在 20 世纪 80 年代就使用该术语来指那些为表演而创作的诗歌而不是以印刷品形式流传的作品，因为表演诗歌是转瞬即逝的，而表演才是实质性的；汉密尔顿等人则侧重于强调表演诗歌的文学性，认为表演诗歌是一种源于音乐大厅和歌舞杂耍、爵士诗歌、垮掉派诗歌等的样式，是将相关的艺术形式和诗歌传统融入诗歌文本和表现形式之中。

中国学者认为，表演诗歌既是一种文学样式，也是一种文化现象。尽管众说纷纭，但这些描述都认同了表演诗歌的基本形态和特征，即表演诗歌是一种基于文本面向受众进行有声表演的诗歌，它往往借助于超出文本形式以外的直观手段来营造戏剧性效果。刘东霞、罗良功等学者对美国表演诗歌进行了较深入的探讨，形成了关于英语表演诗歌的比较系统的理解。

1. 诗歌创作者与表演者

在世界上多数文化中，诗歌先于文字出现，诗歌的创作者常常借助于声音创作和传播，现有诗歌口头文本的传播也常常在其他传播者通过声音传播的过程中加以改造或再创造，因而诗歌创作者与诗歌传播者身份重合，这也正是表演诗歌的原始形态。但随着文字的出现以及后来印刷术的普及，诗歌的文本得以固定，诗歌创作者与传播者或阅读者逐渐分离，诗歌创作和阅读过程常常更加注重文字理性及视觉感知，诗歌基于声音的感知力和表现力逐渐弱化。这一现象在英美一直持续到 19 世纪中后期诗歌朗诵之风的兴起。

19 世纪英美的诗歌朗读之风与诗歌创作者没有必然的关联，但最终推动了创作者与诗歌表演者/朗诵者的融合，促成了当代英语表演诗歌的形成，对英语诗歌乃至西方 20 世纪诗歌的发展产生了深远影响。以美国诗歌为例，19 世纪美国诗歌朗读首先是由非诗人身份的人群来推动的，而诗人（作者）常常处于隐匿之中。19 世纪直至 20 世纪 20—30 年代，诗歌朗读之风盛行，主要是演员、公众人物、或者诗人之间相互朗读对方的作品。弗罗斯特的诗歌首次被朗诵就是由一个追随者在宴会上完成的，而当时弗罗斯特只是默然坐在角落；20 世纪初期著名诗人阿灵顿·罗宾逊（Edwin Arlington Robinson）的诗歌也是由演员埃莉诺·罗伯森（Eleanor Robson）首次朗读的，当时整个事件的中心并非在诗人身上（Rubin，2007）。19世纪末期至20世纪初期，美国诗歌朗读最重要的场地在于学校，其最重要的目的在于培养学生的纪律性（因为格律诗的节奏有助于统一步调）和爱国主义精神。诵读经典与文学意义上的经典诗歌不同，许多诵读经典往往要求背诵。19世纪，北美地区和英国，似乎人人都在朗读诗歌，诗歌诵读已经成为一种公共参与性娱乐活动。除了娱乐功能之外，许多社会团体将诗歌朗诵作为一种教育形式或社会提升形式来推动（Wheeler，2008）。20世纪下半叶流行的诗歌擂台赛早在百年之前就已经兴起。19世纪60年代英国公共朗读协会发起的"便士朗诵"（Penny Readings）逐渐兴盛，直到第一次世界大战，在19世纪90年代还引发了众多效仿。在这一时期，配乐诗歌朗诵也悄然兴起。受此影响，叶芝在这一时期积极倡导使用一种十二弦琴伴奏进行诗歌诵读。尽管此时他的主张并没有得到广泛响应，但他的持续努力仍然在20世纪20年代开花结果。这一阶段，诗人约翰·曼斯菲尔德（John Masefield）等人在牛津倡导了一系列诗歌诵读活动，并特别强调集体诵读。这一风气深深影响了美国，特别是在20世纪30年代美国东岸的一些女子大学。诗歌诵读比赛开始将诗人推上前台，越来越多的诗人开始成为各种诗歌诵读比赛的评委，因而更多进入公众视野，尽管他们在一般情况下并不朗读自己的作品。

19世纪后期，许多英美作家和诗人受查尔斯·狄更斯（Charles Dickens）影响，也成为众多讲台上的嘉宾，但诗人朗诵自己的作品并不流行。如诗人范尼·坎贝尔（Fanny Kemble）常常单人表演莎士比亚作品、朗诵他人的诗作，却极少朗诵自己的诗歌。诗人们常常将公共演讲视为与公众接触的渠道，因而热衷于巡回演讲，他们以讲为主，在演讲中只是偶尔朗读自己的诗歌，诗歌朗读只是扮演次要角色。爱伦坡、爱默生即是如此。惠特曼曾经在几次公共场合朗读过自己的诗歌，但常常是在演讲结束之时。林肯遇刺后，他的公共演讲常常以朗诵自己的诗歌《哦船长！我的船长！》作为结束。这一传统在20世纪之初也被艾略特、史蒂文斯、斯泰因以及美国非裔诗人康提·卡伦等诗人、演讲家所继承。

20世纪之初，诗人朗读自己的诗歌逐渐流行。桑德堡（Carl

第 4 章 诗歌本体研究理论方法创新与实践

Sandberg）在 20 世纪初期的巡回演讲中则对当时诗人们朗诵自己作品的方式进行了改进，加入了更多的内容和形式，他不仅朗诵自己的诗歌，加以点评，还自己弹奏吉他唱几首美国民歌，大受欢迎。20 世纪 20 年代弗罗斯特也开始了自己的巡讲生涯，不过他从不演讲，主要是读诗，不是朗诵，而是"说"诗（Parini，1999）。他在读诗的间隙偶尔插入一些警句，把自己的新诗或短诗多读一遍。19 世纪末期到 20 世纪之初，还有一位读诗高手艾米·洛威尔（Amy Lowell），她在许多地方都面向大众朗读自己的诗歌，与她搭档的一位女演员常常指导她如何发音、如何运用肢体语言和道具等，从而使她的诗歌朗诵借鉴了大量的舞台艺术元素，别具一格，富有感染力，从而使单纯的诗歌朗诵演变成为诗歌表演。她的诗歌朗诵风格影响了 20 世纪之初的埃德娜·圣·文森特·米莱（Edna St. Vincent Millay）、伊迪斯·希特维尔（Edith Sitwell）等诗人。

19 世纪末 20 世纪初，美国还有另外一种诗歌朗诵的传统，即诗歌沙龙。当时在纽约、伦敦、巴黎等地，精英主义诗人、诗歌编辑及其支持者常常聚集在一起谈诗、读诗、分享诗歌。克丽丝滕·米勒（Cristanne Miller）在其《现代主义的文化》（*Cultures of Modernism*，2005）中记录了许多这类沙龙，其中在纽约，有影响力的沙龙就有玛贝尔·道奇（Mabel Dodge）、格特鲁德·惠特尼（Gertrude Whitney）、瑞吉娜·安德森（Regina Anderson）、左拉克夫妇（Marguerite & William Zorach）、艾莉诺·韦利（Elinor Wylie）等人组织的诗歌沙龙，安德森甚至把纽约公共图书馆 135 街分部变成了哈莱姆知识分子的聚会场所。沙龙朗读给非平民化的诗人提供了平台。沙龙并不以诗歌朗读为主体，但为一些诗人提供了一个半开放的交流平台。他们中有的不愿意像桑德堡那样面向公众读诗，有的较贫困，不愿意或者没机会面向公众读诗，在这些提供免费食物、饮料、同伴的沙龙里找到了一个平台。这些诗人一方面渴望通过朗读获得同人或其他支持者的回应，另一方面又对这种以声音呈现自己诗作的方式普遍感到焦虑，要么是在已经习惯了沉默书写之后对声音表述的拒绝，要么是拒绝将诗歌与大众文化混为一谈。

20 世纪 20 年代前后留声机的出现和无线电广播的兴起，不仅为诗歌提供了一种全新的声音介质，而且使诗歌朗诵/有声表演得以记录和广泛传播，诗歌朗诵/表演在现场之外的存在与传播使得越来越多的诗人不得不重新审视诗歌与声音的关系，许多诗人开始堂而皇之地体验创作者与表演者/朗诵者双重身份重合所带来的艺术空间，开创了美国新的文学样式——表演诗歌。

2. 表演的声音：从集体方言到个体方言

诗歌表演是诗人基于一定的文字文本，借助于自己的声音以及身体、道具、环境等多种因素来实现的。表演诗人并不将诗歌的文字文本视为绝对权威，同时，文字由于其自身的不确定性也给诗人提供了很大的演绎空间。但表演诗歌的核心仍然在于声音的运用。这一方面是由于声音与文字之间天然密切的关联性，另一方面是由于声音是最丰富生动的人类情感表达方式，诗人对声音的运用能够更生动形象地呈现诗歌的情感结构和表现形态，从而形成与观众/听众之间的互动。洪堡特在《论人类语言结构的差异性及其对人类精神发展的影响》中指出，任何思维活动离不开普遍的感性形式，而语言正是这样的感性形式之一，从广义上说，语言也即与一定的思想片段相联系的"感觉标记"（姚小平，1999：36）。思维活动的本质在于思考，即把思维主体与思维对象区别开来，而人的思考行为自一开始就与语言不可分割。当人明确意识到某一客体与自身有所不同时，他就立刻会发出一个指称该客体的语声：在人拥有的各种能力中，发声最适合于表达他的内心感受，因为人的声音正如人的呼吸，充满了生命力和激情。

美国的表演诗歌在英语诗歌里具有引领性和典型性。有学者认为，美国的表演诗歌始于艾伦·金斯堡1955年10月在旧金山一次晚会上朗诵其《嚎叫》，但这并不准确。事实上，20世纪20年代前后洛威尔、兰斯顿·休斯、桑德堡等人即已经正式开启了表演诗歌的帷幕。自此开始，美国20世纪的表演诗歌经历了两个阶段，分别呈现了两个基本的声音模式，即集体方言和个人方言。这一演变呼应了伯恩斯坦关于美国诗歌流变的观点。伯恩斯坦（2013：17-146）认为，20世纪美国诗歌经历了两个非标准化过程，即从"我们自己的文学"到"我自己的文学"转变，即从地方方言（集体方言）到个人方言的转变。

在第一阶段，美国诗歌作为一个整体以及美国社会各个族群的诗人

第 4 章 诗歌本体研究理论方法创新与实践

群体都实现了对标准英语的非标准化偏离。标准英语有助于建立民主政体的社会历史建构、缔造统一的国家，是语言实践的调节器，有助于抑制偏常行为，在标准化作用下，社会和谐问题往往被语言正确问题所替代。但是在美国文化语境之中，所谓的标准英语根源于欧陆文化、承载着欧陆文化和文学的威权，美国文学必须从民族文化中寻找力量，打破欧陆文化威权主导。就诗歌而言，美国本土不仅提供了独特的题材和主题资源，而且提供了不同于英国英语的语言资源。自从1828年《韦伯斯特美国英语词典》第一版出版之时，美国英语在语汇和发音上的差异已经引发了惠特曼等诗人的关注，在19世纪80年代到20世纪初，欧洲其他国家移民的蹩脚英语也参与改变了主导美国的英式英语，斯泰因、路易·朱可夫斯基（Louis Zukofsky）等并非以英语为母语的新诗人正在改变美国诗歌的语言，庞德等人也从美国黑人方言等其他方言中获取灵感和素材，他们都大量运用新的发音形式进行诗歌创作和诗歌朗诵，美国表演诗歌的本土声音色彩十分浓厚。

美国社会内部的各个族群诗人也以自己独特的民族语言风格和声音特点进行诗歌创作和诗歌表演。例如，美国非裔诗人整体上运用强烈的民族语言特色对标准英语及其声音系统进行改造，他们根据黑人音乐形式、黑人方言发音、黑人对声音的独特敏锐力建构自己的诗歌，从拼写系统到发音系统到与观众/读者的互动方式都向标准英语诗歌传统发起攻击，产生了极具民族声音特质和表演特点的诗歌。休斯在1930年开始就运用黑人方言和黑人音乐形式创作诗歌，深入美国南方向黑人民众朗诵自己的作品，并开创性地在爵士乐伴奏下进行朗诵，形成独具一格的美国本土表演诗歌形式，广泛而深远地影响了美国非裔诗歌。这种表演诗歌强调了美国黑人方言的整体性特征和美国非裔民族的集体表达，直到20世纪60—70年代中期美国黑人艺术运动时期都是美国非裔表演诗歌乃至非裔文学的主流。史蒂芬·亨德森（Stephen Henderson）在《理解黑人新诗》(*Understanding the New Black Poetry*) 中的那篇著名的长序中讨论了黑人诗歌文本的黑人性问题，特别分析了美国非裔诗歌文本中的声音元素，包括声音组合。他认为，"从结构上看，黑人诗歌的'黑'具有足够的区分度和效度时，它的形式来自两个基本源泉，即黑人言语、黑人音乐"（Henderson，1973）。亨德森虽然不是专门探讨诗歌文本中的声音问题,但是明确指出了美国非裔诗歌声音的两个基本范畴,即:非裔口头言语的声音,包括布道和饶舌、对骂等其他口头表达相关的声音;黑人音乐的声音,包括灵歌、号子、福音歌曲、布鲁斯、爵士乐、黑人流行歌曲等相关的声音。亨德森准确地陈述了美国非裔诗歌的一个基本事实,即休斯、斯特林·布朗(Sterling A. Brown)、玛丽·伊万斯(Mari Evans)等众多诗人在诗歌创作中大量运用美国非裔音乐和口头表达的声音元素。

总体上看,这一阶段的美国表演诗歌是建立在美国英语特殊的声音特征以及美利坚民族独特的声音感知基础之上的,通过整体上对标准英语发音的背离强调了民族或群体独特性,是美国文学和文化独立的标志之一。

第二阶段大体始于20世纪50—60年代的美国民权运动和反战运动之后。在这一阶段,美国表演诗歌的声音模式开始转向个人方言,并呈现出鲜明的个性化表演特征。例如,20世纪70年代兴起的语言派诗歌强调诗歌对语言进行破坏性拆解,强调声音作为物理材料对符号化的语言进行阻塞,从而赋予语言更强烈的质感以阻止其与意义之间形成直接透明的关系,因而他们强调"倾听"等感官体验进入到诗歌创作过程和诗歌传播过程之中。被称为后垮掉派代表人物的安·瓦尔德曼则调动佛教音乐、意大利歌剧、伏都教仪式、女性的声音等不同声音形态和元素,通过自己独特的审美体验形成具有强烈个性化的声音模式,并且借助于夸张的身体形式和场景道具等渲染声音效果,形成与观众/读者的互动和能量交换。美国非裔诗人阿米力·巴拉卡非常注重声音、特别是人声在诗歌文本建构中的作用。他说,"一个诗人在静默之中为一群静默阅读的人写诗,并且把它放进图书馆,让它全然在静默之中被拥有却又永远遗失——这种情况对我而言,几乎不复存在"(Harris,1980)。巴拉卡所强调的就是诗人将自己置于声音世界之中、将外部的声音融入文本之中、再以人声呈现诗歌文本的整个过程。在他看来,声音是诗歌的灵魂。他甚至将飞机盘旋、机关枪开火的声音嵌入他的《黑人艺术》(Baraka,1973:213)一诗中。在这里,巴拉卡以一种面向声音世界的姿态将飞机轰鸣、机关枪扫射的声音引入文本,从而使诗歌文本与外部世界对接起来。

总体而言，这一阶段的表演诗歌所强调的个人方言表演实际上也是建立在诗人对集体认同的基础之上的，只不过他们将对集体声音及其模式的认同背景化，而将个性前景化。例如，语言诗激进的声音实验以美国文化语境中语言被操纵的价值根源为批判对象，瓦尔德曼的表演诗歌也是以男权主义、帝国主义对语言及其声音的控制为批评对象而展开的，他们都是基于美国文化进行的诗歌表演实验。在巴拉卡的诗歌中，丰富多样的声音元素既包含了本民族独特的生存体验，又有源于其在20世纪作为黑人个体的生存经历以及社会体验。丰富的声音进入诗歌文本而使得文本更加生动、复杂，更具有表现力。

3. 表演的文本化

表演诗歌对传统诗学观念的反动，是当代性、民族性、感性相结合的诗学理论和实践尝试。表演诗歌在强调对声音与世界的关系进行敏锐感知和感性表达的同时，也塑造了诗歌的文本结构和形态特征。

表演诗歌是诗歌的文学性与表演性的结合。表演性进入到诗歌文本之中，增强了诗歌的文学性及其表现的维度。就声音而言，声音的文本化与文本的声音化是诗歌文本的两个方面，前者指声音对文本建构的参与，后者指文本的演绎及其形态。就美国表演诗歌而言，声音文本化非常普遍而且重要，这一点可以从文本的声音化略见一斑。作为一种以人声呈现的诗歌后文本（post-text），诗歌表演并不能呈现诗歌文本诸多可能的声音形态，它只是诗歌文本所蕴含的声音可能性的一部分，诗歌文本比朗诵/表演本身蕴含的声音元素和声音形态要丰富得多。例如，在瓦尔德曼看来，用于表演的诗歌文本"绝不是固定的，而是各种可能的草拟"，对她而言，"'表演诗歌'是一个有用的术语，我曾经因为它含有舞台的娱乐的含义而抵制这一术语，认为这一术语可能含有彩排、背诵、不允许现场发挥这一点似乎有问题。[……] 我现在的理解是，一切细节都可能进入并影响诗人的'活动'"（Waldman, 1996: 140）。她的诗歌正是对于实际表演或预设表演效果的文本化。

表演诗歌的文本化促进了诗歌文本中听觉与视觉的呼应与配合。诗人常常通过视觉文本的特殊形式对声音的流向和形态进行暗示。例如，瓦尔德曼试图在书面诗歌中营造出她在公共表演中的那种直观和身临其境之感。她还借鉴了以弗兰克·奥哈拉为代表的纽约诗派的先锋视觉艺术创作传统，并常常利用文字的视觉形式和文字排列、图像、绘画艺术等来直观地呈现诗歌。兰斯顿·休斯也常常运用排版、大小写、黑体等多种形式对特殊的声音表演方式或可能性进行暗示，使声音和诗歌的表演性视觉化。

总体而言，美国的表演诗歌形成了一种独特的文本品质。在强调表演性和声音运用的同时，诗歌的表演性和声音已经深入到文本的血肉、骨骼和肌理。声音元素的书面化引发了标准书写文字的变形，声音元素组合结构的文本化使诗歌的内在结构和版式布局呈现相应的空间呼应，两方面促成了诗歌中声音的视觉化和空间化，使文本具有强大的声音势能和突出的声音与视觉之间的张力，彰显出英语现当代诗歌注重表演性服务于文学性的一大特征。

4.4　诗歌多维文本理论的批评实践

进入新时代以来，中国学者在英语诗歌批评实践中对诗歌文本表现出前所未有的关注。部分学者自觉地基于诗歌多维文本理论开展批评，更多学者则是出于对现当代英语诗歌发展演进的学术敏感和深邃洞察而在诗歌文本维度展开自主的批评。两者将诗歌文本作为国内学术研究热点而凸显出来，在客观上都丰富了诗歌批评的视野，拓展了诗歌多维文本理论的生长空间。

在这一时期，中国学者不仅开始关注实验性极强的英语诗人的诗歌文本，还将目光投射到惠特曼、狄金森、叶芝、艾略特、威廉姆斯等经典诗人，从不同维度对他们的诗歌文本进行深度剖析，展演了诗歌文本批评的方法论价值和创新空间。

对艾略特的诗歌《荒原》的研究就是一例。近年来，我国学者关于这首诗的研究逐渐转向诗歌文本的物理层面。21世纪初期，国内学界开始关注艾略特诗歌中的声音，并已发表零星的研究成果。但是，上述成果大多数是作为言说主体的声音（voice），而不是物理声音（sound）。

第 4 章　诗歌本体研究理论方法创新与实践

这种状况在近年来发生改变,赵晶(2020:94-100)在《〈荒原〉中多音部的声音符号与"留声机"意象》一文中,讨论了作为声响的声音(sound),并将这种声音作为解读与阐释的对象,由此上升到对其诗学思想的阐释。文章将聚合了以非个人化方式呈现不同声音的《荒原》视为一部巨大的"留声机",其播放的机械化声音与人或者动物的声音紧密结合、不可分离;"留声机"播放的"声音"成为连接《荒原》表面支离破碎诗行的有效手段,而支离破碎的声音引向了一种"情感的统一"。这种情感就是对现代西方社会精神枯竭与堕落的忧虑,以及在当时的社会环境下重构心目中理想社会的努力。《荒原》中出现的众多片断化诗行和支离破碎的意象正是连接"情感的统一"和"声响与感觉的统一"的桥梁,这个统一的情感才是诗歌所要表达的主旨,而支离破碎、突兀晦涩的意象和诗句不过是这桥梁的表象,读者可以循着"声响与感觉的统一"这条线索,探讨究竟是什么样的声响导致了什么样的感觉,表达了什么情感。这首诗不仅为《荒原》研究提供了新的视角,同时也将诗歌文本中物理意义上的声音要素凸显出来,突出了声音在文本建构和阐释中的作用。

威廉斯诗歌中的声音问题也开始被中国学者关注。作为美国自由诗运动的主要领跑者,威廉斯对诗歌的声音有着独特的理解与不懈的追求,他认为所谓的自由诗也都必然地受某种音律(measure)的支配,"可变音步"(the variable foot)即是这一观念下的诗学实践。梁晶(2020a:48-57,157)在《威廉斯的"可变音步"与爱因斯坦相对论》一文中,专门探讨了被评论界认为是难解之"谜"的"可变音步"。在文章中,作者就"可变音步"的源起与构建两个层面展开剖析,认为早在1921年,威廉斯创作的诗歌《水仙花的圣弗朗西斯·爱因斯坦》就已涵括爱因斯坦相对论的两大思想:相对同时性的主体经验感知与相对时空观;在后期"可变音步"的具体构建中,这两大思想又成为其构建之宗即"美式口语节奏"与"诗行重塑"的重要指向。

惠特曼以其对自由诗的发生、发展的贡献享誉世界,其自由体诗歌所呈现的不同于传统格律诗歌的音乐性为国内外学者所关注。惠特曼诗歌的翻译家和研究专家赵萝蕤(1991)认为,惠特曼"诗歌艺术的最大成就"在于"单句和全篇的比较含蓄却又十分丰富的音乐性"。其他中国学者在 2010 年前也多有论及。不过，近十年来，中国学者开始关注到惠特曼诗歌的完整声音形态，在关注其诗歌的音乐性的同时，开始着力探讨其诗歌中同样突出却溶于字里行间的非音乐性声音。罗良功于 2016 年 12 月在江西师范大学举办的"听觉与文化全国学术研讨会"、2016 年 9 月在长春举办的中国外国文学学会年会上的发言中认为，惠特曼的诗歌是一种通过破坏格律诗声音程式而建立起来的全新的声音结构，诗人基于其独特的文化体验和审美情思将他在生活中所感知的口语表达、歌剧、外来语、自然声响等不同声音元素和声音结构融入诗歌文本之中，用以表现美国的独特生存经历和精神面貌。罗良功认为，惠特曼以自己创造性的声音实践开创了与英国和欧洲诗歌传统分道扬镳的诗歌道路；以自由诗体代替传统的格律诗体，在诗歌形式上叛逆了英国正统，而形式叛逆背后更重要的是声音诗学；惠特曼将物理声音改造成为情感外渗的通道，同时又将这种声音与美国社会认同关联，与美国民族特质相关联，赋予声音以突出的文化意义，从而成功地建构起一种独立于欧洲美学标准和传统的美国诗学。惠特曼的诗歌抛弃了语言的概念性和理性，凸显了语言的物质性和感性，将语言文字与世界之间的感觉联系建立起来了，声音既是载体、手段，又是意义本身。在这一意义上，惠特曼的声音诗学开辟了诗歌新路径、新模式，是美国文学独立的标志。

进入新时代以来，中国学者不仅对英语诗人及其诗歌作品的声音文本进行探讨，而且还探讨民族诗歌和诗歌流派整体上的声音建构。罗良功对美国非裔、犹太裔诗歌的声音问题进行整体研究，并系统地阐述了美国非裔诗歌的声音文本化机制、文化基础、文化策略功能和美学价值等基本问题。他认为，美国非裔诗歌在其近 300 年的历史中不仅重视声音，而且运用得精到而细腻，美国非裔诗歌通过将具有黑人文化特征和生存体验的不同声音进行文本化，声音在诗歌的文本建构和形态、表意策略与方式、诗歌传播与接受等方面都扮演着重要角色。在美国非裔诗歌历史中，声音诗学表现得持久而且突出，是因为有其深厚的文化基础。非裔诗歌的声音诗学既源于人类认知世界和自我表达的天性，又扎根于美国非裔民族独特的生存经历和文化土壤。这既与非裔民族借助于声音进行思考的传统有关，也与他们长期以来的生存方式和表达方式以

第4章 诗歌本体研究理论方法创新与实践

及因此而形成的独特的民族认同相关。美国非裔诗歌的声音诗学是一种文化选择和策略,因而声音对于美国非裔民族有其独特的文化意义。它不仅在美国非裔民族认知世界、思维方式、自我表达、族群交流中扮演着不可替代的角色,而且与非裔民族独特的生存经历和方式建立了稳定的映射关系,无论是声音的形态还是声音的内涵都体现了非裔民族生存方式的独特性和与文化的差异性,并能够反映其民族文化与其他文化的关系。在这一意义上,非裔诗人们对声音诗学的选择实际上是对民族文化的选择。

美国非裔诗歌的声音诗学作为一种文化策略,主要服务四大文化功能,即历史书写、民族认同、人性传达、民族文学建构。首先,美国非裔民族独特的生存经历形成了对声音的独特认识以及运用声音的独特策略,非裔诗人把声音及与声音相关的生存经验再现和保存于诗歌文本之中,同时也记录声音自身的形态和策略在不同时期的历史演进。作为一种广义上的语言,非裔民族的声音系统及其运行机制由于其独特性而不可能与美国官方使用的英语完全对应,因而非裔诗歌中的声音能够对书面英语所叙述的历史进行补充和改写。非裔诗人常常保持着对本民族的声音形态和策略变化的高度敏锐力,巧妙地运用声音来填补官方语言所不及或有意遗漏的历史、修正被官方话语扭曲的历史,并形成非裔诗歌独特的艺术策略。其次,美国非裔的声音形式和策略是整个民族经验的产物,是所有成员共同的认知和思维方式、表达和交流方式的集中体现,非裔诗歌通过呈现这类声音形式和策略,能够有效地唤醒族群成员的共同记忆和情感体验,从而将族群成员聚合在一起,促进民族身份认同。美国非裔诗歌声音诗学的美学价值主要表现以下几个方面:(1)声音诗学形成了美国非裔诗歌独特的文本品质。美国非裔诗歌强调声音的运用,而声音深入到文本的血肉、骨骼和肌理。声音元素的书面化引发标准书写文字的变形,声音元素组合结构的文本化使诗歌的内在结构和版式布局呈现相应的空间呼应,两方面促成了非裔诗歌中声音的视觉化和空间化,使文本具有强大的声音势能和突出的声音与视觉之间的张力,赋予文本多维度的意义建构空间,从而增大了诗歌文本的密度和开放度。(2)声音诗学同时也赋予美国非裔诗歌一种独特的审美特性。在美国非裔诗歌中,声音以其直观性和感性,强化诗歌的体验性，让意义存在于体验之中。声音的视觉化和空间化使诗歌文本的不同介质之间形成互动，在增强诗歌文本密度的同时增加了文本的质感和体验性。在这一过程中，诗歌的书面语言也卷入不同文本介质的戏剧性演进中而被赋予新的意义，从而形成不同于西方逻各斯中心主义的审美体验。美国非裔诗歌所表现出的美学差异既是美国非裔诗歌对西方传统或主流文学的挑战，也是它与萌发于主流文化的先锋诗歌进行一定程度上合作的基础。一方面，美国非裔诗歌的声音诗学以民族语言来改造西方语言，以民族文化来对抗和改造西方文学观念，呼应了19世纪下半叶以来的欧美诗歌运动的变革潮流；美国非裔诗歌长期的声音诗学实践为英美先锋诗歌的声音实验提供了范例和支持，从而共同推动了美国的诗歌美学创新。另一方面，美国非裔诗歌的声音诗学也为诗歌美学与现代信息技术融合提供了范式。美国非裔诗歌的声音诗学源于非裔民族的口头文化和音乐，繁荣于非裔民族识读能力普遍提高的时期，在如何协调声音与书写文本的关系、特别是20世纪上半叶以来诗歌声音如何与兴起的音像广播技术互动等方面，具有丰富的理论积累和实践经验，为当今数字媒体技术的文化语境下诗歌如何在形态和美学层面上与现代信息技术融通互动提供了有益的美学范式和理论探索。美国非裔诗歌的声音诗学体现了深厚的民族文化根性，回应了人类自我表达的天性和人类现代技术的要求，是一种民族性与个性、历史性与当代性、艺术性与大众性相结合的艺术探索，在本质上构成了对西方精英主义诗学和逻各斯中心主义诗学传统的反动，并与美国其他诗人的声音诗学实践相互呼应、相互激发，与现代技术发展相呼应，推动了美国诗歌的多元化和当代化。

进入新时代以来，与诗歌的声音文本一同进入中国学术视野还有诗歌的视觉文本。事实上，诗歌与视觉艺术的关系长期以来都是中外学术界热切关注的话题，西方莱辛的"诗画异质说"与中国苏轼的"书画一律说"都探讨了诗歌与绘画艺术的关系，不过两者所指均为诗歌的内在视觉呈现，而没有关注诗歌文本外在的视觉呈现。近年来，赵宪章等学者也对诗歌与绘画的关系进行了深度探讨，提出了"文学图像论"，颇具独到性和深刻性。例如，对"诗意图"进行了深刻的探讨（赵宪章，2016：161-180）。诗意图是对诗歌的模仿，它的效果表征为诗意的图

第 4 章　诗歌本体研究理论方法创新与实践

像再现,从而使诗语所指称的意义图像化,因而也可名之为诗歌的图像修辞。赵宪章认为,这一另类修辞格主要表征为诗语空白的填补和诗歌意象的具体化:诗意图所绽开的只是"诗眼"而非诗意的全部,它的模仿不过是一种"例证"而非诗意的完整再现。这就是诗意图的双重性相及其符号表征:"绽开"与"屏蔽"的二元组合形塑了它的格式塔特质,开阖有序的律动驱使语图符号之互文游戏,诗意在图像中的若隐若现撩拨着视觉诱惑。赵宪章的"文学图像论"和关于"诗意图"的论述揭示出诗歌与视觉艺术之间的互文互构关系,不过其探讨的重心并非诗歌文本自身的视觉要素,特别是外在视觉呈现。

不过,诗歌文本的外在视觉呈现也得到了诸多中国学者的关注。例如,何庆机(2021a:117-128)关于玛丽安·摩尔的"汇编诗学"的论文探讨了摩尔诗歌文本的外在视觉呈现与内在视觉性之间的关系,反映出新时代中国学术视野向诗歌外在视觉呈现的延展。玛丽安·摩尔于 20 世纪 20 年代开始浸染于现代都市文化与现代绘画艺术之中,形成了特有混杂观或杂糅观——汇编诗学,典型地体现在其"展示与罗列"诗歌技巧和写作模式中。这类诗歌具有典型的"非绘画抽象"特征——非像似性、反叙事性与非线性。这类诗歌的抽象却并非限于绘画和绘画抽象的直接影响,而是延展到与绘画处于同一语境的现代性文化;"展示与罗列"从诗歌形式上是对现代性文化的模仿,但诗人在模仿、接纳现代性文化的同时,又对现代性文化呈拒抗的态势,构成了特有的反讽,反映了诗人对现代性文化精神层面的深度思考及诗歌本体问题的深刻关注。

倪静(2018:233-241)的《二十世纪先锋派诗歌的视觉呈像》一文则正面探讨了诗歌的外在视觉形式。该文通过对庞德等早期先锋派诗歌中意象派诗歌作品以及视觉诗歌的研究,从先锋派诗歌视觉化表现和诗歌视觉意象营造两方面来探究图像语汇对先锋派诗歌的创作和意象表达的作用,认为先锋派诗歌的视觉传达目的是追寻一种视觉表现工具的语言意识,并把文本的丰富思维引入视觉形式。该文认为,视觉化的诗歌意象相较传统诗歌意象的虚拟共情和空间想象转变得更具体和强烈;诗歌的批判性在印刷等先进而多样的媒体上得到了更灵动的发挥与存续,先锋意识也经由更感性的视觉符号来演绎和传递。在这一意义上,先锋派诗歌的重要贡献之一在于把诗歌引离文本,让诗歌语言从文字信息成为视像，进而成就激情的视觉阅读，带来思想和情感的满足。

罗良功、李淑春（2021：115–122）在《文化空间政治与现代主义批判：兰斯顿·休斯的诗歌〈立方块〉解读》一文中，则将该诗中的视觉要素、声音要素作为文本进行解读，凸显了声音和视觉维度在美国现当代诗歌文本建构和意义建构中的重要地位。该文以休斯1934年的诗作《立方块》为研究对象，剖析其政治表达与艺术实验之间的关系，尤其是该诗的视觉文本和声音文本。例如，该文从视觉和声音维度对下列诗行（Hughes，1998）进行阐释，展演了诗人以非文字语言的视觉和声音形式模拟并揭示精英现代主义遮蔽现实的艺术创新。

> It's the old game of the boss and the bossed,
>   boss and the bossed,
>   amused
>   and
>   amusing,
>   worked and working,
> Behind the cubes of black and white,
>   black and white,
>   black and white

上述诗行通过"游戏"中使用的"黑白骰子"强烈地暗示了立体主义的在场及其在黑白种族之间、欧洲宗主国与非洲殖民地等各种关系塑造中的存在，而作为"游戏"的工具，无论骰子还是立体主义，都只显示了游戏各方的喧闹，却隐匿了深层的社会矛盾和危机。在这里，文字表述显示出来的是白人与黑人、老板与雇工等不同阶层之间和宗主国与殖民地之间的游戏，而没有表现已然存在的各种尖锐对立的社会矛盾。这些社会矛盾的存在，休斯是以非语言的视觉形式来暗示的。上述引文中前7行以第四行"and"为对称点，形成上下两个对立的三角形，将各种社会矛盾视觉化。尖锐对立的三角形反映了"boss and bossed"（老板与打工人）、"worked and working"（被伺候的与伺候人的）、"amused and amusing"（被逗乐的与逗人乐的）、"black and white"（黑皮肤的与白皮肤的）等不同阶级之间、种族之间、宗主国与殖民地之间的尖锐对峙，而且这种对峙反映在政治、经济、文化、心理等不同的社会领域。然而，这些广泛存在的尖锐矛盾却没有在精英主义艺术创作中上升到语言层面，以至于这个"古老的游戏"掩饰的种种社会矛盾与危机始终没有被揭示。值得关注的是，上述两个三角形结构在视觉上的尖锐对立在最后三行"black and white"的重复和逐渐前移的排列中得到缓解，声音上的重复和视觉上的空间位移具有20世纪30—40年代摇摆音乐的特征，使得原本尖锐的对立性被软化，诗人借此揭示了当时被白人挪用黑人音乐而形成的大众艺术也成为掩盖社会现实的一种修辞手段。除上述案例外，该文还针对《立方块》最后一节中"病毒"（disease）一词穿插在诗行之间且呈外延之势的视觉排列进行了分析，认为诗人借此将非洲青年从欧洲带回的"病毒"在非洲的蔓延之态视觉化；尤其是诗歌结尾处"disease"一词被分解，每个字母分置于不同诗行，以流动状排列，一方面呈现出病毒裂变、蔓延之势已不受控制，同时也呼应了上面两行关于"黑白之间的游戏""毕加索玩着那几颗破旧立方块"这两个意象相呼应，呈现骰子纷纷掷落的视觉形象，再次将立体主义与西方价值观、宗主国与殖民地博弈等关联起来，强化了对精英现代主义在西方文化空间政治和价值观传播中所扮演角色的反思。由此，该文认为，在休斯的诗歌中，这种视觉文本不仅改变了诗歌文本的基本结构和质地，而且为诗歌提供了语言之外的另一个释义系统，使得非语言元素和语言元素的非语言性呈现成为诗歌阐释中不能回避也不能忽视的内容，反映了休斯具有革命性的诗学创新。

上述案例一方面展现了多维文本理论运用于英语诗歌批评实践的可能性、创新性，另一方面也丰富和拓展了多维文本理论的内涵，反映了新时代中国在英语诗歌批评理论方法上的创新与收获。

4.5　诗歌跨艺术研究理论建构与批评实践

21世纪以来，中国的外国诗歌研究逐渐从泛文本化的文化研究回到文本研究。学者们从不同角度探讨诗歌文本：除关注诗歌文本的语言思想研究外，不少学者开始更加明确地关注诗歌文本的建构与转化及其与文化和意识形态之间关系的研究。例如，王东风、熊辉等学者聚焦于诗歌文本跨语言转化及其文化和美学意义；罗良功提出了诗歌多维文本理论，关注诗歌的语言、视觉、声音对诗歌文本及意义建构的机制；钱兆明、欧荣、章燕等学者探讨了诗歌文本的跨艺术性及其诗学意义。正是在这一背景下，诗歌跨艺术研究（inter-art study）逐渐成为中国新时代外国诗歌研究的一个学术热点，并在众多学者的探索之下，逐渐建构起诗歌跨艺术研究的理论框架，并以多维度多视角的诗歌批评实践显示出这一理论作为批评范式与批评方法的勃勃生机和宽广前景。诗歌的跨艺术研究在本质上是关于诗歌文本的跨艺术建构的研究，是诗歌本体研究的重要组成部分，与诗歌多维文本理论和其他关于诗歌文本的探究相呼应，为中国的诗歌研究提供了新的视角和方法。鉴于此，对新时代中国的英语诗歌跨艺术研究的理论探索与批评实践进行爬梳整理无疑是十分有意义的，既可以勾勒出新时代中国跨艺术诗歌研究的理论构架及其特征，也能由此探讨其对诗歌批评创新的学术贡献以及对新时代中国学术话语体系建构中的意义。

4.5.1 新时代中国的跨艺术诗学理论探索

21世纪以来，特别是中国进入新时代以来的十余年间，中国外国文学研究领域的跨艺术诗学探讨是在中西方文化互鉴和对话基础上的自主探索和理论实践。

新时代中国的跨艺术诗学探索从根本上看是中西方诗学传统中关于跨艺术诗学探讨的当代延展。亚里士多德在《诗学》中关于诗画模仿的论述、达·芬奇关于"哑巴画""瞎子诗"的比喻、德国美学家莱辛的"诗画异质说"等都体现了西方诗学对诗歌与其他艺术关系的持久的理论关注；中国传统诗论中的"诗画一律说""诗歌同源说"，都反映出中国传统诗论关于诗歌与其他艺术形式关系的探讨。由此可见，中西方诗学传统形成了中国新时代跨艺术诗学探索的学术基础。

关于跨艺术诗学的探讨在现当代中西方学界得到更加广泛而深入的探讨。斯皮策（Leo Spitzer）的文体批评理论通过重新考察源自古希腊

第 4 章　诗歌本体研究理论方法创新与实践

的 ekphrasis（艺格符换）一词，将诗歌与绘画和雕塑等视觉艺术的关系置于批评的前景；米歇尔（W. J. T. Mitchell）的《图像理论》探索了图像在关于文化、意识、再现的理论中的作用方式，并将理论自身视为一种图绘的形式，为诗歌与视觉艺术的研究提供了新的理论基础；丹尼尔·奥尔布赖特（Daniel Albright）则综合探讨诗歌与视觉艺术和听觉艺术等不同艺术门类之间的美学机理与效应。受到西方文艺批评理论的影响，中国学界在 20 世纪末期开始引介西方跨艺术诗学理论，并借鉴西方的理论成果和研究视角开展诗歌批评研究和理论探讨。20 世纪 90 年代，台湾学者刘纪蕙较早把欧美跨艺术研究与文化批评相结合，并用于分析台湾先锋派诗歌。大陆学者也开始关注欧美诗歌的跨艺术问题，他们一方面也将西方重要著述译介进来，同时也借助西方的跨媒介跨艺术研究理论和方法进行理论思考和批评实践。吴笛较早关注到欧美诗歌与音乐、美术等其他艺术形式的跨艺术比较，谭琼琳、钱兆明、欧荣等学者较早把跨艺术诗学引介到国内。谭琼琳在《西方绘画诗学：一门新兴的人文学科》（2010）等文中较系统地梳理了西方跨艺术诗学理论。近十年来，中国学界还陆续翻译引进了一些重要著作，包括米歇尔的《图像理论》（*Picture Theory: Essays on Verbal and Visual Representation*，2006）、帕洛夫的《激进的艺术》（*Radical Artifice: Writing Poetry in the Age of Media*，2013）、丹尼尔·奥尔布赖特的《泛美学研究》（*Panaesthetics: On the Unity and Diversity of the Arts*，2016）等。钱兆明的《艺术转换再创作批评：解析史蒂文斯的跨艺术诗〈六帧有趣的风景〉其一》（2012）等都探讨了诗歌跨艺术诗学。这些关于西方跨艺术诗学的理论译介推动了中国的诗歌批评理论建构和外国诗歌批评实践。

21 世纪以来，中国学者在借鉴和吸纳西方跨艺术诗学成果的基础上自主开展理论探索。尤其是进入新时代以来，中国学者更加密集地投入到跨艺术诗学理论研究和批评方法建构。例如，赵宪章（2021：73-88）在《文学书像论——语言艺术与书写艺术的图像关系》中探讨了语言艺术与书写艺术的图像关系。赵宪章认为，文学是语言的艺术，也可以延异为书写的艺术，"语象""字像"和"书像"串联起两种艺术的图像关系，"文学书像论"正是基于这种关系的理论批评。刘先清、文旭（2014：11-19）则运用认知语言学中的图形—背景理论对视觉诗歌进行了阐释,认为标记背景与标记图形共同实现了视觉诗歌震撼性的意义表达。

周宪、钱兆明、欧荣等学者对国际学界关于跨媒介跨艺术研究的理论方法和学术史进行了较系统的梳理和思考,并借此进行中国式跨艺术跨媒介研究方法和话语的建构。周宪教授的《跨媒介性与艺术理论学科》《艺术跨媒介性与艺术统一性——艺术理论学科知识建构的方法论》等论文探讨了艺术的跨媒介性问题,阐释了跨媒介研究的方法论,指出"跨媒介性"彰显出艺术的多样性统一以及不同艺术门类之间复杂的交互关系。周宪教授关于跨媒介艺术的理论探讨为中国跨媒介跨艺术研究理论方法奠定了基础。21世纪以来,美籍华裔学者钱兆明在中国发表了一系列关于跨艺术跨媒介研究的学术论文,并出版了《东方主义与现代主义:庞德和威廉斯诗歌中的华夏遗产》(欧荣等编译;浙江大学出版社,2016)、《中国美术与现代主义:庞德、摩尔、史蒂文斯研究》(中国社会科学出版社,2020)、《跨越与创新:西方现代主义的东方元素》(北京大学出版社,2023)等专著,主要从中国文学艺术出发,在世界文化交流语境中探索东西方和中外跨媒介跨艺术话语实践,为中国的跨媒介跨艺术研究实践和理论探索提供了别开生面的视角和良好的话语架构。其最新专著《跨越与创新:西方现代主义的东方元素》涉及现代主义文学、现代主义视觉艺术和表演艺术,跨越法国、爱尔兰、英国、美国、加拿大和中、日、印度八种文化,跨越美术、音乐、舞蹈、诗歌、小说、戏剧、建筑和电影八个领域(钱兆明,2023),在全球比较和艺术比较视野建构起关于东方与西方、诗歌与不同媒介和形式艺术之间的话语和批评实践,凸显了美国诗歌跨媒介跨艺术研究的广阔空间和理论创新可能。

进入新时代以来,钱兆明教授带领杭州师范大学学术团队,聚焦于跨媒介艺术研究,提升了国内学界探索跨媒介跨艺术研究的学术热情、产出了一批富有创建性的成果。欧荣是中国较为系统地引进西方跨媒介跨艺术理论并加以中国式重构的学者,她的诸多论文不仅梳理和评介了西方的跨媒介跨艺术研究理论方法,而且客观上也建构起一个中国话语架构。她的论文《国际跨艺术/跨媒介研究述评》重点从语言与图像研究、语言与音乐研究、改编研究和媒介转换研究四个方面综述国际跨艺

第4章 诗歌本体研究理论方法创新与实践

术/跨媒介研究的学术史,较系统地介绍国际跨媒介研究的学术动态。她领衔新出版的专著《语词博物馆:欧美跨艺术诗学研究》(北京大学出版社,2022)反映出她和团队在跨媒介跨艺术研究进行理论和方法论建构与实践方面的努力。该书的理论爬梳部分对欧美跨艺术诗学进行学术史的梳理,并对中西跨艺术诗学进行比较观照,探究欧美跨艺术诗学的理论渊源及其特质;批评实践部分则结合中西方跨艺术诗学理论,深入解读从荷马史诗到现当代欧美代表性诗歌文本,揭示出诗歌文本与潜在的绘画、音乐、舞蹈、建筑等艺术蓝本之间的关联和相互影响,为研究欧美诗歌乃至当代文艺现象提供新视角和新方法。该书的主要成就有二。第一,这部专著对欧美跨艺术实践与理论进行了具有创新性的历史梳理和多维度的深度探讨。这部著作不仅仅对欧美的跨艺术诗学进行理论爬梳,而且就诗歌与音乐、诗歌与绘画、诗歌与图像等不同艺术门类以及诗歌与新媒体的协作与融通进行了非常深度且具有创新性的梳理,也以中国传统的跨艺术诗学为参照,对欧美跨艺术诗学实践和理论探讨的世界性和区域性进行了审视。第二,它提供了一个理论梳理与批评实践相结合的总体框架。这个框架建构了一个在新时代进行诗歌批评的方法体系;而其中的批评实践不仅只是对具体的创作案例进行分析,而是展现一种新的批评方法、新的批评范式。在这一意义上,该书为国际诗歌批评研究提供了新的范式,为诗歌观念乃至艺术观念的更新与拓展提供了可能,为当前诗歌创作、诗歌出版、诗歌在新技术环境下的呈现方式提供了新路径和新方法。

4.5.2 跨艺术研究的诗歌批评理论构架

新时代以来,中国学术研究已经逐渐建构起诗歌跨艺术研究的理论基础。

首先,新时代的中国学者通过厘清核心概念,确立了中国跨艺术诗歌研究的对象,即具有跨艺术性的"跨艺术诗歌"或"艺格符换诗歌"(ekphrastic poetry)。21世纪以来,中国学者们不约而同地从 ekphrasis 一词开始,通过梳理中西方相关理论,从其古希腊缘起到20世纪演化,结合当代文学发展特征，逐渐明确并确立了将具有 ekphrasis 属性的诗歌作为跨艺术研究对象的定义和范围。

一方面，中国学界逐渐将作为跨艺术研究的诗歌对象 ekphrasis 的中文译名确定为"艺格符换"。多年来，国内学界对 ekphrasis 的理解和翻译各有不同，这与各位学者研究领域不同有关，也与各自对该词所指涉的对象理解差异有关。在艺术史研究领域以范景中先生的"艺格敷词"为主；在符号学和图像学研究领域，胡易容译为"符象化"，沈亚丹译为"造型描述"，王东译为"图说"；在小说批评领域，王安、程锡麟译为"语象叙事"；在诗歌批评领域，刘纪蕙译为"读画诗"，谭琼琳将其译为"绘画诗"等。这些翻译名称或汉语表述各有特点，但也存在指涉不够清晰、边界过于偏狭等问题，不利于相关理论发展和学术交流。针对这一现象，欧荣提出将 ekphrasis 译为"艺格符换"，并在自己和所在团队的学术成果中正式使用该译名，成为当前国内流行最广的译名。"艺格符换"作为当前 ekphrasis 的中文译名得以确立，既得益于国内关于西方 ekphrasis 相关理论的学术梳理，也得益于国内学界对这一领域的历史流变及时代特征的准确把握。Ekphrasis 这一概念源于希腊语 ekphrazein，意为"说出来"，是古希腊智者所强调的文法、修辞学、辩证法"教育三艺"中修辞学的重要内容和修辞手段，指语言表述中生动而又逼真的敷陈，对人物、地点、建筑物、艺术作品的细致描绘。18 世纪晚期之后，ekphrasis 作为修辞学术语逐渐淡出，到 20 世纪中后期，开始出现于跨艺术诗学语境之中，其内涵则变得更加复杂丰富。例如，斯皮策将 ekphrasis 定义为"一幅画或一件雕塑作品的诗性描绘"；哈格斯特鲁姆把艺格符换置于"图像诗"（iconic poetry）的语境中，将其界定为"赋予无声艺术品以声音及语言的特质"；克里格（Murray Krieger）强调艺格符换是"文学对造型艺术的模仿"，体现诗歌语言的空间性，是"诗歌在语言和时间里模仿造型艺术品，并使该艺术品以其空间的共时性成为其自身和诗歌原则（ekphrastic principle）的一个确切的象征"；格兰特·司各特（Grand Scott）等人则视之为"对视觉表征的语言再现"（欧荣等，2022）。此后，ekphrasis 的所指逐渐突破诗画关系或语图关系的范畴，而延展到其他感官体验和媒介。克卢弗（Claus Clüver）认为，ekphrasis "是对一个由非语言符号系统构成的真

第4章 诗歌本体研究理论方法创新与实践

实或虚构文本的语言再现",而此处的"文本"(text)为符号学中的文本,"包括建筑、纯音乐和非叙事性舞蹈"(欧荣等,2022)。此后,潘惜兰(Siglind Bruhn)等人将ekphrasis更加明确地引向音乐等其他媒介,进一步凸显了ekphrasis的跨媒介特征及其在现代跨艺术、跨媒介、跨学科研究兴起的语境下不断扩展的边界。

另一方面,中国学者在重新考察和回应西方ekphrasis概念史及其内涵的同时,逐渐将跨艺术诗歌研究的对象从ekphrasis所涉及的其他艺术类别中区分开来。钱兆明(2023)认为,在当代跨艺术研究中,ekphrasis的创作不仅包括"跨艺术诗"(ekphrastic poetry),还包括"跨艺术画""跨艺术舞蹈""跨艺术音乐"等,因此他把ekphrasis译为"艺术转换再创作",并在其批评实践中将诗歌的跨艺术研究与其他艺术门类的跨艺术研究并列,以此凸显了ekphrastic poetry(跨艺术诗)的独特性。欧荣在此基础上,结合对范景中等人定义的重新阐释,形成自己对跨艺术诗学的基本理解,并将ekphrasis译为"艺格符换",用来指不同艺术文本、不同符号系统之间的动态转换。从宏观上看,欧荣以"艺格符换"这一术语关注不同艺术媒介与语言之间的持续、动态的相互影响,从而超越了视觉艺术到语言的单向联系,但在她的批评实践中,始终是将"艺格符换"指向具有跨艺术性的诗歌。在她看来,作为诗歌的艺格符换"体现了艺术家之间文艺作品之间的持续互动,由绘画、雕塑、音乐、舞蹈等艺术蓝本转换而成的艺格符换诗就组成一个语词博物馆,一个由语言建构的艺术博物馆,而跨艺术诗学研究就是揭示这个语词博物馆的奥秘"(欧荣等,2022)。由此,学者们在梳理ekphrasis的特征及其内涵的历史演化过程中,通过不断更新命名和在动态中把握内涵与特征,初步确立了作为跨艺术研究对象的"跨艺术诗歌"的当代内涵与研究疆域,并且在谭琼林、罗良功、李小洁等学者的英语诗歌批评实践中得到了巩固。

其次,新时代中国学者初步建构起跨艺术诗歌研究的方法论,即跨艺术研究。诗歌的跨艺术研究以诗歌与其他艺术门类或形式的相互关系为考察对象,对特定诗歌文本所隐含的艺术之间的互动关系及其对艺术形式、美学观念、文化思想的作用和贡献进行阐释与评价为目标。欧荣关于"跨艺术诗学"的定义大体反映了当前中国学界在诗歌批评理论探讨和实践研究中所体现的跨艺术研究方法概要。在她看来，"跨艺术诗学（inter-art poetics）是指打破文学和其他艺术界限，研究文学和其他艺术之间的相互关系、相互影响及相互转化；在诗歌批评领域，跨艺术诗学关注诗歌与绘画、音乐等非语言艺术的相互影响以及诗歌文本与绘画、音乐等非诗歌文本之间的转化或改写"（欧荣等，2022）。不过，欧荣关注的重点只是在艺术形式层面，新时代中国诗歌批评实践中还展现出对诗歌跨艺术形式背后的美学意义和文化意义的关切。例如，罗良功、王卓等在相关论文中非常强调艺术形式背后的文化考察。在这一意义上，中国的跨艺术诗歌研究理论超越并融合了以新批评和文化批评为代表的20世纪以来西方文学批评的两极，体现了文学性/艺术性与文化性的深度融合。

作为诗歌研究方法论的跨艺术研究具有四大特点。一是强调"艺术间性"，即强调对不同艺术门类之间相互渗透、融合、协作关系的研究。这一特点彰显了一个非常具有鲜明时代性和深厚传统性的学术关切。在人类历史上，不同艺术媒介之间形成一种动态的竞争与呼应，促进了彼此的发展，影响至今。在文学与艺术的关系上，学界不再局限于对文学文本展开研究，而是将视角触及戏剧、绘画、音乐、电影等多媒体艺术，为文学研究提供新的视角。在这一方面，跨媒介性成为艺术间性的必然结果，同时也彰显出跨艺术研究的一个独特性，即不同媒介、不同感官体验之间的艺术互动。

第二个特点是跨学科性。跨艺术研究不仅涉及不同的艺术门类和不同的媒介载体，而且涉及不同艺术门类和媒介载体相关学科知识和研究方法。跨艺术研究是一个古老而又年轻的话题，当代语境之下的跨艺术诗学又有其独特而又无法回避的一种现实环境。在当代，人类生活在一个以新技术、多媒体、多模态的艺术和生活现实，生活在人工智能技术日渐凸显的环境，而这一现实和环境使得人类必须与时俱进、不断进行创新性自我表达的意义和功能探索，因而表现形式更加丰富、多维。因此，传统的人文知识或文学研究理论方法、甚至单一学科的理论知识都无法支撑对丰富多样的艺术形式及其思想意义的把握和阐释。

第三，文本的游移性。跨艺术研究绝不是囿于文本，也不可能是完全脱离文本，而是基于文本而又超越文本，即钱兆明教授（2023）所说

第 4 章　诗歌本体研究理论方法创新与实践

的"摆脱'文本中心论'"。这就是说，跨艺术研究要从文本细节或结构出发，进行跨艺术、跨媒介的考察，揭示并评价特定艺术文本及其艺术形式、思想主题的建构机理与艺术效果。欧荣（2022）概括出《语词博物馆》一书的三个研究方法，其中最重要的就是跨艺术研究方法："用跨艺术的批评方法，将诗歌文本与其绘画、音乐、舞蹈、建筑等蓝本并置对读，考察文本之间的跨媒介转换，如何更加视觉化、流动性地呈现文学的复杂特性"。这反映了中国学者在跨艺术诗歌研究中特别的文本关切，即对诗歌文本的基本性状——游移性的强调。

第四，跨艺术研究强调文学性／艺术性与文化性的深度融合。跨艺术诗歌研究关注诗歌文本与其他艺术之间进行互文互涉、互动互渗的形式和肌理及其审美效果，而且也强调对形式和肌理背后文化意义和美学思想的探寻，注重挖掘通过异质性艺术协作对话而形塑诗歌文本背后的艺术规律、美学思想、文化意义。

4.5.3　新时代英语诗歌研究的跨艺术批评实践

在新时代，跨艺术研究已经成为中国的英语诗歌研究的一个重要方法和视角。大量的跨艺术诗歌研究成果不仅丰富了诗歌研究的范畴和方法，而且为跨艺术诗歌研究的理论建构提供了实践支撑。

国内学者运用跨艺术研究方法开展诗歌批评，主要有两种情形：一种是自觉运用跨艺术研究理论方法开展批评实践，另一种是从跨艺术视角自发地开展诗歌批评。欧荣、李小洁等学者即是自觉地运用跨艺术研究方法开展研究。欧荣等的《语词博物馆》就侧重于以诗歌批评为核心的跨艺术研究，偶尔涉及广义的跨艺术诗学研究。该书基于"跨艺术诗学"理念、以"跨艺术诗歌"为研究对象开展诗歌批评和理论探索，丰富了跨艺术诗歌研究的方法和范式。钱兆明的《跨越与创新：西方现代主义的东方元素》也是如此。还有一些学者虽然没用跨艺术或艺格符换的概念，但本质地展现了跨艺术研究的诗歌批评路径与方法。例如，张跃军与周丹（2011）解读叶芝的《天青石雕》（*The Lapis Lazuli*）一诗对中国山水画及道家美学思想的表现，王卓（2017a）关注丽塔·达夫诗歌中舞蹈的多重文化功能，龚晓睿（2018）有关奥登诗歌中的绘画艺术的探讨，罗良功、李淑春（2021）解读兰斯顿·休斯诗歌与现代派绘画艺术、欧美流行音乐之间的关系等。这些研究成果在一定程度上显示，跨艺术研究已然成为中国新时代外国诗歌研究领域的一个新的学术热点。

新时代中国学者的跨艺术研究实践涵盖了诗歌与音乐、绘画、影视、戏剧等几乎所有艺术形式的互文互渗，成果丰硕，蔚为壮观，赋予跨艺术研究作为诗歌批评方法论以实践根基。以美国诗歌跨界绘画、影视艺术的研究为例。

1. 诗歌与绘画

国内学者对美国诗歌中的"语图互仿""对图言说""绘画技法的诗歌文本建构"等现象进行探讨，揭示了诗歌文本与视觉图像互动融合的秘密以及语象文本向视觉图像外化和延宕的机制。关于诗歌语图互仿的跨艺术研究主要集中在西尔维亚·普拉斯、威廉斯和罗宾·路易斯（Robin Lewis）等诗人的研究中。魏磊（2021）认为，普拉斯通过语言技巧重新生产出画图的幻觉，甚至以诗之笔触对名画进行艺术加工，普拉斯"用文字生发出'语词的肖像'的视觉效果，从而在诗歌中创造出了'看'的幻象"。李小洁在多篇关于威廉斯跨艺术诗歌的论文中，通过探讨诗歌语言、布局、图像等"对图言说"的制图技艺，呈现了诗人浸润在诗歌创作中的浓郁绘画情结，认为其诗歌的跨艺术书写"再现、转换和重构了绘画中的张力和内在活力"（王余、李小洁，2016）。王卓（2017b）则将罗宾·路易斯的诗集《黑色维纳斯之旅》放置于与托马斯·斯托塔德的蚀刻版画《黑色维纳斯从安哥拉到西印度群岛的旅行》和波提切利的名画《维纳斯的诞生》的对话之中，认为诗人通过视觉艺术史的呈现历史化了黑人女性身体，揭示了黑人女性成为世界的客体和他者的历史原因，从而强调了基于跨艺术文本实践背后的文化意义。

同时，诸多学者考察了阿什伯利、奥哈拉、毕晓普、查尔斯·赖特、狄金森的诗歌作品对具体绘画技巧的创造性纳入，丰富了诗歌中视觉意象的指涉与呈现。在《观亦幻：约翰·阿什伯利诗歌的绘画维度》一文中，张慧馨、彭予（2017：12-19）认为，阿什伯利在诗歌创作中通过

第 4 章　诗歌本体研究理论方法创新与实践

借鉴和模仿抽象表现主义绘画形式,展示出与绘画相似的审美意境,但这一模仿表象隐藏着诗人从抽象表现主义画派所提取的对无意识的追寻,因而其文本表面的视觉性实为无意识幻觉的呈现。王璇(2017:169)在文中考察了奥哈拉在诗歌创作中对当代绘画艺术技法的吸收,认为奥哈拉在诗歌创作中吸纳了波洛克的绘画风格,使其诗歌平面化作词语的海洋,形成表面和深度之间的张力,吸引读者自觉探取词语的意义。吴远林(2015:15-22)在《"用视觉去思考"——伊丽莎白·毕晓普诗歌的视觉艺术》中,以毕晓普在诗歌创作中对"直视""透视""灵视"三种绘画技巧的借鉴为研究对象,认为视觉艺术的力量是探讨毕晓普的诗歌观察世界、感知世界和探索世界的方式;诗人通过视觉艺术,冲破了创作层面的意指,使其成为介入现实的思维模式和超越视觉化的心智力量。上述论文都展现出一个共同点,即学者们不是将关注点停留于跨艺术形式特征,而是不约而同地从诗歌所内含的跨艺术性出发,探讨艺术形式和文本建构背后的审美思想和深层逻辑,体现了跨艺术诗歌研究作为方法论的开阔的学术格局。

2. 诗歌与影视艺术

　　新时代外国诗歌研究对诗歌与电影艺术的跨界合作表现出更为强烈的兴趣。例如,杨国静(2018:150)在《伯格曼电影艺术对普拉斯诗歌创作的影响》中探讨了普拉斯中后期的诗歌作品,发现伯格曼影像美学对普拉斯的影响不仅体现于意象构建方式和叙述视角等形式层面,也深刻反映在她的创作主题和母题意象等内容层面。梁晶(2020b:144)在《论英美意象派诗歌对视觉艺术的汲取与整合》中,考察了英美意象派诗人对现代派绘画、雕塑、摄影、电影等多种视觉艺术话语的吸收,认为英美现代主义诗歌中的摄影技法将现实经验世界的瞬时图像忠实还原于笔端,而由一系列动态画面构成的电影则提供给诗歌以蒙太奇、交叉剪辑等表现手法,促使诗歌生发出电影般的画面感和美感。学者们通过考察美国诗歌对镜头语言的借鉴与超越,揭示了美国现当代诗歌在与其他艺术形式互动互鉴中对诗歌艺术可能的时代拓展和对诗歌美学趣味的丰富。

事实上，新时代中国学界对美国诗歌的跨艺术研究成果，涉及人类所有主要艺术门类和领域，通过考察摩尔、普拉斯、狄金森、阿什伯利、威廉斯、路易斯、查尔斯·赖特、奥哈拉、毕晓普等代表性诗人的诗歌创作与音乐、绘画、影视、戏剧等不同艺术之间的跨媒介、跨门类"借鉴"与"激发"，不仅拓展了诗歌研究的疆界，也丰富了跨艺术研究的理论方法，为新时代诗歌研究乃至文学研究积累了丰富的资源和全新的可能。

客观地说，新时代关于跨艺术诗歌研究的理论探讨和批评实践尚未形成完备的理论体系和话语体系，但大体展示了一个宏阔而充满生机的理论构架和实践模式，反映了中国学界在对西方学术兼收并蓄的基础上结合中国本土传统和学术实际进行自主创新的努力。跨艺术诗歌研究的理论和方法创新，一方面彰显出新时代中国学术自信和理论创新的朝气，另一方面，也充分反映出中国学者对文学艺术的内在规律与时代发展的准确把握。从历史视角看，诗歌从产生之时起就与其他艺术和媒介在进行互动互渗、相互影响，跨艺术研究是揭示艺术生产和人类表达规律的重要路径，也是真正理解和把握诗歌艺术的必要手段之一。在宏观层面上，随着媒介社会日益复杂化，文学与非文学、艺术与非艺术之间的界限愈发模糊，跨艺术、跨媒介的研究方法势在必行。在微观层面上，当代西方诗歌与其他艺术形式的互动更加密切、形式更加多元，跨艺术研究有助于把握诗歌艺术创新的时代脉搏、理解诗歌的精髓要义。更重要的一点是，诗歌的跨艺术性自古都被关注，但探讨并不深入，跨艺术研究在文学批评实践中并没有得到足够的重视，因而，当下诗歌批评转向跨艺术研究，本身也是文学批评的创新所在，这也是当下和未来人文学科最富活力的领域之一。由是观之，跨艺术诗歌研究的理论建构和方法创新对于当下和未来的诗歌批评实践乃至人文学科而言都具有重要意义。

第 5 章
英语诗歌文化研究的创新与实践

5.1 引言

21世纪以来,尽管中国学界在英语诗歌研究领域出现明显的文本转向,但文化研究始终是主流。除了英语诗歌(特别是现当代诗歌)文本对于中国学者天然的挑战性导致文本研究被拒阻之外,中国学界热衷于对英语诗歌进行文化研究的原因还有很多,其中主要有两点:一是自20世纪下半叶以来方兴未艾的文化研究在21世纪仍然理论方法创新不断,对我国学界影响深远;二是中国社会发展需要中国学界对英语诗歌开展文化研究。21世纪以来,中国的崛起以及中国推行的文化"走出去"战略和倡导的人类命运共同体理想,都要求中国学界以新的姿态和视角更多、更深、更细地重新发现世界文化,以服务于中国的社会文化建设和人类命运共同体构建的需要。进入新时代以来的十余年,中国学术界关注英美诗歌的诸多社会文化领域,如历史、性别、族裔/种族、生态、伦理等,许多问题相互交织、相互渗透,摆脱了此前单一的性别、身份、政治等视角,从多维度对英美和其他英语国家的社会文化进行深层考察。在丰富的学术视角中,族裔、生态、伦理等视角尤为突出,而且中外文化交流互鉴也成为这一时期英语诗歌研究的重要主题。本章以美国诗歌研究为例对此进行阐发。

5.2 诗歌研究的族裔视角

英美等主要英语国家都是多民族国家,随着20世纪下半叶文化批评的兴起，族裔问题逐渐成为文学研究的热点问题，尤以美国文学为盛。20世纪90年代以来，中国开始在严格的学术意义上关注美国文学的族裔问题；2012年以来，族裔视角在中国的美国诗歌研究中更加突出，不仅关注美国族裔诗歌，也关注美国主流诗歌所反映或隐含的族裔问题，将查尔斯·伯恩斯坦等一般不被视为少数族裔的诗人也纳入学术视野，从而丰富了美国族裔诗歌的内涵，将传统意义上的少数族裔诗歌和反映族裔问题的诗歌都纳入美国族裔诗歌的架构中。总体而言，美国诗歌研究的族裔视角将中国学者的学术视野从早期的美国非裔诗歌拓展到包括亚裔、印第安裔、西班牙裔、俄罗斯裔、犹太裔诗歌，将不同族裔的更多诗人纳入到当下的研究之中。在这一时期，除了兰斯顿·休斯、阿米力·巴拉卡、丽塔·达夫等经典诗人外，娜塔莎·特雷瑟维、泰辛巴·杰斯等21世纪非常活跃的非裔诗人，以及温迪·罗斯（Wendy Rose）、佩尼娜·莫伊丝（Penina Moise）、艾玛·拉扎勒丝（Emma Lazarus）、罗宾·路易斯、C. S. 吉斯科姆（C. S. Giscombe）、乔伊·哈乔、白萱华等不同族裔的诗人，甚至伊朗裔诗人索尔玛兹·沙里夫（Solmaz Shari）等都开始被中国学者关注。

进入新时代以来，中国学界的美国族裔诗歌研究取得了丰硕的成果，学术论文和专著、国家级立项资助课题数量以及学术研讨会等都超出此前总和。美国族裔诗歌研究不仅纳入了更多类型的诗人，不再局限于非裔或华裔诗人或经典诗人，而且极大地拓展了研究主题，形成了对族裔诗歌的复杂而又深刻的解读和探究。在这一时期，中国关于美国族裔文学的研究已经不再局限于种族压迫与反抗的主题探讨，而是变得更加开阔和丰富。在族裔视角下，美国族裔诗歌中的历史书写、性别/阶级、文化诗学等问题成为重要关切。

历史与记忆主题是美国族裔诗歌研究的重要主题，在这一时期取得了三大突破。一是突破了此前对族群和国家历史书写的男性视角局限，开始关注女性视角的历史与记忆书写。例如，王卓发表了多篇论文探讨美国桂冠诗人丽塔·达夫诗歌的历史书写。她在《论丽塔·达夫〈穆拉提克奏鸣曲〉的历史书写策略》一文中探讨了丽塔·达夫叙事诗集《穆拉提克奏鸣曲》（Sonata Mulattica）中的历史书写策略，认为该诗集通过"聚焦于18世纪末至19世纪中叶生活在欧洲的混血黑人小提琴家布林

第 5 章　英语诗歌文化研究的创新与实践

格托瓦的生活和命运，不但是贯穿达夫作品的'历史情结'，其独特的选题和独具匠心的历史书写策略更是帮助完成了对黑人世界主义身份起源问题的探寻"（王卓，2012b：161-177）。在《论丽塔·达夫的美国黑人民权运动书写》中，王卓（2019：10）则探讨了达夫的诗集《与罗莎·帕克斯在公交车上》（On the Bus with Rosa Parks）对美国黑人民权运动这段特殊历史的挖掘和书写，认为达夫从族群身份、政治身份和女性身份等三个层面揭开了罗莎·帕克斯刻板形象生成的实质和成因，从而有效还原了那段历史的本真面貌。在另一篇题为《论温迪·罗斯诗歌的多维历史书写策略》的论文中，王卓（2012a：109）探讨了美国土著女诗人温迪·罗斯诗歌中的多维历史书写策略，她指出"人类学专业的研究和从业经历在潜移默化中赋予了罗斯审视和书写印第安历史的独特的三重维度，即见证之维、批判之维和建构之维。[……] 罗斯的历史书写观照的就并不仅仅是历史本身，而是把印第安历史、印第安人的自我和印第安族群文化有机地融合在一起，使得历史书写同时也成为定义自我和张扬族群文化的策略"。陈虹波（2021：30）在《论娜塔莎·特雷瑟维诗歌中个体叙事的历史化》中分析了娜塔莎·特雷瑟维《家庭工作》（Domestic Work）、《本土卫队》（Native Guard）等诗集中历史书写的策略——个体叙事的历史化，并指出"特雷瑟维诗歌中个体叙事的历史化主要从叙事者设置、跨媒介叙事和诗体、语言风格等维度进行，目的在于重申美国南方非裔个体及其代表的社会群体的历史话语权，以期美国'精神流亡者'的历史及社会权力回归"。刘建宏（2012：31）在《美国犹太诗歌主题的多元化特征》中着眼于美国犹太诗歌主题多元化这一特征，揭示了佩尼娜·莫伊丝和艾玛·拉扎勒丝等犹太诗人的诗歌"不仅提倡对上帝的绝对信仰，而且追思犹太民族的苦难，关注民族的文化身份，充满强烈的族裔意识和历史记忆。伤痛性的民族历史记忆又和犹太民族的漂泊流浪结合，产生寻求民族文化之根的孤独和迷惘；对整个美国文化的关注和时代绝望情绪的展现，则使犹太诗歌的主题具有了更为深刻的人文关怀"。

二是突破了此前历史书写的政治视角，开始从文化视角考察美国族裔诗歌的历史记忆书写与重构。罗良功（2019b：43）在《诗歌实验的历史担当：论泰辛巴·杰斯的诗歌》中以美国非裔诗人泰辛巴·杰斯的《铅肚皮》(Leadbelly)、《杂烩》(Olio)等诗歌作品为研究对象，探讨了"文体杂糅""多维文本""诗体创新"等激进的诗歌实验中的历史担当意识，指出"杰斯激进的诗歌实验以强烈的历史担当意识为动力，又是杰斯表现美国非裔文化历史复杂性的策略；诗人延续并书写了以对话和反抗为特征的美国非裔文化创新传统，表现出开放的历史观"。史丽玲（2012：1-10）在《历史、布鲁斯诗歌、政治：欧诺瑞·F·杰弗斯访》中以杰弗斯（Honorée Fanonne Jeffers）的诗歌作品为主线，围绕诗人个体创作与美国非裔集体创作中的历史等重要议题对诗人进行了专访。在采访中，杰弗斯谈到在美国历史中确定自我是她历史书写的动力，而南方黑人经历与南方黑人文化等是其主要内容。罗良功、杰斯等（2019：1-9）在《历史、声音、语言：泰辛巴·杰斯与张执浩论诗》中也在一定程度上发掘了非裔诗人泰辛巴·杰斯的诗歌创作对非裔历史的关照，访谈中杰斯指出"因为很多美国非裔的历史都被掩盖、毁坏、模糊化或是被撕裂、被扭曲，所以我们对历史有着更浓厚的兴趣。我们对历史的兴趣，其中一部分原因是我们想要重构我们的历史、发掘自我，以重新理解我们的遗产"。张琼（2013：225）在《生存与仪式：奥蒂茨的诗意沉思》中分析了美国本土诗人西蒙·奥蒂茨（Simon J. Ortiz）诗歌中生存的仪式感和族裔文化仪式的保存与传承意义，揭示了"奥蒂茨的诗歌在保存和传承仪式及传统上具有强烈的参与性，通过其诗歌的表演性和对传统的继承、发扬和反思，诗人给当代的族裔创作提供了创新和批评研究的巨大空间"。在《黑色维纳斯之旅——论〈黑色维纳斯之旅〉中的视觉艺术与黑人女性身份建构》中，王卓（2017b：35-42）分析了美国非裔女诗人罗宾·路易斯的诗集《黑色维纳斯之旅》中视觉艺术与黑人女性身份建构的内在关联，认为"路易斯把黑人女性的种族身份、性别身份和文化身份置于西方视觉艺术品、视觉艺术史和视觉文化三个维度之中加以审视，生动揭示了黑人女性刻板形象生产的元形象"。

三是突破了此前以宏大叙事视角考察族裔诗歌历史记忆书写的惯例，更加关注日常生活的小历史和记忆书写研究。周丽艳和王文（2016：131）在《从"父亲"到"宇宙心灵"：李立扬诗歌中超越族裔的家园意识》中在阐释亚裔诗人李立扬诗歌中家园意识的同时也发掘了诗人对历

第 5 章　英语诗歌文化研究的创新与实践

史的回看，正是在他对以父亲形象为代表的家国历史的回顾中，形成了诗人复杂微妙的"归乡"冲动。王卓和宋婉宜（2020：50）在《亚历山大组诗〈阿米斯特德号〉与美国非裔文化记忆》中探究了美国非裔女诗人亚历山大组诗《阿米斯特德号》（"Amistad"）中有关 1839 年发生在跨大西洋奴隶贸易"中间航道"上的黑人奴隶起义和审判事件，揭示了亚历山大在某种意义上用这组厚重的诗篇唤起了一个复杂而遥远的黑人族群的文化记忆，并在对文化记忆的追索中以独特的方式勾画了美国非裔文化身份的嬗变过程。

族裔性以及族裔身份/文化是美国族裔诗歌研究的另一重要主题。例如，黄园园（2014：154）在《美国华裔诗人的族裔文化认同研究》中探讨了李立扬等美国华裔诗人族裔文化认同的影响因素及其诗歌中的表现特征，认为华裔诗人在中美文化相互冲击的环境中，利用文字表达形式维护和继承族裔文化，表达了自己对族裔文化的认同。在《论阿莱克西的"诗意"》中，张琼（2017：152-165）分析了另一位美国本土诗人阿莱克西诗歌中对于族裔身份的反思，认为"阿莱克西的诗具有人际关系和力量转化的意义，诵读与倾听的情绪互动能引人进入诗人所希望的平等交流，而他坚持自己'局外人中的局外人'身份，实际上是在鼓励人们走出政治、族裔及意识形态樊笼，积极面对文化差异，从而使'诗意'超越单纯的本土商语境意义"。新时代对美国族裔诗歌中身份问题的探讨不再是整体性和扁平化的，而体现出对个性化、时代性身份和民族身份历史变迁的关注。

美国族裔诗歌中的性别问题是一个在 20 世纪末期开始被广泛关注的研究主题。非裔女诗人格温朵琳·布鲁克斯、丽塔·达夫、爱丽丝·沃克等和拉美裔女诗人乔伊·哈乔等都得到学界持久关注，新锐女性诗人如娜塔莎·特雷瑟维、特蕾茜·史密斯等也进入中国学术视野。史丽玲（2014：78）在《〈在麦加〉中黑人女性"言语混杂"的救赎叙事》中聚焦美国诗人格温朵琳·布鲁克斯长诗《在麦加》中黑人女性"言语混杂"的文学现象，对种族和性属身份等问题进行探讨。程昕（2021：22-28）在《娜塔莎·特雷瑟维简论》中综合论述非裔诗人娜塔莎·特雷瑟维，认为诗人对美国当下现实有着深刻关切，种族身份、女性形象和父女关系都是特雷瑟维诗歌的重要主题。将视觉呈现融入诗歌，关注在场和不在场,反对视觉霸权,是特雷瑟维诗歌创作中的重要特征"。新时代中国关于美国族裔诗歌性别问题的研究已经不再以单纯的性别问题为主,而是将性别与历史、阶级、国家、文化、生态、伦理等问题交织,体现出中国学界在性别问题研究的复杂性和深刻性。

  族裔视角还延伸到了空间和自然,这是新时代美国族裔诗歌批评的一个新发展。史丽玲(2016:101)在题为《格温朵琳·布鲁克斯的黑人大都市书写与美国城市的种族空间生产》的论文中,聚焦于美国社会形态与种族化的空间生产之间的内在关联,揭示出限制性契约、公共住房、清除贫民窟、城市复兴等一系列空间公共政策对黑人私人领域的侵犯和控制,也揭露了空间生产中的种族对立如何加剧了自由主义公共领域的内在矛盾。罗良功(2016:97)在《自然书写作为政治表达:论兰斯顿·休斯20世纪40年代的诗歌》中则剖析了休斯在20世纪40年代诗歌的自然书写。他认为,休斯诗歌中现实的自然通过私有化和工具化而最终被异化,充满了压制和拒斥美国非裔民族的负能量,因而,他的诗歌将批判的锋芒直指导致自然异化的种族主义和资本主义。休斯在这一时期的自然书写不仅反映了他艺术视野的进一步拓展,也标志着他从20世纪30年代对资本主义和种族主义的公开、激进批判转向了冷战初期的修辞性政治表达,自然书写成为他在政治环境趋于严峻时表达以人与自然和谐和物质与精神双重解放为目标、以革命为手段的激进理想的策略。罗良功和李淑春(2021:115)在《文化空间政治与现代主义批判:兰斯顿·休斯的诗歌〈立方块〉解读》中则将目光透射到诗歌中隐喻的跨国空间,认为该诗勾画出西方对非洲殖民地实施的文化空间政治,揭示了以立体主义为代表的精英现代主义在这一文化空间政治中的同谋关系,反映了休斯基于精英现代主义批判的大众现代主义诗学观念。王卓(2017a:97)在《论丽塔·达夫诗歌中"博物馆"的文化隐喻功能》中则聚焦于博物馆这一特殊的文化空间,系统剖析了丽塔·达夫诗集《博物馆》中"博物馆"的文化隐喻功能。她认为,博物馆以其特有的文化承载量,凝练成为诗人阐释其历史观、种族观和美学观的文化隐喻,在此后的诗歌中这一意象的文化隐喻得到了不断加强。

  史丽玲在《当代外国文学》《外国文学评论》等连续发表多篇论文,探讨布鲁克斯诗歌与西方史诗的互文性、黑人女性言语与救赎、黑人都

第 5 章　英语诗歌文化研究的创新与实践

市的种族空间生产等颇具创新性的学术问题。她的专著《空间叙事与国家认同：格温朵琳·布鲁克斯诗歌研究》（中国社会科学出版社，2023）则成为国内第一部布鲁克斯诗歌研究专著，也是将美国非裔诗歌研究引向空间视域的一个重要成果。格温朵琳·布鲁克斯是美国非裔文学史上第一位获得普利策诗歌奖的诗人，也是 20 世纪美国最重要、最有影响力的非裔诗人之一。布鲁克斯的传记作者乔治·肯特（George E. Kent, 1988）在评价她的早期诗歌生涯时说，她有效地弥补了 40 年代她那一代的学院派诗人与 60 年代年轻一代激进的黑人诗人之间的断层，而"狂怒之花"全国非裔诗人大会则反映了她的诗歌传统已经成为美国非裔诗歌传统的灵魂存在。对于这样一位在美国诗坛占据着独一无二的位置的诗人，美国学界对布鲁克斯诗歌的现代主义艺术实践及其社会文化诉求的诸多问题和层面进行了深度的探讨，产生了丰富的研究成果。不过，史丽玲的专著却另辟蹊径，聚焦于布鲁克斯诗歌的空间维度，以此透视诗人的社会思想，尤其是诗人对国族认同乃至世界情怀的思考与表达。史丽玲所采用的这一学术视角不仅仅是因为其明显的创新性，更是因为在布鲁克斯的诗歌创作生涯中，空间始终是一个核心词。正如该书引言所说，布鲁克斯诗歌的空间涉及三个维度，即诗人的人生经历与不同的空间形态和空间类型交织，特别是作为她生活和创作基地的芝加哥黑人区；美国非裔的历史有其独特的空间记忆和轨迹，包括从南方到北方、从乡村到城市；美国等级社会的空间化明显，美国社会依赖于从宏观的蓄奴制到微观的种族隔离制度的空间生产模式建立起白人至上的社会关系结构。不过，除此之外，还有一点值得关注，即诗人自觉的空间意识与空间书写。通过借鉴列斐伏尔、福柯、德勒兹等人的空间理论，作者基于对布鲁克斯诗歌作品和文学生涯的深刻洞察，勾勒出诗人六十年文学生涯的空间表征与空间轨迹。专著论述了布鲁克斯早期诗歌对都市黑人日常生活空间的揭示、民权运动时期对都市空间格局与街头公共空间的透视、后黑人艺术运动时期黑人民族的交往空间的反思、晚期诗歌对跨族和跨国文化空间的想象，不仅从空间视角重新建构了布鲁克斯的文学地图，也丰富了布鲁克斯诗歌角度的可能，创造性地提供了一个理解和把握诗人的自我定义、民族认同、国家书写和人类关切的艺术视角和学术视角。

《空间叙事与国家认同：格温朵琳·布鲁克斯诗歌研究》创造性地挖掘和梳理了布鲁克斯的空间诗学与空间艺术实践，并以此为基础探讨了她的社会思想以及她的诗歌空间书写与民族认同的动态关系，形成了关于布鲁克斯研究的独特性视角、原创性观点，凸显了布鲁克斯通过自觉的空间诗学实践对线性历史目的论进行有效瓦解和对种族主义社会本质进行深刻揭示与批判的思想智慧和艺术成就。同时，该专著将布鲁克斯研究从现代主义艺术和社会文化思想的传统学术关注引入空间理论等当代知识体系和社会话语体系，不仅拓展了布鲁克斯研究的疆域，而且展示了布鲁克斯研究的新范式、新方法，对美国非裔文学研究也颇有启发性和示范性。就中国学术研究而言，这部专著鲜明地体现了中国学者的学术创新。在布鲁克斯研究中，作者基于中国学者的学术立场和中国学术的社会需要、基于对研究对象的独到理解，在准确运用和合理借鉴当代西方理论话语的同时又解构、校正了当代西方理论话语，提出了中国学者的独立见解和学术表达，彰显了中国学者扎根中国大地开展科研、勇于在国际学术对话和交流中创建中国学术话语的精神。

文化诗学也是中国学界阐释美国族裔诗歌艺术的重要维度，中国学界在美国族裔诗歌研究中高度重视族裔诗歌的政治与美学关系研究。例如，罗良功（2017a：33）在《论阿米力·巴拉卡的大众文化诗学》中，探讨了美国非裔诗人阿米力·巴拉卡诗歌创作的大众文化诗学，揭示了巴拉卡在不同阶段的政治观念推动了他的大众文化诗学关注点的变化，而他对文学促进变革的文学功能的信念帮助他不断地在大众文化中寻找最合适的政治表达形式。罗良功（2019a：50）还在《兰斯顿·休斯与埃兹拉·庞德的文化对话》中，分析了埃兹拉·庞德和兰斯顿·休斯两位诗人之间的文化对话，认为庞德与休斯之间颇有建设性的文化对话的基础是他们共有的多元文化观，尤其是他们对美国非裔文化及非洲文化的共同关切；而庞德以西方中心为特征的文化立场与休斯以民族平等为旨归的文化立场之间的矛盾成为两者交流的掣肘。在一定意义上，庞德与休斯之间的文化交流揭示了美国现代主义运动背后主流作家与非裔作家之间的互动关系和不同文化潜流的融合与碰撞。孙冬（2018：210–216）在《种族冲突还是美学冲突？——以 2015 年美国当代诗坛两次风波为例谈"越界写作"》中深度分析了美国当代诗坛两次和种族身份与审美

第 5 章　英语诗歌文化研究的创新与实践

冲突相关的风波，阐释了多元文化背景下"越界写作"问题的伦理、审美与政治之间的关系等议题。虞又铭（2018a：250）在《论美国非裔诗人 C. S. 吉斯科姆的"拖延"诗学及其族裔诉求》中以吉斯科姆的创作为例，从其"拖延"这一诗学策略探讨诗人在族裔矛盾与冲突中的立场，认为吉斯科姆的"拖延"意在颠覆白人文化在文学及社会话语中的霸权，旨在推翻对黑人或少数族裔概念化的认识。该文认为，吉斯科姆的诗学实践回应了 20 世纪后半期以来诸多反对形而上学思维的哲学理念，同时有着鲜明的族裔政治关怀，形成了诗歌、哲学与政治之间的统一。他在《论当代美国少数族裔诗歌的世界主义迷误》（虞又铭，2018b：181）中，则分析了伊朗裔索尔玛兹·沙里夫（Solmaz Shari）、华裔白萱华等诗人在诗歌创作中以各自独特的艺术实践表达了超越族裔压迫与偏见的世界主义想象，作者认为他们的艺术创作和诗性想象寄托着融通族裔关系的世界主义追求，在情感表现上真挚而深厚，但未能与社会政治批判紧密结合，因而显得无力与脆弱。倪小山（2022：36）在《后现代非裔实验艺术家：克莱伦斯·梅杰简论》中综合评述了美国后现代非裔诗人克莱伦斯·梅杰（Clarence Major）诗歌创作的艺术实验，认为梅杰宣扬政治从属于美学标准，坚持艺术生成现实，而不是反映现实，艺术起到了指导现实的作用，其实验写作和文学跨界正是对这一诗学理念的践行。总体而言，中国学者关注美国族裔诗歌的政治与艺术关系，反映了中国学界已经完全摆脱了早期政治领先的话语模式和批评范式及其影响，开始以一种更加客观、科学、多元的立场进行族裔诗歌批评，更加接近美国族裔诗歌的创作实际。

在此意义上，中国进入新时代以来对美国族裔诗歌艺术形式的学术关注和文化阐释无疑是一个重要的学术突破。中国学者不再坚持此前的淡化诗歌文本探讨主题的路径，而是大胆地转向诗歌文本，将诗歌艺术形式本身作为社会文化力量展演和争斗的舞台，对族裔诗歌的语言、文体、声音与视觉等不同维度进行深度解读。例如，罗良功（2015：60）在《论美国非裔诗歌中的声音诗学》中以美国非裔诗歌文本中的声音为对象，探讨诗歌文本中的声音形态及其文本化、声音诗学的文化基础、文化意义和美学意义，指出声音诗学是美国非裔诗人自觉的艺术实践和社会实践的结果，既源于人类认知世界和自我表达的天性，又扎根于该民族的独特生存经历和文化土壤。声音诗学作为非裔诗人的民族文化选择和一种文化策略，主要服务于非裔民族的历史书写、民族认同、人性传达、民族文学建构；在美学层面上，声音诗学赋予美国非裔诗歌声音主导的文本品质和以直观性和感性为特性的审美体验。宋阳（2016a：49）在《论美国华裔诗歌的节奏操控》中从音步和断续的格律角度探讨了美国华裔诗歌中的节奏及其功能，认为通过控制音步、断续等因素的数量及位置，华裔诗歌常常具有吟唱族裔情感、讲述族裔故事的"黄色布鲁斯"的特征。他在《英语语法变异下的族裔主题前景化——论美国华裔诗歌中的字母大写逆用现象》（宋阳，2016b：46-53）中基于美国华裔诗歌中书写常规的语言变异这一语言文体特征阐释族裔主题。张文会（2017：47-51）在《乔伊·哈乔诗歌语言的内在力量》中从"语言与音乐融合的力量""语言与族裔身份融合的力量""语言与存在本真融合的力量"等三个维度剖析了美国本土裔女诗人乔伊·哈乔《每个人都有心痛：一曲布鲁斯》（*Everybody Has a Heartache: A Blues*）等诗集中诗歌语言的内在力量及其深厚的文化话语内涵。张琼（2019：130-139）在《东诗西渐：论美国当代本土裔诗人维兹诺的英语俳句》中以美国当代本土裔诗人维兹诺的诗歌为研究对象，从"维兹诺的俳句观""俳句与本土裔文化的合体""维兹诺英语俳句的独特性"三个方面阐释了维兹诺诗歌中的英语俳句，"分析其诗作中东西方文化和诗歌艺术的融合现象，并探讨俳句这一富有东方色彩的诗歌形式，是如何经过维兹诺跨语言、跨文化和跨艺术的处理，以独特的形式传递着当代美国本土裔（印第安）诗人对土地和传统的思考与情感"。在《美国当代犹太诗歌的个人方言书写》中，罗良功（2021：30）探讨了美国当代犹太诗歌中的个人方言书写。该文以金斯堡与惠特曼的大众现代主义、查尔斯·伯恩斯坦与庞德的现代主义之间的诗学对话为例，梳理美国当代犹太诗歌的诗学理论与实践，探讨美国当代犹太诗歌的个人方言诗歌，剖析当代犹太诗人们具有鲜明个性导向和意识形态内涵的非标准语言实践。李楚翘（2023：105）在《当代亚裔美国诗歌创伤书写之语言表征》中梳理了1970年至2020年的美国亚裔诗歌中创伤题材诗歌的叙述时态、书写格式和诗句形式三个方面的语言形式表征，论证了这些表征方式不仅与创伤的特点所重合，也与诗人的个人经历、祖居国的历史及与诗人族裔有关的战争

第 5 章　英语诗歌文化研究的创新与实践

与暴恐事件息息相关,更能邀请读者共同参与文本的建构,倾听和见证创伤事件。

新时代以来,中国在美国族裔诗歌研究方面开始摆脱单一作家或作家群的研究范式,开始注重综合研究,试图系统地阐释美国各族裔诗歌或构建美国族裔诗歌史的中国话语。例如,王卓(2015)在专著《多元文化视野中的美国族裔诗歌研究》中通过文本细读,对美国印第安诗歌、美国犹太诗歌、美国非裔诗歌和美国华裔诗歌进行了全面梳理和研究,揭示了多元文化历史话语体系中美国族裔诗歌的发展流变、基本特点、内在规律以及诗学理念;谭惠娟、罗良功等(2016)在专著《美国非裔作家论》中系统论述近 20 位美国非裔诗人,较全面地呈现出美国非裔诗歌发展的历史进程;宋阳(2018)在专著《华裔美国英语诗歌研究》中综合梳理了美国华裔诗歌中的发展历史、主题思想、艺术实验以及诗学观念;张琼(2021)在《生存抵抗之歌:当代美国本土裔(印第安)诗研究》中阐释了莫马迪、维兹诺、哈乔等九位当代美国本土裔诗人的诗作,揭示了美国印第安诗歌中深厚的历史文化底蕴、天人合一的自然生态观念以及对美国"主流"社会文化的大胆批判。

5.3　诗歌研究的伦理视角

文学伦理学批评自从 2004 年聂珍钊教授率先提出以来,得到了国内外学者的响应,不断发展成为中国原创性的、具有国际学术影响力的文学批评理论方法。作为以叙事文学为研究对象的文学批评理论方法,文学伦理学批评在 2010 年以来逐渐进入诗歌批评领域,强调对诗歌的叙事、形式、主题等进行伦理考察,旨在揭示诗歌作品在特定历史语境下所呈现的伦理样态与伦理观点、探析诗歌作品的伦理主题思想。从学术史视角看,文学伦理学批评理论方法对中国的英语诗歌研究产生了重要影响,为英语诗歌研究提供了新视角、新方法。

董洪川是国内最早自觉而旗帜鲜明地将文学伦理学批评理论方法引入诗歌批评的学者之一。他在论文《文学伦理学批评与英美现代主义诗歌研究》(董洪川,2014:34-39)直接呼应了聂珍钊教授关于文学伦理学批评理论的创建，探讨英美现代主义诗歌艺术创新的伦理动力与意义。作为 20 世纪上半叶英美诗歌主流，英美现代主义诗歌因其鲜明的形式创新而赢得文学界的好评，但是，从文学伦理学批评的视角对这一诗歌潮流进行考察鲜有成果。文章认为，文学伦理学批评不仅完全适用于英美现代主义诗歌研究，而且还是一个非常有价值的研究切入点；英美现代主义诗歌中包含有大量的关注社会道德与伦理的内容，其中最突出的至少有两点：一是揭露和鞭笞现代社会道德沦丧和伦理失序，二是试图通过伦理重建而拯救现代世界。文学伦理学批评为国内美国诗歌研究提供了新的理论视野和批评方法，许多学者纷纷采用文学伦理学批评方法或在该理论方法的启发下以伦理为视角对美国诗人的诗歌创作及诗学思想进行解读，主要聚焦于性别与家庭伦理、生态伦理、艺术伦理等方面。

性别与家庭伦理问题是英语诗歌研究的一个重要主题。例如，赵晶（2014：383-387）考察了艾略特《荒原》中的两性伦理，认为艾略特对不和谐婚内两性关系中的弱势女性表现出了同情，这一方面推翻了部分西方学者对艾略特漠视女性、甚至具有厌女倾向的批评，另一方面有助于全面分析艾略特诗歌的主题。张静、柳婧和刘娜以及曾巍等多位学者对普拉斯诗歌中的女性问题进行了伦理探究。张静、柳婧和刘娜（2015：174）认为普拉斯诗歌中的女性书写过分彰显了独立自我，这种自我最终导致了普拉斯母性道德情感的缺失，反映出西方以个人为中心的时代的精神危机。曾巍（2015a：59）则指出普拉斯对女性"闺范"的伦理思考呈现出线性发展的过程。早期普拉斯诗歌中的女性形象符合"闺范"要求，而在后期诗歌中，随着诗人自身女性经验的积累，试图否定早期"闺范"形象并对"闺范"所含的道德观念进行了反思。这种反思使普拉斯陷入伦理困境之中，"对旧的伦理秩序的反思让诗人在诗歌中发出反抗的声音，呼唤挣脱屈从，以'重生'解决伦理问题，推动社会道德观念的进步"。曾巍（2015b：78-85）的论文还将普拉斯诗歌中的女性伦理问题扩展到家庭生活之中，认为她表现出与家庭成员的伦理冲突：一方面，诗歌揭示出诗人在厄勒克特拉情结作用下陷入亲子关系的伦理困境；另一方面，诗歌通过诗人对丈夫的怨言反映出女性意识的觉醒，以及对女性在家庭中的伦理身份的批判性反思。薛文思（2023：82-87）

第 5 章 英语诗歌文化研究的创新与实践

研究了罗德（Audre Lorde）诗歌中的女性身体及身份伦理认同。文章分三个层次进行了探讨：由于身体和精神与母性能量的"失联"，诗人对母爱的渴望幻化为对母亲的爱欲；而因母亲本身同"家园"的联想，又将这种爱欲转化为对"家园"的向往；最后，诗人以其特有的同性恋视角和身体经验，将"家园"物化为女性躯体，而与女性的爱欲体验则成为这个局外人回归家园的一种方式，从而实现女性身份的伦理认同。文章基于此认为，诗歌中将女性的"自然身体"化为"伦理身体"，让女性身份碎片化的个体感受到了回归家园的安全感、实体感和归属感。由此可见，中国学界对性别伦理和家庭伦理的关注和探讨延展到不同种族和肤色的诗人。

生态伦理问题也是英语诗歌研究的重要主题。中国学者不仅探讨诗歌中的自然书写和生态伦理思想，而且将生态伦理与社会文化直接关联。例如，朱新福和林大江（2017：26-35）梳理了默温诗歌创作中的生态伦理和诗学伦理两条主线，认为默温诗内诗外的知行合一体现了他深刻的伦理操守：一方面，默温对"动物的沉默"的描写以及对动物独立价值的认同体现了他"反人类中心"的整体生态伦理立场；另一方面，在诗学伦理上，默温坚持诗歌是见证的艺术，诗歌形式是对一种听见当下生命经历的方式的见证。顾晓辉（2013：113）通过探讨摩尔诗歌中的伦理问题，认为她的诗歌创作体现了对基督教传统伦理观念的坚持、对现代社会道德堕落和陋习的批判。文章进而指出，在为人类寻找出路时，摩尔从自然中发现把握世界的方式，将动物作为人类的道德楷模，并贯彻文以载道的理念，在诗歌创作中力求开创一种美国式的写作传统，表达生活与现实的真谛。郑春晓和生安锋（2022：99-105）以英语诗歌中的植物书写为切入点，揭示现代人在家庭、宗教和生态三个维度的伦理冲突以及现代人在种种伦理困境中的挣扎求存，认为形色各异的植物书写也是表达诗人自我道德情感和伦理诉求的主要渠道。中国学者还从中美或东西对比的视角来讨论美国诗歌中的伦理问题。例如，蒋金运（2013：80）探究了北美华文诗歌中的中国生态伦理想象，认为北美华文诗人的中国生态伦理想象主要采用了乡愁式和信仰式两种话语模式以及再现、类比、创造三种话语组织策略，反映出他们在中西双重文化影响下有关自我与自然的思考。

此外，还有学者关注到英语诗歌中的政治伦理问题，并且对种族政治伦理表现出了空前的热情。例如，王卓、柏灵等人就美国诗歌所反映的种族政治伦理进行了探讨。王卓（2013：42）通过研读雷兹尼科夫的《大屠杀》、格罗斯曼（Allen Grossman）的《娼妓们的银钱》、罗森伯格（Jerome Rothenberg）的《大屠杀》，探究了后奥斯威辛美国犹太诗人的大屠杀书写。王卓认为，这三位秉承不同诗学理念的诗人，用迥异的方式操演了犹太大屠杀这个共同的主题，并最终归结到了一个深层次的共同思索，即后奥斯威辛犹太人意识形态的重塑；可以说，这是一次殊途同归的诗学建构和诗歌创作之旅，而这一旅程的终点就是大屠杀书写的伦理维度。柏灵（2013：62）在文章中讨论了沃伦的长诗《恶龙的兄弟》中的美国南方白人身份意识以及利尔伯恩的身份危机和伦理选择。柏灵认为，在南方白人身份意识的影响下，利尔伯恩面对来自黑奴的反抗做出了杀死约翰以维护自己奴隶主身份的伦理选择，而美国总统杰弗逊对利尔伯恩事件以及南方白人的身份意识进行了批判。

中国学者还关注英语诗歌对传统与现代伦理观念的碰撞与遭遇。董洪川、李应雪、蔡培琳、于程、黄昊文等学者聚焦于庞德、艾略特、弗洛斯特等现代主义诗人及其作品，探讨了他们诗歌创作反映的现代与传统伦理观念碰撞的思考。李应雪（2012：30）在研究弗洛斯特及其诗歌创作时认为，"平衡伦理"是弗罗斯特主要的伦理立场，既体现在传统宗教与现代人的生存问题上，也体现在自我存在和个人义务问题上，同时就性别问题而言还体现在女性欲望和男性理性的结合。文章指出，这种在传统伦理和现代伦理之间缔造的中庸理念，提供给现代人遭遇存在困境和价值抉择时的多种伦理选择，为理解和解决现代人多重的存在问题构建出多元化的选择策略体系。蔡培琳通过考察弗罗斯特三首诗中的劳动书写，主要探索了弗罗斯特诗歌中具体的劳动道德伦理。蔡培琳（2023：109-117）认为，《花丛》从单独劳动的视角书写劳动者在其劳动过程中的伦理意识关乎善的传递和共同体的延续，《规矩》从共同劳动的视角书写道德规矩在维系和谐劳动关系中的重要性，《雇工之死》揭示了劳动与尊严以及在雇佣关系中人道主义和道德想象力的重要性——这些诗篇建构了弗罗斯特劳动伦理观，表达了诗人对普通劳动者的同情与尊重。于程和黄昊文（2022：69-72）则从伦理境遇、伦理冲

第 5 章　英语诗歌文化研究的创新与实践

突和伦理沦丧等方面探究了艾略特《荒原》中所展现的西方现代人的精神世界，认为现代人理想破灭、伦理身份认知的缺失、道德失衡、伦理沦丧等正是因为人类信仰的缺失，人类只有认清自我的伦理身份、做出合适的伦理选择才能拯救自我，推动和谐社会的发展。

　　值得特别关注的是，进入新时代以来，中国学者更加关注英语诗歌研究的艺术伦理，即诗歌艺术的伦理维度。学者们通过考察诗歌艺术，努力探讨其中的伦理意义。伦理是文学的一个本质问题，诗歌与其他文学样式一样依赖于由文字构成的文本实现伦理表达，但是作为一种特殊的语言艺术，诗歌的伦理表达比其他叙事性文学体裁更多地借助超越文字文本的艺术形式，包括文字文本的内部建构策略与技巧、以及文字文本的外部形塑媒介与机制（如声音、视像等）。对于以激进的艺术实验和形式创新为特征的20世纪美国诗歌而言，诗歌形式被自觉或不自觉地赋予了更加丰富的意义内涵和意义建构功能。诗歌形式不仅仅是诗歌语言的编码形态和意义的承载方式，而且也是一种与文字文本相呼应的形式语言，参与了整个诗歌文本的意义建构，与诗歌文字承载的意义形成对话或补充。因而，20世纪美国诗歌的艺术形式具有丰富的伦理内涵和巨大的解读空间，是全面、准确地解读诗歌意义（包括诗歌伦理意义）的不可忽略的重要方面。诗歌艺术形式既与文字文本密切关联，通过两者之间的契合、距离或对峙张力来表达诗歌作品的真实伦理意图和思想；又与其他文学（诗歌）文本构成伦理对话，将作品的伦理意图与思想置于文学传统和文化传统的语境之下，从而赋予该作品以更深广的伦理意义。20世纪美国现代派、垮掉派、自白派、语言派诗歌以及女性诗歌和族裔诗歌等都提供了诗歌形式作为伦理表达的典型案例。例如，倪志娟（2016：45）在《玛丽安·摩尔的书写策略及其性别伦理》一文中，通过探讨美国诗人摩尔的诗歌艺术，认为摩尔诗歌中的书写策略正指示了其性别伦理立场，其中回避自我经验的书写体现了她中性的立场，而独特的音节形式和排列形式以及矛盾修辞法、并置手法和拼贴似的"引用"法则体现了诗人多元性与包容性的伦理立场。文章指出，诗人通过营造宏大的文化语境，彰显了一个女性诗人所可能抵达的最远距离，并且通过独特的诗歌风格修正了既有的诗歌传统。何庆机（2022：47）在论文《凝视拒抗与画诗观看：玛丽安·摩尔画诗抽象的伦理维度》

则认为，摩尔的画诗通过解剖（dissect）手法，解构了传统男性的女性形象，达到了拒抗男性凝视的目的，又以蒙太奇式的观看方式拒抗传统男性画诗的凝视。文章认为，摩尔画诗的观看模式是非掠夺性观看，激进而不极端：既非传统男权主义，也非激进女权主义。中国学者们对艺术形式的伦理价值和意义的挖掘，不仅揭示了美国诗歌艺术创新的一个潜在动力，也为诗歌艺术研究提供了新的视角和范式。

5.4 诗歌研究的中外互鉴视角

进入新时代以来，中外互鉴成为中国英语诗歌研究的重要视角。本节以美国诗歌研究为例加以论述。中国学者在美国诗歌研究方面越来越关注中美诗歌互动互鉴及其反映的中美文化交流互鉴，从而凸显了这一时期美国诗歌研究的中美互鉴视角。中美互鉴视角作为新时代美国诗歌研究的一大特色，其原因众多，其中两个主要原因是：一、中国文化自信进一步增强，中国学术逐渐以文化自信的姿态去挖掘长期被淹没的文化交流史以及中国文化对世界的贡献、以平视的视角去审视和思考中国与美国诗歌之间的关系；二、立足中国的科研立场和构建中国自主知识体系的时代需要，引领中国学术视野更多关注基于中国的学术创新。中美互鉴视角一方面引领中国学者发掘和重审中美诗歌艺术和文化交流，另一方面促进中国学者加强中美诗歌平行研究、相互观照借鉴，深化美国诗歌研究，推动中国学术话语建构和文化建设。

5.4.1 中国文化对美国诗歌的影响

中国文化对美国诗歌的影响始于19世纪末期20世纪初期。百余年来，中国文化如何丰富和影响美国现代诗歌，是一个值得探究的学术问题，但直到21世纪之初，尤其是进入新时代以来的十余年间，这一问题才成为中国学界的研究热点。进入新时代以来，中国学术界关于中国文化对美国诗歌影响的研究成为最重要的主题，无论在学术成果的数量还是质量上都彰显出前所未有的活力。一方面，此前已经得到中国学

第 5 章　英语诗歌文化研究的创新与实践

者关注的课题（如中国文化对庞德、斯奈德等人的影响）在新时代得到了更加系统的研究；另一方面，此前没有得到中国学界足够关注的领域在新时代得到了拓展，部分领域的学术研究取得重大的突破和长足的发展。

首先，中国对美国现代主义诗歌影响的研究是这一时期取得突破的学术领域之一。20 世纪末期以来，中国学者不断推进这一问题的探讨，蒋洪新、董洪川、张子清、赵毅衡、钱兆明、高奋等学者从多方面开展相关研究；进入新时代以来，中国文化对美国现代主义诗歌影响的研究进入了一个新时期。正如钱兆明先生（2023）在《跨越与创新：西方现代主义的东方元素》的"绪论"开篇所说，

> 东方文化如何丰富了西方现代文学的内涵？东西交流如何促进了西方现代诗歌的发展？上世纪 70 至 80 年代，赵毅衡先生率先攻研这一课题。他的《诗神远游——中国如何改变了美国现代诗》（1985）有厚实的第一手文献、令人信服的评论，为认知中国文化在美国现代诗史中的地位做出了卓著的贡献。1996 年、2004 年和 2010 年，美国耶鲁大学、英国剑桥大学和我国浙江大学等高校先后举办了三届现代主义与东方文化国际学术研讨会。从第三届现代主义与东方文化国际学术研讨会精选的英文和中文论文分别在拙编《现代主义与东方》（*Modernism and the Orient*, 2012）和高奋教授主编的《现代主义与东方文化》（2012）中刊出。2013 年，增订版《诗神远游》面世。有学者称，第三届现代主义与东方文化国际学术研讨会，汇同其后出版或再版的文献，使现代主义与东方文化研究成为当代显学。

钱先生提纲挈领地勾勒出中国对美国现代主义诗歌影响研究的发展历程，也清晰地凸显了这一领域在新时代的学术地位。事实上，进入新时代以来，中国对美国现代主义诗歌影响研究不仅取得了丰硕的、富有建设性的成果，而且还呈现出两大主要特点：一是研究方法的创新，二是研究的体系化和纵深化。

研究方法的创新主要表现在视野的拓展与方法的多元上。关于中国对美国现代主义诗歌影响研究的视野已经不局限于史实考证和文本比

较，而是将它纳入诸多更大的格局和领域之中。首先，这一影响研究被更多学者纳入翻译与传播研究的框架之中。例如，龚帆元的《试论中国古典诗歌对庞德诗歌创作与翻译的影响》、章艳的《翻译之后——美国现代诗人对中国古典诗歌的点化》、魏家海的《王红公汉诗英译的文化诗性融合与流变》、许明的《加里·斯奈德英译寒山诗底本之考证》都从翻译与传播的视角探讨了中国文化和诗歌传统对美国现代主义诗歌的影响；罗良功的《中国与兰斯顿·休斯诗歌的中国想象》（英文）、张剑的《〈北京即兴〉、东方与抗议文化：解读艾伦·金斯堡的"中国作品"》等论文从中国社会文化现实的视角来观察中国对美国现代主义诗人的影响。钱兆明、欧荣等人则将中国对美国现代主义诗歌的影响研究置于世界文化交流和20世纪以来世界现代主义发展的大格局之中进行研究，钱兆明还将它"纳入21世纪现代主义研究"。钱兆明的《跨越与创新：西方现代主义的东方元素》、欧荣等人的《语词博物馆：欧美跨艺术诗学研究》等都充分体现这一特点。此外，学者们还聚焦于具体的诗学问题来探讨中国文化对美国现代主义诗歌的影响，如顾明栋的《视觉诗学：英美现代派诗歌获自中国古诗的美学启示》即是如此。这一时期的研究在继承传统研究方法的同时，还将新的批评理论和方法应用于中国对美国现代主义诗歌影响的研究之中。例如，钱兆明、欧荣等人倡导并实践的跨艺术研究、跨媒介研究，以及众多学者运用跨学科方法开展研究，促进了研究的纵深和开阔。

研究的体系化和纵深化是这一时期中国对美国现代主义诗歌影响研究的突出特点。中国学界对涉及经典现代主义诗人的影响研究逐渐在先前零散研究的基础上聚合和提升为体系化研究。庞德、斯奈德、金斯堡等诗人接受中国影响的研究都反映出这一特点。其中，庞德研究就是一个典型案例。20世纪后半叶和21世纪之初，中国学界对庞德接受中国影响的研究已经产生了一些成果，其中以论文为主，专著不多且只是偶尔论及。进入新时代以来，中国出版了多部庞德研究专著，包括蒋洪新的《庞德研究》（上海外语教育出版社，2014）、蒋洪新、郑燕虹的《庞德学术史研究》（译林出版社，2014）、朱伊革的《跨越界限：庞德诗歌创作研究》（上海三联书店，2014）、陶乃侃的《庞德与中国文化》（首都师范大学出版社，2020）、钱兆明的《中国才俊与庞德》（中央编译

第 5 章 英语诗歌文化研究的创新与实践

出版社,2015)等。这些专著或以专节形式在庞德的思想体系或文学生涯中探讨庞德对中国文化影响的接受,或专题研究庞德对中国文化影响的接受问题。陶乃侃的《庞德与中国文化》沿着中国传统诗学和儒学两条思路,探讨中国传统文化对庞德及其现代主义诗学的影响与意义。该书分五章,特别考察了此前关于庞德研究中没有得到足够重视的问题,如庞德的比较诗学、中国文化影响的生成及其发生点、庞德选译《中国诗集》的真实标准和动机、庞德对中国诗律的拒绝与改造、乐府诗与西方叙事诗的内在关系、费氏遗稿及其译介影响的实质意义、《诗章》叙事模式和集合模式的建构、儒家伦理母题的生成及其建构、《诗章》儒学题旨的显隐表现、"潇湘八景"和山水诗对庞德创作的影响等。该书由此论证中国传统文化对庞德的创作、诗学、审美、伦理、信念、思想的影响,认为一方面,中国传统文化刺激、影响了庞德现代主义诗学的建构;另一方面,庞德基于中国影响的创作实践又为中国文化遗产输入了时代气息和新的生命,使其得以在域外的现代文学话语中流传。

钱兆明的《中华才俊与庞德》则专题探讨了庞德曾结识八位中国学者(即钱兆明先生后来所称的"相关文化圈内人")所代表的中国因素对庞德的诗学观念和诗歌创作所施加的直接影响。该著作通过梳理和挖掘庞德如何在与曾国藩曾孙女、教育家曾宝荪,钱锺书密友、哈佛学者方志彤,新儒学大师张君劢,通晓纳西文化的美籍丽江人方宝贤等中国友人结识和交往的过程中获得中国文化补益、并融入自己的诗学思想和诗歌创作之中。著作分八章,分别探讨宋发祥对庞德早年的儒家思想启蒙、曾宝荪对庞德《七湖诗章》("Seven Lakes Canto")中潇湘八景的创作影响、杨凤岐与庞德的争论与合作、方志彤和庞德《诗章》中《尚书》《孟子》引述与应和、张君劢对庞德还儒归孔接受新儒学的影响、王燊甫对《圣谕广训》进入庞德《诗章》的影响、赵自强对《管子》进入庞德《诗章》的影响、方宝贤及其纳西文化对庞德《诗章》的影响。总体而言,《中华才俊与庞德》在一定程度上厘清了庞德与中国友人之间被遗忘的跨文化交流史,实现了"理清庞德探索、吸收中华文化的全过程"的目的,揭示了中华才俊在西方现代主义发展中所起的作用以及他们对东西方文化交流所做的贡献。

中国对美国现代主义诗歌影响研究走向纵深表现在两个方面：一是基于独特视角和问题考察的纵深，一是基于体系化的纵深。钱兆明聚焦于"相关文化圈内人"探讨中国文化对美国现代主义诗歌的影响，从一个视角出发，逐渐拓展为一片具有深度的学术领域。他在《跨越与创新：西方现代主义的东方元素》一书中，将早期研究庞德与中国文化圈内人结识与交往的视角扩展到摩尔、威廉斯、斯奈德等其他现代主义诗人，以此探讨他们与中国文化圈内人交往如何影响其诗学观念和诗歌创作，呈现了一道既开阔又深邃的文化景观。例如，钱兆明通过王燊甫与威廉斯的交往，揭示出威廉斯晚期诗歌转型的深层原因。1957年9月，王燊甫致信威廉斯，提议合译汉诗，并于1958年1月到威廉斯家中讲解王维《鹿柴》和《山中送别》两首绝句。他录下这两首绝句，并在每行诗下注上英语对应词，朗诵原诗，并逐一讲解，他特别运用中国"阴阳说"的理念阐释了《鹿柴》第三行"返影"与"深林"似乎矛盾的叠加背后深邃的禅意，使得威廉斯茅塞顿开，促进了威廉斯在20世纪60年代初回归并创新他早年的非人格化立体短诗。钱兆明也论及摩尔与美籍华裔画家兼作家施美美（1909—1992）的交流与互动对其诗歌创作的影响。她们之间并没有跟摩尔合作翻译或写诗，但是十多年频繁的通信和互访，以及摩尔阅读施美美的美学论著《绘画之道》，对晚年摩尔产生了重要影响，使她对中国的"道"有了新的理解，并借鉴《绘画之道》对老庄"无己"理念的阐释，拒斥战后美国诗歌创作中的"我执"倾向，写出了多首赞美"道"的精神、精炼含蓄的现代主义诗歌，其中诗集《啊，化作一条龙》《告诉我，告诉我》都是摩尔与施美美交往的产物，她还称施美美为"龙的天使"。

新时代中国学界关于中国对美国现代主义诗歌影响的研究走向了基于体系化的纵深。学者们出于梳理和建构学术话语体系、开创新的学术领域的目的，在大的体系格局之中开展纵深推进。赵毅衡先生于2013年再版的《诗神远游：中国如何改变了美国现代诗》在1983年版的基础上进行了大量的补充和修订，基于"中国影响美国现代诗"的基本假设，系统梳理并阐释中国对美国诗歌的影响。该书分为三章，包括"现代美国的'中国诗群'""影响的中介""影响的诗学与诗学的影响"，系统而深刻地探讨了诸多鲜有论及的问题，如1910年前美国诗歌中的中国；

第5章　英语诗歌文化研究的创新与实践

新诗运动的"中国热",论及庞德、艾米·洛威尔、弗莱契（John Gould Fletcher）、林赛、史蒂文斯、马斯特斯（Edgar Lee Masters）、桑德堡、艾略特等对中国文化的接触与接受,以及威廉斯、王红公（Kenneth Rexroth）、艾肯（Conrad Aiken）、麦克娄（Jackson MacLow）、勃莱、詹姆斯·赖特、巴里·吉福德、海因斯（John Haines）、斯奈德等当代诗人与中国的文化接触和互动;传教、辛亥革命、第一次世界大战及巴黎和会等非文学性的影响中介;20世纪以来米莱（Edna St. Vincent Millay）、兰斯顿·休斯、巴恩斯通（Willis Barnstone）、金斯堡等美国诗人访华;美国诗人与在美华人的交流与接触,如罗厄尔与赵元任、宾纳与江亢虎（Kiang Kang-fu）;美国华裔诗坛作为中国影响或中国媒介,如林永得（Wing Tek Lum）、陈美玲、施家彰、李力扬等;中国美术对美国诗歌的影响;中国诗译介的影响;中国风对美国诗歌的影响;中国格律诗形式与诗学对美国诗歌的影响,如中国诗的文字、节奏、句法、结构、文体对庞德、韦利、洛厄尔等人以及美国"汉字诗学""意象主义""反象征主义"观念和流派的影响;中国释道儒思想文化对美国诗歌的精神思想和艺术形式的影响等。该著作上溯至19世纪、下及当代,系统考察中国对美国诗歌的影响,形成了中国诗学、哲学、宗教是美国诗歌现代转型关键影响的观点,富有革命性和思想洞见。

另一个案例是钱兆明先生的《跨越与创新：西方现代主义的东方元素》。该著作将东方元素置于整个西方现代主义框架之下,将西方现代主义创造性地延展为"鼎盛期"现代主义（20世纪上半叶）、后期现代主义（20世纪中后期）、21世纪现代主义,将现代主义辐射到文学、绘画、影视、戏剧、建筑等不同艺术形式,在这一复杂的体系之下运用跨艺术跨媒介研究方法考察中国元素与美国现代主义诗歌的关系。该专著论述了史蒂文斯、威廉斯、庞德、摩尔、斯奈德等现当代诗人,探讨了诸多具有开创意义的学术问题,如史蒂文斯受到中国文化影响而创作的文人山水诗《六帧意义深远的风景图》及其艺格符换诗学艺术、受禅宗触发而创作的禅诗《十三个角度观黑鸟》和《雪人》及其禅意诗学观;威廉斯早年受白居易等唐诗风格影响而创作的"立体短诗"及其绝句格局和东方美学观、晚年受到王燊甫影响而摆脱创作焦虑重归早年非人格化立体短诗的艺术转型、深受唐诗和东方绘画影响的反象征派现代主义作品《勃鲁盖尔诗画集》；庞德的"潇湘八景诗"与其背后的湖湘文化圈内人、《诗章·御座篇》中丽江书写和象形文字诗学与纳西文化圈内人；摩尔的中国文化情结与中国艺术接触与想象，摩尔的艺格符换诗歌创作与中国文化圈内人；斯奈德禅诗与禅门公案、禅画诗《山河无尽》及其禅宗美学。该著作关于美国现代主义诗歌中的中国元素论述体系宏大、层次丰富、以小观大、见微知著，富有创建和深度，代表着新时代中国影响美国现代主义诗歌研究领域的新发展。

在中国文化影响美国现代主义诗人的研究方面，其他学者也做出了新的贡献。如章艳（2016：189-199）在《翻译之后：美国现代诗人对中国古典诗歌的点化》一文中，以卡洛琳·凯瑟和雷克思罗斯（王红公）为例，剖析美国诗人在模仿和化用中国古诗进行创作过程中对中国古典诗歌的"点化"，探讨了中国古诗在英语世界的接受和传播方式，从而折射出20世纪初以来中国古典诗歌的英译以及美国现代诗人对中国古典诗歌的模仿对美国现代主义诗歌的影响。王金娥（2020：36-43）在《查尔斯·赖特诗集〈奇克莫加〉中的中国唐诗》一文中，考察了赖特以顿呼、直引、戏仿等手法建立起与唐诗的显性互文以及以绘画为媒介的隐性互文，认为诗人借此实现了与唐诗在视觉文本层面的融通以及借自然景物观照内心风景、形成的生命观与诗学意境的高度默契。

许多学者特别关注中国诗歌对美国现代主义诗歌艺术影响的研究，产生了丰硕的成果。例如，顾明栋（2012：42）在《视觉诗学：英美现代派诗歌获自中国古诗的美学启示》中，通过考察20世纪上半叶英美现代诗与中国古诗之间进行的诗学对话以及由此反映出美国诗界费诺罗萨的诗学观点（尤其是汉字汉诗的视觉特征及其诗学意义）的不同态度，从视觉美学的角度研究汉诗对英美诗歌的美学影响，认为英美现代派诗人从中国古诗获得的是一种堪称视觉诗学的美学启示。文章认为，这种诗学表面上以视觉感知为特征，但其深层结构触及诗性无意识，直指诗歌之源，因而能够超越不同文学传统、促成中国古诗与英美现代派诗歌的成功对话，并对建立跨文化诗学有启迪作用。高照成、方汉文（2016：113-119）在《玛丽安·摩尔诗歌中的中国文化意象》一文中考察了摩尔对中国传统诗歌的借鉴和模仿，认为摩尔一方面通过借鉴中国诗歌中

第5章　英语诗歌文化研究的创新与实践

诗文书画一体的独特视觉意象以及"诗乐同源"的总体审美原则，拓展了美国现代诗歌的艺术疆域。

还有学者关注中国传统文化和传统诗学对美国诗学观念的影响。例如，谭琼琳（2022：14-31）在《伐柯之斧：美国现代诗中的革新章法与文化传承之斧》中，基于中美诗学各自传统中的斧意象，从源头上探讨"伐柯之斧""伐柯其则"这类中国文化概念隐喻在美国现代诗中所引发的深层变革原因，以及在诗歌创作中的改写现象及符号适应性。谭琼琳（2020：180）在另一篇论文《中国禅画在美国现当代诗歌中的调适研究》中探讨美国现当代诗人是如何吸纳中国禅画时空一体、物我不二和虚实相生等特性，解构西方哲学所蕴含的二元对立思想，从而达到有效调适的审美愉悦目的。张子清（2016：1-13）在《美国禅诗》一文中，通过分析寒山、李白、杜甫、王维等诗人的诗歌作品对美国禅宗诗歌的影响，梳理了美国禅宗诗歌及其诗学观念的缘起与发展流变。郭英杰（2015：36）在《1919—1949年美国诗歌对中国诗歌的互文与戏仿》一文中，则从互文与戏仿的视角对1919—1949年美国诗歌和中国诗歌的关系进行考察，发现这一时期美国诗歌对中国诗歌的互文与戏仿具有丰富的意义，认为戏仿中国古诗成为美国新诗诗人与学院派诗人抗衡的重要途径，中国诗歌使美国诗歌的发展走向多元。冯溢（2022：1-13）以访谈的形式重点探讨了伯恩斯坦诗歌之中国道禅哲学与回声诗学的微妙关系，以及他的诗歌中虚、空、噪、寂的多重内涵。

美国华裔诗人与中国文化关系的探究也是新时代中国学界关注的热点之一。张跃军、蒲若茜、张春敏、张子清等学者从不同角度探讨了李力扬、陈美玲、施家彰、姚强等美国华裔诗人与中国社会文化的关系，探讨美国华裔诗人如何在与中国文化进行互动的基础上进行诗学观念和艺术塑造。例如，蒲若茜、李卉芳（2014：158-170）在《华裔美国诗歌与中国古诗之互文关系探微——以陈美玲诗作为例》中，探讨了华裔诗人陈美玲的诗歌与中国古典诗歌的互文关系，指出陈美玲通过引用、戏仿、翻译中国古诗建立的双语互文，反映出诗人同时与文化故国和在地国进行的文学和文化对话，并以陈美玲为例，揭示出美国华裔诗人与中国文化之间实时动态的文化对话以及文化身份思考。

5.4.2 美国诗歌对中国诗歌的影响

20世纪以来的百余年间,美国诗歌对中国诗歌的影响是一个具有极强复杂性和持续开放性的学术问题,在全球化和逆全球化相互激荡的新世纪,这个问题不仅具有中国价值,而且也具有世界意义。新时代中国学界在这一领域的研究尽管还有很多有待深化和拓展的方面,但已经取得丰硕成果,且研究视野得到很大拓展,不再像此前重点关注20世纪上半叶中国诗歌(特别是具有代表性的个体诗人)对美国诗歌影响的接受,而是将学术视线投射到整个接受史、覆盖了从20世纪初到当代的中国诗歌。

王东风在新时代发表了一系列论文,专题研究五四运动时期美国诗歌对中国诗歌的影响。他承认包括美国诗歌在内的西方诗歌对中国诗歌革命的影响,但进行了大胆的反思。他与文册(2015:24-31)联合署名发表的论文《五四时期的西诗汉译》追踪了开展西诗汉译活动最活跃、影响最大或最具特色的刊物、社团及主要译者,勾勒出五四时期西诗汉译的大体轮廓及其活动特点。在另一篇单独署名的论文《被操纵的西诗、被误导的新诗——从诗学和文化角度反思五四初期西诗汉译对新诗运动的影响》中,王东风(2016:25-31)评估了五四初期的诗歌翻译对中国白话新诗的影响,强调以自由体为特征的新诗出现之前的诗歌翻译,原文多是西方的格律诗,但在新文化运动之初,被故意地译成了自由体,新诗正是受此影响而发生。王东风对五四时期的西诗汉译保持着理性的冷静。他在论文《五四初期西诗汉译的六个误区及其对中国新诗的误导》中,从理念、语言、语体、体裁、诗律和功能六个方面对五四初期的西诗汉译进行梳理和分析,认为当时的译本基本上都被译者做了手脚,以至于最终形成的译本并没有体现西方诗歌的诗体特征,而如果西方诗歌的影响就是通过这样的译本来实现的,那么新诗是受西方诗歌影响的定论就值得怀疑。他进而指出,"当时的翻译决策存在着一系列值得商榷的地方,而正是这些因素,不仅决定了当时译文的诗学形态,也定义了新诗的构型特征和发展方向"(王东风,2015:218-237)。他在《历史拐点处别样的风景:诗歌翻译在中国新诗形成期所起的作用再探》一文中通过考证发现,白话新诗实际上在白话自由体的诗歌翻译之前就

第 5 章　英语诗歌文化研究的创新与实践

已经出现了，而在白话新诗产生之后，由于诗歌翻译界采用了"废律"的翻译方法，因此西方诗歌的诗体在翻译中遭到了系统性的破坏，不同的诗体都被译成了分行散文体。由此，文章进一步指出，白话新诗并非是在西方诗歌的影响下发生的，相反，正是在胡适的"八不主义"思想及其白话新诗创作的双重作用下，中国诗歌翻译的传统才在白话新诗出现之后由旧诗化翻译的传统迅速转向了白话自由诗体的翻译（王东风，2019：151-167）。王东风的上述论述并非否定西诗及西诗汉译为中国诗歌革命的发生所发挥的作用，而是强调中国自身的文化变革才是五四时期中国诗歌革命的根本动因。这一观点无疑是具有革命性的，不仅还原了历史的真实，而且为学界研究中国新文化运动和中外文学关系提供了新的方向。

　　台湾诗歌在中国诗歌框架下得到研究，大陆学者也开始关注和研究台湾诗人对美国诗歌影响的接受。例如，梁新军（2021：94）在《余光中诗歌对英诗的接受》一文中，从形式、内容上对余光中的诗歌作了分析，发现他的诗歌对英诗有大量的接受，这源自诗人早年特别是留学美国对英语诗歌的接受，特别是他对英语诗歌的翻译。文章认为，诗人早期受英诗启发而创作的大量格律诗推进了他对新诗的格律探索，而他诗歌中借自英诗的长句法也富于创造性，而"古风加无韵体"的形式，凸显了其诗中西合璧的独特风貌。

　　进入新时代以来，中国学者特别关注中国当代作家与国外文学的关系，产生了为数不少的研究美国诗歌对中国当代诗歌影响的学术研究成果。例如，邵波（2022：61）在《西方诗歌的摆渡者——中国 20 世纪 60 年代出生诗人的诗歌翻译研究》一文中考察了出生于 20 世纪 60 年代的中国诗人与国外诗歌的关系，发现这一代出生于特定历史时期的诗人凭借改革开放后的外语学习、诗学积淀和创作经验，成为国外诗歌输入中国的主要译介力量，并通过译诗与国外当代诗坛保持了良性的互动关系。文章认为，这一代诗人正是通过对外国诗歌的译介、借鉴、吸收了世界诗歌的精华，将译诗与创作巧妙地缝合起来，创造出了中西合璧的艺术佳作，成为当代诗坛的重要力量。彭英龙（2021：159）则在《秩序的偏移——张枣与史蒂文斯的诗学对话》一文中，为邵波的论述提供了一个重要案例。该文专题探讨了 60 年代出生的当代著名诗人张枣与史蒂文斯的诗学对话。作为诗人和诗歌翻译家，张枣翻译了史蒂文斯的不少诗作，在创作上也受其影响。张枣的翻译在一些关键之处偏移了史蒂文斯的原诗，而向史蒂文斯致敬的诗作也并没有追求与史蒂文斯完全一致，而是刻意作了调整改造。文章认为，这其中的根本原因在于张枣将中国传统文化的某些要素吸收到其诗学里，从而对史蒂文斯的诗学作了中国化的改造。张枣的案例在一定程度上反映了中国当代诗人在接受和吸收外来养分时，始终坚持中国文化传统和美学路线的本土立场。

当然，美国诗歌影响中国诗歌的研究还有很多有待进一步加强和深入的方面，如系统研究不够、当代研究不足、当下中美诗歌互动多但学术研究没有跟上，这些既反映了中国学术研究自身存在的问题，也反映出在强调中国文化"走出去"和中国文化自主性的当今，诗歌研究的阶段性学术重心暂时没有放在中国诗歌对外来影响的接受上。

5.4.3　中美诗歌平行研究

进入新时代以来，中国与世界文化交流日益频繁，促进了中国学界对中美诗歌之间的平行研究。这里所说的平行研究，一方面指中国学者推动和研究中美诗人在同一时空中的平等对话与交流，同时也指比较文学意义上的平行研究，即对不同时空中没有交集的中美诗人或诗歌作品进行比较研究。

基于中美诗人在同一时空平等对话交流的研究与 21 世纪以来中美文化交流的文学现实活动相关。中美诗人互访频繁，促进了这一领域的学术关注。例如，2018 年 12 月 8 日，作为华中师范大学主办的第七届中美诗歌诗学国际学术研讨会的一个环节，罗良功邀请美国普利策诗歌奖得主泰辛巴·杰斯与中国鲁迅文学奖得主、诗人张执浩进行对话。罗良功主持对话，并就诗歌与历史、诗歌的声音、语言实验等方面对两位诗人提问。两位诗人从各自的诗歌创作立场、文化语境、美学实践出发，对诗歌与历史和传统的关系、诗歌声音与个性和集体性、诗歌语言的诗性与实验性阐述了自己的观点和主张，充分展现出中美当代中坚诗人的对话与交流。2017 年在昆明召开的中美诗歌与诗学协会第六届年会上，

第 5 章 英语诗歌文化研究的创新与实践

郝桂莲主持了中国著名诗人于坚与玛乔瑞·帕洛夫的对话。双方就于坚的诗歌与美国语言派诗歌的比较、于坚诗歌的中国特质和个人气质如何在美国得到翻译与接受等问题进行了平等交流，为中美诗歌比较、互鉴、传播提供了启迪。

近十年来，中国学者继承了此前平行研究的比较文学研究方法，将诗人和作品进行平行比较。周芸芳（2017：232-244）在《阿库乌雾和谢尔曼·阿莱克西诗歌主题的现代转换探究》中从"原住民身份""原始宗教"和"生态理念"三个方面对中国彝族诗人阿库乌雾和美国印第安诗人谢尔曼·阿莱克西的诗歌主题进行对比研究，揭示了族裔文学与文化的现代转换，认为他们的诗歌创作并不是简单地激活传统文化的生命力，而是融合了现代生存环境、文化语境和思想理念，把本族文学和文化推向新的阶段，真正实现了现代转换。李章斌（2013：108-118）在《永恒的"现在"与光明的"未来"——艾略特与唐祈诗歌中的"时间"之比较》一文比较了诗人唐祈与艾略特的"时间"，认为虽然唐祈的《时间与旗》模仿了艾略特关于"时间"的一些表现手法，但是表现出一种与艾略特有别的时间观，蕴含了自身的民族认同和历史记忆。

总体而言，新时代中国学界在中美诗歌互鉴研究上体现出更加开放的学术视野和文化格局，同时也表现出更加鲜明的中国文化立场和中国自主话语体系建构的目标，在很大程度上也折射出新时代中国英语诗歌研究的文化风貌和定位。尽管还有诸多不足或尚待深入的研究课题，但新时代的学术成果所显示出来的格局和气派，足以成为中国学术未来发展的有力支撑。

第 6 章
英语诗歌研究的平台机制自主建设与发展

6.1 引言

改革开放以来,特别是在全球化推动之下,中国学术对外交流日益频繁,中外人文交流更加密切,中国人文学科学术环境得到了根本性改善。进入新时代以来,中国的英语诗歌研究环境和条件得到了前所未有的优化。首先,中国学者可以更加便利地获得国际优质学术资源、利用国外学术平台,推动诗歌研究。其次,中外诗歌交流形式更加多元、渠道更加畅通,中外诗人互访互动、诗歌互译互鉴,成为新时代中国学界研究英语诗歌的重要助力。第三,中国不仅主动与国际学界开展合作,建立学术交流平台,还自主建立与英语诗歌研究相关的学术交流平台和机制,促进诗歌交流和诗歌研究。第四,中国建立了众多可资助英语诗歌研究的资源平台和支持机制,促进了中国的英语诗歌研究和自主学术话语体系建设。

6.2 国际诗歌研究与交流平台的自主建设与发展

21 世纪以来,中国学术界在国外诗歌研究领域更加活跃、更加自信,与国内外交流日趋频繁,多个学术组织和学术交流平台相继成立,在 21 世纪的英语诗歌研究中发挥了重要的作用。

6.2.1 中美诗歌诗学协会

"中美诗歌诗学协会"（Chinese/American Association for Poetry and Poetics，简称 CAAP）是由中国学者聂珍钊与美国学者玛乔瑞·帕洛夫、查尔斯·伯恩斯坦联合发起成立的一个致力于诗歌创作和诗学研究的非盈利性国际学术组织，于 2008 年 1 月在中国华中师范大学、美国宾夕法尼亚大学同时宣布成立，挂靠宾夕法尼亚大学。该协会以北美诗歌在中国的译介和研究、中国诗歌在美国的译介和研究以及两者在全球语境下的研究为重点，力求通过诗歌和诗学理论的研究、交流和译介，促进中美诗歌创作与学术研究的繁荣。"中美诗歌诗学协会"不仅致力于诗歌和诗学研究，也兼顾诗歌研究与翻译方法的交流和探讨，力图在整个文学研究的大背景下推动诗歌诗学研究向前发展。

该协会首任会长由美国斯坦福大学教授、美国艺术与科学院院士、美国现代语言协会及美国比较文学协会前任主席玛乔瑞·帕洛夫担任；副会长由美国宾夕法尼亚大学教授、美国艺术与科学院院士、诗人、诗歌理论家查尔斯·伯恩斯坦以及时任中国外国文学学会副会长、华中师范大学教授聂珍钊担任；执行理事由华中师范大学教授罗良功担任。

该协会缘起于 2007 年 7 月 21 日—23 日在华中师范大学举办的"20 世纪美国诗歌国际学术研讨会暨兰斯顿·休斯国际研讨会"。这是我国自改革开放以来举办的最大规模的国际性美国诗歌研讨会，会议由华中师范大学主办，宾夕法尼亚大学现代写作中心、浙江大学外国语学院等联合举办，华中师范大学《外国文学研究》杂志社承办。近 40 位来自美国等国外诗人、学者和 200 余位国内诗人、学者出席了会议，包括帕洛夫、伯恩斯坦、安·瓦尔德曼等美国一流诗人和诗歌批评家、美国兰斯顿·休斯协会现任主席德丽塔·马丁-奥根索拉（Dolita Martin-Ogunsola）以及聂珍钊、蒋洪新、殷企平、区鉷、董洪川等国内知名学者。中国外国文学学会秘书长、中国社科院外文所所长陈众议与中国诗歌研究会常务副会长、青海省副省长吉狄马加发来了贺电。此次会议的主题是"20 世纪美国诗歌研究"，与会学者就查尔斯·伯恩斯坦与美国语言派诗歌、兰斯顿·休斯的诗歌艺术及其影响、美国现当代诗歌形式与政治、诗歌文本分析、20 世纪经典诗人重评、少数族群诗歌、20 世纪一

第6章　英语诗歌研究的平台机制自主建设与发展

21世纪的中美诗歌关系等7个子议题展开了热烈的讨论。会议设立了大会发言、分组研讨、圆桌会议、诗歌朗诵与表演等议程，取得了丰硕的成果。会后，聂珍钊提议以此次会议为基础成立一个非营利性国际学术组织，这一倡议很快得到了帕洛夫和伯恩斯坦的响应，罗良功参与了筹备工作，中美学者共同推动了该提议。2008年初，以美国宾夕法尼亚大学为基地的国际学术组织——中美诗歌诗学协会正式成立。

中美诗歌诗学协会自成立以来，忠实地履行协会宗旨，积极开展各类学术活动。协会组织的学术会议、学者互访、资助交流、翻译出版等活动，促进了中美诗歌创作和诗学研究发展，推动了世界范围内的学术交流和文学事业的繁荣。中美诗歌诗学协会自成立以来，已经在武汉（2011）、武汉（2013）、上海（2014）、济南（2015）、洛杉矶（2016）、昆明（2017）、武汉（2018）、杭州（2019）成功举办或推动组织了8届国际学术研讨会和10余场小型诗歌专题活动，组织开展了诗歌译介、诗人对话、学者交流等活动，资助了包括湖北省诗人代表团在内的60余位中美诗歌学者和诗人互访，有力地促进了诗歌的国际传播、诗歌研究的国际合作与交流。

该协会还组织编译出版了10余部学术著作，其中影响最大的是"美国艺术与科学院院士文学理论与批评经典"丛书，该丛书由中国学者翻译、上海外语教育出版社出版，囊括了当前美国最具影响力的诗歌研究学者的多部力作，如：帕洛夫院士的《激进的艺术：媒体时代的诗歌创作》（聂珍钊等译，2013），伯恩斯坦院士的《语言派诗学》（罗良功等译，2013），普林斯顿大学教授、诗人、批评家苏珊·斯图尔特（Susan Stewart）的《诗与感觉的命运》（史惠风等译，2013），宾夕法尼亚大学教授让-米歇尔·拉巴泰（Jean-Michel Rabaté）院士的《1913：现代主义的摇篮》（杨成虎等译，2013）。中美诗歌诗学协会还组织世界诗人共同创作出版了中英文双语版《让我们共同面对：世界诗人同祭四川大地震》（上海外语教育出版社，2008），此书被评为2008年20部"中国最美的书"之一，并荣获了2010年上海市委外宣"银鸽奖"二等奖。

该协会还于2015年创办了学术期刊《诗歌诗学国际学刊》（*International Journal of Poetry and Poetics*, ISSN 2334-1955）。该刊是同行

评审期刊，主要刊发世界诗歌诗学研究成果以及诗歌翻译与传播的学术成果，旨在为国际诗歌界提供一个交流平台。该刊首任主编是帕洛夫，副主编由伯恩斯坦、聂珍钊、罗良功担任，编委会由来自中国（含香港和台湾）、美国、韩国、日本等地的学者组成。

该协会自2011年以来，在中美两国举办了8届国际性学术会议，对中国的美国诗歌研究与国际学术交流产生了重大影响。各届会议的具体信息如下。

2011年9月28日—30日在中国武汉举办了"诗歌与诗学的对话：中美诗歌诗学协会第一届年会"。本届会议由华中师范大学主办，主要议题包括：玛乔瑞·帕洛夫诗学研究；查尔斯·伯恩斯坦与语言诗；诗歌经典的重读与阐释；声音、表演、文本：诗歌艺术的疆界；21世纪的身份问题；诗歌与现代媒体；诗歌译介理论；美国非裔诗歌；生态诗歌与生态诗学。近300位中外学者和诗人出席了会议，包括帕洛夫、伯恩斯坦、柯尼斯·哥尔德斯密（Kenneth Goldsmith）、杰德·拉苏拉（Jed Rasula）、杰瑞·沃德（Jerry W. Ward, Jr.）、史蒂文·特雷西、郑建青（John Zheng）等美国诗人和诗歌学者以及聂珍钊、钟玲、区鉷、刘建军、杨金才、宁一中、董洪川、罗良功、王卓、陈红、黎志敏等中国学者。这是继2007年在华中师大举办的"20世纪美国诗歌国际学术研讨会"之后国内规模最大、参加人数最众、影响最深远的诗歌专题学术会议。

帕洛夫作了题为"成为批评家：学术回忆录"的大会主题发言，阐述了自己从"说德语的加布里埃尔"转变为"说英语的美国女孩玛乔瑞"的流亡过程和学术成长历程。她的汇报将文学文本、历史信息、个人轶事、家庭会议录和批评性思考结合起来，既有文学文本的新批评分析和学理性思考，又有关于文化身份、伦理种族、宗教政治的批评性思考，由此形成一幅充满矛盾的文化记忆的拼贴画。美国佐治亚大学杰德·拉苏拉（Jed Rasula）分析了在网络媒体和大众消费时代，以及在人人皆诗人的当下态势中，当代诗歌发展和诗学探讨何去何从的重大问题，他的发言充满了强烈的现实指向、反省意识、忧思情怀和实践意义。香港浸会大学钟玲以简·何丝费尔（Jane Hirshfield）的小诗《钟》（"The Bell"）为切入点，指出诗人受到美国意象主义诗歌创作理念的影

第6章 英语诗歌研究的平台机制自主建设与发展

响,分析诗人如何用简洁明晰的语言勾勒出具体生动的意象,来表达人生深刻的洞察、丰富的情感以及独特的体验。罗良功以兰斯顿·休斯与T. S. 艾略特的诗学对话为题,认为两位诗人的对话涵盖了从文化立场到主题关切、从美学理念到艺术技巧等诸多方面的话题,其中既有对抗纷争,又有契合认同,前者缘于诗人立场的不同,后者则彰显出诗歌传统的承续,由此可见二人是同行者而非同路人。伯恩斯坦作了题为"困难诗歌的挑战:走向更加完美的发明"的主题发言,他通过诗歌艺术对读者阅读能力和经验的挑战,阐述了后现代艰涩诗歌的诗学意义和文化意义。浙江大学何辉斌以伯恩斯坦的语言诗为题,对语言诗的兴起和发展、成就与问题进行了深度思考,认为语言诗以语言符号通过能指与所指的悖论与并置,形成了一种建构在语言基础上的审美乌托邦,因而具有浓厚的象征意味和理论色彩。西班牙阿里坎特大学的特里·吉福德(Terry Gifford)以特德·休斯为个例,谈到英美中生态诗研究的成就和现状,提出了许多富有启发意义的生态诗歌问题,如"自然诗、绿色诗和生态诗的关系""何谓好的生态诗歌"等。美国迪拉德大学杰瑞·沃德以阿斯利·亚·纳迪力(Asley ya Nadili)的诗歌为分析对象,探讨了声音作画的定义、表现手段、特殊魅力以及听说功能。美国马萨诸塞大学阿默斯特分校史蒂文·特雷西以《普鲁弗洛克的情歌》为考察对象,分析了T. S. 艾略特诗歌与布鲁斯音乐在情绪、音调、风格等方面的关联。韩国东国大学金英敏(Youngmin Kim)则以叶芝、庞德和T. S. 艾略特等现代诗人为例,从诗歌翻译和跨文化角度探讨了跨国主义与文化翻译之间的关系。

会议开设了25个小组专题讨论,学者们就当前的诗歌创作和诗歌研究问题进行了深入分析和坦诚交流。其中,帕洛夫诗学研究、伯恩斯坦与语言诗、诗歌经典的重读与阐释等论题是与会学者关注的热点和焦点,也是此次国际学术研讨会的亮点之一。此外,本届会议还举行了专场音乐会、诗歌朗诵会等活动。

2013年6月15日—16日,华中师范大学主办了中美诗歌诗学协会第二届年会暨现当代英语文学国际研讨会。来自中、美、日、韩等国的200余学者参会,包括美国艺术与科学院院士、普林斯顿大学苏珊·斯图瓦特,阿拉巴马大学汉克·雷泽尔(Hank Lazer)、哈佛大学丹尼尔·奥尔布赖特（Daniel Albright）、加州州立大学奇科分校张爱平、宾州州立大学阿尔顿·尼尔逊、美国加州大学圣芭芭拉分校黄运特、美国芝加哥纽伯瑞图书馆麦克尼克中心主任司各特·史蒂文斯（Scott Stevens）、美国迪拉德大学杰瑞·沃德、密西西比河谷州立大学郑建清、马萨诸塞大学史蒂文·特雷西等美国诗人和学者以及聂珍钊、罗良功、宁一中、区鉷、朱振武、罗益民、张跃军、尚必武等中国学者和诗人。会长帕洛夫和副会长伯恩斯坦发来贺信。

  本届会议的主要议题包括：现当代英语文学运动与族裔文学；现当代英语文学的伦理批评；现当代英语文学批评的族裔视角；英语先锋诗歌的当代实践与理论探索；诗歌形式的政治；现当代英语文学的翻译、传播与教学。10位中外学者作了大会主题发言。苏珊·斯图尔特在题为"诗歌的过度解读与不足解读：以狄金森的《我的生命一直矗立》为例"的大会发言中，考察了当下诗歌批评界存在的过度解读与解读不足的问题。汉克·雷泽尔作了题为"乔治·奥本与拉里·艾格纳：两位值得更多推介给中国的诗人"的大会发言，从跨文化、跨语言的视角阐述了乔治·奥本（George Oppen）与拉里·艾格纳（Larry Eigner）的诗歌创新与品味，认为他们的诗艺和气质与中国的美学文化有诸多契合。奥尔布赖特在题为"诗歌中的艺术转换"的发言中，以具体案例分析阐述了他对绘画和诗歌等艺术形式转换互涉的理论思考。罗益民作了题为"从诗与画的界说看艺术的本体价值——以美国的视觉诗为例"的大会发言，就视觉艺术和诗歌艺术的关系形式进行探讨，认为诗歌应该是一门相对虚构而不是对现实如实复制的艺术，诗歌与绘画在专业上有着本质的不同。韩国学者李英石作了题为"艺术转换：叶芝与阿什伯利"的大会发言，以叶芝和美国诗人阿什伯利诗歌中的艺格符换为观测点，阐述了他们的艺术转换诗学，他的汇报与奥尔布赖特和罗益民的发言相呼应和补充。阿尔顿·尼尔逊作了题为"劳依德·艾迪逊的《波可可》：一个先锋诗的个案研究"的大会发言，分析了美国先锋诗人艾迪逊早期在运作杂志《波可可》中的作用及其对他的先锋诗歌实验创作产生的影响。黄运特的大会发言题目是"美国诗歌的声音风景"。他以"DA"在艾略特的《荒原》《诗经》以及金斯堡的《嚎叫》中的不同意义，分析了声音的意义功能及其重要性。韩国汉阳大学李英石的发言题目为"艺术转换：叶

第 6 章　英语诗歌研究的平台机制自主建设与发展

芝、史蒂文斯与阿什伯利",试图通过探讨叶芝、史蒂文斯和阿什伯利三位诗人的艺术理念来思考分析艺术与文学之间的关系。罗良功作了题为"声音的自然化与社会化:论索尼娅·桑切斯诗歌"的主题发言,阐述了声音在桑切斯诗歌中的作用,认为声音在桑切斯的诗歌中常常被作为一种自然物质媒介加以运用,声音以一种物质性的形式直观地呈现社会意义,形成了桑切斯基于声音建构诗歌文本的诗学策略。郑建清在题为"理查德·赖特的《我是无名辈》中的禅"的大会发言中,阐述了赖特俳句的道禅思想,追溯了赖特倒产思想的日本美学和禅宗渊源。长畑明利的大会发言题目是"车学敬在《放逐者与时间终点》中的戏谑书写",他通过阐释美国韩裔作家车学敬的诗歌实验,认为诗歌的实验性是诗人表现流散族群生存与苦难的策略及其催生民族共情的作用。张跃军作了题为"现代美国诗歌中的中国形象"的大会发言,他认为,当现代美国诗歌触碰到中国文化时,往往会产生一个真实或是虚构的"中国",它可以引领美国诗人通过真实的想象或虚构的想象加工,形成对中国形象的建构。

中美诗歌诗学协会第三届年会暨国际学术研讨会于 2014 年 12 月 18 日—19 日在上海师范大学举行。来自中国、美国、韩国、日本、爱沙尼亚、阿联酋等国家 70 多所大学的 120 多名专家和学者参加了会议。重要学者包括来自美国的帕洛夫、伯恩斯坦、丹尼尔·奥尔布赖特、黄运特、李英石、林潭、布莱恩·瑞德、威廉·贝克(William Baker),来自爱沙尼亚塔尔图大学的尤里·塔尔维特(Jüri Talvet)以及韩国和日本的学者金英敏、长畑明利等;出席会议的国内学者有聂珍钊、董洪川、罗良功、罗益民、殷企平、张跃军、朱振武、陈红、尚必武、高奋、王卓等。会议的主要议题包括:现当代诗歌与诗学;诗歌形式的意义/政治;文本内外;谱系学视野下的诗歌:诗歌文体的演化;比较文学和比较艺术视野下的诗歌与诗学;全球语境下的诗歌;诗歌与现代媒体;翻译诗学。本届会议为期两天,体现出诗承传统、诗跨国界、诗跨行界三大特点。

会长帕洛夫作了题为"伊恩·汉密尔顿·芬莱的深度极简主义:当代视觉艺术反思"的大会发言,认为苏格兰诗人、雕塑家芬莱(Ian Hamilton Finlay)通过翻译和改写席勒、歌德、荷尔德林、叶芝、劳伦斯等人的诗歌，让传统诗歌和极简主义诗歌发生了妙趣横生的对话。长畑明利的主题发言"罗丝玛丽·沃尔德罗普作为文化翻译的《开启美国语言的钥匙》"同样体现了诗承传统和互文性的愉悦。沃尔德罗普（Rosmarle Waldrop）1994 年的著作《开启美国语言的钥匙》不仅在题目上和罗杰·威廉姆斯（Roger Williams）1643 年的著作完全相同，而且在章节数及标题上也完全一致，沃尔德罗普以此方式向罗杰·威廉姆斯致敬，并实现了自己的诗歌创新。苏州大学荆兴梅的发言"维特根斯坦的梯子：语言哲学视阈中的斯泰因和贝克特"也体现了互文性的愉悦。

伯恩斯坦在主题发言"人的抽象观念：作为对立的创作"中采用威廉·布莱克的浪漫主义诗歌《人的抽象观念》为分析基础，认为诗歌创作中抽象的理想主义观念往往伤及作为个体的人，诗学的价值在一定程度上是它对互补的或对立的观点予以回应的能力，因而爱伦·坡、爱默生、狄金森、威廉·卡洛斯·威廉姆斯和哈特·克莱恩（Hart Crane）等都通过各自的创作手法强调人类独特的情感，以对抗抽象的理想主义观念。罗良功的主题发言"守护神与相面术：狄金森诗歌中永生的艺术"以文本细读的方式，挖掘出狄金森诗歌中被一般读者所忽略的守护神（gnome）和相面术（physiognomy）两个词形的包容关系所揭示的小融入大的"永生"策略，剖析了狄金森强调语言物质化的语言观和艺术观。卢敏的主题发言"美国早期女性诗歌中的公民意识"在美国宪法及修正案的视野下剖析 19 世纪的女性作家群，她认为 19 世纪美国女性作家虽然没有公民权，但是她们的作品具有鲜明的公民意识。厦门理工学院张跃军的发言"伊丽莎白·毕晓普的旅行诗歌"则显示了美国现当代女诗人的创作力。奥尔布赖特的主题发言"叶芝、王尔德、日本和 19 世纪的神秘传统"论述了叶芝的仿能剧问题，认为叶芝的仿能剧使其超越了基督教的束缚，充满悖论的活力。浙江大学高奋的主题发言"叶芝的《天青石雕》与中国诗学"指出叶芝对中国与中国艺术的直觉感悟主要通过印度和日本文化而实现，《天青石雕》以截然不同的诗歌风格表现了中西审美之差异。李英石则将叶芝和丹尼尔·奥尔布赖特关于梦的诗作进行了对比，指出虽然两人对梦的态度不同，但具有超现实和抽象的两个共性。韩国汉阳大学尹诚浩在发言中指出，叶芝能走向世界，不仅因为

第6章　英语诗歌研究的平台机制自主建设与发展

爱尔兰和欧洲传统能共存于其作品，而且因为非欧洲文学和语言也能与其作品建立联系。王卓在"论庞德组诗《休·赛尔温·莫伯利》中的面具叙事"中指出，庞德通过 E. P. 和莫伯利两个讲述人表达了现代主义诗学的非人格化理念，成功示范并阐释了历史现代性和审美现代性之间不可分割的内在联系。上海师范大学陈庆勋和景晓莺对《荒原》分别作了个人解读。上海大学朱振武在大会发言中，以两次英诗翻译课为例提出"诗无达诂，译无定则"的翻译观。尤里·塔尔维特在大会发言中论述了爱沙尼亚史诗《卡列维波埃格》（Kalevipoeg）和爱沙尼亚诗人朱安·利弗（Juhan Liiv）的抒情诗，认为它们具有独特的民族性，但同时具有民族的普遍性。陈跃红的主题发言"美国现代主义诗歌的汉化与生态诗歌的萌起"指出，费诺罗萨、庞德、王红公、史耐德在形式和内容上汉化美国现代主义诗歌，从而创造性地将中国传统自然观移植到美国，对美国生态诗歌的诞生起了促进作用。威廉·贝克的"哈罗德·品特的诗：认知诗学及其他方法"改变了人们对哈罗德·品特是著名剧作家的单一认识，展示了品特的诗歌才华。贝克选用鲁汶·楚尔（Reuven Tsur）认知诗学中的若干元素分析了品特晚年的诗作《死亡》（"The Death Poem"，1997）。布莱恩·里德（Brian Reed）的大会发言"格特鲁德·斯泰因何时成为诗人？"探索了斯泰因诗歌理论的发展及诗人对散文和诗歌的区别认识。黄运特的大会发言"华莱士·史蒂文斯和诗学风险"以全新的视角审视了史蒂文斯作为保险公司执行官的职业生涯练就的风险意识对其诗歌创作中所产生的影响，指出做生意应以极其精确的计算和考量来规避风险，而诗歌创作往往以不计后果的冒险取得惊人的效果。艺格符换也是本届会议的一个学术热点。欧荣、李小洁、黄晓燕、林潭分别作了相关发言。

2015年11月28日—29日在山东师范大学举办了中美诗歌诗学协会第四届年会。本次会议由山东师范大学承办。大会开幕式由罗良功主持，会长帕洛夫、副会长伯恩斯坦发来贺电，山东师范大学副校长张文新、副会长聂珍钊、山东师范大学外国语学院王卓分别致辞。美国艺术与科学院院士让-米歇尔·拉巴泰、美国堪萨斯大学杰出教授玛丽亚玛·格雷厄姆（Maryemma Graham）、美国阿拉巴马大学汉克·雷泽尔、美国加州州立大学劳瑞·雷米（Lauri Ramey）、韩国汉阳大学李英石、四川外国语大学副校长董洪川、北京外国语大学张剑、山东大学申富英、西南大学罗益民、中山大学区鉷、厦门理工学院张跃军、中国人民大学陈世丹等知名学者与近 200 位国内外学者出席了大会。

　　本届会议的主要议题有：诗歌中的战争与创伤；诗歌、诗学与伦理；英语诗歌与儒家文化；现代主义诗歌与大众文化；声音、视觉、表演；诗歌文本研究；谱系学视野下的诗歌：诗歌文体的演化；诗歌翻译研究；诗歌文本研究。10 位学者作了大会主题发言。拉巴泰院士在题为"战争中的《荒原》：T. S. 艾略特与一战"的主题发言中，论述了《荒原》中的历史典故及艾略特的个人危机与战争的关系，借此重新阐释了艾略特诗歌中所体现的自我战争及公共战争。格雷厄姆在题为"变化中的黑人诗歌：跨文化诗学"的发言中，以跨文化诗学的研究视角审视黑人诗歌面临的矛盾现状，呼吁对黑人诗歌水准的审视要超越形式而关注其审美特性。李英石在题为"叶芝及其他诗人作品中的形式主义及反形式主义"的大会发言中，以叶芝、贝克特、杰克·叶芝等人的作品为例，阐述了形式主义、概念主义及现代主义的关系。张剑作了题为"W. H. 奥登的'抗日战争'：《中国十四行诗》对战争和政治的理解"的大会发言，他将奥登的《中国十四行诗》（"Sonnets from China"）与《战地行》（"Spain"）中的旅行日记做了对比阅读，挖掘其中的历史细节及具体指涉。雷泽尔在题为"伦理批评与创新诗歌的挑战"的主旨发言中，以乔治·奥本的创作及生活为例，阐述了美国创新诗歌对伦理批评的发展提出的一系列问题及挑战。罗益民在大会发言中探讨了诗歌创作中的伦理问题，他以莎士比亚、伊丽莎白·勃朗宁、庞德等人的诗作为例阐释了诗歌内外视角的差异，并对两者在诗歌审美及写作文化等层面作了比较。申富英以"叩击语言之墙的沉默：论《跳蚤》中女性的困境"为题，剖析了《跳蚤》一诗中女性对爱情的感悟和面临的爱情困境，并认为诗中女性完全失声的状态是对语言之墙的叩击。雷米在题为"1945 年以来的美国非裔诗歌：传统与创新"的发言中认为，美国非裔诗歌所经历的探索性实验并非是对传统的偏离，而是建立在悠久的美国非裔诗歌传统的趋势、目标及特征的基础之上，这正说明了美国非裔诗歌挑战了只关乎自传、方言、压迫主题的单一固化模式并进行了创新。张跃军的大会发言从后殖民角度对毕晓普巴西主题的旅行诗歌进行解读，他认为诗

第6章　英语诗歌研究的平台机制自主建设与发展

人借由内部殖民主义的运作对巴西下层民众安于现状、与殖民者之间的无意识合谋进行同情的批判,指出其诗歌表达了对故园的浪漫怀旧之情及潜意识中的帝国殖民心态。王卓对庞德《诗章》中的纳西王国进行了阐释,认为纳西元素以显性或隐性的方式散落于庞德包罗万象的诗歌文本之中,建构出一个想象中的纳西王国,这是庞德中国想象中的重要一环,也是庞德书写"部落传说"和"世界文化"的成功实践。

本届年会还分设 13 个小组研讨,涉及让-米歇尔·拉巴泰专题讨论;玛乔瑞·帕洛夫诗学思想专题;诗歌中的战争、创伤与治愈;英语诗歌与儒家文化;诗歌、生态、自然等议题。在"让-米歇尔·拉巴泰专题研讨"的小组讨论中,与会者围绕拉巴泰《现代主义的摇篮》《1913》等代表作品,探讨了拉巴泰的现代主义理论及文学批评方法。"玛乔瑞·帕洛夫诗学思想专题"小组则在罗良功、尚必武、汉克·雷泽尔等教授的主导下对帕洛夫诗学思想进行了多角度的探讨和研究。本届年会还设立"诗人谈诗"专场。鲁迅文学奖得主雷平阳与美国语言派诗人雷泽尔进行"对话",围绕诗歌创作灵感、创作形式及意义等话题展开了深入的讨论与沟通。

中美诗歌诗学协会第五届年会于 2016 年 11 月 11 日—14 日在美国洛杉矶隆重举行。本届年会由美国加州州立大学洛杉矶分校主承办,华中师范大学英语文学研究中心、《外国文学研究》杂志、宾夕法尼亚大学等单位协办。中美诗歌诗学协会会长帕洛夫、副会长伯恩斯坦和聂珍钊以及来自中国、美国、日本、韩国、加拿大等国近百位学者和诗人出席了会议。大会开幕式由执行理事罗良功主持,加州州立大学洛杉矶分校教务长丽恩·马荷尼到会祝贺大会的召开,该校当代诗歌中心主任劳瑞·雷米、副会长聂珍钊分别致辞。在为期四天的会议中,与会代表围绕"当代诗歌文本实验""中美新诗运动""中国诗歌在美国的传播和影响""美国诗歌中的中国元素""诗歌文本的声音、视觉、表演""美国诗歌中的儒释道""中美诗歌的伦理表达"等十余个议题展开了热烈的研讨。

帕洛夫作了主旨发言。她以伯恩斯坦的《收费员的生命》和其他诗作为例,回应了一些评论家认为伯恩斯坦所代表的语言派诗歌由于缺乏"形式"和"统一"而难以分析的偏见。伯恩斯坦当场回应帕洛夫的发言,并朗诵了《收费员的生命》一诗,以声音表演的形式分享自己创作的心得和诗学主张,展演其反吸收诗学和结构主义诗学观。两者的应和形成了精彩的学术对话,生动展现了当下诗歌文本形态的演变和诗歌批评的新方向、新范式。华盛顿大学布莱恩·里德的大会主题发言探讨了澳大利亚亚裔诗人卡鲁特斯(A. J. Carruthers)诗歌中的场景性、表演性,认为诗人有意识地将音阶、音调、与音乐相关的各种符号运用在诗歌创作中,将先驱诗人们的创作以及国家传统重新表演或重新设定场域,从而在自己的创作中赋予它们以新的生命和时代价值。雷米的大会主题发言探讨了美国非裔诗歌的传统性与实验性。她认为,美国非裔诗歌以独特的方式进行着非裔文化身份构建和文化传统传承等,同时对欧洲诗学传统进行了现代性改造。美国非裔诗歌中不乏先锋派或者实验派创作,但当下的学术研究常常忽略了美国非裔诗歌传统中激进的实验主义特色,她在报告中剖析了这一保守观念的原因。罗良功在大会主题发言中阐释了惠特曼的声音诗学。他认为,惠特曼以自己创造性的声音实践开创了与英国和欧洲诗歌传统分道扬镳的诗歌道路,惠特曼以自由诗体代替传统的格律诗体,在诗歌形式上叛逆了英国正统,赋予声音以突出的文化意义,从而成功地建构起一种全新的诗歌观念。宾州州立大学阿尔顿·尼尔逊在大会发言中梳理了阿米里·巴拉卡诗集《六个人》(*Six Persons*)中呈现出的巴拉卡历时性的思想变化,论述了作品中诗学和意识形态的关系。黄运特以《为人民服务,为他们吟诗》为题作了大会发言。他从国际视角考察了中国"文革"期间的民间诗歌创作,探讨了政治和诗歌的关系问题,认为政治化的诗歌和文学化的宣传可以在一定程度上帮助建立意识形态,用来引导和服务人民。

一些学者也集中探讨了大屠杀历史与创伤。韩国学者张恩圭聚焦于美国亚裔诗人林永得《南京大屠杀诗抄》(2013)的慰安妇形象,探讨了历史与诗歌的关系。张甜分析了犹太女诗人艾德里安娜·里奇两首诗歌中的二战犹太大屠杀书写,探讨其证词诗歌以及民族志诗学的历史人文主义关怀。中国学者运用文学伦理学批评方法解读诗歌,突出了对诗歌伦理意义的挖掘,如湖南大学的陈曦分析菲利普·拉金的爱情诗;上海财经大学的李锋探讨九叶派诗歌;方幸福分析惠特曼和玛格丽特·沃克(Margaret Walker)的诗歌。

第6章 英语诗歌研究的平台机制自主建设与发展

跨文化视角是本次会议研讨的重要特点。美国怀提耶大学的托尼·巴恩斯托恩（Tony Barnstone）从庞德的"创新"（to make it new）一语阐释其与中国文化和美国超验主义、现代主义的关系和意义。韩国汉阳大学的李英石指出了叶芝和庞德与日本能剧的邂逅以及两人合作进行的创作和共度的时光很可能帮助确立了他们的诗学理论和主张。广州大学的黎志敏在哲学和诗学层面比较了柏拉图和孔子论著的异同；云南师范大学的郝桂莲从汉字"诗"的翻译引出诗歌的不同体裁和形式，并指出中国文化受到传统诗歌字形、字音的影响。

本次会议的另一大亮点在于对诗歌跨界的关注和深入探讨。诗歌出版、诗歌创作、诗歌翻译、诗歌批评、诗歌表演等活动在会议上异彩纷呈，突显了本次会议跨领域、跨学科、跨行业对话的特点。韩国东国大学金英敏指出，文化翻译形成于文化超疆域的对话中，他通过对庞德诗作译本的文本细读，解释了诗歌和文化翻译的共通性和抵触性。俄克拉荷马大学石江山指出，诗歌为语内想象和创新提供了空间，他通过列举中英诗歌互相影响，认为书写系统并不是语言交际的壁垒。美国常青州立学院张耳在发言中指出，当代诗人不再局限于读诗和出版诗集上，而将目光更多地投向了互联网或其他传统媒体。史蒂文·特雷西从布鲁斯传统、歌词、音乐以及个人才华四个方面探讨黑人布鲁斯音乐的创作。湖南科技大学凌建娥介绍了湖南大剧院上映的有关诗人海子的诗剧《面朝大海》，认为该剧通过诗歌意向的拆解、不同艺术形态的跨界融合，展现出一个多维度的海子形象。

本届会议开设了几个特别项目，包括诗歌朗诵会和诗乐表演，后者是美国艺术家以音乐和诗歌朗诵形式表演张耳创作的诗剧《镜中月》（Moon in the Mirror），表演体现出中国传统文化元素与西方音乐跨界融合。此外，本届会议还设立了几个圆桌会议，分别是：黄运特新著《中国现代文学大红书》（The Big Red Book of Modern Chinese Literature）专题研讨，帕洛夫、伯恩斯坦、聂珍钊等出席；延费西出版社与诗歌翻译圆桌会议，巴恩斯通、石江山等人参加；中美诗人圆桌谈，中国诗人李元胜、亦来（曾巍）与美国诗人苏珊·舒尔茨（Susan M. Schultz）、明迪（Ming Di）等参加。

2017年11月3日—5日，由中美诗歌诗学协会、华中师范大学、云南师范大学联合举办的中美诗歌诗学协会第六届年会在昆明成功举办。200余位来自中国、美国、英国、韩国、以色列、阿联酋等国的学者和诗人参加了会议。云南师大校长蒋永文、协会会长帕洛夫、协会执行理事罗良功分别在开幕式上致辞，协会副会长聂珍钊、四川外国语大学副校长董洪川、云南师大冯智文院长等出席了开幕式。

本次大会主要议题包括：声音、视觉、表演：诗歌文本研究；诗歌与现代科技；诗歌的伦理维度；诗歌与族群经验；云南与中外诗歌交流；中美重要诗人研究；诗歌理论：传统与现代；庞德与中国；威廉·燕卜逊在亚洲。会议共设12场大会主题发言、13场分组研讨、2场专题圆桌讨论，包括诗人论诗、翻译家论诗歌翻译以及1场诗歌朗诵会。

在大会主题发言中，中外学者关注的一个热点话题是时代与科技演变背景下诗歌的视觉形象。帕洛夫在题为"数字时代的诗歌"的主题发言中针对数字时代的诗歌发展，认为诗歌将借助多媒体的动态化、声音化和视觉化手段，从现代主义阶段走向"新具象诗"阶段。罗良功在题为"美国现当代诗歌的视觉变革"的主题发言中回应了帕洛夫的观点。他追溯了英语诗歌视觉呈现形式的演变及其文化内涵，指出美国现当代诗人突显了视觉文本在诗歌意义建构机制中的作用，体现了新的视觉美学追求。韩国汉阳大学李英石的大会发言对比了直觉性创作在叶芝诗歌与抽象表现主义画家波洛克的绘画中的表现，指出叶芝以艺术为媒介而非以诗人为媒介的创作特点。诗歌中的空间形式和景观政治是大会的另一个重要议题。韩国东国大学金英敏从文学的空间形式转向出发，论述了美国后现代黑山派诗人的投射诗学中的开放性空间概念及其对于打破既定结构、重塑承载着真理事件的新主体的意义。以色列巴伊兰大学的金纳乐斯·迈耶（Kinneret Meyer）认为，威廉姆斯在长诗《帕特森》中将地域景观归入身体认知图式，展示出对荒芜之地进行美国化规整和掌控的政治意图。

尽管层出不穷的新科技和新观念不断冲击着诗歌的边界，诗歌的传统人文价值仍然得到大会主题发言人的关注。董洪川在大会发言中指出现代主义作家始终关注现代人的生存状况，从而质疑了西班牙文学批评家何塞·奥尔特加·加赛特（Jocé Ortega y Gasset）提出的"现代主义是非人性化艺术"的论断。西南大学罗益民认为，从本体论而言，诗歌具

第 6 章　英语诗歌研究的平台机制自主建设与发展

有言情、论理、载道的功能，与科学和知识相关，但在数字时代诗歌边界不断被打破的情况下，诗歌仍应坚守伦理的功能。诗人的族裔身份和创作模式也是大会的重要议题之一。纽约城市大学李圭（Kyoo Lee）探讨了美国非裔女诗人兰金作品中"第二意识"在主体内和主体间独特的建构机制及辛辣的诗学效果。马萨诸塞大学史蒂文·特雷西分析了美国非裔女诗人哈珀（Frances Ellen Watkins Harper）和斯宾塞（Anne Spencer）对圣经故事的改写模式及其传达的种族和性别的政治诉求。加州州立大学劳瑞·雷米结合中国"一带一路"的社会语境，分析了"地带"与"道路"在美国非裔诗歌文本中与之不同的政治、历史、文化、空间的含义。诗歌和诗学的跨文化对话是大会的特色议题之一。哈佛大学约翰·索尔特（John Solt）认为，中国唐代诗人杜甫回归乡村并以自然书写作为社会批判的模式，与12世纪日本诗歌和20世纪美国诗歌产生了跨越时空的共鸣。云南师范大学郝桂莲的大会发言对中国当代诗人于坚的长诗《0档案》进行了探讨，认为诗人在作品中运用一种"档案式语言"记录了无意义的琐事，使诗歌本身超越了单纯的陈述而成为具有表演性和述行性的"真正档案"。

本届年会的一个亮点是彰显云南本土与世界诗歌的交流。本届年会分别为享有国际盛誉的云南本土诗人于坚和曾在云南师大的源头西南联大任教的著名学者威廉·燕卜逊（William Empson）设立专题圆桌讨论。在"诗人谈诗"专题圆桌上，帕洛夫、索尔特、詹姆斯·谢里（James Sherry）和多位国内外学者一起与于坚对话，探讨了于坚的诗歌创作及其诗学思想。在"燕卜逊研究"专题圆桌上，香港浸会大学斯图亚特·克里斯蒂（Stuart Christie）和厦门理工学院张跃军介绍了正在联合东亚力量发掘燕卜逊在亚洲产生的学术影响的研究项目及其进展情况。会议期间的诗歌朗诵会在云南师范大学校园内的西南联大三校亭举行，于坚、索尔特、学者兼音乐家特雷西等40余位国内外诗人和学者朗诵了自己创作或翻译的诗歌，以纪念滋养中国新诗的西南联大传统，庆祝中外诗歌诗学交流的繁荣。

2018年12月7日—9日第七届中美诗歌诗学国际学术研讨会在华中师范大学举办。会议主要议题包括：中美诗歌诗学协会的历史、发展、意义：一个跨文化视角；中外诗歌交流与传播；声音、视觉、表演：诗歌文本研究；诗歌的伦理维度；诗歌与族群经验；诗歌与现代科技；诗歌理论：传统与现代；诗歌翻译的艺术。来自不同国家的近300人参加了会议，包括伯恩斯坦，布莱恩·瑞德，黄运特，史蒂文·特雷西，张爱平，普利切特（Patrick Pritchett），韩国学者金英敏、张恩圭，中国学者聂珍钊、罗良功、区鉷、傅浩、朱振武、廖咸浩、高继海、黄宗英、何庆机、黎志敏、宁一中、张跃军，美国普利策诗歌奖得主泰辛巴·杰斯，著名诗人艾瑞卡·亨特（Erica Hunt）、查尔斯·亚历山大（Charles Alexander），澳大利亚诗人卡鲁特斯（A. J. Carruthers）、阿米莉亚·戴尔（Amelia Dale），中国鲁迅文学奖得主张执浩、李鲁平、余笑忠等诗人。帕洛夫致信祝贺会议召开。

　　本届会议正值中美诗歌诗学协会成立十周年，伯恩斯坦以"中美诗歌诗学协会的个人故事：翻译和友谊"为题作了主旨发言。他回顾了自己与中国学者的学术交流和友谊，介绍了自己的诗学观念以及《查尔斯·伯恩斯坦诗选》在中国的翻译与传播，以此展现了中美诗歌诗学协会在国际诗歌诗学交流合作方面的历史作用。诗人泰辛巴·杰斯以自己的获奖诗集《杂烩》为例，探讨了诗歌形式与内容的关联性，及其如何对诗歌中的历史再现产生影响。黄运特作了题为"合适的名词和不太合适的名词"的大会发言，以20世纪初期中国作家对英语文学作品汉译为例，阐述了专有名词翻译的诗学特征及其对传播的影响。布莱恩·瑞德以"不忠实但合乎伦理的翻译"为题，以作家保佐和子（Sawako Nakayasu）的诗歌翻译为例，并借助安东尼·阿派尔的"厚描翻译"及劳伦斯·韦努蒂"异化策略"的变体形式论证了实现"不忠实"但符合伦理和美学要求的文学翻译的可能性。廖咸浩作了题为"灵韵的深度：本雅明与本体诗学"的大会发言，从"灵晕"视角探讨了诗歌超越语言界限被重新解读的可能性。劳瑞·雷米在大会发言中介绍了她的新著《美国非裔诗歌史》的编写理念，阐述了她对美国非裔诗歌基本诗学思想的理解。张爱平作了题为"空间的象征主义及其诗学对早期美国非裔诗歌的影响"的大会发言，从空间视角对早期美国非裔诗歌中的文本与自我、文本与文本以及文本与世界的关系作了讨论。艾瑞卡·亨特在题为"史诗介入：格温朵琳·布鲁克斯《安妮·艾伦》与 M. 努尔贝斯·菲力普斯《ZONG》解读"的报告中，分析了美国非裔诗人格温朵琳和特

第6章　英语诗歌研究的平台机制自主建设与发展

立尼达裔加拿大诗人努尔贝斯作品对史诗的影射和重述。金英敏以"北美诗歌中量的诗学"为题探讨了"距离诗学"对于现代世界文学研究的重要意义，认为"网格"概念是对诗歌排版及印刷等物质性的具象总结，也可引入到对创新性诗歌作品的解读中。罗良功以"狄金森诗歌语言的物质化"为题，阐述了狄金森诗歌创作中的语言物质化实验，并探讨了其诗歌的美学意义和史学意义。史蒂文·特雷西以"兰斯顿·休斯对桑塔格及惠特曼传统的继承"为题，挖掘了休斯诗歌对惠特曼方言创作、宣扬民族文学独立和平等传统的继承。傅浩以自己的诗歌创作与翻译为例，从诗人和译者的双重视角阐释了诗歌创作、翻译、修改的动态过程。帕崔克·普利切特对诗人乔治·奥本与埃兹拉·庞德进行了对比研究，认为前者极力追求的诗歌"透明性"在庞德的诗歌中可以找到根源，指出奥本同时将"透明性"作为对庞德政治盲目性以及《诗章》中大量图像线索设计的批判。卡鲁特斯对视觉艺术与诗歌的结合进行了历史追溯，认为以电子显示为背景的视觉诗在后印刷当代的产生是艺术对时代生活的回应。

会议期间举办了两场"诗人谈诗"圆桌论坛。第一场由黎志敏主持，伯恩斯坦、查尔斯·亚历山大、艾瑞卡·亨特与中国学者见面交流。第二场由罗良功主持，泰辛巴·杰斯与张执浩就历史与诗歌的关系、诗歌的音乐性以及诗歌创作与灵感等话题展开对话和交流，劳瑞·拉米、布莱恩·瑞德、艾米丽娅·戴尔、卡鲁特斯、傅浩等诗人和学者参与了讨论。此外，诗人曾巍、余笑忠主持了《有声诗歌三百首》首发座谈会，李鲁平等中外诗人和学者出席。12月8日晚，"光阴十年"诗歌朗诵活动在利群书社阶梯会议厅举行，庆祝中美诗歌诗学协会成立十周年。伯恩斯坦、杰斯、艾瑞卡·亨特、张执浩、余笑忠、傅浩、罗良功等30位中外诗人和诗歌翻译家登台朗诵，张广奎、刘芳、蒋文颖主持。本届会议前，在华中师范大学举办了泰辛巴杰斯诗歌翻译工作坊，张琴博士主持，国内青年学者参加，杰斯与诗歌译者们面对面交流分享，并表演其创作的诗歌。会后，张冬颖博士对杰斯进行了访谈，罗良功整理发表了杰斯与张执浩的诗学对话，并发表了关于杰斯的学术论文，率先在国内开展杰斯诗歌的学术研究和推介。

2019年11月1日—3日，第八届中美诗歌诗学国际学术研讨会在浙江理工大学隆重召开。本次会议由华中师范大学外国语学院、浙江理工大学外国语学院、复旦大学中国语言文学系联合主办，来自中国、美国、英国、韩国、日本、阿尔及利亚、巴基斯坦、孟加拉国等国家的近 200 名专家和诗人参加了会议，包括帕洛夫，伯恩斯坦、聂珍钊、黄运特、伊莱莎·理查兹（Eliza Richards）、特尼·内森逊（Tenney Nathanson）、布莱恩·瑞德、劳瑞·夏尔（Lauri Scheyer，原名 Lauri Ramey）、史蒂文·特雷西、查尔斯·亚历山大、韩国学者金英敏、李英石、中国学者傅浩、罗良功、何庆机、张跃军、王柏华、罗益民、黎志敏等。

本次大会主要议题有：中外诗歌交流与传播；诗歌理论：传统与现代；声音、视觉、表演：诗歌文本研究；诗歌的伦理维度；诗歌与族群经验；诗歌与现代科技；诗歌与服饰；诗歌翻译的艺术；浙江与世界诗歌；艾米莉·狄金森：诗歌与诗学。会议共设置了 6 场大会发言、2 场圆桌论坛和 11 个分组研讨。

本次会议上，6 位专家在大会发言中探讨了诗歌的文本问题，涉及诗歌视觉、声音、诗节、书写、语言和文体等。帕洛夫在"诗歌的反向阅读：庞德《比萨诗章》里的视觉和声音设计"的主旨报告中指出，《诗章》援引中国汉字的目的在于实现概念重组的视觉效果，庞德以"他时代和他语言的诗歌"建构起具有独创性的视觉和声音诗学，影响了后世诗歌创作。罗良功在题为"庞德诗歌中的声音"的大会发言中阐述了庞德的声音意识及其艺术实践，认为庞德的声音实践已经超越了他的"三象"理论，即"音象""形象""义象"所局限的语言层面，直接指向了语言的物质性和语言之外的声音物质。伯恩斯坦的大会发言以不同音频案例展示了诗歌通过声音传达出来的喜剧、讽刺、挪用和节拍感，由此阐释了他的回音诗学理念，揭示了声音在诗歌中的重要性。罗益民的发言则挖掘了诗歌的拓扑学伦理空间，认为诗歌中的伦理选择是对意象化、空间化、隐喻化的拓扑学空间的建构与延展。史蒂芬·特雷西探讨了兰斯顿·休斯再版《诗选》时的修改策略，指出休斯对拼写和方言、标点、文字和结构进行修改，保留了布鲁斯诗歌的口语传统，从而彰显了诗歌中黑人口语的自由和黑人民族文化的生命力。特尼·内森逊在大会发言中阐明了威廉·卡洛斯·威廉姆斯在《帕特森》中的文体风

第 6 章 英语诗歌研究的平台机制自主建设与发展

格。金英敏作了"句逗之诗：艾米丽·狄金森诗歌的空洞言说与完整言说"的大会发言。本次会议的学术研讨展示了广阔的文化批评视野。华盛顿大学布莱恩·瑞德在题为"雷·阿曼特劳特的诗集《摇摆》：停止那噪音"的大会发言中，剖析了《摇摆》(Wobble)的核心问题：诗歌在人类面临危机之际能做什么？他认为，诗人在诗歌中表达了诗歌传递人道思想、为身陷欲望和恐惧中的人们带来希望的主题。何庆机在大会发言中通过剖析摩尔画诗创作中的两种观看方式，阐述画诗抽象的伦理蕴涵。

在"科学、技术、诗歌"圆桌论坛中，帕洛夫、伯恩斯坦和其他学者一同展开了热烈讨论。帕洛夫认为科技改变了社会与生活方式，深刻影响了现代学术研究，比如量子诗学等新兴思想体现了科学对文学的影响。劳瑞·夏尔同样关注了科技对现代诗歌的冲击。伯恩斯坦阐述了文学跨文化和跨时空的特征，指出科技语言具有机械性和单一性，学习文学才能真正引向语言的文化内涵。查尔斯·亚历山大以不同风格的诗歌为例，指出读诗是自由探寻无限可能性的过程。韩国外国语大学郑恩圭(Eun-Gwi Chung)以狄金森和伯恩斯坦的诗歌为例，分析了如何为外语学生讲授"艰涩"的诗歌。

本届会议主办方与韩国叶芝学会联合推出了叶芝逝世80周年专题圆桌论坛。韩国汉阳大学李英石分析了叶芝的叙事长诗《乌辛的漫游》(The Wanderings of Oisin)与日本能剧的渊源。傅浩结合自己的翻译实践阐述了叶芝诗歌在中国的译介。洛阳师范大学教师萨米拉·沙密(Samira Nausheen Shammee)探讨了叶芝翻译泰戈尔《吉檀枷利》(Gitanjali)的得与失。罗良功的发言阐述了叶芝诗歌中的自然声音效果及其创新性和实验性。

本届会议还与复旦大学中文系、美国狄金森学会联合推出艾丽莉·狄金森专题研讨。美国纽约州立大学布法罗分校克里斯丹·米勒(Cristanne Miller)以在线视频发言的形式报告了自己在狄金森研究方面取得的最新成果。美国北卡莱罗纳大学教堂山分校伊丽莎·理查兹通过分析狄金森早期诗歌中"思想"(mind)、"心"(heart)、"灵魂"(soul)、"神经"(nerve)等词语所体现的非物质思维和情感导向，揭示了诗人对"心灵""身体"和"情感"三个概念的心理学兴趣。王柏华通过重新审视狄金森在 1862 年写给她的朋友、诗人希金森（T. W. Higginson）的信函，探讨了诗人对性别身份的思考和焦虑。韩国高丽大学金阳淳（Yangsoon Kim）探讨了毕晓普和狄金森诗歌中的地理传记诗学及其美学和哲学意义。黎志敏认为狄金森吸取了"永生"的理念，实现了诗歌的"去个人化"，实现了哲学理念和理性情感的统一。

本届会议设置了两场"中外诗歌交流与传播"专题讨论。黄运特介绍了自己翻译的中国诗人车前子的《无诗歌》。四川外国语大学段俊辉探究了中美诗歌之间更具个性、更有活力而又更集体化的文化互动。浙江理工大学薛玉凤讲述了《纽约文学地图》的翻译感悟。南京财经大学孙冬介绍了中美诗人互译/互评项目的运作以及诗歌创作、编辑、出版和传播的过程。

在其他专题论坛中，学者们从生命伦理、家园共建、生态对话、空间表征、权利规训、记忆书写等方面关注了诗歌的文化维度。徐怀静诠释了波兰女诗人辛波斯卡诗歌中的佛理，黄宗英讲述了惠特曼抒情史诗的民族精神和国家情怀，王薇探索了金斯堡、巴拉卡和里德"美国"诗歌中的危机意识。与会者的发言表现出对媒介研究和大众文化的浓厚兴趣。朱丽田追溯了抽象表现主义对纽约派诗歌的影响。蔡玉辉解读了杰拉德·霍普斯金诗歌中的视图意象。美国学者凯丽·艾伦（Kelli Allen）论述了西班牙文学中杜安德之魂（Duende）为艺术家提供的永久创造力。虞颖质疑了艾略特精英文化维护者的印象，指出他的一生与流行文化纠缠不清。

本届会议同时举办了诗歌朗诵会。夏尔、内森逊、李英石、华兹·卡尔（Watts Carl）、许立欣、黄宗英、傅浩、亦来、亚历山大、艾伦、金英敏、伯恩斯坦、冯溢、郑恩圭、瑞恰兹、王柏华朗诵了原创或翻译的诗歌作品，特雷西用口琴演绎了布鲁斯风格的《奇异恩典》(*Amazing Grace*)。

6.2.2　北京师范大学国际写作中心

北京师范大学国际写作中心成立于 2012 年 11 月，由诺贝尔文学奖获得者、北师大校友莫言担任主任。2013年5月，中心正式揭牌，由张清华担任执行主任。中心架构由著名作家和学者组成，目前专职的作家有苏童、余华、欧阳江河、西川，在中心担任兼职作家导师的还有格非、严歌苓、李洱、李敬泽、邱华栋、吉狄马加等，先后有贾平凹、余华等11位驻校作家，这些作家共同构成了文学交流与文学教育的主体，并逐渐形成了特色与优势，在全国范围内产生了重要的影响。北师大国际写作中心在成立之际，就设定了五个职能，即文学交流、文学创作、文学教育、文学研究以及社会服务。中心先后邀请了许多国际著名作家，如法国2008年诺贝尔文学奖获得者勒·克莱齐奥（Jean-Marie Gustave le Clézio）、诺奖评委会前主席埃斯普马克（Kjell Espmark）、法籍叙利亚诗人（诺奖热门人选）阿多尼斯（Adonis）、美国普利策奖获得者特蕾茜·史密斯（Tracy Smith）、俄罗斯大诗人库什涅尔（Aleksandr Kushner）、加拿大皇家院士提姆·琉本（Tim Lilburn）等60余位外国作家前来访问、交流、演讲、互译、朗诵。中心举办了多届"跨越语言的诗意·中外诗人互译工作坊"，曾邀请美国多位普利策诗歌奖得主如特蕾茜·史密斯、格利高里·帕德罗（Gregory Pardlo）、丹尼尔·博祖斯基（Daniel Borzusky），以及美国当代重要诗人姚强、凯文·杨等驻校开展诗歌活动，包括诗人读诗论诗、中外诗人合作译诗、学术研讨。这些诗人与吉狄马加、欧阳江河、西川、邱华栋等当代中国诗人一起交流对话。旅美华裔诗人明迪在其中做了大量工作。这一项目有力推动了中美诗人的互访交流，为中美诗人和作品的互译和传播起到良好的推助作用。

6.2.3 奇境译坊：复旦大学文学翻译工作坊

"奇境译坊"是由复旦大学"本科拔尖人才培养"项目和"任重书院"联合资助的文学翻译工作坊和特训营，挂靠复旦大学"文学翻译研究中心"，致力于在复旦大学培养高端文学翻译和研究人才。该译坊强调利用复旦和国内外多种专家优势资源，采用合作研讨、教学和特训方式，打造师生互动的平台，在此过程中培养学员的文学感受力，磨炼其多语种文字功底，为拔尖人才提供经由翻译深入中外文学的艺术殿堂。该译坊以人才培养为目标，组织了一系列涉及美国诗歌翻译、研究的研讨活动和工作坊，邀请了大批中美诗人、学者、翻译家出席，有力推动了中美诗歌交流，促进了中国学者对美国诗歌的研究与翻译。

该译坊成立于 2014 年，至今由王柏华担任主持人。2014 年该译坊招收首届中文系本科生作为学员，同年 11 月，译坊与狄金森国际学会合作，在复旦召开了国际研讨会，并发起"狄金森国际合作翻译项目"，前来参加研究会并参与翻译项目的北美合作者主要由一批狄金森资深学者组成，除两位学界领袖《狄金森学刊》主编克里斯丹·米勒（Cristanne Miller）和狄金森国际学会主席玛莎·史密斯（Martha Nell Smith）之外，还有学会的两位副主席莫斯伯格（Barbara Mossberg）和德普曼（Jed Deppman）、《狄金森百科全书》主编埃伯温（Jane Eberwein）、狄金森传记作者哈贝格（Alfred Habegger）、狄金森信封诗和晚期手稿专家维尔纳（Marta Werner）、《狄金森学刊》前任主编斯托（Gary Stonum）、《狄金森学刊》现任主席理查兹（Eliza Richards）等。译坊同时邀请了多位海内外中国学者、译者和诗人参加，如台湾译者董恒秀、许立欣、美国译者顾爱玲（Eleanor Goodman）、中国学者江宁康、李玲、刘守兰、罗良功、诗人翻译家王家新、杨炼、杨铁军等。

2016 年，奇境译坊与华东师范大学出版社合作策划出版"十九首系列世界诗歌译丛"，并于 2016 年 12 月 9 日—10 日组织主办了诗歌翻译与批评研讨会暨"世界诗歌批评本"丛书工作坊。复旦文学翻译研究中心名誉主任陈思和、诗人和诗译家傅浩、王家新、汪剑钊、张尔、胡继华、王柏华、罗良功、袁莉、黄福海、马鸣谦、姜林静、闵雪飞、包慧怡、曾巍、陆钰明、海岸、刘巨文、范若恩、周瓒、王建开、唐克扬、温侯廷等参加。

2022 年 10 月 29 日—30 日，该译坊举办"相遇与重生：世界诗人与中国诗学传统"工作坊研讨会。参加会议的国内外学者包括陈引驰、钱兆明（美国）、程章灿、冯溢、高奋、黄蓓、黄晓燕、李双志、刘耘华、罗良功、秦海鹰、石江山（Jonathan Stalling，美国）、谭琼琳、汪剑钊、王柏华、魏家海、肖小军、薛庆国、姚风、袁莉、张礼骏、张曦、张跃军、周星月等。该研讨会以国外现当代诗人为中心，包括庞德、威廉卡·洛斯威·廉姆斯、华莱士·史蒂文斯、王红公（肯尼斯·雷克斯罗

第 6 章　英语诗歌研究的平台机制自主建设与发展

思)、罗伯特·勃莱、安·瓦尔德曼、伯恩斯坦等语言派诗人、加里·斯奈德、彬诺（Witter Bynner）等美国诗人，考察他们在各自语境之下如何与中国诗学传统相遇，如何经由理解、阐释、借鉴、吸纳的历程，对他们的诗歌创作、诗学观念和生命轨迹产生了影响。

自 2014 年 10 月创立以来，译坊已举办各类文学翻译座谈会 50 余场，邀请克里斯丹·米勒、玛莎·史密斯（Martha Smith）、迈尔斯·林克（Miles Link）、石江山、顾爱玲（Eleanor Goodman）、钱兆明、伊莱莎·理查兹（Eliza Richards）等美国诗人学者以及国内外知名文学翻译家王家新、傅浩、查明建、罗良功、谭琼林、章燕、张跃军等参加，探讨跨语种、跨文化、跨艺术翻译实践和理论问题。该译坊还与上海翻译家协会和民生现代美术馆联合组织举办了"经典与翻译"系列学术活动。2016 年 5 月 28 日首场座谈"诗歌经典经得起翻译的折腾吗？"在民生现代美术馆举行，并由陈黎、郑体武、树才、海岸、包慧怡主讲；2017 年 4 月 16 日，译坊再次与民生现代美术馆联合举办"经典与翻译"系列之第二场座谈"古典诗词的前世今生"，座谈由董伯韬、黄福海、罗良功、王建开主讲，刘莉主持。本次活动围绕中国古典诗词的英译展开，其中既有针对部分名作的翻译家、汉学家译本与翻译策略的点评和比较，也有针对中西方诗歌的差异、中国诗对西方现代诗及思想的影响等话题的集体探讨。

近年来，王柏华领衔的奇境译坊专注于艾米莉·狄金森中外合作翻译与研究项目，取得了丰硕的成果，对中国的狄金森研究产生了重要影响。第一部著作《栖居于可能性：狄金森诗歌读本》由四川文艺出版社于 2017 年出版。该书由王柏华联合狄金森国际学会会长玛尔塔·史密斯编译，是国内狄金森诗歌学术性译介的首版，包含了狄金森诗作 104 首，每首英文诗都配有中文译文、注释和解读。该书首次为中文读者提供了狄金森手稿图片 128 幅以及手稿相关信息，并呈现了狄金森诗歌文本中的异文和替换词，以展示狄金森诗歌的开放状态以及"选择不选择"的诗学策略。该书还提供了必要的注释和解读，为难点和关键点加注，同时精选了合作者之间的研讨记录，以进一步敞开狄金森诗歌的多种可能性。2021 年 5 月，王柏华等翻译出版了海伦·文德勒（Helen Vendler）的《花朵与旋涡：狄金森诗歌细读》（上下册，广西人民出版社）。该书收录了文德勒对狄金森1800多首诗中严苛遴选出的150首的精细点评，她从诗歌的韵律、用词、标点、隐喻、语调和典故等角度，全方位、多层次、一丝不苟地解读狄金森的诗歌，为中国学者提供了理解狄金森诗歌的学术视角和多维视野。

奇境译坊与华东师范大学出版社合作策划出版"十九首系列世界诗歌译丛"，计划出版30余种，已出版十余种。王柏华还以奇境译坊为基本团队力量，主编出版了"时光诗丛"之《豪斯曼诗集》《勃朗特诗集》《H. D. 诗集》等（上海三联书店，2021）。该译坊还指导复旦大学中文系学生发表了数十篇关于美国诗歌及其翻译学术研究的论文和众多诗歌译作。

6.2.4　青海湖国际诗歌节

近十余年来，中国文学界的一个重要文学现象就是国际诗歌节的举办，如青海湖国际诗歌节、上海国际诗歌节、珠海国际诗歌节、三亚国际诗歌节、成都国际诗歌周等。国际诗歌节不仅成为中国文学"走出去"和"引进来"的重要平台，而且也是中国诗歌在国际交流中更加自信、自主、独立、开放的重要标志。

青海湖国际诗歌节创办于2007年，每两年举办一次，是中国诗歌学会与青海省人民政府共同打造的一个文化品牌。青海湖国际诗歌节以诗歌艺术的形式，表现青海各族人民奋发图强的时代精神，诠释青海丰厚的历史文化积淀，给广大人民群众提供了陶冶艺术情操的机会，丰富了青海人民的精神文化生活。诗歌节上诞生了庄严的"青海湖诗歌宣言"，落成了世界海拔最高的"青海湖诗歌广场"，设立了青海湖国际诗歌节"金藏羚羊国际诗歌奖"。青海国际诗歌节在国内外的声誉逐渐提高，并被国际诗坛列为当今世界最著名的国际诗歌节之一。中国诗人吉狄马加为主要的发起者和推动者，推动了包括英语国家诗人在内的世界诗人与中国诗人、诗歌学者之间的交流与合作。

第一届青海湖国际诗歌节于2007年8月7日—10日在青海省西宁市、海南州、海北州、黄南州多地举行，中国作家协会名誉副主席邓友

第6章　英语诗歌研究的平台机制自主建设与发展

梅，波兰文学家协会主席、诗人玛莱克（Marek Wawrzkiewicz），中国诗歌学会副会长、诗人屠岸，中国香港诗人黎青、台湾诗人郑愁予，埃及诗人艾罕迈德·阿布杜尔（Ahmed Abdul Mueti Hegazy），意大利诗人维尔玛（Vilma Costantini），委内瑞拉诗人何赛·马努艾尔·布里塞尼奥（José Manuel Briceño Guerrero）等来自英国、法国、美国、德国、俄罗斯、波兰、意大利、埃及、日本、韩国、墨西哥、西班牙、马其顿等34个国家和中国内地及港澳台地区的200多名诗人应邀参加了这一世界性的诗歌盛会。诗歌节以"人与自然，和谐世界"为主题，立足青海高原人与自然的和谐背景，表现世界人民追求和平与发展的时代主题。本届诗歌节期间发布了"青海湖诗歌宣言"，组织了采风创作、诗歌朗诵会、诗歌研讨、音乐诗歌演唱会等活动。

第二届青海湖国际诗歌节于2009年8月7日—10日在青海省西宁市及有关州县举行。本届诗歌节的主题是"现实与物质的超越——诗歌与人类精神世界的重构"。阿根廷诗人胡安·赫尔曼（Juan Gelman）、阿富汗诗人萨伊德·M·法拉尼（Saeed M. Farani）、贝宁诗人阿米内·拉乌尔（Amine Raoul）、法国诗人雅克·达拉斯（Jacques Darras）、中国诗人格桑多杰、吉狄马加以及来自美国、法国、德国、俄罗斯、西班牙、马其顿等45个国家的200多名诗人应邀参加了这一世界性的诗歌盛会。本届诗歌界首次设立并颁发"金藏羚羊奖"，阿根廷著名诗人胡安·赫尔曼成为首位"金藏羚羊奖"得主。

第三届青海湖国际诗歌节于2011年8月8日—11日在青海省青海师范大学以及诗歌广场等地举行。来自54个国家和中国港澳台地区的200多名中外诗人参加了本次诗歌节。为期四天的诗歌节举办了诗人创作采风、金藏羚羊颁奖、《生命源头的颂歌》交响音乐会、诗歌朗诵会、《献给地球的诗篇》大型音乐诗歌朗诵演唱会等活动。立陶宛诗人托马斯·温茨洛瓦获第二届金藏羚羊奖。

第四届青海湖国际诗歌节于2013年8月9日在青海湖诗歌广场开幕。诗歌节期间举行了金藏羚羊颁奖仪式、交响音乐会与诗歌朗诵会，还组织中外诗人在青海湖、塔尔寺等地进行采风创作。叙利亚诗人阿多尼斯、美国印第安诗人西蒙·欧迪斯（Simon J. Ortiz）两位诗人获得本届"金藏羚羊国际诗歌奖"。评委会宣布西蒙·欧迪斯获奖的理由是：他总是注目脚下的土地是否坚实，把最深沉的爱献给了地球母亲；他坚信人民的力量，相信每一种文化都有它存在的价值。他用民族赋予他的智慧，为阿科马人民歌唱，但他又以诗人的勇气，肩负起人类的使命。

第五届青海湖国际诗歌节于 2015 年 8 月 6 日—11 日在青海湖畔举行。本届诗歌节的主题是"诗歌语言的不断革新与现代诗歌的结构"。来自中国、美国、法国、罗马尼亚、尼日利亚等 44 个国家的 180 余位知名诗人受邀参加了本届诗歌节，包括美国诗人杰克·赫什曼（Jack Hirschman）、古巴诗人阿勒克斯·博斯德斯（Alex Pausides）、意大利诗人朱利亚诺·斯卡比亚（Giuliano Scabia）、秘鲁利马诗歌节主席雷纳多·桑多瓦尔·巴奇加卢波（Reynaldo Sandoval Bacigalupo）、俄罗斯诗人亚历山大·库什涅尔、苏丹诗人塔班（Taban）、瑞典诗人本特·博格（Bengt Berg）、土耳其伊斯坦布尔诗歌节主席阿塔奥·贝西拉莫格鲁（Ataol Behsir Oğlu）、中国藏族诗人格桑多杰、吉狄马加等国际知名诗人。本次诗歌节分别在西宁市、青海湖、金银滩草原、湟源丹噶尔古城等地举行诗歌节开幕式、高峰论坛、金藏羚羊国际诗歌奖颁奖典礼、创作采风、多场诗歌朗诵会、闭幕晚会等多活动。俄罗斯诗人亚历山大·库什涅尔荣获本届"金藏羚羊国际诗歌奖"。

2019 年 8 月 3 日，青海湖国际诗歌节在青海省海北藏族自治州开幕。美国旧金山桂冠诗人杰克·赫希曼（Jack Hirschman）、徐贞敏（Jami Proctor Xu）和中国诗人吉狄马加等来自中国、美国、意大利、捷克、波兰、亚美尼亚等十余个国家的上百位知名诗人、学者、嘉宾欢聚青海湖畔，纵论诗歌文化，传递时代精神，共襄中外文化交流。此次诗歌节为期 6 天，分别在西宁市、海北州两地的达玉部落、中国藏医药文化博物馆、王洛宾音乐艺术馆等地举行，活动包括诗歌节开幕式、1573 金藏羚羊国际诗歌奖颁奖典礼、圆桌会议、创作采风以及多场诗歌朗诵会等。美国诗人杰克·赫希曼获得本届"1573 金藏羚羊国际诗歌奖"。

2021 年 8 月 3 日，青海湖诗歌节在青海省海北藏族自治州文迦牧场开幕。来自中国、英国、法国、俄罗斯、乌克兰、波兰、哥伦比亚、墨西哥等国的 80 多名诗人参加了开幕式。诗人们以诗会友，开展"梦

第 6 章　英语诗歌研究的平台机制自主建设与发展

幻海北"诗人对话会、"大美青海"诗歌朗诵会、王洛宾音乐艺术馆采风、青海湖诗歌初心之旅等一系列诗歌文化活动。西班牙诗人路易斯·加西亚·蒙特罗摘得本届"1573 金藏羚羊诗歌奖"。

2023 年青海湖国际诗歌节于 6 月 26 日—30 日在青海海北刚察青海湖畔举办。本届诗歌界的主题是"在全球生态语境下的诗歌写作与诗人的价值立场"。来自不同国家的 200 多位诗人、翻译家、评论家、汉学家出席了本届青海湖诗歌节,包括美国桂冠诗人施家彰、美国诗人卡罗·莫尔朵(Carol Moldaw)、徐贞敏,澳大利亚诗人马克·特雷尼克(Mark Tredinnick),法国诗人张如凌(Zhang Ruling)、学者白潇客(Jacques Bliein),墨西哥诗人古斯塔沃·奥索瑞奥(Gustavo Osorio),厄瓜多尔诗人迭戈,中国诗人吉狄马加、舒婷、西川、吕德安、李少君、雷平阳、陈先发、龚学敏、王山、尹汉胤、赵振江、高兴、树才、刘文飞、汪剑钊、梅卓、黑陶、伊沙、黄少政等。诗歌节期间还举行了"1573 金藏羚羊诗歌奖"颁奖典礼、青海湖诗歌广场新诗歌墙落成仪式、主题研讨会、诗歌朗诵会、诗歌征文评选、文学采风、公益诗歌课堂等一系列活动。澳大利亚诗人马克·特雷尼克获得本届"1573 金藏羚羊诗歌奖"。

十余年来,青海国际诗歌界举办的一系列具有国际参与度和影响力的诗歌活动,为中外诗歌交流作出了突出的贡献,也有力地促进了中美之间的诗人互动、诗歌互鉴与传播,被国际诗坛列入了世界七大国际诗歌节之一,跻身哥伦比亚麦德林国际诗歌节、马其顿斯特鲁加国际诗歌节、波兰华沙之秋国际诗歌节、荷兰鹿特丹国际诗歌节、德国柏林诗歌节、意大利圣马力诺国际诗歌节等世界著名诗歌节的行列。

6.2.5　上海国际诗歌节

上海国际诗歌节由上海市人民对外友好协会作为指导单位,上海市作家协会、中共上海市徐汇区委宣传部主办。首届上海国际诗歌节于 2016 年 8 月 18 日开幕,这是为纪念即将到来的中国新诗百年诞辰,上海书展举办的继上海国际文学周之后的又一个品牌活动。美国普利策诗歌奖和艾略特诗歌奖得主莎朗·奥兹、英国艾略特诗歌奖和前进诗歌奖得主肖恩·奥布莱恩（Sean O'Brien）、美国国家图书奖得主特伦斯·海斯（Terrance Hayes）、德国安娜·西格斯奖和莱比锡国际书展大奖得主简·瓦格纳（Jan Wagner）、古巴大卫奖得主维克托·罗德里格斯·努涅斯（Víctor Rodríguez Núñez）、印度文学院学院奖得主拉蒂·萨克希娜（Rati Saxena）、塞尔维亚贝尔格莱德安德利奇基金会主席德拉根·德拉格耶洛维奇（Dragan Dragojlovic），以及管管、杨炼、西川、于坚、唐晓渡、赵丽宏、杨小滨、李少君、明迪等中外诗人出席。诗歌节的主要活动包括：“我的诗篇”上海市民诗歌创作大赛；"上海诗歌之夜"中外诗人诗歌朗诵；"世界诗歌论坛暨上海国际诗歌工作坊"，中外诗人对话和研讨；"国际诗歌翻译坊"，中外诗人诗歌互译；"跨界对话：艺术的诗意"，诗歌与艺术跨界展演；"诗歌与未来"（汇讲坛），中外诗人和青少年交流。

第二届上海国际诗歌节于2017年10月7日开幕。外国诗人如叙利亚诗人阿多尼斯、英国艾略特诗歌奖得主大卫·哈森（David Harsent）、日本诗人高桥睦郎（Takahashi Mutsuo）、斯洛文尼亚诗人阿莱士·施蒂格（Ales Šteger）、加拿大诗人凯喆安（Kei Djan）、荷兰诗歌节主席巴斯·夸克曼（Bas Kwakman）、爱尔兰诗人帕特里克·考特（Patrick Cotter），中国诗人吉狄马加、舒婷、杨炼、张烨、张如凌、田原、吴思敬、姜涛，以及中国台湾诗人郑愁予、颜艾琳应邀出席了本届诗歌节。本届诗歌节举行了一系列活动，其中有中外诗人交流会暨《上海文学》"第二届上海国际诗歌节特刊"首发式、诗歌论坛、诗歌朗诵会、阿多尼斯画展、诗歌翻译交流工作坊、中外诗人奉贤雅集、诗人和青年学生交流等活动。10月10日晚，举办了"不夜上海·诗歌之光"——"金玉兰"诗歌大奖颁奖仪式暨诗歌晚会，叙利亚诗人阿多尼斯荣获"金玉兰"诗歌大奖。

第三届上海国际诗歌节于2018年10月20日—24日举行。丹麦诗人亨里克·诺德布兰德（Henrik Nordbrandt），法国诗人菲利普·汤司林（Philippe Tancelin）、让-皮埃尔·西蒙安（Jean-Pierre Siméon）、张如凌，阿根廷诗人格拉谢拉·阿劳斯（Graciela Aráoz），比利时诗人杰曼·卓根布鲁特（Germain Droogenbroodt），匈牙利诗人伊什特万·凯梅尼（István Kemény），新加坡诗人许福吉，中国诗人翟永明、欧阳江河、杨克、陈

第6章 英语诗歌研究的平台机制自主建设与发展

先发、臧棣、陈东东、缪克构等来自国内国际的16位知名诗人参加了本届诗歌节。诗歌节期间举行了中外诗人交流会、诗歌论坛、诗歌朗诵会、中外诗人崇明雅集、诗人和青年学生交流等。中外诗人集体参加了"我为什么写诗"交流会;丹麦诗人亨里克·诺德布兰德获本届"金玉兰"奖。

第四届上海国际诗歌节于2019年11月19日开幕,为期4天。本届诗歌节的主题是"诗歌是沟通心灵的桥梁"。参加本届诗歌节的中外诗人有:叙利亚诗人阿多尼斯、罗马尼亚诗人伊昂·德亚科内斯库(Ion Deaconescu)、爱尔兰诗人托马斯·麦卡锡(Thomas McCarthy)、保加利亚诗人兹德拉夫科·伊蒂莫娃(Zdravko Evtimov)、摩尔多瓦诗人尼古拉·达比亚(Nicolae Dabija)、韩国诗人崔东镐(Choi Dongho)和金具丝(Kim Kyu-Seo)、阿根廷诗人恩利克·索利纳斯(Enrique Solinas)、意大利诗人弗拉米尼亚·克鲁恰尼(Flaminia Cruciani)、印度诗人塔考姆·珀伊·拉吉夫(Takam Pai Rajeev)、乌克兰诗人德米特罗·切斯提克(Dmytro Chystiak)以及中国诗人翟永明、王家新、高洪波等。诗歌节举办了诗人论坛、中外诗人诗歌朗诵会、诗歌与美术跨界展演欣赏会、中外诗人顾村雅集等活动。中国诗人翟永明获得本届"金玉兰"诗歌奖。

2020年10月16日,第五届上海国际诗歌节在衡复艺术中心隆重开幕。本届诗歌节以"天涯同心"为主题,凸显艰危时期人类命运共同体的重要和珍贵。来自塞尔维亚、叙利亚、英国、爱尔兰、韩国、罗马尼亚、阿根廷、意大利、墨西哥、比利时、法国、意大利、摩尔多瓦、匈牙利、乌克兰、印度和中国的十多位中外诗人以线上线下结合的方式出席了本届诗歌节。本届诗歌节举办了"天涯同心"诗人论坛、"海上心声"诗歌朗诵会、朵云书院旗舰店和思南书局诗歌店的观摩交流、"时间剧场:翟永明摄影与文学展"等丰富多彩的活动。塞尔维亚著名诗人德拉甘·德拉戈洛维奇获得本届"金玉兰"诗歌奖。

第六届上海国际诗歌节于2021年12月8日拉开帷幕。本届诗歌节的主题为"诗,和人类命运共同体"。20余位国内外诗人应邀出席,其中包括著名墨西哥诗人马加里托·奎亚尔(Margarito Cuéllar)、美国诗人比尔·沃拉克(Bill Wolak)、北马其顿诗人丹妮埃拉·安东诺弗斯卡-特拉季科弗斯卡（Daniela Antoanovska-Trpchevska）、以色列诗人多里特·韦斯曼（Dorit Weisman）、英国诗人菲奥娜·桑普森（Fiona Sampson）、比利时诗人杰曼·卓根布鲁特、保加利亚诗人格奥尔基·康斯坦丁诺夫（Georgi Konstantinov）、法国诗人于格斯·拉布吕斯（Yves Labrousse）、印度尼西亚诗人莉尔伊·穆尔塔图莉亚娜（Lillie Murtagh Tullia）、意大利诗人卢卡·贝纳西（Luca Benassi）、葡萄牙诗人玛丽亚·多莎梅罗·巴萝索（Maria do Sameiro Barroso）、罗马尼亚诗人保拉·罗马内斯库（Paula Romanescu）、美国诗人斯坦利·H·巴坎（Stanley H. Barkan）、日本诗人上村多惠子（Taeko Uemura）、冰岛诗人索尔·斯特方松（Sólsteinn）以及杨克、欧阳江河、刘向东、车延高、何向阳、胡弦、荣荣、西渡、李云、杨绣丽、缎轻轻、何言宏等中国诗人。本届诗歌节通过"云端"和线下结合的方式开展了系列主题活动，包括诗歌论坛、"诗歌的源头——生活和大地"上海国际诗歌节嘉宾与本地诗人创作交流会、"上海的诗意"克勒门沙龙活动、"诗，和人类命运共同体"诗歌朗读会、"诗歌之桥"著名诗人与大学生恳谈交流会、"相会朵云，诗在民间"著名诗人交流会、"海湖韵"诗歌大赛颁奖典礼及诗歌鉴赏会等。墨西哥著名诗人马加里托·奎亚尔获得本届"金玉兰"诗歌奖。

第七届上海国际诗歌节于2022年12月10日拉开帷幕，本届诗歌节主题为"面对未来的召唤"，国内外20余位有影响力的诗人参加本届诗歌节，包括匈牙利诗人阿提拉·F·巴拉兹（Attila F. Balázs）、希腊诗人迪米特里斯·P·克拉尼奥蒂斯（Dimitris P. Kraniotis）、塞尔维亚诗人德拉甘·德拉戈洛维奇（Dragan Dragojlovic）、阿根廷诗人恩利克·索利纳斯（Enrique Solinas）和中国诗人张炜、欧阳江河、张清华、龚学敏等。以"云端"线上信息传播方式开展系列活动，包括"诗人在抗疫时期的思考和写作"创作交流会、"面对未来的召唤"诗歌朗诵会、"诗歌在民间"诗人与市民交流会、"相会在诗歌树下"读者见面会、"面向未来的诗歌"诗人与大学生恳谈会、"玉兰花蕾"全国青少年文艺盛典、"诗歌创作和海派文化"诗歌创作论坛等。欧阳江河获得本届"金玉兰"诗歌奖。

6.2.6 华中师范大学中外诗歌高层论坛

中外诗歌高层论坛是华中师范大学英语文学研究中心发起的国际性系列学术研讨和诗歌交流活动，从2015年举办首届论坛以来，已经举办了六届。该论坛先后邀请了美国、英国、加拿大、澳大利亚、墨西哥等国的著名诗人、学者、音乐家出席，他们与中国诗人（包括鲁迅文学奖得主）和诗歌批评家交流和合作翻译，出版了一系列著作、发表了多篇中外合作论文和访谈，推进了中外诗人交流和诗歌作品与艺术思想的跨国界传播。

第一届中外诗歌高层论坛于2015年6月19日举行，主题是"诗歌的跨界"。美国宾州州立大学教授、诗人阿尔顿·尼尔逊，美国马萨诸塞大学、音乐家史蒂文·特雷西，美国俄克拉荷马大学教授、北京大学驻校诗人石江山（Jonathan Stalling），人民文学奖获得者张执浩，湖北本土诗人余秀华、魏天无、剑男、曾巍等应邀出席，就诗歌的跨界问题进行了为期一天的研讨和交流。尼尔逊作了题为"黑色实验：美国当代非裔先锋诗歌"的发言；石江山作了"'吟歌丽诗'：跨语言韵律诗学"和"韵镜：中文英文与音韵学发现诗学"的学术报告；特雷西分析了美国诗人斯特林·布朗（Sterling A. Brown）诗歌中对布鲁斯的运用；罗良功就诗歌跨界与文本建构问题作了发言，重点介绍了美国诗歌历史演变中的声音问题；诗人张执浩就诗歌的跨界作了发言，分享了自己关于诗歌的传播跨界和创作跨界两个方面的思考，曾巍、魏天无进行了回应。论坛期间还举办了诗歌跨界表演，张执浩、曾巍、剑男、魏天无、余秀华等中外诗人分别朗诵了自己的原创诗歌；特雷西以口琴表演和口头吟唱演绎布鲁斯诗歌；石江山教授在古琴伴奏下朗诵了自己的诗作；尼尔逊则自弹吉他朗诵了自己的诗歌。

2016年6月8日，"传统之光"——2016端午中美诗歌论坛暨第二届中外诗歌高层论坛在华中师范大学举行。中美诗歌诗学协会聂珍钊副会长、华中师范大学出版社范军社长等人出席。本次论坛设学术研讨、诗歌表演、诗人座谈等环节。美国诗人阿尔顿·尼尔逊、美国加州州立大学洛杉矶分校诗歌研究中心主任劳瑞·雷米、复旦大学王柏华分别从历时角度、比较视角和翻译层面探讨了诗歌与国家和时代间的互动关系、叶芝与安东尼·约瑟夫的诗歌对科幻神话/隐喻的运用、狄金森诗歌在汉译过程中的语言跨界问题。史蒂文·特雷西通过比较艾略特和路易阿姆斯特朗，讨论了诗歌与音乐间产生的互动；美国格伦代尔学院马丁·雷米（Martin Ramey）则以"寓言形式作为诗歌技巧"为题，阐述了诗歌与宗教之间的关系；罗良功着眼于爱尔兰诗人希尼与叶芝之间的影响研究。在诗歌表演环节，尼尔逊与特雷西以吉他加口琴合奏的方式进行了诗歌表演；余笑忠、曾巍、黄斌、李元胜、川上、盛艳、森子等国内诗人朗诵了自己的诗作；美国约翰逊县社区学院教授卡马莱塔·威廉姆斯朗诵了原创诗歌《门》；李银波与苏晖以中英德三种语言联袂朗诵了自创的离骚体诗歌《龙宫的启示——致沃尔夫冈·G·米勒教授》；李俄宪用日本传统吟诗法吟诵了李白的七言绝句《黄鹤楼送孟浩然之广陵》。在"传统之光——中外诗人谈"环节，中外诗人围绕着诗歌的本质、诗歌的功能、诗歌创作与诗歌受众之间的关系、诗歌传统的继承与流变、后现代诗歌的"文字游戏"等话题展开了热烈的讨论。

第三届中外诗歌高层论坛于 2017 年 10 月 11 日—14 日在北京和武汉两地举行，由华中师范大学外国语学院、中央民族大学外国语学院、北京联合大学应用文理学院共同组织举办，美国和墨西哥著名诗人以及中国当代诗人出席。与会者主要包括：2011 年美国普利策诗歌奖得主、美国候任桂冠诗人、普林斯顿大学创意写作教授特蕾茜·史密斯，美国艺术与科学院院士、纽约公共图书馆黑人文化研究中心主任、著名非裔诗人凯文·杨，美国罗格斯大学梅森美术学院教授、古根海姆奖和法兰西文学艺术骑士勋章获得者、著名华裔诗人姚强，美国女诗人斯蒂芬妮·安德森（Stephanie Anderson），墨西哥政府诗歌顾问、墨西哥市国际诗歌节主席、墨西哥诗人马里奥·博约克斯（Mario Bojórquez）。本届论坛在北京举办了两个重要活动。10 月 11 日下午，特蕾茜·史密斯、凯文·杨受邀在中央民族大学举行创作分享座谈会，罗良功主持，诗人明迪、中央民族大学朱小琳出席。史密斯和杨分别介绍了自己的创作历程和诗学观，并与听众进行了互动。12 日上午，在北京联合大学应用文理学院举行了"相聚在北京：中外诗人吟诵会"，罗良功和黄宗英主持，除上述几位外国诗人外，欧阳江河、西川、伊蕾、明迪、珍妮弗·费森贝尔（Jennifer Fossenbell）、陶一星（Anthony Tao）、严彬等中美诗

第6章　英语诗歌研究的平台机制自主建设与发展

人参加了朗诵会。

本届论坛在武汉华中师范大学的活动安排由四个环节组成，即学术研讨、中外诗人座谈、诗歌翻译工作坊、诗歌朗诵。在12日上午举行的学术研讨会上，罗良功、凯文·杨、马里奥·博约克斯、姚强、董洪川分别发言。下午举行的诗歌翻译工作坊由张冬颖、徐彬主持，凯文·杨、马里奥·博约克斯、姚强与英语文学博士生合作翻译诗人们的作品。14日下午举行了中外诗人座谈，凯文·杨、马里奥·博约克斯、姚强与中国诗人张执浩、余笑忠、魏天无、剑男、小引面对面交流、分享；在随后举行的诗歌朗诵会上，与会诗人朗诵了自己的作品，诗歌翻译坊的博士生配合原作者朗诵了翻译的诗歌。在武汉期间，外国诗人们在黄鹤楼、东湖和博物馆进行了文化考察和采风。

第四届中外诗歌高层论坛于2018年6月23日举行，来自中国、美国、澳大利亚、韩国等国家的诗人、学者、研究生和外国留学生参加了本届论坛。论坛分三个环节进行，即学术报告、诗歌朗诵、诗歌创作与翻译交流。在学术报告环节，美国学者、诗人阿尔顿·林恩·尼尔逊在题为"卡尔切（Kulchur）之争"的报告中审视了黑人艺术运动领袖阿米力·巴拉卡在《卡尔切》杂志中发文对整个运动的重要作用；罗良功在题为"生命伦理：叶芝早期诗歌中的老年想象"的报告中探讨了叶芝青年时期诗作中对老年的想象及其蕴含的对生命意义的探寻；韩国东国大学金英敏在题为"加拿大诗歌中的民族主义与世界主义：从并置到多元"的报告中分析了加拿大民族主义文学构建过程中英语母语文学与法语母语文学的并置，探讨了二者在当代加拿大诗歌批评中的体现；澳大利亚诗人A. J. 卡鲁特斯在题为"杰克森·迈克·洛（Jackson）的早期与晚期创作"的报告中，分析了杰克森早期的"墨迹诗"和晚期的"书法诗"所体现的一贯的"命定论"思想和"无意创作"实践；美国加州州立大学劳瑞·雷米在题为"'起来！不愿做奴隶的人们！'：中国与美国非裔文化中历史比喻的运用"的报告中，比较了中国文化与美国非裔文化中对"路"和"带"两个意象的不同解读。武汉理工大学李银波在题为"中国诗歌在魏玛德国的翻译与传播：以汉斯·贝特格译《中国桃花》为例"的报告中，从跨文化角度探讨了德国学者进行中国诗歌翻译的方法和原则；美国马萨诸塞州大学史蒂文·特雷西在题为"黑暗的、珍贵的和热烈的欲望：书珊城宴会之前与之后"的报告中，解读了弗兰西斯·哈珀（Frances Harper）和安妮·斯宾塞（Anne Spencer）的诗歌中具有独立意志的女性形象。诗歌朗诵环节特邀鲁迅文学奖得主张执浩和田禾以及本地知名诗人余笑忠、沉河等出席，与国外诗人和学者一起进行诗歌朗诵。本届诗歌翻译工作坊的翻译内容是澳大利亚先锋诗人卡鲁特斯的诗歌，卡鲁特斯介绍了自己的诗学观、创作意图以及诗歌技巧，指导英语文学博士生们翻译其诗歌，初稿完成后译者再与卡鲁特斯和中国诗人一起研讨、定稿、朗诵。

　　第五届中外诗歌高层论坛于2019年5月29日—31日在华中师范大学和黄鹤楼举行，论坛设置学术研讨、诗歌朗诵和中外诗人座谈等活动。学术研讨活动在华中师大举行，主要围绕诗歌创作与翻译、诗歌的伦理书写、诗歌的传统书写、诗歌的族裔书写、诗歌与文化传播、中外诗歌中的武汉等议题展开。5月29日和30日下午，中外诗人和学者在华中师范大学作了多场学术报告和创作分享。美国诗人学会会长、圣地亚哥州立大学教授陈美玲与美国加州大学洛杉矶分校教授、美国亚裔文学知名学者张敬珏（King-Kok Cheung）合作，以诗人与诗歌学者同台读诗、论诗的方式作了一场题为"陈美玲诗歌中的间接指涉"的讲座。陈美玲表演了自己创作的《悲伤吉他之歌》（"Song of the Sad Guitar"）、《摆脱那个"X"》（"Get Rid of the X"），张敬珏对这两首诗进行解读，分析其诗歌对李白、白居易、李清照等中国诗人的间接指涉，特别是对中国古诗《琵琶行》和《春晓》的创造性重写，同时也剖析了她对庞德、弗吉尼亚·伍尔夫、艾米莉·勃朗特、汤婷婷等英美作家的引用和指涉，借此挑战东西方父权主义传统。张敬珏用粤语演绎了中国古诗原文，借以凸显中英文诗歌在韵律、节奏、意象上的相通和相悖之处；陈美玲朗诵了她借用布鲁斯形式创作的《黄色的布鲁斯》一诗，进一步展现其对不同文化的借用及其背后的文化策略。罗良功点评认为，陈美玲作为当今美国华裔诗坛的引领者，以女性化、美国化、现代化来实现其对中国传统诗歌的间接指涉与引述，体现了个人诗学的创新，也体现了中西文化交流、古今文化的碰撞。美国斯帕尔曼学院教授唐娜·阿凯芭·哈帕（Donna Akiba Harper）以"洛兰·汉斯贝里与格温朵琳·布鲁克斯的对

第6章　英语诗歌研究的平台机制自主建设与发展

比阅读"为题,对美国非裔女性剧作家汉斯贝里(Lorraine Hansberry)与美国非裔女性诗人布鲁克斯的作品进行了对比研究。美国宾夕法尼亚教授、诗人赫尔曼·毕弗斯(Herman Beavers)在题为"预言者的地图:解读'柯尔特兰所在之地'"的报告中,分析了美国非裔诗人迈克尔·S·哈珀诗歌对爵士音乐家柯尔特兰音乐元素的借用,并解读了这些声音效果对社会历史书写的强化作用。阿尔顿·尼尔逊在题为"更真切的声音:约翰·肯尼的游乐园"的报告中对美国非裔诗人肯尼(John Keene)的诗歌创作及现实影响进行了介绍和分析。劳瑞·夏尔的报告"那桑尼奥·麦凯的系谱"分析了诗人麦凯的诗歌创作及其艺术思想的发展。特雷西在题为"'颤抖',神圣而不朽的延续以及布鲁斯音乐"的报告中,结合布鲁斯音乐的现场演奏讨论了"颤抖"布鲁斯的社会种族隐喻。5月30日上午在黄鹤楼举办了"问诗黄鹤楼:中外诗人朗诵会",上述美国诗人和学者会同鲁迅文学奖得主田禾、武汉市作协副主席李鲁平、长江文艺出版社副社长沉河、曾巍、剑男等中国诗人,在被称为"诗歌之楼"的黄鹤楼,向武汉公众奉献了一台精彩的诗歌朗诵。随后,中外诗人进行了座谈交流。

2021年5月8日—9日,第六届中外诗歌高层论坛暨第四届"求是杯"国际诗歌创作与翻译大赛颁奖典礼在武汉隆重举行。本次活动由华中师范大学外国语学院和浙江大学外国语言文化与国际交流学院联合举办,黄鹤楼公园管理处、浙江大学出版社、《外国语文研究》编辑部协办。40余位知名诗人、翻译家、学者以及诗歌大赛获奖选手参加。5月8日的论坛分为三个部分,即专题报告、诗歌批评专题、诗歌创作与翻译研讨。在专题报告环节,浙江大学求是学者特聘教授、欧洲科学院院士聂珍钊,浙江大学人文学部副主任王永,北京外国语大学外国文学研究所所长姜红集中从文学的理论建构、文学的跨学科研究、文学的社会功用三个方面作了发言。聂珍钊的报告"文学伦理学批评的基本原理与文本分析运用"阐释了文学伦理学批评的基本内涵及其理论建构。王永的报告"俄语语言文学跨学科研究方法谈"以俄语的计量研究、俄语视觉诗的计量特征研究以及曼德尔施塔姆诗集《石头》的"世界文化"研究为例,介绍如何运用语料库及统计方法研究俄罗斯文学。姜红在题为"文学何为:《金色笔记》的认知重构"的报告中以图表展示了《金色笔记》(The Golden Notebook)的篇章布局，论述了主人公安娜认知重构的过程。在诗歌批评专题，上海外国语大学文学研究院副院长郑体武、浙江大学世界文学与比较文学研究所所长吴笛、北京外国语大学外国文学研究所汪剑钊、中国社会科学院外国文学研究所高兴以汉语、英语、罗马尼亚语、俄语诗歌为研究对象，从语言、音韵、文化等层面探讨了翻译标准、译者素养、译文接受等话题。郑体武在发言中阐述了诗歌翻译家的素养、品性、标准，分析了诗歌翻译家的独特文化贡献，并通过优秀诗歌翻译家的成长历练阐述了诗歌翻译家的核心素养。吴笛以"雪莱十四行诗的诗体演变与翻译策略"为题阐述了西方十四行诗的生成渊源及影响、雪莱十四行诗的诗体演变与形式特征及其翻译策略。汪剑钊在题为"俄罗斯诗歌的'纪念碑'情结"的学术报告中，把诗歌中的纪念碑看作时代的缩影，探讨了俄罗斯诗歌的精神内涵和文化意义。《世界文学》主编高兴作了题为"诗歌翻译：在有限和无限之间"的报告，他认为理想的译者需要有扎实的外文和中文功底，有厚重的文学修养和高度的艺术敏感，有知识面，有悟性、才情和灵气，同时又对文学翻译怀有热爱和敬畏之情。在诗歌创作与翻译研讨环节，梁晓明、帕瓦龙、郑体武、吴笛、高兴、汪剑钊等知名诗人和翻译家与读者分享了他们的诗歌写作和翻译实践，展示了诗歌文本建构背后丰富而复杂的文化动因和美学思考。先锋诗刊《北回归线》的创办者梁晓明以诗作《蝙蝠》的创作过程和读者反应为例，指出诗歌解读的多种可能性。帕瓦龙以诗作《倒影》为例讨论了艺术与真实的辩证关系。郑体武对比了俄语诗《蚂蚱》的两个自译版本，阐述了如何实现翻译中音、形、义的完美协调。吴笛以 D. H. 劳伦斯的诗歌《倾听》("Listening")为例诠释了诗歌翻译的神形兼顾原则。高兴讲解了斯洛伐文亚诗人托马斯·萨拉蒙诗歌《读：爱》("Čítaj: Láska")的翻译经历，并指出如何处理艺术与现实的关系。王剑钊分享了诗歌《苹果》的创作过程和审美艺术理念。5月9日，第四届"求是杯"国际诗歌创作与翻译大赛颁奖典礼在黄鹤楼公园落梅轩举行。湖北省作协副主席张执浩、前副主席梁必文先生也出席了典礼。大赛颁奖与诗歌朗诵、诗作译品名家点评，为本次论坛增添了活力与光彩。

6.2.7 中国外国文学学会英语文学研究分会英语诗歌研究专业委员会

中国外国文学学会英语文学研究分会英语诗歌研究专业委员会成立于2014年，简称为"中国英语研究会"，由中山大学的区鉷教授担任会长，黎志敏、李成坚、李增、李正栓、罗良功、罗益民、沈弘、张剑、章燕、张跃军担任副会长，黎志敏兼任秘书长。该研究会的基础是2008年开始举行三届的"全国英语诗歌学术研讨会"。该研究会筹备期间和成立以来先后在石家庄、长沙、成都、北京、廊坊、重庆等地举办了6届年会，促进了国内诗歌学者之间的学术交流，同时也配合中美诗歌诗学协会推动了国际诗歌学术交流和诗人合作。

第一届全国英语诗歌学术研讨会于2008年4月18日至20日在河北师范大学举行。本次会议由华中师范大学《外国文学研究》杂志社组织，由北京大学、中山大学、华中师范大学、中南大学、西南大学、湖南师范大学、河北师范大学、广州大学等多家单位合办，是我国英语诗歌教学与研究界的学术盛会。中国外国文学学会英语文学研究分会会长、北京大学外国语学院院长程朝翔，中国外国文学学会副会长、华中师范大学《外国文学研究》主编聂珍钊以及蒋洪新、李正栓、张剑、隋刚、晏奎等160余位学者出席。大会分为主题报告和小组讨论两个部分。大会主题报告主要包括北京大学胡家峦教授的"英诗教学的'说说唱唱'"、剑桥大学蒲龄恩（J. H. Prynne）教授的"难诗翻译的独特困难"、武汉理工大学罗良功的"论兰斯顿·休斯的人民阵线诗歌"、河南大学王宝童的"我译《三字经》"、西南大学罗益民的"约翰·本森《莎士比亚诗集》考辩"、河北师范大学李正栓的"约翰·邓恩国内研究综述"以及中国社会科学院江枫的诗歌直译原则及实践等。在小组讨论部分，与会代表分为5个小组，围绕中国大学的英语诗歌教学、中国英语诗歌研究新进展、当代英语诗歌新动向、英语诗歌互译研究及版本研究等议题展开了研讨。

2010年10月29日—31日，由中国英语诗歌研究会（筹）主办，中南大学外国语学院承办的"第二届全国英语诗歌学术研讨会"在长沙举行。中山大学区鉷、华中师范大学聂珍钊、清华大学罗选民、中南大学张跃军以及剑桥大学教授、诗人蒲龄恩等100余位国内外学者与会。本届会议主题是"英语诗歌（研究）的历史维度"。蒲龄恩、聂珍钊、罗选民、张跃军分别作了"论诗歌的伦理观念""翻译与创作，以《鲁拜集》为例""The Image of China in Modern American Poetry"的主题发言。中国社会科学院江枫研究员作了题为"英诗欣赏、翻译与教学"的大会发言；北京师范大学章燕以"对英国浪漫主义诗歌之新历史主义批评的思考"为题重新审视了英国浪漫主义诗歌；湖南师范大学肖明翰在大会发言中重新思考了英国文学中撒旦式人物塑造的传统；西南大学罗益民从中西比较的视野分析了西方现代和后现代诗歌与传统诗歌在格调、主题和内容等方面的差异。分组讨论分别围绕英国古典诗歌研究、英国现代诗歌研究、英国浪漫主义诗歌研究、惠特曼与狄金森研究、美国现代诗歌研究、当代英语诗歌研究、英语诗歌翻译与教学等主题展开。

第三届全国英语诗歌学术研讨会暨 2012 年广东外国文学学会年会于 2012 年 12 月 20 日—23 日在深圳大学举行。何道宽、阮炜、黎志敏、江枫、黄汉平、罗益民、唐伟胜、黄宗英、刘岩、张晓红、李小均、蒲龄恩等 40 余名专家学者出席，并围绕全球化时代的外国文学理论建设、全球化时代的文学翻译研究、数码时代的外国文学教学、"后理论时代"的英语诗歌生产与接受等议题展开深入讨论和交流。

2014 年 9 月 25 日—27 日，中国外国文学学会英语文学研究分会英语诗歌研究专业委员会在西南大学举行了中国英语诗歌研究会第四届年会暨"现代英语诗歌的主题与形式"学术研讨会。区鉷、陈永国、董洪川、北塔等 100 余位专家学者出席了大会。代表们围绕"现代英语诗歌的主题与形式"这一主题，就现代英语诗歌形式自由的学理研究、从现代英语诗歌的主题看西方现代文化理念、现代英语诗歌对现代中国诗歌的影响等议题展开研讨。本届会议特别开设了"中西诗歌中的'自我'""莎士比亚十四行诗研究"两个专题讨论会。8 位学者作了大会发言。广州大学黎志敏从认知方法论角度对诗歌的形式作出了新的理论构建，认为诗歌存在客观节奏与主观节奏。浙江大学教授沈弘回顾、梳理、分析和评论了中国一百年以来的学者们对弥尔顿《失乐园》（*Paradise Lost*）的研究，并对这项研究今后的发展提出了建设性思考。华中师范

第 6 章　英语诗歌研究的平台机制自主建设与发展

大学罗良功探讨了美国非裔诗歌的声音问题，认为声音始终处于美国非裔诗歌建构的核心地位，非裔民族的声音美学有其深厚的文化根性。西南大学罗益民引入了"形势学"这一新的学术概念，认为诗歌有物理的形式与内隐的灵魂式、逻辑式的形式，具有形式即精神的特性。北京外国语大学张剑对英国著名诗人卡罗尔·安·达菲（Carol Ann Duffy）的《世界之妻》（*The World's Wife*）中的女性声音做了分析，认为诗人颠覆了历史、性别和两性关系的成见而发出后现代女性主义的声音。河北师范大学李正栓对玄学派与意象派诗歌进行比较研究，探讨了两派诗人强烈的反传统意识对诗歌创新的影响。北京师范大学章燕对布莱克诗画合体艺术中的多元互动关系进行探讨，认为诗画合体艺术打开和激活了阅读期待视野的多种元素。东北师范大学李增将《老水手行》（"The Rime of the Aneient Mariner"）置于后殖民语境，解读了老水手的"殖民者"与"被殖民者"、"西方人"与"东方他者"的杂交身份，揭示出当时知识分子身处大英帝国中的身份焦虑。

中国英语诗歌研究会第五届年会暨"现代英语诗歌的主题与形式"学术研讨会于 2016 年 11 月 4 日—5 日在廊坊举行。本次会议由北华航天工业学院、廊坊师范学院承办。区鉷、张剑、章燕、黄宗英、毛卓亮、杨成虎、郝田虎等专家学者与会，围绕莎士比亚诗歌研究、中英文诗歌比较研究、诗歌翻译与创作、英语诗歌教学研究与实践等议题展开研讨。会上，北京外国语大学张剑作了题为"阶级意识与身份分裂：评价尼·哈里森的诗歌"的学术报告，北京师范大学章燕通过济慈的《希腊古翁颂》（"Ode on a Grecian Urn"）阐释了静动交汇、时空交融的艺格敷词批评，北京联合大学黄宗英教学团队对英语诗歌微课的设计进行了经验介绍。

中国英语诗歌研究会第六届年会"英语诗歌在中国的研究、翻译与传播"学术研讨会于 2018 年 11 月 23 日—25 日在北京师范大学举行。来自近百所高校的约 200 名专家学者围绕"经典英语诗歌的研究：回归文本与理论创新""当代英语诗歌的研究与英语诗歌研究的当下走向""英语诗歌的汉译与在中国的传播""中英诗歌比较研究""诗歌创作与诗歌表演""多媒体时代的英语诗歌教学"等议题展开研讨。

本届会议共设有 4 场大会发言、11 场分组论坛、4 组研究生论坛以及诗歌朗诵会。12 位专家作了大会发言，既涉及叶芝、莎士比亚、华兹华斯等经典诗人的研究，也涉及美国非裔诗人、现当代诗人的研究；研究视角既有传统的文本细读，也涉及拓扑学、生态批评、诗画关系、比较诗学以及翻译研究等跨学科、多角度的解读。大会发言主要包括区鉷的"赵萝蕤译《草叶集》"、陈永国的"夜莺为谁而鸣"、傅浩的"解说的必要——以叶芝诗为例"、张剑的"农村包围城市：加里·斯奈德的中国之行与生态政治"、罗益民的"音质、形质的能指诗学——拓扑学与经典诗歌"、刁克利的"何以成为莎士比亚：一种诗人生态研究的视角"、谭琼琳的"伐柯之斧：美国现代诗中的革新章法之斧"、黎志敏的"中国视角：英语文化语感与现代英语诗歌教学"、罗良功的"美国非裔诗歌的新现代主义实验"、李增的"谢默斯·希尼：在华兹华斯的'庇荫'下写作"、郝田虎的"斯宾塞与微缩艺术"、章燕的"华兹华斯的视觉意识与想象"。蒋虹、丁宏为、吕爱晶、李正栓、黄宗英、梁晓冬等学者负责主持和点评。

2019年10月19日，西南交通大学外国语学院承办的中国英语诗歌研究会首届专题研讨会"交融与互鉴：新时期中国英语诗歌研究新趋势"在成都举行，来自全国各地的与会代表共80余人出席了会议。研讨会先后共组织了12场主旨发言：清华大学陈永国，"诗与画的哲思"；北京第二外国语学院隋刚，"中国诗画在英语世界的传播实践与反思"；湖南师范大学郑燕虹，"20世纪中期美国现代诗风转向之探因"；西南交通大学曾虹，"记忆的声色光影：道禅哲学和诗学对默温的影响"；浙江大学郝田虎，"为何要重译弥尔顿史诗《失乐园》？"；北京联合大学黄宗英，"'比较彻底的直译'——赵萝蕤汉译《荒原》'直译法'艺术管窥"；东北师范大学李增，"《忽必烈汗》与地理政治学——浪漫主义的跨学科研究"；北京外国语大学裴云，"论《抒情歌谣集》中的'诡异'元素"；西南大学罗益民，"英语诗歌教学中的拓扑学复制机制"；杭州师范大学曹山柯，"英国实验派诗人蒲龄恩2005年版《诗集》的创新"；广西民族大学张跃军，"'诗的历史'：早期华美诗歌解读"；华东师范大学王改娣，"斯坦贝克《烦恼的冬天》中英诗重释研究"。研讨会期间，组委会还安排了6场分会场讨论、经典诗歌与原创诗歌朗诵会。

6.2.8 中国英汉语比较研究会诗歌研究专业委员会

中国英汉语比较研究会诗歌研究专业委员会成立于 2020 年，首任会长由广西民族大学张跃军担任，副会长由北京外国语大学张剑、华中师范大学罗良功、成都电子科技大学李成坚担任，广州大学黎志敏担任秘书长。该专委会旨在继承中英诗歌研究传统，促进与国际学界的交流；以诗为媒，促进中外文化交流与互鉴，为中国文化、中国学术走出去贡献力量。专委会自成立以来，先后在广西民族大学、上海财经大学、浙江大学、湖南科技大学、西华大学等高校举办 3 届学术研讨会、2 届专题研讨会。

2020 年 11 月 27 日—29 日，中国英汉语比较研究会诗歌研究专业委员会成立大会暨"诗歌创新：英语诗歌研究的与时俱进"学术研讨会在广西民族大学相思湖国际大酒店举行。会议以线上线下相结合的形式进行。中国英汉语比较研究会副会长、专委会顾问董洪川，欧洲科学院外籍院士、中国外国文学学会副会长聂珍钊等出席大会并致辞。会长张跃军、副会长张剑和李成坚、秘书长黎志敏等专委会主要成员和国内高校和研究机构近 100 人出席了大会。本次会议的主要议题包括经典英语诗歌研究的再审视、英语诗歌研究的主题创新、英语诗歌研究的新近理论观照、英语诗歌研究的方法创新、英语诗歌翻译与传播的新尝试、英汉诗歌比较研究的新视野、多媒体时代的英语诗歌研究。8 位学者作了大会发言，他们的发言题目是：张剑，"马嘎尔尼访华事件的文学再现"；谭琼琳，"声象仿字：现代英诗中的图文诠释之形体美"；李成坚，"论保罗·马尔登诗歌中的族裔性在美国的接受"；高琳，"从"诗界革命"到"革命之诗"：早期华美诗歌的民族性、阶级性与共同体想象"；章燕，"浪漫主义诗歌与艺术边界的融合及心灵图景的回归"；卢炜，"济慈长诗《拉米娅》中的民间文学'母题'"；王建军，"典籍《蒙古秘史》英译研究之分析"；龙靖遥，"中国古典诗词英译的'原罪'与'罪'"。会议期间还举办了"相思湖冬之春"诗歌朗诵晚会。

2021 年 5 月 21 日—23 日，中国英汉语比较研究会诗歌研究专业委员会第一届年会暨"互鉴与融通：跨学科背景下的诗歌诗学研究前沿"学术研讨会在上海财经大学外国语学院召开。来自国内 70 余所高校和研究机构的近 120 位专家学者及研究生出席本届年会并参与论坛交流。本届年会主要议题包括：英语诗歌与中西文化互鉴、英语诗歌与经济话语研究、英语诗歌与科技伦理、英语诗歌与医学人文、英语诗歌的跨媒介研究、诗歌诗学理论前沿、英美诗歌批评家学术思想研究、英语诗歌作家作品研究。本届年会设 16 场特邀专家主旨发言。美国艺术与科学学院院士、美国加州大学伯克利分校查尔斯·阿尔蒂埃里（Charles Altieri）作为特邀嘉宾分享了他最新的诗学研究成果，张跃军在综述阿尔蒂埃里近六十年学术成果的同时，重点梳理了他对情感（affects）理论的重要贡献。张剑和李成坚的发言聚焦医学人文，前者与时俱进，探讨新冠疫情下的诗歌书写极其现实意义；后者以《臭氧杂志》（Chemosphere）为例，研究彼得·巴拉基扬（Peter Balakian）诗歌中的疾病隐喻。黎志敏、罗益民和桑德罗·荣格（Sandro Jung）分别探讨了诗学界长期存在的"非个人化诗学"与"个人化诗学"之争，济慈在长篇诗歌创作上的缺憾及其根源，以及汤姆森名作《四季》(The Seasons)在欧洲文学中的互文体现。罗良功和谭琼琳立足跨艺术研究视角，分别探讨阿米力·巴拉卡诗歌中的声音诗学和中国书法艺术对美国现代诗歌的影响；王欣、陈红和王柏华则分别从跨学科的视角出发，分析 18 世纪英国诗歌体裁的认知转向、埃德蒙·斯宾塞诗歌中的农事元素以及艾米莉·迪金森诗歌中的植物想象等话题。黄宗英和陈彦旭聚焦史诗研究，前者探索了美国现当代史诗的"抒情性"，后者分析了《古德隆恩的第一首歌》(The First Poem of Gudrun) 中的情感伦理。郝田虎通过他发掘的晚清译介弥尔顿的第一手资料，提出英国文学早期中译史有必要修正的重要观点；李正栓围绕诗歌"教育人、愉悦人、感动人"的基本功能，生动阐释诗歌教学和立德树人的紧密关系。本届年会同步开设 10 个分会场，80 多位青年学者和研究生围绕中西文化互鉴、经济话语研究、科技伦理研究、文本接受研究、跨媒介研究、理论前沿研究等主题分享了他们最新的学术成果。会议还特设了 2 场研究生论坛和诗歌朗诵会。

2022 年 11 月 4 日—6 日，由浙江大学外国语学院中世纪与文艺复兴研究中心和中国英汉语比较研究会诗歌研究专业委员会联合主办的"文本·方法·方向：新时代的诗歌研究国际研讨会"在杭州召开。会议

第 6 章　英语诗歌研究的平台机制自主建设与发展

采用线下线上相结合方式举行,来自耶鲁大学、哥伦比亚大学、得克萨斯大学、北伊利诺伊大学、北京大学、北京师范大学、复旦大学、上海交通大学、浙江大学等国内外高校的 60 余位专家学者出席。本次研讨会由会前讲座、主题发言、分组论坛组成。耶鲁大学戴维·卡斯顿(David Kastan)教授以"弥尔顿《失乐园》中的政治、虔敬和诗学"为题作了一场会前学术讲座。在以"中世纪与文艺复兴诗歌"为主题的大会发言中,哥伦比亚大学罗伯特·汉宁(Robert Hanning)就"不确定世界中的诗歌与感知问题:乔叟《坎特伯雷故事集》管家故事中移位的摇篮"、得克萨斯大学奥斯汀校区约翰·鲁姆里奇(John Rumrich)就"弥尔顿的莎士比亚"、亚利桑那州立大学坦佩校区理查德·纽豪瑟(Richard Newhauser)就"乔叟《商人的故事》中意向的重要性"分别作了发言。在主题为"诗歌文献学与美国诗歌"的大会发言中,河南大学高继海就《德文郡手稿》(*The Devonshire Manuscript*)、广西民族大学张跃军就"共同体视野下的毕晓普巴西时期诗歌解读"、上海财经大学桑德罗·荣格就"18 世纪早期自然颂歌的定量与发生研究"、复旦大学王柏华就"狄金森的定义诗和实验诗学"分别发言。在主题为"十四行诗与世界诗歌"的大会发言中,北伊利诺伊大学威廉·贝克(William Baker)就"莎士比亚第29首十四行诗"、佐治亚州立大学斯蒂芬·多布兰斯基(Stephen B. Dobranski)就"弥尔顿、危机与诗歌的维系力量"、上海交通大学王宁就"世界诗歌对诺奖的贡献及其理论建构"分别进行发言。在主题为"中西诗学互鉴"的大会发言中,浙江大学郝田虎就"英国文艺复兴文学对中国现当代诗歌的影响"、湖南大学黄晓燕就"史蒂文斯诗歌中的'大音希声'"、山东大学刘晓艺就"一位格律诗人的莎士比亚十四行诗翻译心得"、东北师范大学杨丽娟就"《阿尔戈英雄纪》中赫拉克勒斯价值评断的悬搁"分别发言。分组论坛涉及现代诗歌、文艺复兴诗歌、中世纪诗歌、诗歌与翻译等多个议题。

2020 年 12 月 19 日,中国英汉语比较研究会诗歌研究专业委员会和湖南科技大学外国语学院联合在线举办了"当代英语诗歌前沿研究高端论坛"。黄运特、劳瑞·夏尔、罗良功、章燕、黎志敏等作了大会发言,加利福尼亚大学黄运特以"当代美国诗歌走向"为题发言,分析了《星星论》《边疆启示录》等入围美国国家图书奖(诗歌类)作品,剖析了少数族裔诗人不断提高的创作水平及其在美国文化语境中的意义。加州州立大学夏尔以"美国非裔诗歌对陈美玲的影响"为题,阐释了美国华裔诗人陈美玲在接受中华文化影响的同时对美国非裔诗歌影响的吸收。华中师范大学罗良功以"聆听经典:声音作为重新发现英语诗歌传统的路径"为题剖析了英语诗歌声音的文本功能,认为声音能够成为重新阐释和评价传统诗歌的新路径。北京师范大学章燕聚焦于爱尔兰诗人谢默斯·希尼的诗歌,剖析了诗人对北爱尔兰政治问题的现实关切与其艺术创造之间的关系。广州大学黎志敏以"狄金森死亡诗歌中的'生命哲学':将生命意义融入对美的追求"为题,认为狄金森在诗作中以理性直面死亡,体现出积极的人生哲学与对生命本质的洞见。张跃军、张景华、吕爱晶、黄晓燕主持发言并作点评。

2022年6月11日,中国英汉语比较研究会诗歌研究专业委员会第一届专题研讨会以线上形式召开,主题为"诗歌与治愈:英语诗歌研究新风尚"。会议由西华师范大学外国语学院承办,来自北京师范大学、北京外国语大学等50余所高校的百余位代表齐聚云端,共襄盛会。与会代表围绕英语诗歌与精神疗愈、新时代的英语诗歌翻译与传播、英汉诗歌比较研究、英语诗歌研究和理论创新、英语诗歌的伦理与共同体思想研究等议题展开深入研讨。研讨会包括10场主旨报告和8个分会场研讨。

6.2.9　浙江大学现代主义文学与东方文化系列学术活动

浙江大学外国语学院外国文学研究所自2009年以来,在特聘学者、美国新奥尔良大学钱兆明教授的助力之下,发起组织了一系列关于中国与现代主义的文学学术活动,对新时代中国的美国诗歌研究理论方法和学术视野起到了推动作用。

2009年6月13日至14日,浙江大学外语学院英语文学研究所联合美国新奥尔良大学文学院、《外国文学》编辑部、浙江省外文学会、浙江省翻译协会主办了首届中国现代主义与东方文化研讨会。近80位专家和学者参加了会议。8位学者作了大会发言。钱兆明以"现代主义

第6章　英语诗歌研究的平台机制自主建设与发展

与中国文化：美国现代派诗人与他们的杭州合作者"为题，阐述了美国现代派诗人与中国学者的交往与合作，揭示了中国文化通过具体人物的文化交往对美国现代主义诗歌的影响。中国人民大学孙宏指出庞德虽然对中国诗歌有诸多误读，但更多的是对原作的重构，力图传达中国诗歌的神韵并由此倡导一种"新的学术方法"。浙江大学张德明通过分析卡夫卡的《中国长城建造时》，指出卡夫卡对中国的想象传达了他对自己所处的社会体制、文化境遇和存在状况的反思和追问。中山大学区鉷解读了英国当代诗人蒲龄恩的诗歌特点及其中国诗意。浙江大学高奋在中西诗学观照视野下解读伍尔夫的"现实观"中所蕴含的物我契合的思想，指出其思想源于柯勒律治和摩尔的影响，并与中国传统诗学的"感物说"和"观物取象"会通。浙江大学范捷平以德语现代文学中德布林和瓦尔泽的中国题材文学文本为例，探讨了文学面具的现代性问题。北京外国语大学张剑分析了《荒原》和《四个四重奏》中的佛教、印度教思想，及其蕴含的诗人宗教立场转变。美国普渡大学林立丹阐释了塞缪尔·贝克特和中国音乐的关系。大会设三个分组讨论，王炳钧、张剑、马海良、姜红等21位学者围绕现代主义诗歌与东方文化、现代主义小说与东方文化、现代主义文论与东方文化等议题展开研讨，研讨涉及现代主义文学流派的20余位作家和诗人，涵盖哲学、宗教、音乐、美术、文学、文化等多个领域。

第三届"现代主义与东方文化国际学术研讨会"于2010年6月4日—7日在浙江大学召开。此次会议是继耶鲁大学（1996年）与剑桥大学（2004年）先后举办的第一、第二届国际研讨会之后，在中国内地召开的一次国际学术盛会。大会由浙江大学外语学院、美国新奥尔良大学文学院、杭州师范大学外语学院、上海外国语大学文学研究院联合主办。来自美国哈佛大学、英国牛津大学、德国波恩大学、法国阿维尼翁大学、加拿大不列颠哥伦比亚大学、日本名古屋大学、韩国东国大学、香港城市大学、中国社会科学院、上海外国语大学等90余所国内外高校与研究机构的130余位专家学者参加了本次研讨会。美国哈佛大学的丹·奥尔布赖特（Daniel Albright）、西北大学克莉丝汀·弗洛拉（Christine Froula）、新奥尔良大学钱兆明、英国牛津大学罗纳德·布什（Ronald Bush）、德国波恩大学扎比内·西尔克（Sabine Sielke）、加拿大不列颠哥伦比亚大学艾拉·纳德尔（Ira Nadel）、中国社会科学院的陆建德研究员、香港城市大学张隆溪、杭州师范大学的殷企平、浙江大学高奋等10位专家分别从诗学、宗教、音乐、文学等方面就东方文化对西方现代主义的形成和发展的影响、西方文艺对东方文化的接受方式、中西文学之间的共通性等问题进行了论述。会议代表还围绕"文化交融中的东方与西方""东方/西方：一部后现代启示录""西方作品中的中国/印度""沟通东西方的桥梁""对西方现代主义的东方式阅读""摩尔、史蒂文森和中国""穿梭于东方文化和西方现代主义之间""庞德和儒家伦理""爱默生，富兰克林和东方""美国诗歌中的佛教/儒教"等23个议题进行了分组研讨，美国普渡大学温迪·弗洛里（Wendy Stallard Flory）、日本名古屋大学长畑明利（Akitoshi Nagahata）、韩国东国大学金英敏等国外学者作了发言。

　　本次会议催生了高奋主编的《现代主义与东方文化》一书，推动高奋对现代主义与东方文化的研究进行了历史梳理和展望。她指出，自己将通过研究西方现代主义作品中的东方意象和东方思想，来揭示现代主义与东方文化之间的关系。她认为，当前的研究在方法、意识、重心和境界上表现出下述主要特征：注重从东学西渐的历史背景出发，对西方现代主义中的东方元素作文化研究；揭示西方现代主义诗学背后的东西文化交融特性；重点关注现代主义作品在形式、技巧、主题上东西兼容的重构特性；对东方元素的解读表现出显著的超越意识。

　　此后，浙大外国文学研究所又举办了欧美现代主义系列高端论坛。2020年12月6日，"2020欧美现代主义高端论坛"在线上召开。钱兆明、美国加州州立大学童明（刘军）和浙江大学高奋作了主旨发言，清华大学曹莉担任主持嘉宾。钱兆明的报告"世纪之交现代主义与当代中国文化：蒲龄恩《珍珠，是》中的中国文字诗"从蒲龄恩《珍珠，是》组诗中改写的英国文艺复兴时期和浪漫主义时期经典切入，剖析该诗对中国诗人车前子诗歌《白桥》的转换和改造，认为这类现成品艺术诗在新环境中赋予旧作品以新的意蕴，体现了现代主义文学的革命性特质。童明在题为"现代性赋格：十九世纪欧洲经典文学启示录"的学术报告中，探讨了现代性的复调特质，分析了福楼拜、波德莱尔、陀思妥耶夫斯基、尼采和卡夫卡作品中的审美判断倾向，阐释了他们与启蒙现代性相对的

第6章　英语诗歌研究的平台机制自主建设与发展

对位现代性。高奋作了题为"中西写意理论之比照：克莱夫·贝尔的形式主义理论与中国北宋文人画理论"的学术报告。她对比了英国现代艺术批评家克莱夫·贝尔（Clive Bell）的形式主义理论与中国北宋时期欧阳修、苏轼、黄庭坚、米芾等人的"文人画理论"，指出它们在中西绘画史上分别促成了从"再现"到"表现"和从"写实"到"写意"的重大转向，借此深入阐明欧美现代主义的美学内涵。浙江大学外国文学研究所所长高奋在论坛总结发言中指出，本次论坛主旨发言以19世纪欧美经典文学、20世纪初英国艺术理论和20世纪末英国诗歌为研究对象，在一个广阔的视野中探索并论述现代性赋格、现代主义美学理念和现代主义形式渊源，重视实证考察、整体观照、理论实践合一和审美体悟，展现了中国视野下的外国文学创新性。

2021年12月11日，由浙江大学外语学院外国文学研究所现代主义研究中心主办的"2021欧美现代主义文学高端论坛"通过线上方式成功举办。来自国内高校的400余位专家学者参加了本次线上会议，四位学者作了大会主旨发言。童明的主旨发言题为"从'应和'到'灵韵'：忧郁的理想催生的现代美学"。他以波德莱尔《巴黎的忧郁》和《恶之花》诗篇为例，阐释波德莱尔诗艺中美学概念"应和"（correspondence）的具体内涵，并以城市浪子（flâneur）这一形象解读"理想"与"忧郁"的伴随。他认为，本雅明用"灵韵"为发乎人的灵性、不依赖机械媒介的美学经验赋予一个符号，超越时间、物我相通，抵御现代异化。钱兆明在"从杜尚的'眷留'理念到斯奈德的《牧溪的柿子》"的主旨报告中，以杜尚的"眷留"（delay）理念为切入点，阐释斯奈德21世纪的禅诗，阐明了杜尚的"陌生化"诗学、斯奈德诗作的禅意，又传达了一种探索第四维度的前卫理念。清华大学曹莉在点评时，高度肯定了两位教授在欧美现代主义文学研究方面对中国视角的拓展。申富英在题为"论《尤利西斯》中作为文学事件的超物质铭写"的主旨报告中，将《尤利西斯》视为一部由物书写构成的小说，她以塔楼、镜子、金钱、黑豹、母牛等物的超物质性铭写为例，论述了《尤利西斯》中物的事件性，探究了该小说双重乃至多重叙事进程的书写机制。高奋以中国诗学为理论观照，作了题为"论弗吉尼亚·伍尔夫《伦敦风景》中的情景交融"的报告。她分析了"情景交融"的诗意境界和深层内涵，以此为视角考察了《伦敦风景》中的6篇随笔中景、情、意的交融,多层次展现了伦敦作为大都市的生命情志。浙江大学外语学院方凡在闭幕式上,指出本次论坛的特点之一在于"博观",肯定了论坛所彰显的跨学科、跨文化研究在探索现代主义诗学理念与文学表达中的价值。

2022年12月11日,浙江大学外国文学研究所在线举办了"西方文学与中国文化高端论坛"。三位学者作了主旨报告。欧洲学院外籍院士、香港城市大学讲座教授张隆溪的主旨报告题目为"博尔赫斯与中国",钱兆明主旨报告的题目是"创新西方表现主义戏剧——米勒的《推销员之死》在北京人艺舞台",高奋主旨报告的题目是"华莱士·史蒂文斯的诗歌与中国宋画"。

浙大现代主义系列会议一以贯之地强调了中西文化比较、中国/东方文化与欧美现代主义关系研究,并直接以美国现代诗歌为重点研究对象进行理论方法上的探索和思想文化事业的拓展,将美国/西方现代主义诗歌及其传统和影响研究的跨文化、跨艺术视角和研究方法突出地展示出来,为中国的美国诗歌及其与中国关系的研究开辟了新的路线。正如高奋所说,第三届现代主义与东方文化国际学术研讨会,汇同其后出版或再版的文献,使现代主义与东方文化研究成为当代显学。

6.2.10 杭州师范大学跨艺术跨媒介研究系列学术会议

进入新时代以来,跨艺术跨媒介研究逐渐成为国内外国文学研究,特别是诗歌研究的新方法新路径,产生了一系列较有创新性和影响力的学术成果。这一方面得益于中国学术传统中的跨艺术融通视野和当代学人的新探索,在一定程度上也得益于杭州师范大学跨艺术研究团队在近年来一系列学术活动的开展。该团队自2018年以来,依托团队成员的多项国家级科研项目,连续举办了多届跨艺术跨媒介研究学术研讨会,对跨艺术跨媒介研究应用于诗歌和其他文学研究领域起到了较明显的推动作用。

2018年杭州师范大学承办了第四届跨媒介研究国际研讨会。这是中国第一次与国际跨媒介研究学会(International Society for Intermedial

第 6 章　英语诗歌研究的平台机制自主建设与发展

Studies）合作、在亚洲地区举办的首次跨媒介研究学会年会，也是此后杭州师范大学乃至中国学术界举办这一主题系列会议之始，因而具有显著的学术史意义：一方面，它是中国引进西方跨媒介研究理论思想的标志性事件；另一方面，它也是中国在吸收西方跨媒介研究理论思想不断进行本土化创造的基石。

"第四届跨媒介研究国际研讨会：比较视野下的跨媒介实践与理论"于 2018 年 11 月 16 日—17 日由杭州师范大学外国语学院与中国外国文学学会比较文学与跨文化研究会联合举办。来自瑞典、挪威、奥地利、英国、德国、美国、加拿大、巴西、土耳其、印度、中国、日本、韩国等十多个国家的 70 多位学者参会。会议的主要议题包括：跨艺术、多媒介与超学科，中国与欧美国家的跨媒介艺术实践比较，中国跨媒介理论发展，中国与西方的跨艺术诗学对话，语言文本与图像文本间的艺格符换，音乐化的文学与文学化的音乐，多元文化语境下戏剧的跨媒介呈现，媒介技术在人文教育中的应用，比较文学与跨文化研究理论与实践，跨媒介研究、跨文化翻译等领域的前沿问题。国际跨媒介研究学会主席拉斯·埃斯特洛姆（Lars Elleström）出席会议并作了题为《语言、文化差异和媒介类型》（"Language, Cultural Differences, and Media Types"）的主旨报告，讨论了语言、媒介和文化之间的复杂关系。钱兆明先生在题为"20 世纪与 21 世纪的跨媒介性"的大会发言中，以艾略特的《荒原》和肯尼斯·哥德斯密的《交通》（*Traffic*，2007）为例，比较了两个世纪的跨媒介诗歌特征。中国外国文学学会比较文学与跨文化研究会会长、上海交通大学彭青龙在题为"全球化语境下亚太文学中的东西交融"的大会发言中指出近年来西方民族主义思潮引发的有关文化多样性和全球化问题的争议，强调文化多样性是不同文化之间交融碰撞的结果，可以与日益上升的新民族主义形成制衡。英国雷丁大学露西娅·纳吉博（Lucia Nagib）作了题为《通往现实的跨媒介之路：以巴西电影为例》的报告，并通过一些涵盖跨媒介艺术的电影片段分析，探讨了跨媒介艺术的跨文化作用。北京师范大学章燕作了题为"华兹华斯诗歌和视觉艺术的关系"的报告，她剖析了华兹华斯的诗歌创作受到的来自视觉艺术的影响，推翻了此前学界普遍认为华兹华斯明显抵制视觉艺术的观点。上海财经大学的谭琼琳作了题为"美国现代诗歌中汉字的符号适应性研究"的报告,她以庞德、金斯堡、斯奈德、菲利普·惠伦（Philip Whalen）、卢·韦尔奇（Lew Welch）和卡明斯的诗作为例,探讨了汉字作为音形合一的表征符号对现当代美国诗歌和诗学产生的重要影响。韩国东国大学金英敏在题为"后现代的崇高：跨媒介、世界文学和数字人文的联系"的报告中,梳理了从康德到利奥塔再到詹明信关于"崇高"这一美学范畴的演变,并探讨在当代新媒体时代的"崇高性"特点。欧荣在题为"跨媒介和东西方文化互动"的主题发言中,通过剖析杭州师范大学早期校友李叔同和徐宗挥的跨文化文学创作,揭示了20世纪上半叶东西方跨媒介、跨文化互动的文化样态。

"第四届跨媒介研究国际研讨会"被视为该校主办的首届跨媒介跨艺术研究学术会议,因而,该校于2020年11月13日—15日举办的"跨艺术/跨媒介研究国际研讨会暨研修班"被视为第二届跨媒介研究研讨会。这次会议采取线上线下相结合的形式,来自国内外40余所高校的近百位专家和青年学子参会。北京师范大学章燕作了主题为"欧美跨艺术诗学历史沿革"的报告,梳理了跨艺术诗学从古希腊到文艺复兴再到新古典主义时期的历史演进。

欧荣作了题为"当代欧美跨艺术诗学概览"的报告,对当代欧美跨艺术诗学热点进行了分类考察,勾勒出当代欧美跨艺术诗学研究图景。国际跨媒介研究协会会长拉斯·埃斯特洛姆（Lars Elleström）教授作了题为"真实与叙述的跨媒介性"的报告；哈佛大学/布加勒斯特大学的德利娅·昂古雷诺（Delia Ungureanu）作了题为"世界文学与电影中的超现实主义思想"的报告,梳理了西方超现实主义艺术理念与东方艺术的契合及其在当代影视作品中传播的隐藏网络；韩国金英敏作了题为"电子文学中的跨符码诗学：文学、新媒体、数字人文的交汇"的报告；上海交通大学的彭青龙作了题为"比较文学的数字人文路径：机遇与挑战"的报告；南京大学的何成洲作了题为"跨媒介视野下的'戏剧-小说'研究"的报告；上海师范大学李建英以"兰波诗歌的视觉语言"为题作了报告,从"视觉错轨"这一概念入手阐释了视觉语言在诗歌表现力上的作用；山东师范大学王卓作了题为"'琼斯皇'和他的前世今生——从《琼斯皇》的跨媒介改编谈起"的报告；上海财经大学谭琼琳作了题为"中国禅画在美国现当代诗歌中的调适研究"的报告,剖析了

第 6 章　英语诗歌研究的平台机制自主建设与发展

禅宗文化对美国现当代诗歌的文化移入和文化适应。研讨会设五个分组研讨，分别围绕"跨艺术/跨媒介理论研究、跨艺术/跨媒介方法论研究、跨艺术/跨媒介批评实践桥、跨文化视野中的跨艺术/跨媒介研究、数字人文研究"等议题展开。本次会议针对青年学子提供的跨媒介研究理论方法培训是一大亮点，有利于促进跨媒介研究方法的推广运用。

2021 年 11 月 12 日—14 日，第三届跨艺术/跨媒介研究国际研讨会暨研修班——"艰难时世中的跨艺术/跨媒介研究"在杭州师范大学召开。来自瑞典、韩国、印尼、英国、中国等国高校的 120 位专家和青年学者参加会议。本届研讨会由专题讲座、学者访谈、高端论坛、分组研讨四个环节组成。在专题讲座环节，北京师范大学章燕作了"西方跨艺术诗学的历史沿革及文本解读"主题讲座；杭州师范大学欧荣作了"当代欧美跨艺术跨媒介研究概述及批评实践"主题讲座。在学者访谈环节，欧荣就国际跨媒介研究学会会长拉斯·埃斯特洛姆的《媒介的模态：跨媒介研究理论与实践》(*Modalities of Media: Theory and Criticism of Intermedial Studies*) 一书的写作背景、写作目的、批评范式等对埃斯特洛姆进行了访谈。徐长生作为译者对林奈大学乔尔根·布鲁恩（Jørgen Bruhn）就《叙事文学的跨媒介性：媒介之重要》(*The Intermediality of Narrative Literature: Medialities Matter*) 一书的学术观点和批评实践进行了访谈。在高端论坛环节，韩国金英敏、上海财经大学桑德罗·荣格、清华大学颜海平分别围绕数字人文和跨媒介、经典文本的跨媒介旅行及音乐舞蹈诗对中国传统文艺的重塑作了发言。此外，中国人民大学耿幼壮作了题为"思考摄影"的报告；南京大学何成洲阐述新物质主义理论对于跨媒介研究的启发思考；上海财经大学的谭琼琳作了题为"中国书法在美国现当代诗中的接受与改写"的发言；华南师范大学凌逾对"考现学"以及"考现文学"进行比较；上海交通大学都岚岚以超文本小说《拼缀姑娘》(*Patchwork Girl*) 对《弗兰肯斯坦》(*Frankenstein*) 的再创造为例，论证超文本与纸文本之间相互依赖关系；杭州师范大学单小曦作了题为"新（跨）媒介时代的文艺批评反思及数字人文路向"的发言；东南大学朱丽田阐述诗歌与绘画间跨媒介再创作关系；上海师范大学陈惠副阐述了东西方戏剧美学在《等待戈多》的京剧版中的精彩融合。

2022年11月11日—13日，第四届跨艺术/跨媒介研究国际研讨会暨研修班在杭州师范大学仓前校区举行，来自瑞典、英国、韩国等国学者以及中国清华大学、中央美术学院、中央戏剧学院、中国传媒大学、北京师范大学等高校70余位师生参加研讨会。本届研讨会由专题讲座、高端论坛、圆桌会谈、分组研讨四个环节组成。欧荣作了题为"中外跨艺术跨媒介研究概述"的专题讲座。在高端论坛环节，北京师范大学章燕作了题为"华兹华斯的花园美学"的发言；上海财经大学谭琼琳作了题为"伐柯之斧、《文赋》与美国现当代诗"的发言；中央美术学院李军阐释了"艺术史如何跨文化、跨媒介"；杭师大人文学院杨向荣探讨了"物－画与再现危机"，并作了"跨媒介视域中的图像叙事解读"的发言；清华大学颜海平作了题为"跨媒介与互为的转写"的发言，提出中西语言互译中具有待认知的跨媒介属性及其跨文化内涵和意义；南京大学赵宪章以"中国文学图像史若干问题"为题作了发言；上海音乐学院王旭青的发言讨论了作曲家阿诺德·勋伯格（Arnold Schoenberg）的音乐创作与建筑师阿道夫·卢斯（Adolf Loos）空间观之间的互动；南京大学的何成洲探讨了拉图尔的网络社会学理论对于跨媒介研究的启发；东南大学的龙迪勇作了题为"模仿律与跨媒介叙事——试论图像叙事对语词"的发言；上海财经大学桑德罗·荣格对比分析了小说和电影《尼罗河上的惨案》不同版本中女性形象的跨媒介塑造；韩国金英敏探讨了文学文本的跨媒介和超媒介的转换；温州肯恩大学米克·巴赫默（Mieke Bahmer）阐释了希腊艺术在罗马帝国中的本土化现象；英国布里斯托大学李双翼、里德大学露西亚·纳吉博对电影中的跨媒介现象进行了考察。本届会议还以"拉斯·埃斯特洛姆的韦克舍遗产"为主题组织了圆桌讨论，与会学者追忆了与埃斯特洛姆教授的学术交往，梳理了他在欧美跨艺术诗学研究领域的学术演进历程，评价了他在跨艺术跨媒介研究中的理论贡献。

2023年4月29日，杭州师范大学外国语学院、杭州市哲社重点研究基地杭州文化国际传播及话语策略研究中心主办了"跨艺术诗学研讨会暨《语词博物馆：欧美跨艺术诗学研究》出版座谈会"。《语词博物馆：欧美跨艺术诗学研究》是杭州师范大学欧荣主持完成的国家社科基金重点项目"欧美跨艺术诗学研究"（批准号14WW001）的结项成

第 6 章　英语诗歌研究的平台机制自主建设与发展

果，2022 年 12 月由北京大学出版社出版。会议由杭州师范大学资深教授殷企平全程主持，杭州师范大学科研处副处长陈礼珍、外国语学院院长周敏、北京大学出版社张冰致辞，胡强、蒋承勇、刘建军、聂珍钊、周洁、曹莉、郝田虎、李庆本、沈松勤、谭琼琳、吴笛、赵宪章、章燕、郭景华等学者参加并发言。学者们对这部专著的创新意义和学术价值给予肯定，认为这本专著直指人类在新的时代，特别是在以人工智能新技术为代表的新的生存环境、生活现实中，人类如何不断地与时俱进、进行创新性自我表达的意义和功能探索，并为人类艺术创造、传播、解读和批评提供了新的范式。这次会议不仅扩大了这部专著的宣传面，也将推动该书所展示的跨艺术跨媒介研究方法和范式在批判实践中的运用。

上述列举的信息并不完整，却可以反映新时代中国学界在英语诗歌研究和中外诗歌交流互动方面的新发展。这主要表现在两个方面：一是中国学者显示出前所未有的学术自信和学术勇气，通过自主建设全国性和国际性学术共同体，通过自主建设学术平台日益走进世界学术舞台的中央；二是中国的英语诗歌研究开始与国际学界进行平等对话，既展现出中国倡导的世界文明交流互鉴的精神，也反映出中国文学研究从百年来一路追赶西方终于转为平等交流、逐渐开始进行自主知识体系和话语体系建设。

6.3　英语诗歌研究支持机制创新与发展

进入新时代以来，在新文科建设、中国文化"走出去"的国家意志推动下，包括英语诗歌研究在内的中国人文学科得到了更充足、更多元的支持，从而推动了英语诗歌研究支持机制的创新和发展。这主要表现在三个方面。

首先，英语诗歌研究经费支持机制更加完善。新时代以来，国家和地方对科研资金投入普遍都有明显增加，国家和地方政府分别设立科研基金，商业机构也积极参与支持科研项目，形成了国家、教育部、省区、行业、高校、民间多层次多维度的科研经费支撑体系，且资助额度逐年提高、立项数量不断增加，对包括诗歌研究在内的人文学科领域的科学研究产生了极大的推动作用。2012年以来，科研项目无论就数量还是质量相较于以前均有大幅提高，仅国家社科基金立项资助项目和教育部人文社科研究项目中，就有180多项专门研究美国诗人和诗歌，还有很多项目虽然不是关于英语诗歌的专门研究，但英语诗歌研究是其中的重要内容。更加完整的研究经费支持机制促进了中国近年来大量优质的、富有创新性的英语诗歌研究成果的产出。

其次，研究成果出版支持不断增加。进入新时代以来，英语诗歌研究成果的出版资助更加多元，国家哲学社会科学基金和教育部哲学社会科学后期资助项目、高校科研院所以及各级主管部门纷纷出台出版资助政策，各出版社、行业和民间出版资助力度越来越大，资助方式越来越多，推动了英语诗歌研究专著的出版。此外，《外国文学研究》等一些重要的学术期刊也开始主动策划年度选题，邀请国内知名学者组稿，开设中外学术对话和其他特定主题专栏，为更多具有创新性和特色的英语诗歌研究主题论文获得发表便利。

第三，研究团队建设与模式改革支持机制不断优化。新时代迅速发展的信息技术和生气蓬勃的学术氛围为英语文学研究团队建设和研究模式改革提供了新的动力。除国家批准成立的学术组织推动英语诗歌研究团队或学术共同体形成和活动之外，一些高校开始举办专题性学术研修班并基于此开展研究；《外国文学评论》《当代外国文学》等重要学术期刊也定期举办作者研修班，在培养优秀作者队伍的同时也推动了英语诗歌研究学者之间的交流与合作。此外，国家当前鼓励开展有组织科研，客观上也进一步推动了同仁合作、集体科研。

以下整理出2012年以来国家哲学社会科学基金立项资助的和中国教育部人文社会科学研究项目名单，可以部分反映2012年以来我国英语诗歌研究的支持机制创新与发展。

表6-1　2012年以来国家社会科学基金立项支持的英语诗歌研究项目

序号	项目名称	负责人	项目类别	立项年度
1	玛乔瑞·帕洛夫诗学批评研究	张　鑫	后期资助项目	2012
2	意象派、客体派、黑山派诗学谱系研究	王　卓	一般项目	2012

第6章　英语诗歌研究的平台机制自主建设与发展

续表

序号	项目名称	负责人	项目类别	立项年度
3	中禅西渐与美国诗歌现代转型（1912—1963）	武新玉	青年项目	2012
4	奥登诗学研究	蔡海燕	青年项目	2012
5	菲利普·拉金研究	陈 晞	一般项目	2012
6	拜伦叙事诗影响研究	杨 莉	一般项目	2012
7	弥尔顿在中国的跨文化之旅研究	郝田虎	一般项目	2012
8	济慈诗歌与诗论的现代价值	傅修延	成果文库	2012
9	莎士比亚十四行诗批评史	马春丽	青年项目	2012
10	空间理论视阈下英国田园诗歌研究	姜士昌	一般项目	2012
11	中西比较诗学视阈下唐诗"客观诗本体"及其世界性	张少扬	一般项目	2013
12	艾德里安娜·里奇：性别诗学和文学建构	许庆红	一般项目	2013
13	亚里士多德《诗学》疏证研究	陈明珠	青年项目	2013
14	美国幻觉型诗人研究	彭 予	一般项目	2013
15	乔叟诗歌《禽鸟议会》写本和刊本的比对研究	石小军	一般项目	2013
16	锡德尼诗学及其影响研究	何伟文	一般项目	2013
17	二战后美国诗歌流变研究	姜 涛	一般项目	2013
18	西尔维亚·普拉斯诗歌研究	曾 巍	青年项目	2013
19	美国新超现实主义诗歌诗学研究	尹根德	一般项目	2013
20	欧美跨艺术诗学研究	欧 荣	重点项目	2014
21	当代英国诗歌的底层叙事研究	梁晓冬	一般项目	2014
22	"自由"的法则——英美现代诗歌形式研究	黎志敏	一般项目	2014
23	华莱士·史蒂文斯抽象诗学研究	程 文	一般项目	2014
24	加里·斯奈德研究	罗 坚	一般项目	2014
25	美国诗人凯·瑞安的游戏诗学研究	吕爱晶	一般项目	2014
26	英国浪漫主义诗歌对国家身份的表达与建构研究	李 增	一般项目	2014

续表

序号	项目名称	负责人	项目类别	立项年度
27	北爱尔兰诗人保罗·马尔登研究	孙红卫	青年项目	2014
28	弥尔顿与西方史诗传统研究	吴玲英	一般项目	2014
29	威廉·燕卜荪诗学研究	秦丹	后期资助项目	2015
30	华兹华斯诗歌思想研究	朱玉	后期资助项目	2015
31	西方牧歌发展的历史与哲学之思	汪翠萍	青年项目	2015
32	"跨太平洋诗学"在现当代美国诗歌中的嬗变研究	姚本标	一般项目	2015
33	英国"湖畔派"诗人社会文化批评思想研究	谢海长	一般项目	2015
34	柯尔律治诗学思想研究	鲁春芳	一般项目	2015
35	加拿大当代英语诗歌"共同体想象"研究	张雯	一般项目	2015
36	当代爱尔兰诗歌中的身体叙事研究	侯林梅	一般项目	2015
37	美国现代女诗人玛丽安·摩尔诗歌研究	倪志娟	一般项目	2015
38	蕾·阿曼特劳特"见证诗歌"与诗论研究	孙立恒	一般项目	2015
39	乔治·赫伯特美德诗学研究	吴虹	一般项目	2015
40	乔叟诗歌的对话性研究	汪家海	一般项目	2015
41	比较视野下的赵萝蕤汉译《荒原》研究	黄宗英	一般项目	2015
42	视觉艺术与叶芝的对立诗学研究	周丹	青年项目	2016
43	美国"深层意象派"诗歌的中国儒学思想研究	徐文	一般项目	2016
44	美国当代诗歌的差异性审美模式研究	殷晓芳	一般项目	2016
45	美国当代后黑人艺术运动诗人及其诗歌研究	王冬梅	一般项目	2016
46	安妮·塞克斯顿和美国战后隐私书写研究	张逸旻	一般项目	2016
47	中古英语梦幻诗研究	刘进	一般项目	2016
48	英国"左翼诗派"诗学研究	吴泽庆	一般项目	2016
49	特德·休斯与自白诗派文学因缘研究	凌喆	一般项目	2016
50	雪莱诗歌研究	曹山柯	一般项目	2016
51	弥尔顿与共同体构建：宗教、政治、民族	刘庆松	一般项目	2016

第6章 英语诗歌研究的平台机制自主建设与发展

续表

序号	项目名称	负责人	项目类别	立项年度
52	英国自然诗歌传统与当代生态诗歌的兴起研究	陈 红	一般项目	2016
53	英语十四行诗的艺术传承与历史演变研究	周桂君	重点项目	2016
54	在艺术与政治之间：20世纪美国非裔诗歌史论	罗良功	后期资助项目	2017
55	丽塔·达夫研究	王 卓	后期资助项目	2017
56	中国20世纪欧美现代主义诗歌译介史论	耿纪永	后期资助项目	2017
57	比较诗学视野下"X一代"亚裔美国诗歌研究	蒲若茜	一般项目	2017
58	艾米莉·狄金森自然的多元视角研究	李 玲	一般项目	2017
59	美国自然诗歌中的生态环境主题与国家发展思想研究	朱新福	一般项目	2017
60	伊兹拉·庞德诗歌创作与神话研究	胡 平	一般项目	2017
61	达菲诗歌文体研究	周 洁	一般项目	2017
62	杰弗里·希尔诗歌研究	肖云华	一般项目	2017
63	文学地理学视域下华兹华斯诗歌的地理书写研究	覃 莉	一般项目	2017
64	叶芝创作中的国家认同研究	何 林	一般项目	2017
65	伊丽莎白·毕晓普文学世界的跨越与融通	张跃军	西部项目	2018
66	20世纪美国诗歌中先锋画派影响研究	朱丽田	一般项目	2018
67	比较文学视野下二十一世纪普利策诗歌奖获奖作品研究	曾 虹	一般项目	2018
68	客体派诗学导引下的20世纪中叶美国诗歌转型机制研究	杨国静	一般项目	2018
69	庞德中国文化原典创译研究	彭水香	后期资助项目	2018
70	认知生态批评视野下的朱迪思·赖特诗歌研究	毕宙嫔	一般项目	2018
71	意象派与中国新诗	陈 希	重点项目	2018
72	叶芝文学创作与爱尔兰国民教育研究	胡则远	一般项目	2018

续表

序号	项目名称	负责人	项目类别	立项年度
73	当代苏格兰诗歌研究	何宁	重点项目	2018
74	玛丽安·摩尔诗歌全集翻译与研究	何庆机	一般项目	2019
75	艾米莉·狄金森的诗学实验及诗学影响研究	王柏华	一般项目	2019
76	美国自白派诗歌焦虑主题研究	刘小艳	一般项目	2019
77	华兹华斯叙事诗研究	秦立彦	后期资助项目	2019
78	当代英国气候变化诗歌研究	谢超	青年项目	2019
79	17世纪英国诗歌的"合一"思辨与时代诠释研究	熊毅	一般项目	2019
80	拉斐尔前派诗歌的文本图像研究	慈丽妍	一般项目	2019
81	英国社会转型期乡村诗歌研究	王刚	一般项目	2019
82	英国浪漫主义诗歌与视觉艺术关系研究	章燕	一般项目	2019
83	毕肖普诗歌中的家园书写与共同体建构研究	王玉洁	青年项目	2020
84	艾略特诗歌空间建构研究	陈庆勋	一般项目	2020
85	副文本视域中的艾米莉·狄金森文学形象研究	周建新	一般项目	2020
86	当代美国诗歌城市书写研究	虞又铭	一般项目	2020
87	论活动诗歌：20世纪中期纽约派诗歌研究	蒋岩	后期资助项目	2020
88	英国浪漫主义诗人与公共生活研究	黄弋	后期资助项目	2020
89	英国中世纪晚期譬喻体诗歌研究	倪云	青年项目	2020
90	英国田园诗歌理论研究	姜士昌	一般项目	2020
91	英美女性诗歌中的神话改写研究	曾巍	重点项目	2021
92	美国现代诗声音诗学研究	黄晓燕	一般项目	2021
93	约翰·阿什伯利的诗画诗学研究	张慧馨	一般项目	2021
94	奥登诗学与神话研究	赵元	一般项目	2021
95	"垮掉派"诗歌与"第三代"诗歌后现代性比较研究	邱食存	一般项目	2021
96	本土视阈下美国诗歌中的中国书写研究（1912—2020）	郭英杰	西部项目	2021
97	美国自白诗跨学科书写研究	魏磊	一般项目	2022

第6章 英语诗歌研究的平台机制自主建设与发展

续表

序号	项目名称	负责人	项目类别	立项年度
98	全球化语境下的罗伯特·潘·沃伦诗歌研究	陈耀庭	一般项目	2022
99	美国二十世纪中叶"新诗"跨媒介诗学研究	张逸旻	一般项目	2022
100	济慈诗歌中的医学伦理、疾病与死亡书写研究	卢炜	一般项目	2022
101	中国古代山水诗在英语世界的双语与图像传播研究	江承志	一般项目	2023
102	中古英语诗歌与地图史籍研究	石小军	一般项目	2023
103	美国现代主义诗歌跨媒介性研究	刘海燕	一般项目	2023
104	20世纪美国生态诗歌的中国渊源研究	耿纪永	一般项目	2023
105	生态伦理视野下的特德·休斯动物诗歌研究	凌喆	一般项目	2023
106	格特鲁德·斯泰因的视听诗学研究	石婕	青年项目	2023
107	英国"奥登一代"先锋诗研究	蔡海燕	一般项目	2024
108	20世纪美国诗歌第三次"中国热"研究	甘婷	一般项目	2024
109	中国画视觉美学下的华裔美国诗歌研究	张春敏	一般项目	2024
110	埃蒙斯诗歌道禅美学研究	康燕彬	一般项目	2024
111	英美现代主义"画家诗人"的媒介间性研究	王博文	青年项目	2024
112	"奥登一代"的中国书写研究	黄玲莉	青年项目	2024
113	20世纪中后期美国先锋诗的新物质主义诗学研究	蒋岩	青年项目	2024
114	当代亚裔美国诗歌的感官书写研究	李楚翘	青年项目	2024
115	美国华裔诗歌生命诗学研究	李卉芳	青年项目	2024

表6-2 2012年以来有关英语诗歌研究的教育部人文社会科学研究项目（含后期资助项目）

序号	项目名称	负责人	项目类别	立项年度
1	美国"深度意象派"诗歌研究	尹根德	规划基金项目	2012
2	威廉·詹姆斯，实用主义哲学与罗伯特·弗罗斯特诗学与诗歌研究	何庆机	规划基金项目	2012

续表

序号	项目名称	负责人	项目类别	立项年度
3	英美现代主义诗歌批评史	王 庆	青年基金项目	2012
4	莎士比亚十四行诗中的伦理真相	王改娣	规划基金项目	2012
5	雪莱的灵魂诗学	刘晓春	青年基金项目	2012
6	后殖民视角下的澳大利亚作家朱迪思·赖特研究	毕宙嫔	青年基金项目	2012
7	英美现代派诗歌中的城市书写研究	欧 荣	规划基金项目	2013
8	艺格敷词：威廉斯的读画诗研究	李小洁	规划基金项目	2013
9	奥尔森诗学与诗歌研究	刘朝晖	规划基金项目	2013
10	中国禅与当代美国生态诗人的东方转向研究	耿纪永	规划基金项目	2013
11	认知诗学视阈下的美国"垮掉派"诗歌研究	迟 欣	规划基金项目	2013
12	奇幻与现实：中古英语梦幻诗中的两个世界	刘 进	规划基金项目	2013
13	当代爱尔兰诗歌的爱尔兰性研究	侯林梅	青年基金项目	2013
14	诗歌符号学理论研究：以雅柯布森、里法泰尔和卡勒为中心	乔 琦	青年基金项目	2013
15	当代爱尔兰诗歌的文化释读（1960—2010）	夏延华	青年基金项目	2013
16	跨文化视阈下的济慈诗论和他的诗	周桂君	后期资助一般项目	2013
17	过程与关系：美国现代诗歌形式的实用主义哲学研究	殷晓芳	规划基金项目	2014
18	英美自由诗初期理论的谱系	李国辉	青年基金项目	2014
19	英国浪漫主义诗歌中的基督教情结	王 萍	规划基金项目	2014
20	特德·休斯诗学研究	凌 喆	青年基金项目	2014
21	美国当代本土裔（印第安）诗歌主题研究	张 琼	规划基金项目	2015
22	美国自然诗主题演变及其生态诗学思想的建构	朱新福	规划基金项目	2015
23	世界文学视域下的朗费罗诗歌研究	柳士军	规划基金项目	2015

第6章　英语诗歌研究的平台机制自主建设与发展

续表

序号	项目名称	负责人	项目类别	立项年度
24	"文学地域主义"视阈下的美国西北诗派研究	洪 娜	规划基金项目	2015
25	当代华裔美国诗歌创作主题研究	张春敏	青年基金项目	2015
26	跨艺术诗学视域下的美国纽约派诗歌研究	朱丽田	规划基金项目	2016
27	杰克·凯鲁亚克诗歌研究	陈 盛	规划基金项目	2016
28	方言化言说：美国当代诗歌批评	罗良功	后期资助一般项目	2016
29	诗人艾米莉·勃朗特研究	刘富丽	规划基金项目	2016
30	地方诗学视域下的家园话题：19世纪英国诗歌研究	李 玲	青年基金项目	2016
31	诗人的宗教意识与国家情怀——柯勒律治保守主义的"诗意道说"	杨 颖	青年基金项目	2016
32	艾米莉·迪金森与英美文学传统	顾晓辉	规划基金项目	2017
33	芝加哥文艺复兴时期的城市书写（1870—1920）	王青松	规划基金项目	2017
34	符号学视阈下《荒原》的创作与传播研究	赵 晶	青年基金项目	2017
35	文学市场语境中的华裔美国诗歌创作研究	宋 阳	青年基金项目	2017
36	普拉斯诗学研究	魏丽娜	青年基金项目	2017
37	罗伯特·骚塞史诗的人物美学研究	赵丽娟	规划基金项目	2017
38	莎朗·奥兹的自白诗研究	张冬颖	青年基金项目	2018
39	美国后现代诗歌在中国的旅行图谱研究：译介、传播与汉化	尚 婷	青年基金项目	2018
40	生态批评视域下的17世纪英国玄学诗歌研究	王 卓	青年基金项目	2018
41	美国桂冠诗人娜塔莎·特雷瑟维诗歌的历史书写研究	陈虹波	青年基金项目	2019
42	"人的风景"：奥登的身体叙事与身心关系研究	蔡海燕	青年基金项目	2019

续表

序号	项目名称	负责人	项目类别	立项年度
43	雪莱批评史研究	刘晓春	青年基金项目	2019
44	美国现代诗声景文化意义构建研究	黄晓燕	规划基金项目	2020
45	W. H. 奥登诗学转向研究	吕冰	青年基金项目	2020
46	美国浪漫主义诗歌中的通体性书写研究	南宫梅芳	规划基金项目	2021
47	查尔斯·伯恩斯坦回音诗学研究	冯溢	规划基金项目	2021
48	威廉斯诗歌风景书写的中国古典山水美感研究	杨章辉	青年基金项目	2021
49	新时代背景下拉斐尔前派诗歌的叙事变异艺术研究	朱立华	规划基金项目	2021
50	乔瑞·格雷厄姆诗歌的互媒元现代性研究	桑翠林	规划基金项目	2022
51	埃兹拉·庞德翻译诗学研究	谭小翠	规划基金项目	2022
52	罗伯特·海登诗歌中的融合主义研究	姜艳	规划基金项目	2022
53	济慈在中国的接受研究	刘海英	规划基金项目	2022
54	战后英国城市诗歌的田园意识形态研究	张珊珊	青年基金项目	2023
55	现代爱尔兰女性诗歌研究（1920—1960）	侯林梅	规划基金项目	2023
56	当代美国印第安诗歌"人与自然生命共同体"书写研究	陈千谦	规划基金项目	2023
57	T. S. 艾略特信札与现代主义诗歌诗学形成研究	林辰	青年基金项目	2023
58	露易斯·格吕克诗歌的自我诗学研究	倪小山	青年基金项目	2023
59	英语现代挽歌中的生死命运共同体意识研究	张磊	青年基金项目	2023
60	英美现代诗歌中的汉诗特质及中国文化国际认同研究	吴笛	规划基金项目	2024
61	美国后"9·11"诗歌的政治参与意识与"公共性"范式研究	黄珊云	青年基金项目	2024
62	英国前拉斐尔派诗画创作的审美思想研究	易霞	青年基金项目	2024

第 6 章　英语诗歌研究的平台机制自主建设与发展

续表

序号	项目名称	负责人	项目类别	立项年度
63	现当代爱尔兰诗歌的如画美学与共同体想象研究	和耀荣	青年基金项目	2024
64	《失乐园》的时空结构与天文学革命	罗诗旻	规划基金项目	2024
65	一战时期英国诗歌的记忆书写研究	夏延华	规划基金项目	2024

结　　语

进入新时代以来的十年间，中国的英语诗歌研究正在阔步进入一个新阶段。这不仅是因为英语诗歌研究在诗歌批评、诗歌史研究、理论方法创新方面都取得了突出的成绩，而且因为新时期中国的英语诗歌研究已经形成良好的学术生态，在英语诗歌诗学译介、诗歌批评、中外诗人学者交流、自主学术组织和平台建设方面协调发展，成为中国英语诗歌研究可持续发展的资源保障。

新时代中国的英语诗歌研究呈现出三大特征。首先，它凸显了中国文化自觉与文化自信。新时代英语诗歌研究在诗歌史编撰、诗歌批评、诗歌批评理论建构方面，立足中国需要、强调中国视角、坚持独立探索，彰显中国自信。其次，新时代中国的英语诗歌研究在理论方法上勇于创新，融汇文化批评和文本研究的诗歌批评理路，矫正了20世纪90年代以来偏离诗歌文本的泛文化批评，将美学内涵融入文化批评的视野。第三，新时代中国的英语诗歌研究体现出鲜明的学术前沿性。中国的英语诗歌研究不仅步入与英美等国同步发展的阶段，在部分领域与国际学界同步走向学术前沿，而且基于中国立场和中国视角，取得了诸多具有独特性和引领性的学术成果，也推动了中国诗歌创作与国际诗坛实时互动的共同发展。

从历史视角来看，新时代中国的英语诗歌研究继承并发展了百余年来中国的外国诗歌研究"服务中国"的传统。中国对英语诗歌的接受与研究始于19世纪末期。五四运动时期，中国知识界逐渐摆脱了此前对零星进入中国视野的英语诗歌所持有的猎奇心态，开始自觉、主动地借鉴英语诗歌，以服务于本土诗歌改造。在这一时期，英语诗歌作为一种外来资源和艺术范式，成为中国新诗运动的催化剂，促进了中国诗歌在观念和形式上的创新与转型。在20世纪20—40年代，中国学术界和诗歌界对英语诗歌的接受表现为以学术认知为基础、以推动中国现代诗歌理论建构及其本土实践为主要目标，为创造社、新月派、象征派、七月诗派等本土诗歌流派的形成提供了养分。中华人民共和国成立之后至改革开放之初的30年间，英语诗歌对于中国诗歌观念和创作实践的借鉴意义让位于服务中国政治话语建构的社会实用功能。改革开放之后，英语诗歌真正进入中国的学术领域。40年来，中国的英语诗歌研究逐渐走向成熟。20世纪70年代末期至90年代是学术补修期。一方面，由于长期的信息封闭和学术断代，中国学界开始较为系统地译介英语诗歌，特别是20世纪上半叶和更早期的诗歌，偶尔涉及同时代的英语诗歌，在一定程度上为以朦胧诗为代表的新时期中国诗歌的发展提供了条件。另一方面，中国对英语诗歌的学术研究开始复苏，但研究理论和方法比较单一，仍以传统的社会文化批评为主。20世纪90年代末期至21世纪第一个十年，英语诗歌研究快速发展：一方面，西方理论思潮的大量引进推动了英语诗歌研究的多元化和深度化；另一方面，对当代英语诗歌更多的关注促进了中国与英语国家（尤其是英美）在诗歌研究和创作实践上的交流。在这一意义上，新时代中国的英语诗歌研究不仅增强了中国人文学术的繁荣，也推动了中国诗歌自身的发展变革及其与英语国家和世界的交流对话，还促进了中国自主知识体系建设和话语体系建设，为人类命运共同体的构建和全球学术治理提供中国智慧。

从文化上看，新时代中国的英语诗歌研究以其独立、独特、先进的品格开始引领世界学术，标志着中国诗歌学术研究百年道路进入新阶段。20世纪以来的百余年间，中国对英语诗歌的接受历经风雨，五四时期催发了中国诗歌观念和诗歌形式变革，20世纪20—40年代滋养了中国现代诗歌理论，50—70年代末期以服务中国政治话语为目的，到70年代末才开始真正意义上的学术研究。改革开放以来的40年，英语诗歌研究逐渐走向成熟，在21世纪第二个十年实现了学术研究与国际同步、平等交流，并正在以中国视角和中国立场走出一条具有中国特色的英语诗歌研究道路，为世界学术贡献中国智慧。这一时期英语诗歌研究的发展固然具有学术研究内部规律，但与新时代中国社会开放、文化自信的环境密不可分，与扎根中国大地的学术理念密不可分，这正是中国的英语诗歌研究乃至整个学术发展的基础。新时代不仅见证了中国学界在英语诗歌研究方面的丰硕成就，而且也见证了中国的英语诗歌研究从追随西方走向独立言说、从学习和了解走向对话与交流。具体而言，中国的英语诗歌研究在新时代完成了从仰望追随到对话交流、从话语借用到话语创新、从欧美立场到中国立场的华丽蜕变。

新时代中国的英语诗歌研究反映出这一领域的中国自主知识体系建设和话语体系建设初见成效，并且正在产生国际学术影响。然而，在当前的形势下，中国的英语诗歌研究有四大任务。

首先，要系统推进英语诗歌研究。英语诗歌的发展与国内国际文化语境息息相关，研究对象、语境、目标、问题变动不居，这就要求中国学者顺应时势、加强英语诗歌研究的系统性，在不同语境、从不同维度和视角准确把握英语诗歌的本质和发展流变，形成具有中国特色和中国立场的关于英语诗歌的独特理解与话语表达，以及英语诗歌研究理论与方法。

其次，要完善中国的英语诗歌研究话语体系和知识体系。习近平总书记多次强调，要"构建具有自身特质的学科体系、学术体系、话语体系"，并指出，"加快构建中国特色哲学社会科学，归根结底是建构中国自主的知识体系"（田心铭，2024）。因而，未来的英语诗歌研究，应该加强理论自觉和文化自信，努力建构并完善英语诗歌研究领域的中国自主知识体系和话语体系。

再次，要加强中国的英语诗歌研究成果转化成服务中国诗歌发展和文化建设资源。学术研究服务于中国建设，这是百年来中国在英语文学研究方面的学术传统和社会指向，更是当代中国社会文化建设的需要。

最后，要在深化研究的同时加强中国学术成果的国际交流与对外传播、提高国际学术影响力。中国在英语诗歌研究方面正在形成自主知识体系和话语体系，也已经产生并将继续产生具有中国特色的批评理论方法和批判实践范式，这些既构成中国文化软实力的一部分，也是中国与世界交流合作的基础，因而，需要更加充分地完善国际学术交流平台建设和机制建设，加强中国的英语诗歌研究领域学术成果的对外传播，为国际学术发展和文化交流做出更大的中国贡献。正如谢伏瞻（2022）所说，"通过哲学社会科学研究积极回应外部关切，促进国际交流与合作，融通中外文化、增进文明交流，传播中国声音、中国理论、中国思想，使中国特色哲学社会科学真正屹立于世界学术之林"。

参考文献

柏灵. 2013.《恶龙的兄弟》的文学伦理学解读. 外国文学研究,（1）: 62-69.
包慧怡. 2021. 格丽克诗歌中的多声部"花园"叙事. 外国文学研究,（1）: 51-63.
蔡培琳. 2023. 弗罗斯特诗歌中的劳动书写与伦理意蕴. 广东外语外贸大学学报,（2）: 109-117.
查尔斯·伯恩斯坦. 2013. 语言派诗学. 罗良功等, 编译. 上海: 上海外语教育出版社.
陈虹波. 2021. 论娜塔莎·特雷瑟维诗歌中个体叙事的历史化. 外国语文研究,（2）: 30-37.
陈青生. 1997. 抗战时期上海的外国文学译介. 新文学史料,（4）: 119-129.
陈晞. 2011. 中国"十一五"期间英国诗歌研究. 外国文学研究,（1）: 18-25.
程昕. 2021. 娜塔莎·特雷瑟维简论. 外国语文研究,（4）: 22-28.
董衡巽. 1978. 美国文学简史（上册）. 北京: 人民文学出版社.
董衡巽. 1986. 美国文学简史（下册）. 北京: 人民文学出版社.
董洪川. 2014. 文学伦理学批评与英美现代主义诗歌研究. 外国文学研究,（4）: 34-39.
段国重, 顾明栋. 2022. 超验主义主体思想与儒家角色伦理学——爱默生、梭罗和惠特曼的"自我"书写新论. 浙江大学学报（人文社会科学版）,（1）: 157-166.
冯溢. 2018. 论语言诗人查尔斯·伯恩斯坦的"回音诗学". 江汉学术,（4）: 52-60.
冯溢. 2021. 别样的语言调性——查尔斯·伯恩斯坦诗歌中的声音美学. 外国文学研究,（3）: 52-63.
冯溢. 2022. 中国道禅思想与回音诗学: 查尔斯·伯恩斯坦访谈录. 外国文学研究,（5）: 1-13.
高奋. 2012. "现代主义与东方文化"的研究进展、特征与趋势. 浙江大学学报（人文社会科学版）,（3）: 31-38.
高照成, 方汉文. 2016. 玛丽安·摩尔诗歌中的中国文化意象. 外国文学研究,（6）: 113-119.
龚晓睿. 2018. 威·休·奥登诗歌中的绘画艺术研究（英文版）. 上海: 上海交通大学出版社.
顾明栋. 2012. 视觉诗学: 英美现代派诗歌获自中国古诗的美学启示. 外国文学,（6）: 42-54.
顾晓辉. 2013. 道德家的文学图景——解读玛丽安娜·莫尔诗歌中的伦理内涵. 中国矿业大学学报（社会科学版）,（4）: 113-117.

郭一. 2017. 疾病体验与诗歌创作：詹姆斯·斯凯勒诗歌中的疾病诗学. 外国文学动态研究,（2）: 105–112.
郭英杰. 2015. 1919—1949年美国诗歌对中国诗歌的互文与戏仿. 北京第二外国语学院学报,（8）: 36–46.
哈旭娴. 2013. 艺术与政治的角力——论"十七年"美国文学译介与研究. 山东社会科学,（4）: 111–114.
韩加明. 2012. 改革开放时期美国文学史研究述评. 山东外语教学,（5）: 70–76.
何庆机. 2021a. "汇编诗学"与玛丽安·摩尔诗歌的非绘画抽象. 外国文学研究,（1）: 117–128.
何庆机. 2021b. 隐蔽的原则：激进的形式与玛丽安·摩尔式的颠覆. 外国文学,（1）: 49–59.
何庆机. 2022. 凝视拒抗与画诗观看：玛丽安·摩尔画诗抽象的伦理维度. 浙江工商大学学报,（2）: 47–55.
黄潇. 2020. 论布劳提根诗歌叙事的小说化特征. 外国文学研究,（3）: 131–142.
黄晓燕, 张哲. 2020. 黑山派"投射诗"的反叛与创新. 当代外国文学,（2）: 12–22.
黄园园. 2014. 美国华裔诗人的族裔文化认同研究. 长春理工大学学报（社会科学版）,（1）: 154–156.
黄宗英. 2020. 美国诗歌史论. 北京：中国社会科学出版社.
吉狄马加. 2017. 作家应有国际性文化视野与深层次的国际性交流. 来自人民网网站, 9月19日.
蒋洪新, 郑燕虹. 2011. 庞德与中国的情缘以及华人学者的庞德研究——庞德学术史研究. 东吴学术,（3）: 122–134.
蒋金运. 2013. 北美华文诗歌中的中国生态伦理想象. 盐城师范学院学报（人文社会科学版）,（4）: 80–85.
蒋岩. 2019a. 论互联网时代下诗歌的听者与观者——以纽约圣马可教堂诗歌项目为例. 华中学术,（1）: 242–253.
蒋岩. 2019b. 论诗歌声音与表演的录制档案——以"宾大之声"在线诗歌档案为例. 社会科学研究,（3）: 192–202.
焦鹏帅. 2015. 以介为主零星散译——弗罗斯特诗歌在中国的译介：1949年以前. 外语教学理论与实践,（1）: 82–88, 97.
金衡山. 2013. 90年代美国文学史撰写评析. 外文研究,（1）: 54–61.
黎志敏. 2022a. 诗歌形式的"立"与"破"：传统文体构建意义与现代艺术创新诉求. 广东社会科学,（2）: 181–188.
黎志敏. 2022b. "形式创作"意识：现代诗歌"形式–内容"的融合趋势. 外国语文研究,（4）: 30–38.

李楚翘. 2023. 当代亚裔美国诗歌创伤书写之语言表征. 外国文学研究,（1）: 105–116.

李佩仑. 2012. 异质的梦歌：隐语世界里的悲欢"碎片"——论约翰·贝里曼的诗歌艺术. 外国文学,（3）: 30–37, 157.

李佩仑. 2020. 新超现实的三棱镜：论 W. S. 默温的诗歌艺术. 外国文学研究,（3）: 109–119.

李佩仑. 2022. 乘着即兴之翼：从最高虚构到不可能的现实——论约翰·阿胥伯莱的诗歌艺术. 国外文学,（2）: 136–147.

李松. 2016. 哈佛版《新美国文学史》的后现代主义文学史观及其反思. 文艺理论研究,（1）: 201–208, 216.

利维·莱托. 2008. 让我们共同面对：世界诗人同祭四川大地震. 聂珍钊, 罗良功, 编译. 上海：上海外语教育出版社.

李维屏. 2019. 美国文学专史系列研究·美国文学思想史. 上海：上海外语教育出版社.

李孝弟. 2017. 叙述学发展的诗歌向度及其基点——关于构建诗歌叙述学的思考. 外语与外语教学,（4）: 135–145.

李应雪. 2012. 伦理学视阈中的弗洛斯特诗歌与诗学研究. 齐齐哈尔大学学报（哲学社会科学版）,（1）: 30–32.

李章斌. 2013. 永恒的"现在"与光明的"未来"——艾略特与唐祈诗歌中的"时间"之比较. 中国比较文学,（3）: 108–118.

连真然. 2009. 译苑新谭. 成都：四川人民出版社.

梁晶. 2020a. 威廉斯的"可变音步"与爱因斯坦相对论. 国外文学,（3）: 48–57, 157.

梁晶. 2020b. 论英美意象派诗歌对视觉艺术的汲取与整合. 上海交通大学学报（哲学社会科学版）,（4）: 138–146.

梁启超. 2017. 饮冰室诗话. 北京：朝华出版社.

梁晓冬. 2005. 中国"十五"期间英语诗歌研究. 外国文学研究,（3）: 36–42.

梁新军. 2021. 余光中诗歌对英诗的接受. 文学评论,（1）: 94–102.

林大江. 2017. 翠茜·史密斯的魔灵诗艺：从挽歌到科幻. 外国文学,（3）: 27–36.

刘白. 2018. 美国非裔文学研究的新成果——评《美国非裔作家论》. 外国语文研究,（5）: 110–112.

刘朝晖. 2012. 罗伯特·克里利"自足的存在"语言观之系谱初探. 外国语文,（1）: 25–29.

刘东霞. 2016. 美国表演诗歌的历史演变与审美特征. 外国语文研究,（3）: 32–37.

刘海平, 王守仁. 2019. 新编美国文学史（1—4卷）. 上海：上海外语教育出版社.

刘建宏 . 2012. 美国犹太诗歌主题的多元化特征 . 译林（学术版），（1）: 31–37.
刘先清，文旭 . 2014. 图形 – 背景视角的视觉诗歌研究 . 外语研究，（15）: 11–19.
刘雪岚 . 2010. 中国"十一五"期间外国文学总体性研究 . 外国文学研究，（6）: 8–12.
刘雪岚，丁晓君，肖静 . 2005. 中国"十五"期间美国诗歌与戏剧研究 . 外国文学研究，（3）: 11–21.
鲁迅 . 2006. 准风月谈 . 北京：人民文学出版社 .
罗良功 . 2009. 论安·瓦尔德曼的表演诗歌 . 外国文学研究，（1）: 95–103.
罗良功 . 2010. 从独语走向对话：中国的兰斯顿·休斯研究三十年 . 世界文学评论，（1）: 93–99.
罗良功 . 2013a. 中心的解构者：美国文学语境中的美国非裔文学 . 山东外语教学，（2）: 8–13.
罗良功 . 2013b. 查尔斯·伯恩斯坦诗学简论 . 江西社会科学，（5）: 93–98.
罗良功 . 2014. 发现"另一个传统"：马乔瑞·帕洛夫的《诗学新基调》及其他 . 外国文学研究，（1）: 140–144.
罗良功 . 2015. 论美国非裔诗歌的声音诗学 . 外国文学研究，（1）: 60–70.
罗良功 . 2016. 自然书写作为政治表达：论兰斯顿·休斯 20 世纪 40 年代的诗歌 . 上海师范大学学报（哲学社会科学版），（5）: 97–102.
罗良功 . 2017a. 论阿米力·巴拉卡的大众文化诗学 . 外国语言与文化，（2）: 33–41.
罗良功 . 2017b. 诗歌是语言的艺术吗？——英语诗歌文本初论 . 山东外语教学，（3）: 62–69.
罗良功 . 2017c. 美国非裔文学：2000—2016. 社会科学研究，（6）: 168–176.
罗良功 . 2019a. 兰斯顿·休斯与埃兹拉·庞德的文化对话 . 英语研究，（2）: 50–58.
罗良功 . 2019b. 诗歌实验的历史担当：论泰辛巴·杰斯的诗歌 . 外国文学研究，（6）: 43–49.
罗良功 . 2021. 美国当代犹太诗歌的个人方言书写 . 外国文学研究，（6）: 30–38.
罗良功 . 2023. 美国当代诗歌的视觉诗学 . 外语研究，（4）: 80–86.
罗良功，泰辛巴·杰斯，张执浩 . 2019. 历史、声音、语言：泰辛巴·杰斯与张执浩论诗 . 外国语文研究，（2）: 1–9.
罗良功，李淑春 . 2021. 文化空间政治与现代主义批判：兰斯顿·休斯的诗歌《立方块》解读 . 外语与外语教学，（2）: 115–126.
吕爱晶 . 2015. 凯·瑞安诗歌中的"老调新谈". 当代外国文学，（1）: 19–27.
倪静 . 2018. 二十世纪先锋派诗歌的视觉呈像 . 江苏社会科学，（6）: 233–241.
倪小山 . 2022. 后现代非裔实验艺术家：克莱伦斯·梅杰简论 . 外国语文研究，（2）: 36–46.
倪志娟 . 2016. 玛丽安·摩尔的书写策略及其性别伦理 . 杭州电子科技大学学报（社会科学版），（3）: 45–50.

聂珍钊. 2014. 文学伦理学批评导论. 北京：北京大学出版社.
欧荣，等. 2022. 语词博物馆：欧美跨艺术诗学研究. 北京：北京大学出版社.
彭英龙. 2021. 秩序的偏移——张枣与史蒂文斯的诗学对话. 中国比较文学，(4)：159–175.
蒲若茜，李卉芳. 2014. 华裔美国诗歌与中国古诗之互文关系探微——以陈美玲诗作为例. 中国比较文学，(2)：158–170.
钱兆明. 2023. 跨越与创新：西方现代主义的东方元素. 北京：北京大学出版社.
桑翠林. 2011. 祖科夫斯基："气态"时代诗歌语言的物质性. 外国文学，(1)：38–45.
尚婷. 2017. 查尔斯·伯恩斯坦：语言哗变与诗学重构. 外国语文，33(6)：15–20.
邵波. 2022. 西方诗歌的摆渡者——中国20世纪60年代出生诗人的诗歌翻译研究. 文艺评论，(6)：61–68.
邵洵美. 2018. 现代美国诗坛概观. 吴思敬，主编. 诗探索10(理论卷). 北京：作家出版社，149–166.
沈洁. 2007. T. S. 艾略特在《四个四重奏》中的本土意识. 重庆大学学报(社会科学版)，(3)：116–120.
施咸荣. 1988. 立新意，创新风——评新出版的《哥伦比亚版美利坚合众国文学史》. 美国研究，(2)：150–160.
史丽玲. 2012. 历史、布鲁斯诗歌、政治：欧诺瑞·F·杰弗斯访谈(英文). 外国文学研究，(6)：1–10.
史丽玲. 2014.《在麦加》中黑人女性"言语混杂"的救赎叙事. 外国文学评论，(1)：78–92.
史丽玲. 2016. 格温朵琳·布鲁克斯的黑人大都市书写与美国城市的种族空间生产. 外国文学评论，(2)：101–115.
史丽玲. 2023. 空间叙事与国家认同：格温朵琳·布鲁克斯诗歌研究. 北京：中国社会科学出版社.
宋阳. 2016a. 论美国华裔诗歌的节奏操控. 长春大学学报，(3)：49–52.
宋阳. 2016b. 英语语法变异下的族裔主题前景化——论美国华裔诗歌中的字母大写逆用现象. 聊城大学学报(社会科学版)，(6)：46–53.
宋阳. 2018. 华裔美国英语诗歌研究. 武汉：中国财政经济出版社.
隋晓荻. 2012. T. S. 艾略特诗歌中反康德先验哲学的时间观念. 国外文学，(3)：53–60.
孙冬. 2018. 种族冲突还是美学冲突？——以2015年美国当代诗坛两次风波为例谈"越界写作". 学海，(2)：210–216.
孙立恒. 2021. 论格吕克诗歌中的面具声音. 外国文学，(3)：68–81.
谭惠娟，罗良功. 2016. 美国非裔作家论. 上海：上海外语教育出版社.

谭君强. 2013. 论抒情诗的叙事学研究：诗歌叙事学. 思想战线，（4）: 119–124.
谭君强. 2015. 诗歌叙事学：跨文类研究. 思想战线，（5）: 113–118.
谭君强. 2016. 再论抒情诗的叙事学研究：诗歌叙事学. 上海大学学报（社会科学版），（6）: 98–105.
谭琼琳. 2020. 中国禅画在美国现当代诗歌中的调适研究. 英美文学研究论丛，（春）: 180–194.
谭琼琳. 2022. 伐柯之斧：美国现代诗中的革新章法与文化传承之斧. 中国比较文学，（2）: 14–31.
陶乃侃. 2020. 庞德与中国文化. 北京：首都师范大学出版社.
田心铭. 2024. 归根结底是建构中国自主的知识体系. 光明日报，5月15日. 来自人民网网站.
汪小玲. 2014. 论奥哈拉早期诗歌中的超现实主义诗学. 当代外国文学，（2）: 14–22.
汪小玲，郑茗元. 2014. 弗兰克·奥哈拉城市诗学的多维空间探索. 文艺理论研究，（4）: 191–195.
王东风. 2015. 五四初期西诗汉译的六个误区及其对中国新诗的误导. 外国文学评论，（2）: 218–237.
王东风. 2016. 被操纵的西诗 被误导的新诗——从诗学和文化角度反思五四初期西诗汉译对新诗运动的影响. 中国翻译，（1）: 25–31.
王东风. 2019. 历史拐点处别样的风景：诗歌翻译在中国新诗形成期所起的作用再探. 外国文学研究，（4）: 151–167.
王光林. 2020. 一个人的诗歌史：评张子清教授的《20世纪美国诗歌史》. 当代外国文学，（2）: 162–165.
王金娥. 2017. 查尔斯·赖特风景诗中的视觉艺术——以《奇克莫加》为例. 外国文学研究，（5）: 118–126.
王金娥. 2020. 查尔斯·赖特诗集《奇克莫加》中的中国唐诗. 当代外国文学，（4）: 36–43.
王立言. 2014. 艾米莉·狄金森联觉思维机制研究. 外国文学评论，（3）: 200–214.
王玮. 2016. 艾米莉·狄金森空间化的诗歌形式创造. 国外文学，（3）: 103–110.
王璇. 2017. "空间感"：从绘画到诗歌——弗兰克·奥哈拉对波洛克的艺术借鉴. 文艺争鸣，（12）: 168–172.
王余，李小洁. 2016. 视觉图与话语图在诗歌中的并置联姻——以威廉斯的艺格敷词诗作"盆花"为例. 外国文学研究，（5）: 112–120.
王玉括. 2021a. "美国文学史"研究在中国. 山东外语教学，（1）: 80–87.
王玉括. 2021b. 中国学人对美国文学史编写的思考. 浙江外国语学院学报，（2）: 85–91.

王卓. 2012a. 论温迪·罗斯诗歌的多维历史书写策略. 当代外国文学,（1）: 109–118.
王卓. 2012b. 论丽塔·达夫《穆拉提克奏鸣曲》的历史书写策略. 外国文学评论,（4）: 161–177.
王卓. 2013. 诗学与伦理共筑的场域——后奥斯威辛美国犹太诗人的大屠杀书写. 山东大学学报（哲学社会科学版）,（3）: 34–42.
王卓. 2015. 多元文化视野中的美国族裔诗歌研究. 北京: 中国社会科学出版社.
王卓. 2017a. 论丽塔·达夫诗歌中"博物馆"的文化隐喻功能. 国外文学,（1）: 97–108, 159.
王卓. 2017b. 黑色维纳斯之旅——论《黑色维纳斯之旅》中的视觉艺术与黑人女性身份建构. 当代外国文学,（2）: 35–42.
王卓, 陈寅初. 2019. 论丽塔·达夫的美国黑人民权运动书写. 外国语文研究,（5）: 10–22.
王卓, 宋婉宜. 2020. 亚历山大组诗《阿米斯特德号》与美国非裔文化记忆. 英语研究,（2）: 50–62.
王祖友. 2022. 构筑"学术共同体"传播创新正能量——《20世纪美国文学史》（修订版）的启示. 外国语言文学,（6）: 124–128.
威廉·卡洛斯·威廉姆斯. 2015. 威廉·卡洛斯·威廉斯诗选. 傅浩, 译. 上海: 上海译文出版社.
魏磊. 2021. 西尔维亚·普拉斯前期诗歌中的"艺格敷词". 外国文学研究,（1）: 129–140.
文珊, 王东风. 2015. 五四时期的西诗汉译. 中国翻译,（4）: 24–31.
沃尔特·惠特曼. 1991. 草叶集. 赵萝蕤, 译. 上海: 上海译文出版社.
吴远林. 2015. "用视觉去思考"——伊丽莎白·毕晓普诗歌的视觉艺术. 外国文学,（5）: 15–22.
武新玉. 2013. 论威廉斯诗歌的不确定内在性. 外国文学研究,（3）: 67–73.
谢伏瞻. 2022. 建构中国自主的知识体系. 人民日报, 5月17日. 来自人民网网站.
徐惊奇. 2009. 抗战时期重庆《文艺阵地》对外国文学的译介. 外国语文,（6）: 112–115.
许淑芳. 2014. 多重界限的"垮掉"——论"垮掉派"文学的生成与传播方式. 外国文学研究,（6）: 143–150.
薛文思. 2023. 论奥德·罗德诗歌中身体与身份的伦理认同. 哈尔滨学院学报,（2）: 82–87.
杨国静. 2018. 伯格曼电影艺术对普拉斯诗歌创作的影响. 国外文学,（3）: 145–154, 160.
杨明晨. 2020. "国家"叙述中的族裔话语: 美国华裔文学批评与美国国家文学史书

写. 东北师大学报（社会科学版），(4): 112-119.

杨晓笛. 2016. 存在的恐惧与荒诞——论约瑟夫·布罗茨基的长诗《戈尔布诺夫与戈尔恰科夫》. 俄罗斯文艺，(2): 38-45.

杨晓笛. 2022. "在物与虚无之间"——约瑟夫·布罗茨基诗歌中的"雕像"诗组研究. 俄罗斯文艺，(4): 73-84.

姚君伟. 2019. 卅五载铸就巨著——评张子清先生《20世纪美国诗歌史》. 当代外国文学，(2): 165-170.

姚小平. 1999. 译序. 论人类语言结构的差异性及其对人类精神发展的影响. 洪堡特, 著. 北京：商务印书馆.

殷晓芳. 2016. 哈斯诗歌：语言的还乡与审美的政治. 当代外国文学，(1): 36-43.

于程，黄昊文. 2022.《荒原》的文学伦理学解读. 湖南科技学院学报，(6): 69-72.

于坚，玛乔瑞·帕洛夫，郝桂莲. 2018. 对话于坚：中国与世界的诗歌交流（英文）. 外国语文研究，(4): 14-25.

于雷. 2017. 鲍勃·迪伦、仪式性与口头文学. 外国文学，(5): 48-59.

虞建华. 2019. 一幅多姿多彩的诗话长卷——《20世纪美国诗歌史》评述. 当代外国文学，(1): 155-158.

虞又铭. 2018a. 论美国非裔诗人C. S. 吉斯科姆的"拖延"诗学及其族裔诉求. 英美文学研究论丛，(1): 250-263.

虞又铭. 2018b. 论当代美国少数族裔诗歌的世界主义迷误. 社会科学，(11): 181-191.

袁可嘉. 1963. 略论美英"现代派"诗歌. 文学评论，(3): 64-85.

曾巍. 2015a. "闺范"背后的伦理问题——西尔维亚·普拉斯女性诗的文学伦理学批评. 外国文学研究，(2): 59-65.

曾巍. 2015b. 西尔维亚·普拉斯家庭诗与心理分析的伦理学批评. 山东外语教学，(3): 78-85.

张慧馨，彭予. 2017. 观亦幻：约翰·阿什伯利诗歌的绘画维度. 外国文学研究，(2): 12-19.

张静，柳婧，刘娜. 2015. 普拉斯诗歌中的母性道德情感. 湖北函授大学学报，(10): 174-175.

张琼. 2013. 生存与仪式：奥蒂茨的诗意沉思. 英美文学研究论丛，(2): 225-235.

张琼. 2017. 论阿莱克西的"诗意". 英美文学研究论丛，(2): 152-165.

张琼. 2019. 东诗西渐：论美国当代本土裔诗人维兹诺的英语俳句. 外国文学，(1): 130-139.

张琼. 2021. 生存抵抗之歌：当代美国本土裔（印第安）诗研究. 上海：华东师范大学出版社.

张文会. 2017. 乔伊·哈娇诗歌语言的内在力量. 外国语文研究,（1）: 47–51.

张逸旻. 2020. 诗歌作为一种展演——论安妮·塞克斯顿对"新批评"的扬弃. 外国文学评论,（3）: 222–238.

张逸旻. 2022. 安妮·塞克斯顿主体书写的自反性. 外国文学研究,（4）: 116–122.

张跃军, 周丹. 2011. 叶芝"天青石雕"对中国山水画及道家美学思想的表现. 外国文学研究,（6）: 118–125.

张子清. 2016. 美国禅诗. 南京理工大学学报（社会科学版）,（3）: 1–13.

章艳. 2016. 翻译之后: 美国现代诗人对中国古典诗歌的点化. 中国比较文学,（2）: 189–199.

赵晶. 2014. 文学伦理学视阈下《荒原》中婚内两性关系的异化研究. 大学英语（学术版）,（2）: 383–387.

赵晶. 2020.《荒原》中多音部的声音符号与"留声机"意象. 国外文学,（4）: 94–100.

赵宪章. 2016. 诗歌的图像修辞及其符号表征. 中国社会科学,（1）: 161–180.

赵宪章. 2021. 文学书像论——语言艺术与书写艺术的图像关系. 清华大学学报,（2）: 73–88.

赵小琪, 周秀勤. 2021. 20世纪美国诗歌建构中国形象的方式论. 安徽师范大学学报（人文社会科学版）,（5）: 16–25.

郑春晓, 生安锋. 2022. 结与解: 西方植物诗学中的伦理冲突. 江西社会科学,（4）: 99–105, 207.

周丽艳, 王文. 2016. 从"父亲"到"宇宙心灵": 李立扬诗歌中超越族裔的家园意识. 北方民族大学学报（哲学社会科学版）,（4）: 131–133.

周芸芳. 2017. 阿库乌雾和谢尔曼·阿莱克西诗歌主题的现代转换探究. 中外文化与文论,（2）: 232–244.

朱新福, 林大江. 2017. 沉默之声: 从动物诗看默温的生态伦理结和诗学伦理结之解. 外国文学研究,（4）: 26–35.

左金梅, 周馨蕾. 2019. 艾米莉·狄金森诗歌中的视觉美学. 山东外语教学,（3）: 78–89.

Baker, H. A. 1987. *Modernism and the Harlem Renaissance*. Chicago: The University of Chicago Press.

Baraka, A. 1973. Black art. In S. Henderson (Ed.), *Understanding the New Black Poetry: Black Speech and Black Music as Poetic References*. New York: William Morrow, 213–214.

Bernstein, C. 1999. *My Way: Speeches and Poems*. Chicago: The University of Chicago Press.

Bloom, H. 1997. *The Anxiety of Influence: A Theory of Poetry*. New York: Oxford

University Press.

Elliott, E. 1988. *Columbia Literary History of the United States*. New York: Columbia University Press.

Harris, W. J. 1980. An interview with Amiri Baraka. *The Greenfield Review* (Fall). Retrieved June 2, 2018, from uiuc website.

Henderson, S. 1973. *Understanding the New Black Poetry: Black Speech and Black Music as Poetic References*. New York: William Morrow.

Hughes, L. 1998. *The Collected Poems of Langston Hughes*. A. Rampersad (Ed.). New York: Vintage Books.

Kent, G. E. 1988. Afro-American writers, 1940—1955. In T. Harris-Lopez (Ed.), *Dictionary of Literature Biography*, Vol. 76. Detroit: Gale Research.

Luo, L. G. 2012. China and the political imagination in Langston Hughes's poetry. In *American Modernist Poetry and the Chinese Encounter*. New York: Palgrave Macmillan, 111–122.

Luo, L. G. 2017. Langston Hughes's visit to China: Its facts and impacts. *Interdisciplinary Studies of Literature 1* (4): 28–43.

Miller, C. 2005. *Cultures of Modernism*. Ann Arbor: University of Michigan Press.

Nielsen, A. L. 2001. Ezra Pound and the best-known colored man in the United States. In M. Coyle (Ed.), *Ezra Pound and African American Modernism*. Orono: The National Poetry Foundation, 143–156.

North, J. 2017. *Literary Criticism: A Concise Political History*. Boston: Harvard University Press.

Parini, J. 1999. *Robert Frost: A Life*. New York: Holt.

Perloff, M. & Craig, D. 2009. *Sound of Poetry / Poetry of Sound*. Chicago: University of Chicago Press.

Perloff, M. 1998. Visionary company. In *Boston Review* (Summer). Retrieved September 2, 2024, from Boston Review website.

Perloff, M. 2013. *Poetics in a New Key: Interviews and Essays*. D. J. Bayot (Ed.). Manila: De La Salle University Publishing House.

Perloff, M. 2014, December 18–19. *From language play to 'illegibility': Ian Hamilton Finlay's concrete poetry and its legacy*. The 4th Convention of the Chinese/American Association for Poetry and Poetics, Shanghai Normal University, China.

Pound, E. 1954. *Literary Essays of Ezra Pound*. London: Faber & Faber.

Rubin, J. 2007. *Songs of Ourselves: The Use of Poetry in America*. Cambridge: Harvard University Press.

Stewart, S. 1998. Letter on sound. In C. Bernstein (Ed.), *Close Listening: Poetry and the Performed Word*. Oxford University Press.

Waldman, A. 1996. *Fast Speaking Woman*. San Francisco: City Lights Books.

Wheeler, L. 2008. *Voicing American Poetry: Sound and Performance from the 1920s to the Present*. Ithaca: Cornell University Press.

Williams, W. C. 1991. *Collected Poems of William Carlos Williams* (Vol. 1). W. Litz & C. McGowan (Eds). New York: New Directions.

Stewart, S. 1998. Letter on sound. In C. Bernstein (Ed.), *Close Listening: Poetry and the Performed Word*. Oxford University Press.

Waldman, A. 1996. *Fast Speaking Woman*. San Francisco: City Lights Books.

Wheeler, L. 2008. *Voicing American Poetry: Sound and Performance from the 1920s to the Present*. Ithaca: Cornell University Press.

Williams, W. C. 1991. *Collected Poems of William Carlos Williams* (Vol. 1). W. Litz & C. McGowan (Eds). New York: New Directions.